Jenna Black est une auteure de *bit-lit* qui se décrit elle-même comme « avide d'expériences ». Élevée à Philadelphie, elle a fait des études d'anthropologie. Elle voulait devenir primatologue, mais n'a jamais cessé d'écrire et s'est finalement tournée avec succès vers la carrière d'écrivain. Entre autres choses, elle a chanté dans une chorale d'hommes, maîtrise tous les arcanes du bridge et a voyagé sur tous les continents (oui, même l'Antarctique).

Du même auteur, chez Milady :

Morgane Kingsley :
1. *Démon intérieur*
2. *Moindre mal*
3. *Confiance aveugle*
4. *Faute avouée*

www.milady.fr

Jenna Black

Faute avouée

Morgane Kingsley – 4

Traduit de l'anglais (États-Unis) par Aurélie Tronchet

Milady

Milady est un label des éditions Bragelonne

Titre original : *Speak of the Devil*
Copyright © 2009 by Jenna Black

Suivi d'un extrait de : *The Devil's Playground*
Copyright © 2010 by Jenna Black

Cette traduction est publiée en accord avec The Bantam Dell
Publishing Group, une division de Random House, Inc.

© Bragelonne 2010, pour la présente traduction

ISBN : 978-2-8112-0377-1

Bragelonne – Milady
35, rue de la Bienfaisance – 75008 Paris

E-mail : info@milady.fr
Site Internet : www.milady.fr

À Dan, pour... tout.

Remerciements

Merci à Wendy Rome qui m'a aidée à élaborer les lois – et les procès – qui régissent le monde des exorcistes. Morgane t'en veut de l'avoir mise dans de telles situations, mais je t'en suis très reconnaissante ! Merci également à mon merveilleux agent, Miriam Kriss. Et des remerciements particuliers à tout le fabuleux personnel de Bantam Dell qui a transformé le travail sur la série des Morgane Kingsley en un véritable plaisir : Alison Masciovecchio du service marketing ; David Pomerico, assistant éditorial toujours porteur de bonnes nouvelles ; et surtout Anne Groell, mon extraordinaire éditrice !

Chapitre premier

— Je n'ai pas besoin d'un avocat, affirmai-je à Brian.

Il avait l'air encore plus têtu chaque fois que je le répétais.

— Bien sûr qu'il t'en faut un !

Son ton était monté d'un cran mais il demeurait plus calme que moi. Je devais avoir le visage écarlate.

Une dispute avec Brian était toujours une bataille perdue d'avance, mais cela ne m'empêchait pas de tenter ma chance.

— Cette affaire ne tient pas debout. Les gens qui ont essayé d'attaquer des exorcistes se sont fait rire au nez au tribunal.

J'exagérais un peu mais quand même… Le public ne sait pas pourquoi la plupart des hôtes sont en état de catatonie une fois que leur démon a été exorcisé, ni même pourquoi un petit pourcentage d'entre eux reste dans le coma. Et il n'y a absolument aucune preuve que la prestation de l'exorciste y soit pour quelque chose. Mais cela n'avait pas dissuadé Jordan Maguire Sr. de m'attaquer parce que l'exorcisme que j'avais pratiqué sur son fils ne s'était pas déroulé comme il l'aurait aimé.

— Je ne pense pas que tu connaisses grand-chose aux avocats, me dit Brian avec un sourire sardonique. Pour certains d'entre eux, le fait que personne n'ait gagné ce genre de procès est plus excitant que dissuadant. S'ils réussissent là où tous les autres ont échoué, c'est un gros coup pour eux. Si le procès se finit en queue de poisson, ce n'est pas grave mais, en revanche, pour toi, c'est l'assurance de sacrés emmerdements.

—Oui, mais…

—Cela ne va pas s'arrêter comme ça, Morgane.

Je commençais moi aussi à le croire, mais cela ne m'empêchait pas d'espérer. J'avais bien assez de problèmes dans ma vie sans avoir besoin d'un procès. Je sentis une énorme migraine poindre à l'horizon.

—Pourquoi ne pourrais-tu pas assurer ma défense ?

Je craignis d'avoir l'air geignard mais c'était plus fort que moi. À quoi ça sert de sortir avec un avocat s'il ne peut pas vous défendre quand un connard décide de vous traîner devant un tribunal ?

—Parce que tu as besoin d'un avocat spécialisé en droit civil, pas d'un avocat d'affaires.

Je me laissai tomber sur le canapé de Brian et, la tête appuyée sur le dossier, j'observai le plafond. Si le but de Maguire était de me faire me sentir minable, il avait réussi. Cependant j'avais une raison de m'opposer fermement au fait d'engager un avocat et ce n'était pas quelque chose que j'étais prête à avouer, pas encore. Quelques mois plus tôt, ma maison et tout ce qu'elle contenait avaient brûlé. Il allait me falloir toute une vie plus un jour pour me remettre de ce désastre financier, même quand la compagnie d'assurances aurait craché jusqu'au dernier cent qu'elle me devait. Aucun doute, il s'agissait d'un incendie et l'enquête officielle m'avait innocentée. Mais comme le feu avait pris à l'intérieur de la maison alors que je m'y trouvais, la compagnie d'assurances avait entrepris sa propre enquête. D'après moi, c'était un moyen de gagner du temps, mais il s'avéra qu'exprimer ma pensée à l'enquêteur de la compagnie d'assurances n'était pas la meilleure façon de s'en faire un ami et de l'influencer.

Ajoutez à ça que la Commission américaine de l'exorcisme m'avait suspendue le temps du procès et je marchais déjà à un régime strict de bouillon au vermicelle et de sandwichs au beurre de cacahouète. Je ne voulais pas savoir combien j'allais devoir payer un avocat pour ce procès.

— Écoute, dis-je, je sais que ce n'est pas ton domaine d'expertise mais je me sentirais beaucoup mieux si tu me défendais plutôt qu'un inconnu.

Brian soupira en s'asseyant sur le canapé près de moi.

— Tu ne te sentirais pas mieux si je bousillais cette affaire.

— Ça n'arrivera pas ! protestai-je en lui adressant un regard indigné.

Brian est la compétence incarnée et je ne dis pas ça parce que je suis amoureuse de lui.

Il fronça les sourcils.

— C'est ce qui arrivera. Pas parce que je suis stupide mais parce que je ne suis pas un expert. Crois-moi, les choses peuvent rapidement tourner au vinaigre et je ne ferai pas le poids.

— Mais…

— Quel est le pourcentage des hôtes qui finissent en état de catatonie après un exorcisme ?

Ce fut mon tour de froncer les sourcils.

— Je ne sais pas, à peu près 80 %. Pourquoi ?

— D'accord, maintenant combien finissent dans le coma ?

Je savais d'après son regard intense qu'il ne répondrait pas à ma question tant que je n'aurais pas répondu à la sienne.

— Peut-être 2 % ? Je n'ai pas les chiffres exacts.

— Disons que ces pourcentages sont justes. Quel est le pourcentage des hôtes sur lesquels tu as pratiqué un exorcisme qui sont restés en état de catatonie et celui de ceux qui sont dans le coma ?

Comme je n'avais plus envie de rester là sans bouger, je me levai et commençai à aller et venir dans la pièce.

— Comment veux-tu que je sache ? Tu crois que je tiens des comptes ?

Brian, toujours assis, me regardait faire mes allers-retours.

—Je suis sûr que la Commission américaine d'exorcisme en tient.

—Eh bien, je dois me trouver dans la moyenne.

—Et si ce n'est pas le cas ? S'il s'avère que 3 % de tes exorcisés finissent dans le coma ?

—Je…

—Tu es la meilleure exorciste du pays, me coupa-t-il en passant en mode avocat. On t'appelle pour exorciser des démons quand les autres exorcistes ont échoué. Est-il possible que ces démons qui sont plus puissants fassent plus de dégâts au cerveau de leur hôte ?

Ma poitrine se vida subitement. Parce que j'étais moi-même possédée par Lugh, le roi des démons, j'en savais davantage que la plupart des humains. Par exemple, je savais que si les hôtes sont en général catatoniques ou dans le coma, c'est que les démons illégaux ou criminels – ceux qui possèdent des hôtes contre leur volonté ou bien commettent des crimes violents – ont plus tendance à maltraiter leurs hôtes que les démons légaux. Brian le savait, lui aussi, mais la plupart des gens ignoraient pourquoi la majorité des hôtes finissait avec le cerveau grillé et, d'après eux, cela se passait toujours ainsi avec les démons. Il était fort probable que j'avais exorcisé des démons qui avaient été très abusifs vis-à-vis de leur hôte.

—Tu sais que l'avocat de Maguire va examiner tes statistiques, poursuivit Brian. Et si tes chiffres ne correspondent pas exactement à la moyenne nationale, il aura aussitôt de quoi t'attaquer.

Ouais. J'avais définitivement la migraine. Je me pinçai l'arête du nez. Mais Brian n'avait pas fini de m'assener sa théorie.

—Et ton rituel d'exorcisme ? demanda-t-il.

Je croisai les bras sur ma poitrine.

—Quoi mon « rituel d'exorcisme » ?

—Est-il exactement comme celui des autres ?

— Bien sûr que non, répondis-je, les dents serrées. Il n'existe pas de procédure standard. Chaque exorciste possède son propre rituel.

Comme Brian savait déjà tout ça, je ne m'attendais pas que ma réponse lui suffise.

— Mais il y a bien des points communs entre tous ces exorcismes, non ? Par exemple, n'est-ce pas une pratique commune que de tracer un cercle de protection autour de la personne qui va être exorcisée ?

Je roulai des yeux.

— Beaucoup d'exorcistes le font, admis-je, mais cela ne sert pas vraiment. C'est juste un moyen qui aide l'exorciste à entrer en transe.

— As-tu dessiné un cercle de protection autour de Jordan Maguire ?

Oh merde ! Pas besoin d'être un génie pour voir où il voulait m'emmener. J'avais toujours eu un style beaucoup moins fantasque que la plupart de mes collègues. Mon rituel est très simple : j'allume quelques bougies parfumées à la vanille. Cela suffit pour provoquer l'état de transe dont j'ai besoin pour pratiquer un exorcisme. Parfois, quand je suis trop fatiguée ou troublée, je dessine un cercle, mais c'est juste pour me rassurer avec un rituel plus traditionnel. En général, je dispose mes bougies là où c'est le plus pratique.

— Je te l'ai dit, le cercle est juste symbolique.

Mais j'étais moi-même en mesure de deviner comment un non-initié entendrait cette réponse si un avocat aux dents longues lui servait avec de grands effets de bras.

— Et que portais-tu quand tu as pratiqué l'exorcisme ?

— Quoi ? m'exclamai-je en lui jetant un regard qui mettait en doute sa santé mentale. Qu'est-ce que cela a à voir avec cette affaire ?

— Tu portais un tailleur ? Ou au moins tu étais en tenue de travail ?

— Non, ce n'est pas mon genre, et tu le sais.

Je ne me rappelais pas vraiment ce que je portais ce jour-là mais ma tenue devait probablement inclure un jean taille basse. J'étais quasiment certaine de ne pas m'y être rendue habillée toute en cuir. Mais peu importait ma tenue vestimentaire, elle avait dû être enregistrée pour la postérité sur la vidéo de la procédure.

Brian fronça les sourcils avec exagération.

— Alors tu ne prends pas vraiment ces exorcismes au sérieux, n'est-ce pas ?

— Bien sûr que si !

Mes joues étaient brûlantes, je devais être rouge pivoine. Et le ton de ma voix était monté progressivement.

— Tu penses que je vais croire que tu pratiques sérieusement ces exorcismes quand tu ne prends pas la peine de dessiner un cercle de protection et que tu te pointes en jean ?

Je me retins de *shooter* dans la table basse. Ou dans le tibia de Brian.

— C'est complètement ridicule. Je t'ai déjà dit que le cercle, ce n'était que pour les apparences. Et est-ce vraiment important de savoir ce que je porte ?

Brian acquiesça d'un air grave.

— Tu risques de faire une sacrée impression lors de ta déposition si tu te mets à hurler de la sorte.

Bon, à présent j'avais vraiment envie de lui détruire les tibias.

— Tu ne te mettrais pas dans cet état si tu voyais où je veux en venir, dit Brian. Comme je te le répète, ce n'est pas ma spécialité. Imagine ce dont un expert serait capable. Tu as besoin de quelqu'un qui puisse anticiper les questions de ce genre – et de pires encore – afin que tu sois préparée à y répondre de façon mesurée. Je ne suis pas l'homme de la situation.

J'essuyai mes paumes moites sur mon jean. Ouais, il avait définitivement marqué un point.

J'expirai profondément avant de me rasseoir sur le canapé à côté de Brian. Je regardai fixement mes mains serrées entre mes genoux.

— Je ne veux même pas savoir combien cela va me coûter, dis-je.

— En effet, il ne vaut mieux pas.

Je déglutis et me forçai à le regarder.

— Combien cela va-t-il me coûter ?

— Cela dépend si ça devient très moche et du temps que cela va durer. Ton avocat te facturera sûrement entre 250 et 350 l'heure, sans compter toute une série de dépenses diverses, comme engager des témoins experts et…

— Donne-moi juste une estimation.

Son regard empli de sympathie m'en dit plus que je voulais savoir, mais Brian le verbalisa quand même.

— Cela pourrait monter facilement jusqu'à 50 000 ou 100 000 dollars, et il s'agit d'une évaluation basse.

Je dus pâlir d'un coup. Je savais que les nouvelles seraient mauvaises mais pas à ce point. Je ne pouvais pas disposer d'une telle somme d'argent. Ni même en approcher. Je remerciais vraiment Brian de m'avoir rappelé de renouveler mon assurance de responsabilité civile. J'avais failli la laisser expirer. Avec l'incendie de ma maison et toutes ces personnes qui avaient essayé de me tuer, moi ou ceux que j'aimais, j'avais un peu négligé les affaires du quotidien. J'avais de la chance de penser à payer mon loyer.

— Tu sais que je t'aiderai, dit doucement Brian.

La gentillesse de sa voix me fit monter les larmes aux yeux. Je déteste accepter l'aide de qui que ce soit et Brian le savait. Il était absolument hors de question que j'accepte cet argent de lui.

— Je ne crois pas que tu aies le choix, poursuivit-il comme s'il avait lu dans mes pensées.

Je détestais qu'il ait raison. Encore une fois.

Je me sentais vraiment minable après ma discussion avec Brian. J'avais espéré un peu d'action en allant chez lui mais notre conversation sur l'imminence du procès avait gâché l'ambiance.

Brian m'avait donné les noms de quelques avocats capables de faire du bon boulot dans cette affaire. Comme nous étions dimanche, j'allais devoir attendre le lendemain pour en contacter un. J'avais promis à Brian que je ne repousserais pas davantage cette initiative mais, étant une experte en tergiversations, j'espérais que quelque chose arrive et me donne une excuse pour ne pas passer ce coup de fil.

Après avoir abandonné tout espoir d'une partie de jambes en l'air, je quittai Brian pour retourner chez moi où je m'attelai à des tâches passionnantes comme le nettoyage des toilettes.

Il faut que je sois très stressée pour me comporter comme une femme au foyer. Mon appartement déjà nickel en disait long sur mes dernières semaines.

Aux environs de 15 heures, je reçus un appel de l'accueil m'informant que j'avais un visiteur : Adam White. Adam est le directeur des Forces spéciales, le service du département de police de Philadelphie chargé des crimes liés aux démons. C'est aussi un démon versé dans le SM, surtout dans le S, et il fait également partie des partisans de Lugh. C'est vraiment dommage que nous nous entendions comme chien et chat.

Je n'avais vraiment pas envie d'une petite joute verbale avec Adam, mais il n'était pas du genre à passer juste pour dire bonjour. Il avait quelque chose d'important à m'apprendre et je n'avais qu'une option : l'écouter.

Parce que je suis complètement paranoïaque – j'ai de sérieuses raisons de l'être, devrais-je ajouter –, je jetai un coup d'œil par le judas pour m'assurer que c'était bien lui avant d'ouvrir la porte.

Bien que je déteste Adam et que ce sentiment soit réciproque, je ne peux chaque fois m'empêcher de remarquer combien il est un délice pour les yeux. Tous les hôtes de démons légaux sont beaux – la Société de l'esprit considère qu'il serait indigne pour un démon de séjourner dans un corps qui ne le soit pas –, mais le physique d'Adam me met vraiment dans tous mes états. C'est le type classique du bel homme grand et sombre, assaisonné d'un côté mauvais garçon. Il n'était apparemment pas de service aujourd'hui et il portait un jean délavé et une chemise blanche dont il avait remonté les manches au-dessus des coudes. Je cessai soudain mon inventaire de son apparence quand je vis le dossier coincé sous son bras droit.

La dernière fois qu'il était passé chez moi avec un dossier de ce genre, il m'avait allègrement fichu sous les yeux les plus horribles photos de scène de crime qu'on puisse imaginer. Cela lui avait échappé qu'en tant que civile, je n'étais pas habituée à contempler des photos de personnes dont les organes internes ne l'étaient plus du tout, et je m'étais alors retenue de vomir.

Adam gloussa doucement quand il remarqua que je regardais fixement le dossier.

— Non, ce ne sont pas de nouvelles photos de scène de crime, m'assura-t-il.

Je m'en voulais que mes pensées soient aussi faciles à lire, mais j'avais fini par accepter que je ne serais jamais capable d'empêcher mes émotions de défiler sur mon visage comme un bandeau d'informations sur CNN.

— Contente de l'apprendre, répondis-je en l'invitant à entrer d'un air désinvolte.

Il inclina la tête et se dirigea vers la table de la salle à manger sur laquelle il posa le dossier avant de l'ouvrir. En dépit de ses assurances, je luttai pour ne pas détourner le regard.

La première chose que je vis fut une photo d'une belle blonde guillerette. Je la reconnus immédiatement. Il s'agissait de Barbara Paige, alias Reporter Barbie. En fait, j'allais devoir cesser de l'appeler de la sorte parce que nous avions établi sans aucun doute qu'elle n'était pas journaliste en dépit de ce qu'elle affirmait.

Elle avait commencé à me suivre et à me poser des questions peu de temps après l'exorcisme de Maguire. Cela faisait des semaines que je ne l'avais pas vue, même si j'avais souvent eu l'impression d'être observée. Mais encore une fois, il s'agissait peut-être du fruit de ma paranoïa.

Adam me tendit la photo.

— Son vrai nom est Barbara Paget. Et elle est détective privé.

Je me laissai tomber sur une des chaises en grognant. Une journaliste, ce n'était déjà pas terrible, mais un détective privé !

— Laisse-moi deviner. C'est Jordan Maguire Sr. qui l'a engagée ?

— Je n'en suis pas certain mais ce serait une bonne déduction. Et il y a plus.

— Super.

Il poussa deux autres photos sur la table. L'une d'entre elles était un portrait de famille : maman, papa et deux superbes adolescentes d'environ seize ans. Les deux jeunes filles se ressemblaient tellement qu'elles auraient pu être jumelles, même si elles n'étaient pas habillées à l'identique comme le faisaient certains jumeaux.

La seconde photo montrait deux voitures accidentées. Il semblait évident qu'une d'elle avait percuté l'autre en plein dans la portière côté passager. Un des deux véhicules était carbonisé alors que l'autre n'avait apparemment pas pris feu.

Cela ne ressemblait pas à un accident dont on sort vivant.

Adam désigna le portrait de famille.

— La fille sur la gauche, c'est Barbara, et voici ses parents et sa sœur jumelle, Blair. (Puis il désigna la photo de l'accident.) Barbara dormait chez une amie quand l'accident a eu lieu. Les deux parents sont morts et Blair a été horriblement brûlée. On a dû la ramener à la vie deux fois sur le chemin de l'hôpital. Les médecins ont déclaré que c'était un miracle qu'elle ait survécu, mais je ne suis pas certain qu'elle soit d'accord avec eux. Elle est restée paralysée et elle a subi de sérieux traumatismes cérébraux.

Je ne pus m'empêcher de faire la grimace en regardant cette photo qui la montrait si jeune, si pleine de vie et heureuse. Je savais ce que cela faisait de perdre des membres de sa famille, que ce soit par la mort ou par ce que je considérais être pire. Même si Barbie était une sacrée emmerdeuse sans intention de changer de rôle, je me sentis triste pour elle.

— Barbara, en qualité d'unique famille de Blair, paie son séjour en maison médicalisée.

À l'air sinistre d'Adam, je devinai aussitôt de quel établissement il s'agissait.

— Le Cercle de guérison.

Adam acquiesça. Le Cercle de guérison est probablement le meilleur et le plus grand hôpital et centre de séjour médicalisé de la ville. Il est également tenu par des démons qui ont la fâcheuse tendance d'être partisans de Dougal, le prétendant usurpateur au trône des démons.

— Tu crois que c'est une coïncidence ? demandai-je à Adam, ne sachant pas quoi penser moi-même.

— Difficile à dire. D'un côté, c'est une sacrée coïncidence que le détective privé chargé d'enquêter sur toi soit lié au Cercle de guérison. Malgré tout, n'importe qui ayant un membre de sa famille dans l'état de Blair souhaiterait qu'elle séjourne au Cercle de guérison, s'il est en mesure de payer les frais.

C'était vrai. Mon propre frère avait passé un bout de temps dans cet établissement. Resté en état de catatonie après le départ de son démon, il faisait partie des chanceux qui s'en étaient sortis.

Je fronçai les sourcils.

— Je ne sais pas ce que gagne un détective privé mais tu crois que les revenus de Barbie lui permettent de payer ce type de soins ?

— Je dirais que c'est peu probable. Évidemment, si tous ses clients sont comme Maguire…

J'acquiesçai ; je n'avais pas besoin qu'il finisse sa phrase. Maguire était plus riche que certains petits pays et je doutais qu'il lésinerait sur les dépenses pour la petite chasse aux sorcières qu'il avait lancée contre moi. Et c'était ce à quoi son procès se résumait. De toute évidence, Maguire n'avait pas besoin de plus d'argent, même si j'en avais eu à lui donner.

— Alors tu as eu une petite discussion avec Mlle Paget ? demandai-je.

Adam est un vrai pro de l'intimidation. Sans parler d'autres types de jeux auxquels je ne veux pas penser.

À ma grande surprise, il secoua la tête.

— Sachant que Maguire doit être une véritable vache à lait, je doute que je puisse la convaincre de renoncer. Et le simple fait que je tente ma chance mettrait en route toute une série de sonnettes d'alarme dans sa tête.

— Alors tu es en train de me dire qu'il n'y a rien qu'on puisse faire à son sujet ?

— En gros.

Génial. J'étais fauchée. Je n'avais plus de boulot. On m'intentait un procès. On me suivait et on enquêtait sur moi. Et au milieu de tout ça, j'étais censée aider Lugh à accéder au trône pendant que ses ennemis essayaient régulièrement de nous tuer.

J'avais vraiment besoin d'une nouvelle vie. Franchement, la mienne craignait.

Chapitre 2

Je proposai un café à Adam – la caféine est ma drogue – en m'attendant à un refus. Nous n'étions pas vraiment de bons potes, aussi quand il accepta mon offre, je compris qu'il avait autre chose à m'annoncer. Le connaissant, je n'allais pas aimer, mais ce serait toujours mieux que de ruminer sur mon procès.

Ma situation financière m'avait réduite au café bas de gamme au lieu des grains fraîchement moulus que j'affectionnais. Mais l'odeur était la même et cela me donnait le coup de fouet de caféine dont j'avais besoin. J'apportai deux tasses de café et en tendis une à Adam avant de m'asseoir. J'aurais été une hôtesse convenable en l'invitant à aller dans le salon mais, d'une certaine manière, le salon était trop… intime.

Après avoir contemplé sa tasse d'un air soupçonneux, Adam but une gorgée et fit la grimace. Je bus moi aussi. Je devais avouer que ce café était vraiment mauvais. Je l'avais préparé très fort, ce qui en avait accentué l'amertume.

Je haussai les épaules d'un air aussi désinvolte que possible.

— Tu veux du café de gourmet, reste avec Dominic.

Dominic est le petit ami d'Adam. Ils étaient ensemble bien avant que le tribunal ordonne l'exorcisme de Saul, le démon de Dominic, mais l'histoire entre ce dernier et Adam n'a fait que se consolider depuis. Dominic est vraiment un chic type et c'est aussi le meilleur cuisinier que je connaisse. Il envisage d'ailleurs d'ouvrir son propre restaurant, et j'espère vraiment qu'il va concrétiser ce projet. Je suis sûre que cela deviendrait un endroit «à la mode» à Philadelphie.

Adam eut un demi-sourire.

— Je compte bien rester avec Dominic et ce n'est pas pour son café. Ni pour sa cuisine.

Mes joues s'enflammèrent. Comme je l'ai déjà mentionné, Adam est très versé dans le SM et Dominic est l'élément M de l'équation. Je n'étais plus aussi horrifiée par leur relation que je l'avais été en découvrant la nature de leurs ébats, mais savoir ne me mettait pas pour autant à l'aise. Adam adorait me mettre dans l'embarras en faisant allusion aux aspects olé olé de sa relation avec Dom.

Mais visiblement aujourd'hui, me mettre dans l'embarras ne suffisait pas.

— J'ai une proposition à te faire, dit-il. Cela ne t'aidera pas à te payer la panoplie du gourmet, mais cela te permettra peut-être de remplacer cette eau grasse par du mauvais café.

Je ne savais pas de quoi parlait Adam mais je connaissais déjà ma réponse.

— Je ne suis pas intéressée.

Il éclata de rire.

— Ce n'est rien d'indécent, m'assura-t-il. Je pensais juste qu'étant donné ta situation, tu pourrais apprécier d'avoir quelqu'un avec qui partager ton loyer et tes courses.

Je fus tellement surprise que je faillis renverser mon café.

— Tu parles de Saul, c'est ça ?

À l'origine, Saul était le démon de Dominic. Il avait été agressé par des partisans de Colère de Dieu, le plus militant des groupes de haine anti-démons et, même si Saul était de ces démons à trouver la douleur assez fascinante pour être jouissive, il n'avait pas supporté la violence de cette attaque et s'était défendu. Un de ses agresseurs était mort sur les lieux et un autre était décédé à l'hôpital quelques jours plus tard.

La loi est très stricte envers les démons. Si un démon commet un crime violent, même pour se défendre, il est exorcisé. Adam m'avait demandé de pratiquer cet exorcisme. C'était la première fois que je m'étais sentie coupable d'exorciser un démon.

Saul était un des lieutenants de Lugh. Quand ce dernier avait décidé de rassembler sa cour dans la Plaine des mortels, il avait voulu rappeler Saul du Royaume des démons où il avait été banni après son exorcisme. Lugh avait souhaité que Dominic héberge de nouveau Saul mais Dom avait refusé ce «privilège». Malgré sa relation très proche avec son ancien démon, il n'avait pas voulu sacrifier ce qu'il vivait avec Adam pour héberger Saul de nouveau.

Nous avions trouvé un autre hôte pour Saul : Dick, un produit mentalement déficient du programme d'élevage humain organisé par Dougal. Depuis sa naissance, le pauvre homme avait été élevé dans la croyance que le seul but de sa vie était d'héberger un démon. Quand j'avais exorcisé la saleté qui le possédait, le Conseil de Lugh avait décidé à la majorité que Dick serait un hôte idéal pour Saul. Après tout, sa vie n'aurait ressemblé à rien étant donné son absence totale de compétences et son intelligence limitée.

Brian et moi nous y étions opposés. Nous pensions tous les deux qu'il était immoral de profiter de la naïveté puérile de Dick, mais nous avions dû nous ranger à l'avis général.

D'un hochement de tête, Adam me confirma l'identité de mon prétendant à la colocation.

— Des problèmes au paradis ? demandai-je sans pouvoir contenir la mesquinerie de ma question.

Je ne pourrai jamais dépasser le dégoût que m'inspire la possession de Dick par Saul.

La colère scintilla dans les yeux d'Adam, mais il répondit assez gentiment.

— Nous ne pouvons vivre indéfiniment tous les trois ensemble et je serais heureux de payer sa part du loyer.

Saul habitait chez Adam et Dominic depuis son retour dans la Plaine des mortels, mais je suppose que c'était un arrangement embarrassant. Après tout, les deux démons avaient été amants, mais Adam avait clairement choisi Dom.

Je secouai la tête.

— Tu ne crois pas sérieusement que je puisse avoir envie de partager mon appartement avec Saul.

On ne pouvait en vouloir à Saul pour la décision prise par le Conseil de l'appeler dans le corps de Dick, mais je me défendais bien d'être aussi rationnelle. J'en voulais à Saul, que ce soit sa faute ou non.

— Tu es fauchée, n'est-ce pas? De plus, toi et Lugh avez besoin d'un garde du corps. Voilà un moyen d'en avoir un à domicile sans éveiller les soupçons.

— Je n'ai pas besoin d'un garde du corps! protestai-je avec une désagréable sensation de déjà-vu.

Cette conversation commençait à ressembler à ma dispute avec Brian.

— Tu en es sûre?

Je ne répondis pas parce que, bien entendu, je n'en étais pas sûre. Au contraire de la plupart des hôtes de démons, j'avais gardé le contrôle total de mon corps alors que j'étais possédée. Avec un peu de pratique et dans des circonstances extrêmes, j'avais appris à laisser Lugh prendre le contrôle, à le laisser utiliser sa force de démon ainsi que sa capacité de guérison pour me défendre en cas de nécessité. Cependant, à présent que j'avais finalement appris à le faire à volonté, j'avais découvert que tout avait un prix.

J'avais été malade comme un chien pendant trois jours après avoir laissé Lugh prendre les commandes. Je n'étais pas pressée de réitérer l'expérience. Un garde du corps démon n'était peut-être pas une mauvaise idée. Mais de là à envisager de me priver de mes moyens !

— As-tu oublié que tu n'es pas le seul à avoir un petit ami ? demandai-je.

Adam roula des yeux.

— Je suis sûr que tu serais capable d'inventer une histoire si tu en avais envie, répondit-il.

Adam crispa la mâchoire, les lèvres pincées. Il gardait sa colère sous contrôle, mais avec difficulté.

— Tu as probablement raison, mais je ne le ferai pas.

D'accord, les deux arguments d'Adam étaient solides : j'avais besoin d'argent et un garde du corps pouvait toujours servir. Mais Saul était presque un étranger pour moi et, que je sois juste ou pas, il me faisait déjà mauvaise impression. Comment pourrais-je partager mon appartement exigu avec ce type ?

Je pensais qu'Adam se mettrait en colère et me hurlerait dessus. Je suis une pro quand il s'agit de révéler le pire de lui-même. Mais il baissa la tête et voûta les épaules.

— Alors puisque tu ne le feras pas pour toi, dit-il en s'adressant à la table plutôt qu'à moi, et je sais que tu ne le feras pas pour moi (il leva la tête pour croiser mon regard et je compris à quel point cette discussion lui coûtait), est-ce que tu le ferais pour Dominic ?

Je clignai des yeux de surprise.

— Pour Dominic ? Quel est le problème avec Saul ? Je croyais qu'ils étaient de grands amis.

Adam laissa échapper un soupir lugubre.

— C'est ce que pense Dom. Mais je connais Saul depuis très longtemps. Je t'ai déjà dit que nous sommes amis depuis notre rencontre dans la Plaine des mortels. Et je vois clairement que ce qu'il éprouve pour Dom dépasse la simple amitié.

— Oh, fis-je en ne sachant pas quoi ajouter.

—Dom ne semble pas s'en être rendu compte, mais cela va arriver. Et la situation deviendra encore plus embarrassante qu'elle l'est déjà.

Je secouai la tête.

—Alors pourquoi Saul ne se cherche-t-il pas un endroit à lui ?

—C'est ce qu'il va faire, mais cela risque de prendre du temps. Rappelle-toi qu'il n'a pas d'identité. Pas de numéro de sécurité sociale, pas de permis de conduire, pas de pièce d'identité… Imagine la situation. Je suis en train d'essayer d'arranger ça mais, au cas où tu l'aurais oublié, je suis flic. Si je ne prends pas toutes les précautions, je risque de m'attirer un maximum d'ennuis.

—Depuis quand prends-tu toutes les précautions ? ricanai-je. Je ne peux même pas tenir le compte de toutes les lois que tu as violées depuis que je te connais.

Il acquiesça.

—En certaines circonstances, quand j'agis en solo. Pas dans des situations où je dois compter sur les autres pour qu'ils se taisent. Je ne peux pas créer de toutes pièces une identité pour Saul tout seul ; je dois vraiment faire très attention aux personnes à qui je fais appel. Ce qui explique que cela prenne plus de temps que prévu.

D'accord, je n'aime pas beaucoup Adam, mais j'apprécie vraiment Dom et je ne tenais certainement pas à ce qu'il se retrouve coincé entre les deux hommes quand il comprendrait que Saul aspirait à plus qu'une simple amitié. Mais en dépit de tous les arguments raisonnables qui m'auraient convaincue d'héberger Saul, je ne pouvais tout simplement pas m'y résoudre.

—Demande à Andy, dis-je en secouant la tête. Il a une chambre d'amis chez lui et il ne roule pas vraiment sur l'or non plus.

Andy est mon frère. Il a été deux fois l'hôte du démon Raphael, le frère cadet de Lugh ; une fois volontairement et la seconde un peu contre son gré. Il y a peu, Raphael a libéré Andy en se transférant dans un nouvel hôte. Andy et moi nous sentions coupables d'avoir autorisé Raphael à posséder quelqu'un d'autre, qui plus est un hôte pas du tout consentant. Andy s'était refermé et était devenu maussade depuis que Raphael avait quitté son corps, si bien que je ne fus pas surprise quand Adam m'apprit qu'il lui avait déjà demandé mais avait essuyé un refus.

— Je suppose que je pourrais toujours demander à Brian, poursuivit Adam sur le ton du doute. Mais il n'aurait aucun avantage à accepter et il n'est pas aussi... impliqué que toi.

Je soupirai.

— Laisse-moi un ou deux jours pour y réfléchir, tu veux bien ?

Je n'arrivais pas à croire que je venais de prononcer ces mots, mais il était trop tard pour les ravaler.

Adam soupira à son tour.

— Merci.

Je fus sur le point de protester, mais Adam leva la main pour m'arrêter.

— Je sais que tu n'as pas encore donné ton accord, dit-il. Je te remercie juste de prendre le temps d'y réfléchir. (Son sourire fit s'épanouir les ridules autour de ses yeux.) Pourquoi ne viens-tu pas dîner à la maison ce soir ? Tu pourrais apprendre à connaître Saul et tu profiterais d'un bon repas. (Il repoussa sa tasse après avoir bu tout au plus deux gorgées de café.) Et ce serait l'occasion de t'injecter une dose de vrai café dans l'organisme.

Je n'avais encore jamais trouvé la force de refuser un repas cuisiné par Dominic et je n'allais pas faire exception ce jour-là. Je me mis à saliver rien qu'à cette invitation. Impossible de me résigner à un dîner de soupe au vermicelle après une telle perspective.

Je n'avais pas revu Saul depuis que nous l'avions appelé dans la Plaine des mortels, un peu plus d'une semaine auparavant. Son hôte était le résultat très réussi du programme eugénique de Dougal à Houston. Ce qui équivalait, pour Dougal, à un hôte aux capacités surhumaines doté d'un cerveau de navet. Les chercheurs du laboratoire de Houston étaient parvenus à développer une compétence étonnante chez ces hôtes élevés comme des cobayes : la capacité de changer de forme.

Non, je ne suis pas en train de dire que les hôtes de Houston peuvent se transformer en loup-garou. Quand un démon possède un de ces hôtes, il peut modifier et restructurer son apparence. Le clan des opposants à Lugh avait utilisé cette capacité pour transformer Dick en la réplique d'un humain qui avait été assassiné.

Je savais que Saul travaillait à changer le physique de son hôte. Il ne pouvait continuer à ressembler à Devon Brewster III qui, pour la police, était en cavale, possédé par un démon criminel. C'est pourquoi, quand je frappai à la porte du domicile d'Adam et qu'un parfait inconnu m'ouvrit, je sus qu'il s'agissait de Saul. Malgré tout, ma paranoïa instinctive me fit reculer.

Saul n'avait pas opté pour le physique typique à tomber par terre de l'hôte standard, mais il n'était pas vraiment désagréable à regarder non plus. Dorénavant plus grand et plus mince que Brewster, il avait également effacé les signes de la cinquantaine. Si je n'avais pas été au courant de ces transformations, je lui aurais donné la petite trentaine. Sa mâchoire était moins carrée, ses yeux n'étaient plus bleus mais noisette, ses pommettes étaient plus marquées et son nez beaucoup plus large. Ses cheveux n'étaient plus poivre et sel mais noirs, même si cela pouvait tout simplement être le résultat d'une teinture. En gros, rien en lui ne rappelait de près ou de loin l'ancienne apparence de son hôte.

Passé ce moment de surprise, je lui dis la première chose qui me vint à l'esprit.

— Ouah, ça a dû faire mal.

Quand Raphael avait quitté le corps de mon frère, il avait également investi le corps d'un autre super hôte de Houston qui – par un hasard qui n'en était pas un – était le fils adoptif de Brewster, Tommy. Pour nous faire la démonstration des pouvoirs de cette espèce de super hôtes, Raphael avait provisoirement changé la forme du nez de Tommy en nous faisant bien comprendre combien cette transformation mineure avait été douloureuse.

Saul sourit, une expression qui me rappela celle d'Adam.

— En effet, admit-il.

Je me souvins trop tard que Saul appréciait la douleur.

Super. Apparemment Saul, tout comme Adam, aimait me mettre mal à l'aise. Je me retins de rougir, mais mon corps ne semblait jamais vouloir m'obéir. Je décidai sur le champ qu'il n'y avait aucune chance que je partage mon appartement avec Saul.

Je le dépassai pour entrer puis fronçai les sourcils en prenant conscience que je considérais toujours cette maison comme étant celle d'Adam alors que Dom y vivait également. Mais il fallait admettre qu'en dehors de la cuisine, ce dernier n'avait pas vraiment imprimé sa marque. Et quand on pensait au trou à rats dans lequel il avait vécu dans les quartiers sud de Philadelphie, il valait probablement mieux.

J'inspirai profondément, espérant humer le parfum de la cuisine de Dom qui emplissait d'ordinaire la maison. Au lieu de quoi, je reniflai à pleines narines un après-rasage trop fort et éternuai trois fois coup sur coup.

Les yeux larmoyants, je jetai un regard à Saul.

— Qu'est-ce que tu as fait ? Tu t'es baigné dedans ?

Les narines dilatées, il renifla l'air environnant, puis fronça les sourcils comme s'il venait juste de remarquer les puissants effluves.

— Trop fort ?

Je roulai des yeux.

— Hum, ouais.

J'essayai de respirer par la bouche, mais je ne réussis qu'à me brûler la gorge.

Saul haussa les épaules.

— Je n'ai plus l'habitude des sens humains. Je dois trop compenser.

Nous avions dû mettre plus de temps que prévu pour parvenir à la cuisine, car Adam vint à notre rencontre. À peine se trouva-t-il à cinq mètres de Saul qu'il eut un mouvement de recul.

— Ah ! fit-il en plissant le nez, l'air dégoûté. Rappelle-moi de ne plus te prêter mon après-rasage. Tu m'en as laissé ou tu as vidé la bouteille ?

Ce truc était tellement fort que je n'avais même pas reconnu le parfum d'Adam. J'avais toujours trouvé ce parfum sexy, mais Saul venait de tout gâcher.

Ce dernier adressa à Adam un regard chagriné.

— Morgane me faisait justement remarquer que j'en avais abusé. (Il soupira.) Je crois que je vais aller prendre une autre douche.

Les pointes de ses cheveux étaient encore humides. Si le parfum avait été supportable, je lui aurais dit que cela ne faisait rien. En vérité, j'avais hâte qu'il déguerpisse. Ce que lui intima Adam d'un geste de la main. Saul se dirigea vers l'escalier en traînant les pieds.

Son parfum s'attarda dans l'air après son départ. Mon regard croisa celui d'Adam et il n'eut aucun mal à lire dans mes pensées.

— Il va bientôt se modérer, dit-il. Tu ne peux imaginer ce que l'on vit quand on remet les pieds dans la Plaine des mortels et qu'on fait l'expérience de toutes ces sensations physiques, même les goûts et les odeurs. Il va exagérer pendant quelque temps, puis il se comportera davantage comme une personne normale.

J'adressai à Adam un regard sceptique.

— Toi aussi tu as pris un bain d'après-rasage quand tu as débarqué dans la Plaine des mortels ?

À l'expression d'Adam, je compris que ça n'avait pas été le cas. Il s'empressa de se justifier.

— D'accord, Saul est un peu trop hédoniste. Mais une fois qu'il se sera réadapté, ce ne sera pas si grave.

— Ouais, ouais.

— Où êtes-vous ? appela Dominic depuis la cuisine. Le dîner est presque prêt.

Adam fit un mouvement de bras en direction de la cuisine.

— Je ne sais pas ce que tu en penses, mais je n'ai pas vraiment envie d'attendre Saul pour commencer.

Mon nez se remettait doucement du choc olfactif, et je pus humer des fumets de cuisine. Mon estomac exprima son avis par un grognement. J'étais déjà à mi-chemin de la cuisine quand Adam finit sa phrase.

Saul nous rejoignit à table cinq minutes après le début du repas. De toute évidence, prendre une douche à une vitesse surhumaine faisait aussi partie de ses pouvoirs.

Dès que Saul entra dans la pièce, je perçus la tension dont Adam m'avait parlé. Peut-être était-ce juste parce qu'il m'en avait avertie, mais je crois que même quelqu'un d'aussi bouché que moi l'aurait remarquée ; même si c'était une tension très subtile.

Les trois hommes plaisantaient et riaient gentiment, et le visage de Dominic s'illumina quand nous complimentâmes sa cuisine. Mais quelque chose clochait. Peut-être la manière dont Saul regardait Dom, avec un soupçon de mélancolie. Ou peut-être qu'Adam se montrait plus possessif que d'habitude. La moindre occasion était bonne pour toucher Dom. Ce dernier m'avait confié qu'Adam n'était pas sûr de lui. J'avais eu du mal à le considérer sous ce jour, lui qui m'avait toujours paru être un modèle d'assurance. D'arrogance, en fait. Mais il avait tout l'air d'un homme qui craignait de perdre son amant.

Je suis peut-être cynique, mais je devinais que c'était plus pour son bien que pour celui de Dom qu'Adam souhaitait que Saul débarrasse le plancher.

Il était impensable de sortir de la cuisine de Dom sans prendre du dessert, et ce soir-là ne fit pas exception. C'était un simple *cheesecake*, sans garniture fantaisiste ni parfum sophistiqué, mais c'était le meilleur que j'aie jamais mangé.

La conversation se fit plus calme pendant que nous sirotions le café noir italien qui concluait le repas. Je déteste bavarder – demandez autour de moi –, mais malheureusement cela n'empêche pas ma bouche de s'ouvrir aux moments les plus inopportuns.

Aussi, en guise de bavardage de fin de repas, je me tournai d'un coup vers Saul pour lui demander :

— Au fait, qu'est-ce qui se passe entre Raphael et toi ?

J'ignorais beaucoup de choses concernant Saul et je dois admettre que cela attisait ma curiosité. Je n'avais appris sa véritable identité qu'au moment où nous l'avions invoqué dans la Plaine des mortels. C'était le fils de Raphael. Mais le père et le fils étaient en froid. Je ne connaissais personne qui appréciait vraiment Raphael – Andy et moi le haïssions –, mais je pense que nous ne le détestons pas autant que Saul.

Mes paroles reçurent le même accueil qu'un défilé de cafards. Les trois hommes tournèrent vers moi des visages exprimant des degrés variés de désapprobation.

J'avoue, j'avais tort. Ce n'était pas le moment approprié pour discuter de la relation de Saul et de Raphael. Mais à présent que j'avais lancé la question, je n'avais aucune envie de la retirer.

Je haussai les épaules comme si les regards que me jetaient les trois hommes ne me touchaient pas.

— Allez. C'est une question logique, et j'ai attendu plus d'une semaine avant de la poser. D'habitude, je ne suis pas aussi patiente.

J'aurais pu interroger Lugh à ce sujet, mais nous n'avions pas beaucoup communiqué ces derniers temps. J'avais beaucoup de mal à dormir, et Lugh ne tenait pas à troubler les quelques heures de sommeil que j'arrachais avec nos conversations de rêves lucides.

— La raison pour laquelle Raphael et moi ne nous entendons pas ne te regarde pas, répondit enfin Saul en brisant le silence tendu.

Il ne m'avait pas échappé que Saul avait dit « Raphael » et non « mon père ». Quelle que soit l'histoire de leur dispute, elle était profondément enracinée.

— Vous faites tous les deux partie du Conseil de Lugh, et je suis l'hôte de ce dernier, répliquai-je. S'il y a un problème entre Raphael et toi, je dois en connaître la nature.

Je m'efforçai d'adopter un ton autoritaire sans être certaine d'y parvenir.

— Tu sais qu'il y a un problème. Pas besoin d'entrer dans les détails.

À ma grande surprise, Dom intervint avant que je puisse formuler ma réponse.

— Et pourquoi pas ? dit-il. Pourquoi cela devrait-il rester secret ?

Je regardai Dom en me demandant s'il connaissait la réponse à ma question. Mais il ne me le dirait pas si c'était le cas. C'était à Saul de raconter son histoire… ou de ne pas la raconter, vu les circonstances.

Saul fit la moue comme s'il venait de manger quelque chose de dégoûtant, mais il céda face à l'assurance de Dominic.

—Très bien, je vais tout t'expliquer de ma relation avec *père*. (Il étrécit les yeux et crispa les mâchoires.) Je refuse de l'appeler «mon père» parce qu'il m'a engendré uniquement dans l'intention de blesser Lugh.

J'arquai les sourcils de surprise et de curiosité sincères. Les commérages ne m'avaient jamais intéressée – il faut avoir des copines pour ça, et je préfère les copains –, mais cette histoire piquait ma curiosité.

—Attends une seconde, dis-je. Il y a quelque chose que je ne comprends pas. Vous n'avez pas de corps au Royaume des démons. Alors comment pouvez-vous vous, euh, reproduire?

Je me demandai si ma question n'était pas un peu grossière et si la réponse n'allait pas me gêner, mais Saul m'expliqua de manière très neutre.

—Nous n'avons pas de corps au sens où tu l'entends, mais nous sommes malgré tout des entités distinctes. Tu peux nous imaginer comme un regroupement d'énergies. Ce n'est pas une description tout à fait adéquate, mais c'est une image assez pertinente. Quand nous nous accouplons, l'enfant que nous créons tire son énergie des deux parents. Plus les parents sont puissants, plus l'enfant peut aspirer d'énergie. Si les parents sont de puissances inégales alors le parent le plus puissant des deux doit fournir davantage d'énergie pour protéger le moins puissant. Sinon, le parent le moins puissant peut être aspiré complètement et mourir. Ma mère était une… amie de Lugh, même si elle était d'un rang inférieur et était beaucoup moins puissante. Lugh est assez égalitariste pour se soucier autant des démons de bas rang que des royaux et de ceux qui appartiennent à l'élite, et Raphael et lui se sont souvent disputés à ce sujet. Raphael pensait que Lugh devait se préoccuper uniquement de ses semblables. Comme Lugh n'était pas d'accord, Raphael a décidé de lui porter un coup par l'intermédiaire de ma mère. Il l'a persuadée d'avoir un enfant avec lui. Il lui a promis de compenser par son énergie et de la protéger. Mais il mentait, comme d'habitude. Il a donné le moins possible de lui-même et a laissé ma mère déverser toute sa force vitale en moi. Ma mère a été détruite et je suis né de sang royal sans le pouvoir des rois.

Il déglutit, faisant saillir sa pomme d'Adam.

— Il est déjà arrivé que des démons de rangs différents aient des enfants ensemble, dit doucement Adam quand il sembla que Saul en avait fini. Mais c'est assez rare. Quand cela se produit, c'est généralement le parent le plus puissant qui est le plus… diminué. La force finit par revenir, mais cela peut prendre des siècles pour régénérer l'énergie perdue. Si Delilah avait mieux connu Raphael, elle aurait compris qu'il ne se mettrait jamais dans une telle situation. Mais elle ne le connaissait pas bien et elle n'a pu résister à l'attrait d'avoir un enfant royal. Notre société est élitiste et, si Raphael avait tenu sa promesse, Delilah se serait élevée dans la hiérarchie.

Je digérai toutes ces informations sans savoir quoi en faire. Je ne m'étais jamais vraiment interrogée sur la reproduction des démons, mais je pensais comprendre l'explication de Saul… à l'exception d'une chose.

— Pourquoi Raphael a-t-il agi de la sorte ? demandai-je.

Oui, je le détestais. Oui, il était cruel et égoïste et à la limite de la méchanceté. Il était même capable d'être mesquin. Mais en dépit de tout ce qu'il était, il n'agissait jamais sans raison. Pas forcément avec une *bonne* raison cela dit, tout du moins pas de mon point de vue, mais une raison néanmoins.

— Je te l'ai expliqué, dit Saul d'une voix hargneuse. Pour blesser Lugh. Et parce qu'il le pouvait.

Mon intuition me disait qu'il y avait plus que cette histoire. Je jetai un regard à Adam en arquant un sourcil. Il haussa les épaules et secoua la tête, ce qui semblait vouloir dire qu'il partageait mon opinion sans pour autant connaître les motivations de Raphael.

Je ne tenais pas à poser la question à ce dernier. Mais Lugh saurait exactement ce que son frère avait tramé. Je lui adressai un message mental afin qu'il vienne me parler la nuit suivante. J'étais certaine qu'il accéderait à ma requête.

Chapitre 3

J'étais pensive en quittant la maison d'Adam. Leurs conditions de cohabitation n'étaient clairement pas optimales, mais je n'avais pas plus envie qu'avant de proposer ma chambre d'amis à Saul. J'aime penser que je suis une personne convenable, mais je ne suis pas vraiment altruiste de nature.

Plutôt que de ruminer sur mes défauts, j'allais ruminer sur ce qu'Adam m'avait appris cet après-midi au sujet de Barbie. Même si je savais que je n'en avais pas fini avec elle, je m'étais autorisée à l'oublier pendant un temps. Loin des yeux, loin du cœur, vous voyez ? Mais à présent qu'elle revenait sur le devant de la scène…

J'étais à mi-chemin de ma voiture, que j'avais garée à un peu plus d'un bloc de la maison d'Adam, quand il me vint à l'esprit que si Barbie tenait vraiment à enquêter sur moi, elle pouvait très bien être en train de me suivre et de jouer les fouille-merde. Au lieu de monter dans ma voiture et de rentrer chez moi, je passai quelques minutes à inspecter les environs.

Quand on est une femme dans une grande ville comme Philadelphie, on apprend à faire attention aux gens qui nous entourent. Mais on apprend aussi à ne pas tenir compte de ceux qui ne mettent pas votre alarme interne en route. Parfois, quand on croise quelqu'un dans la rue, on a l'impression que cette personne est seule au monde.

Personne n'avait déclenché mon radar, mais Barbie parviendrait certainement à le déjouer. J'observai les piétons en vue en quête d'un signe d'elle. En vain. Je faillis presque me convaincre de laisser tomber, mais ma paranoïa turbinait à plein régime. Je me mis donc à inspecter les voitures stationnées de chaque côté de la rue.

Les lampadaires illuminaient suffisamment les trottoirs, mais les toits des voitures formaient de grandes ombres et, si je n'avais pas scruté les alentours avec autant d'attention, je ne l'aurais jamais repérée. Barbie n'était rien de plus qu'une tache d'ombre plus sombre à l'intérieur d'une petite berline ordinaire et je l'aurais manquée malgré mon inspection vigilante si les phares d'une autre voiture ne l'avaient momentanément éclairée.

Les dents serrées, je me dirigeai à grands pas vers la voiture sans savoir ce que j'allais faire – après tout, rien dans sa démarche n'était illégal –, mais j'étais déterminée à me débarrasser d'elle quelle que soit la manière.

Il ne lui fallut pas longtemps pour comprendre qu'elle avait été repérée et, même si je m'imaginais à moitié qu'elle allait démarrer et déguerpir, elle sortit de sa voiture pour m'attendre.

Je l'appelais « Barbie » parce qu'elle était menue, blonde et bien roulée, et que son joli visage me faisait penser à celui d'une pom-pom girl mièvre. Pourtant, ce jour-là, elle donnait plutôt dans le style Barbie voleuse de voiture : un pantalon moulant noir, un tee-shirt noir ajusté qui la collait à en faire baver les hommes et une veste noire légère. Ses cheveux blonds, habituellement tape-à-l'œil, étaient tirés en une queue-de-cheval basse, les mèches rebelles maintenues par un serre-tête en velours noir. Idéal pour se terrer dans l'ombre, je suppose, même si avec sa peau pâle, elle aurait probablement eu besoin de maquillage pour mieux se camoufler – ou d'une cagoule de ski – afin de se dissimuler complètement.

Je m'immobilisai en face d'elle, assez près pour que notre différence de taille soit sensible. C'était une femme qui était prête à affronter un démon et je ne fus donc pas surprise de ne pas l'intimider. Elle était probablement armée : il faisait un peu chaud pour porter une veste ce soir-là, à moins qu'elle souhaite cacher son holster d'épaule.

—Vous avez l'air d'un second rôle dans *Mission impossible*, déclarai-je.

Au lieu de se sentir insultée, elle sourit en haussant les épaules.

—Je sais que la tenue fait un peu cliché, mais le noir est ce qui convient le mieux à la surveillance de nuit.

—Je suppose que cela signifie que vous ne prétendez plus être journaliste.

—Je suis sûre que vous avez déjà percé cette couverture. Je ne vois aucune raison d'insulter votre intelligence en continuant à faire semblant.

—C'est gentil de votre part, dis-je en me demandant quoi ajouter.

Qu'espérais-je en me confrontant à elle ? Je ne savais pas. À présent, je regrettais de ne pas y avoir réfléchi plus tôt.

—Pour une exorciste, vous semblez passer beaucoup de temps avec des démons, me fit-elle remarquer.

Ne sachant quoi répondre, je me tus.

—Et particulièrement avec Adam White, poursuivit-elle. J'ai interrogé les voisins et je sais que vous avez déjà passé au moins une nuit chez lui.

Je n'ai jamais su rester impassible, et ma surprise et mon désarroi durent se lire sur mon visage. On est en ville ici ! Les gens ne sont pas censés surveiller leurs voisins. Je ne voyais pas comment le fait que je fréquente Adam pouvait me porter préjudice dans un procès, mais Barbie pouvait définitivement transformer ma vie en enfer si elle décidait d'exploiter cette information.

Brian savait, bien sûr, que je passais beaucoup de temps avec Adam. Après tout, nous faisions tous partie du Conseil de Lugh. Mais il ne savait pas que j'avais passé la nuit chez lui. Non pas que cela soit arrivé ces derniers temps, et chaque fois que cela s'était produit j'avais été sa prisonnière, mais je ne souhaitais pas que Brian soit au courant de tout ça. Je m'étais sacrifiée de manière assez malsaine en permettant à Adam de jouer avec moi afin qu'il m'aide à sauver Brian quand ce dernier avait été enlevé par les partisans de Dougal. Jouer avec moi, pour Adam, avait consisté à me fouetter jusqu'à ce que mon dos se réduise à des lambeaux sanguinolents. Des dégâts que Lugh avait soignés en quelques heures. Et dont Brian ne saurait jamais rien parce que le simple fait de l'apprendre lui ferait mal.

Puisque Barbie avait déjà lu sur mon visage qu'elle avait touché un point sensible, je décidai de ne rien cacher.

— Le temps que je passe avec Adam ne vous regarde en rien, lançai-je d'un ton hargneux. Je ne peux pas vous en vouloir de faire votre boulot. (En fait, je lui en voulais et j'étais certaine qu'elle le comprit au ton de ma voix.) Mais ma vie privée n'a rien à voir avec ma vie professionnelle, alors ne venez pas y fourrer votre nez.

Franchement, j'aurais aimé que Barbie prenne un air calme et repentant, et se confonde en excuses avant de mettre les bouts pour ne plus jamais revenir. Mais, sans surprise, cela se passa tout autrement.

Barbie m'adressa un sourire sardonique qui détonnait singulièrement sur son joli et innocent visage.

— Je sais que vous n'êtes pas aussi naïve que ça. On peut utiliser tout et n'importe quoi contre vous au cours du procès. Il se peut que cela n'affecte en rien le résultat, mais cela peut vous créer des problèmes pendant des mois, peut-être même des années.

Je me rappelai que Barbie se contentait de faire son boulot et ne méritait probablement pas que je fasse sauter ses dents blanches.

— Je ne comprends pas. Je n'ai pas d'argent et Maguire n'en aurait de toute façon pas besoin même si j'en avais. Entre ses avocats et vous, il dépense bien plus qu'il ne peut espérer récupérer. Alors quel est le but ?

Je crus déceler une once de sympathie dans l'expression de Barbie, même si je prenais probablement mes rêves pour la réalité.

— Je pense que le but a déjà été amplement expliqué. (Elle ouvrit la portière de sa voiture.) Ça tournera au vinaigre avant que ça s'arrange. (En fait, elle avait l'air sinistre.) Je suis très bonne dans mon travail.

Ses dernières paroles déclenchèrent une vague de frissons qui me parcourut le dos. Je n'avais toujours pas trouvé de réplique adéquate qu'elle avait déjà fermé la portière et fichu le camp. Mon intuition me disait qu'elle n'irait pas bien loin et que je ferais bien de rester vigilante tout le long du procès.

Ai-je déjà mentionné que ma vie craignait ?

Je ne suis pas une fan du sommeil sous médicaments mais, ce soir-là, je ne pus résister à la tentation d'un somnifère. Mais, même sous l'effet de la drogue, mon esprit rechignait à sombrer dans l'inconscience et je me retournais dans mon lit pendant une heure, malgré mes paupières lourdes.

Je finis par succomber, mais je doute avoir profité de plus d'une minute d'oubli bienheureux avant de me « réveiller » dans le salon de Lugh.

Il ne possédait pas vraiment de salon, bien sûr. Mais il avait le contrôle total de mes rêves et il pouvait les transposer dans le décor qui lui plaisait. Ce salon était le décor qu'il choisissait le plus fréquemment mais, par le passé, il avait également fait apparaître une impressionnante salle du trône et une chambre sexy, selon l'effet qu'il souhaitait produire sur moi.

De toute évidence, ce soir-là, il voulait être rassurant, parce qu'il avait ajouté un feu de cheminée au décor habituel du salon. J'étais assise – allongée, plutôt – sur le canapé en cuir le plus moelleux au monde, mes pieds nus posés sur un pouf coordonné, face au feu de cheminée. Sans lever la tête du dossier du canapé, je me tournai vers Lugh qui était assis juste assez près de moi pour envahir mon espace intime. Comme j'avais abandonné l'idée de lui faire respecter mes frontières, je ne me donnai pas la peine de protester.

Tout comme le salon, le corps de Lugh était une illusion, une création uniquement élaborée pour me plaire. Et je peux vous assurer qu'il savait y faire. Grand, la peau dorée, les cheveux sombres et longs, des yeux d'ambre et un corps à mourir – mais pas littéralement –, il m'excitait en tous points. Dur dur. Si je n'avais pas été amoureuse de Brian, je ne sais pas comment je me serais retenue de sauter sur Lugh.

Pour aggraver la situation, Lugh ne pensait pas que ma relation avec Brian m'interdisait de pouvoir profiter de ses… charmes. D'après lui, comme je ne pouvais être avec lui que lorsque j'étais endormie et que je ne pouvais être avec Brian que lorsque j'étais éveillée, il n'y avait pas lieu que les deux hommes soient en compétition et donc, pour moi, aucune raison que je doive choisir entre les deux. Nous ne risquions pas de tomber d'accord à ce sujet. Et même si ce soir, Lugh avait l'air aussi appétissant que d'habitude, il ne semblait pas se montrer trop entreprenant. Pas encore.

—J'ai cru comprendre que tu voulais me parler ? me demanda-t-il avec un haussement élégant des sourcils.

« J'ai cru comprendre », mon cul. Il vivait dans mon corps et dans mon esprit. Il savait tout de mes pensées et de mes émotions, même celles que je gardais sous clé. Même celles que je ne voulais pas qu'il connaisse. Quand j'y songeais, j'étais prise d'une crise de panique. Je stoppai mes réflexions pour lui répondre.

— Ça te dit de me donner ta version de l'histoire de Raphael et Delilah ? Je ne suis pas certaine de pouvoir croire à celle de Saul.

— Ma version ne sera pas tout à fait impartiale non plus, m'avertit-il avec un sourire railleur.

Mais derrière ce sourire, je décelai une autre émotion. Un soupçon de… colère ? D'amertume ? Je n'étais pas sûre. Tout ce que je savais, c'était que ça n'avait rien à voir avec de la joie.

— Je ne m'attends pas qu'elle le soit, lui assurai-je.

Mais j'espérais qu'elle soit plus impartiale que celle de Saul. Lugh possédait cette qualité enviable de pouvoir considérer les gens et les événements avec une certaine distance. Ce n'était pas par insensibilité, c'était…

— … la capacité à pouvoir temporairement mettre ses émotions de côté.

Je lui jetai un regard furieux. Je savais qu'il entendait tout de mes monologues intérieurs, mais parfois j'aurais apprécié qu'il fasse semblant de ne pas en être capable.

Il m'adressa un sourire d'excuse.

— La description que Saul a faite des événements est assez exacte. Mais son interprétation des motivations de mon frère ne l'était pas.

— Alors Raphael n'a pas agi ainsi juste pour te blesser ?

Un muscle de la mâchoire de Lugh se crispa.

— Oh, je suis sûr qu'il a considéré prendre l'avantage sur moi. Mais j'ai compris, seulement il y a peu de temps, qu'il y avait plus que ça. À l'époque, je l'ai pris au pied de la lettre. J'ai cru qu'il essayait de m'atteindre par le biais de la femme que j'aimais et c'est à ce moment que j'ai officiellement rompu nos relations.

La femme qu'il aimait ? Cette idée me surprit, même si bien sûr elle était stupide à l'excès. Les démons peuvent être très différents des humains, mais j'avais eu nombre de preuves qu'ils étaient capables d'amour. Je ne connaissais pas exactement l'âge de Lugh, mais je savais qu'il était très vieux. Les chances qu'il ait pu traverser tout ce temps sans aimer une femme…

Évidemment, je n'allais pas l'interroger à propos de sa vie sentimentale, même si le tressautement fugace de ses lèvres me rappela qu'il lisait dans mes pensées.

— Qu'est-ce que tu entends par « officiellement rompu vos relations » ?

L'esquisse de sourire disparut comme si elle n'avait jamais existé.

— Cela signifie que, depuis ce jour-là jusqu'au moment où je suis monté sur le trône, j'ai refusé de le voir ou de lui adresser la parole. Et l'unique raison pour laquelle je lui ai parlé quand j'ai accédé au trône, c'était parce que je voulais connaître son Nom véritable.

En tant que roi des démons, Lugh avait le droit de connaître le Nom véritable de tous ses sujets qui en avaient gagné un. S'il connaissait le Nom véritable d'un démon, il pouvait appeler ce démon à lui où que ce dernier se trouve dans le Royaume des démons. Que des humains puissent utiliser les Noms véritables pour appeler les démons sur la Plaine des mortels demeurait secondaire. Lugh aurait pu obliger ses frères à lui révéler leur Nom véritable mais, dans un moment de candeur, il y avait renoncé, espérant que ce geste de confiance réparerait leur relation fraternelle. Finalement, il avait donné à Dougal le pouvoir dont il avait besoin pour organiser son coup d'État.

— Qu'as-tu découvert que tu n'avais pas saisi jusqu'alors ? insistai-je comme il demeurait silencieux.

Il secoua la tête comme pour se débarrasser de souvenirs.

— Tu ne te trompes pas en pensant que Raphael a toujours de bonnes raisons pour justifier ses actes, du moins pour lui.

Je ne pense pas qu'il aurait tué Delilah uniquement pour me blesser. Mais puisque à cette époque nous étions pratiquement en guerre, il ne m'était jamais venu à l'esprit qu'il avait pu agir ainsi dans mon intérêt.

Je haussai d'un coup les sourcils et me redressai en tournant complètement mon corps vers Lugh.

— Comment diable a-t-il pu agir ainsi dans ton intérêt ? demandai-je, la voix emplie de colère.

Lugh baissa la tête, les yeux rivés sur ses genoux. Il devait vraiment être mal à l'aise, car cela ne lui ressemblait pas de détourner le regard.

— Les démons ne se marient pas comme les humains, dit-il. Nous entretenons des relations durables, mais il n'y a pas d'officialisation de notre union. Malgré tout, même si le mariage n'existe pas dans notre monde, d'un point de vue humain, il serait exact de considérer Delilah comme ma femme.

— D'accord, dis-je en l'invitant d'un geste à poursuivre, geste qu'il ne vit probablement pas puisqu'il ne me regardait toujours pas.

Il baissa la voix et je dus me pencher pour l'entendre.

— Que finit-il par arriver habituellement quand un homme et une femme se marient ?

Étant donné mon état d'esprit, je ne m'attendais même pas à ce type de commentaire.

— Ils ont des enfants, répondis-je. (Lugh acquiesça avant que je poursuive :) Mais si tu avais eu un enfant avec Delilah, tu aurais donné sacrément plus d'énergie que Raphael ne l'a fait.

Il hocha de nouveau la tête.

— Cela aurait été la seule chose honorable à faire. De plus, je n'aurais pas voulu risquer qu'elle souffre.

L'ampoule s'alluma enfin au-dessus de ma tête.

— Et pendant combien de temps aurais-tu été diminué ?

Je me rappelai qu'Adam avait évoqué des siècles, mais c'était difficile à croire.

— Tu peux le croire, dit Lugh. Si Delilah et moi avions eu un enfant, je serais encore… très faible. Il est véritablement impossible pour les démons de s'entre-tuer dans leur Royaume, à moins qu'il existe une grande différence de pouvoir. J'aurais donné à Dougal la possibilité de me détruire et il serait à présent sur le trône, en qualité de roi plutôt que de régent.

Je ruminai cette réponse pendant un moment.

— Alors tu penses qu'à cette époque Raphael savait que Dougal allait essayer de monter sur le trône?

Lugh acquiesça.

— Il m'en a même averti, mais j'ai refusé de l'écouter. J'ai cru qu'il essayait juste de semer le trouble. Même si Dougal et moi n'étions pas d'accord sur de nombreux points politiques, je n'aurais jamais cru qu'il tenterait de prendre le pouvoir.

Comme vous avez dû le comprendre, je ne suis pas la femme la plus sensible et la plus compatissante qui soit. Cependant, j'étais quand même en mesure de sentir combien Lugh était blessé et surpris. Nous avions déjà parlé à plusieurs reprises de plans et de stratégies de défense pour réparer les torts, mais nous n'avions jamais discuté de ce que Lugh avait ressenti quand il avait été trahi par son frère. Je savais à quel point cela avait été horrible pour moi quand ma meilleure amie m'avait trahie en tentant de m'éliminer. Cela aurait été bien pire s'il s'était agi de mon frère.

Une fois encore, Lugh ne dissimula qu'il lisait dans mes pensées.

— Je suis plus désabusé que blessé, dit-il. Dougal et moi n'avons jamais été proches. C'est pourquoi je ne prends pas cette attaque de manière personnelle.

— Hum. Tu sais que tu me reproches toujours de me mentir à moi-même? Eh bien, je n'ai pas besoin d'être un démon contrôlant ton corps pour te retourner cette critique.

Lugh grimaça.

— Je suis roi. Mes sentiments importent peu.

Je n'étais pas certaine de comprendre la logique de son raisonnement, mais je m'en fichais. Commettant l'impensable, je me rapprochai de lui sur le canapé et posai une main compatissante sur son bras.

— Ce que tu ressens importe pour moi.

Dès que j'eus prononcé ces mots, je regrettai de ne pouvoir les ravaler. Quel genre d'idiote s'adresse ainsi à un homme qu'elle essaie de toujours garder à distance ? Peu m'importait que cela soit impossible, puisqu'il habitait dans mon corps.

Je m'écartai de lui en grognant. Une main sur les yeux, je me maudis. Peut-être devrais-je prendre des leçons auprès de Raphael. J'étais certaine que pour être un bon menteur, il fallait savoir quand la boucler. Et évidemment, garder un visage impassible, ce dont j'étais bien incapable.

Lugh gloussa.

— Il ne te servirait à rien de me mentir.

Il écarta ma main de mes paupières. Je commis l'erreur de croiser son regard pour découvrir que je ne pouvais m'en détacher.

— Tu ne peux pas me garder à distance, Morgane. Et tu ne peux pas non plus me duper. Peu importe ce que tu choisis de me confier. (Sa voix se fit encore plus douce.) Tu ne peux pas choisir non plus ce que tu ressens. La vie serait beaucoup plus simple si on pouvait maîtriser nos sentiments, mais même les démons en sont incapables.

Mon pouls s'accéléra et mon ventre palpita agréablement. Lugh n'avait pas lâché ma main et j'étais subitement très consciente de la chaleur de sa peau sur la mienne. Je déglutis.

Dans le monde selon Morgane Kingsley, le fait que je sois amoureuse de Brian aurait dû anéantir toute autre attirance sexuelle envers les autres mâles de l'espèce. Bien sûr, je pouvais les trouver agréables à regarder. Je pouvais même nourrir un ou deux fantasmes. Mais je ne devais pas les désirer, pas de la façon dont je désirais Lugh.

— Les sentiments n'obéissent pas aux « il faut » ou « il ne faut pas », me rappela Lugh.

— Bon sang! dis-je, désirant à présent me débarrasser de sa main. Cesse de répondre à mes pensées! Pourrais-tu au moins me donner l'illusion d'une certaine intimité ?

Il haussa une épaule avec grâce.

— Ce serait te tromper.

Je ricanai. D'après ce que j'en savais, Lugh ne m'avait jamais franchement menti, mais il était tout à fait capable de me tromper.

— Et alors ?

— Et la tromperie ne me mènerait à rien d'autre que te mettre en colère si tu découvres que ce en quoi tu crois n'est qu'illusion.

J'appréciais Lugh malgré moi. Mais, en des moments pareils, je l'aurais étranglé avec plaisir.

— Est-ce qu'il t'est déjà venu à l'esprit, poursuivit-il, que je t'attire à ce point parce que ton esprit m'est totalement ouvert ? Je connais tes pensées, tes sentiments, tes fantasmes, tes secrets. Et malgré tout ce que je sais, je te désire.

Je me réveillai d'un coup. C'était la première fois depuis longtemps que je m'extirpais d'un des rêves de Lugh sans que cela requière un effort conscient de ma part. Je me redressai brutalement dans mon lit, la peau moite, frissonnant dans la fraîcheur de l'air conditionné. Remontant mes genoux contre ma poitrine, j'entourai mes jambes de mes bras. Les paroles de Lugh résonnaient dans ma tête, encore et encore. Je désirais étouffer ces mots, contraindre mon esprit à s'écarter d'eux. Parce que Lugh – maudit soit-il – avait touché ce qu'il savait être le point faible de mon armure.

Pour le monde extérieur, j'étais courageuse, confiante, impudente même. Mais je traînais bien d'autres bagages, des valises bourrées d'insécurité et de doutes. Ces valises m'empêchaient de m'engager vis-à-vis de Brian et de m'ouvrir à lui. J'étais terrifiée par ce que Brian pourrait penser de moi s'il me connaissait vraiment, et je craignais qu'il se ravise finalement en découvrant qu'il était trop bien pour moi.

— C'était un coup bas, Lugh, marmonnai-je dans la pièce vide.

Ouais, peut-être que Lugh savait tout ce que ces valises que je me traînais contenaient et, ouais, d'une certaine manière, il était plus en sécurité que n'importe quel autre être humain. Mais c'était Brian que j'aimais, Brian dont j'avais besoin. Et pour me le prouver (et peut-être le prouver aussi à Lugh), je décrochai le téléphone et composai le numéro de Brian au beau milieu de la nuit. Je le suppliai de venir me rejoindre pour me baiser comme un fou. C'est un homme, il ne refusa pas l'invitation.

La seule excuse que j'avais de ne pas avoir réfléchi à cette décision était que… eh bien, que je n'y avais pas du tout réfléchi.

Brian était délicieusement échevelé quand il arriva, et je lui sautai dessus pratiquement à la seconde où il passa la porte. Il fut ravi de me rendre service. Très vite son jean rejoignit mon bas de pyjama au sol et il me cloua contre le mur.

Notre alchimie physique a toujours été une des meilleures facettes de notre relation. Le bonheur de sentir son corps contre le mien, sa queue en moi, sa langue dans ma bouche, bannit toute pensée de Lugh. J'étais réduite à une collection de terminaisons nerveuses, m'oubliant dans le plaisir physique et dans le sentiment de justesse qui me pénétrait quand Brian et moi nous étreignions.

Toujours bien élevé, Brian attendit que je jouisse pour laisser exploser son plaisir. Quand ce fut fini, nous étions à bout de souffle, nos corps glissants de sueur. Mes jambes enroulées autour de ses hanches et mes bras autour de son cou, je penchai la tête sur son épaule.

Il reprit ses esprits plus vite que moi et, me tenant toujours agrippée à lui tel un singe, il me transporta jusqu'à ma chambre. J'étais sur le point de me remettre à cogiter, mais Brian me sauva de cette horreur en me débarrassant de mon haut de pyjama et en ôtant son tee-shirt. La vision de son corps nu balaya de ma tête toute autre pensée que « je le veux ».

Malheureusement, nous ne pouvions faire l'amour éternellement. Et encore plus malheureusement, Brian ne succomba pas à son habitude de s'endormir ensuite. Il me posa plutôt la question que j'aurais anticipée si seulement j'avais pris le temps de considérer les conséquences de mon geste, à savoir l'appeler en pleine nuit pour le convier à une partie de jambes en l'air.

— Qu'est-ce qui ne va pas ? me demanda-t-il en me coinçant fermement sous son bras, collé à mon dos, ses lèvres frôlant mon épaule en sueur.

Je n'avais jamais mentionné à Brian que Lugh me draguait pendant mes rêves. En de nombreux points, Brian est la quintessence du type moderne et sensible : toujours compréhensif et beaucoup plus enclin que moi à parler de ce qu'il ressent. Mais peu importe sa sensibilité, c'est un homme et il n'apprécierait pas l'idée qu'un autre essaie de s'immiscer sur son « territoire ».

N'ayant jamais été possédé, il ne pouvait vraiment comprendre à quel point Lugh me semblait réel ou combien mes rêves de lui l'étaient. Il ne lui viendrait donc pas à l'esprit que le démon qui me possédait puisse être un rival. Mais il le considérerait certainement ainsi si je lui confiais ce qui n'allait pas et j'étais tout aussi certaine qu'il le prendrait mal. Particulièrement s'il pensait que j'étais attirée par Lugh.

— J'en avais juste… besoin, dis-je, tout en sachant qu'il ne se contenterait jamais d'une réponse vaseuse.

Son corps se raidit dans mon dos, et pas de manière agréable. Mon refus de m'ouvrir complètement à lui était sans doute la raison numéro un de nos disputes.

« Je connais tes pensées, tes sentiments, tes fantasmes, tes secrets. » Le souvenir des paroles de Lugh me torturait et je regrettais de ne pouvoir les étouffer en me bouchant les oreilles.

Brian resta silencieux pendant un long moment. J'espérais qu'il s'était endormi, mais je sentais toujours la raideur de son corps contre mon dos. Je priais pour qu'il abandonne le sujet, en vain.

— Tu m'as appelé à 2 heures du matin, dit-il, d'une voix tendue. En me fichant une trouille de tous les diables, ajouterais-je, puisque les coups de téléphone à cette heure sont rarement porteurs de bonnes nouvelles. Quand tu m'as demandé de venir chez toi, j'ai bondi du lit et j'ai accouru aussi vite qu'il est humainement possible. Et maintenant tu me sers ton histoire du « tout va bien » ?

Fut un temps, Brian avait été le type le plus calme que j'avais jamais connu. Il demeurait encore assez calme comparé à la plupart des gens, mais j'étais capable de le mettre en rogne en moins de cinq minutes. Ce n'était pas un talent dont j'étais fière.

Habituellement, dans une situation pareille, je me mets aussitôt dans tous mes états. Pour tout dire, chaque fois que Brian m'a reproché de garder cette distance émotionnelle, j'ai piqué une crise et lui ai ordonné de battre en retraite. Je fus presque submergée par la tentation de me comporter de la sorte, mais je réussis à me contenir.

Je roulai dans les bras de Brian afin de lui faire face. Sa mâchoire était crispée, ses yeux étrécis, et je décelai autant de colère que de douleur dans son expression. Je repoussai de la main une boucle de cheveux collée par la sueur sur son front. Je mettrais notre relation en péril, que je décide de parler ou de me taire. Mon intuition m'intimait de me taire mais, comme je l'ai déjà mentionné, je l'ouvre souvent quand je devrais la boucler.

— Lugh essaie de me séduire, lâchai-je.

Lugh, qui avait lui aussi du caractère, me décocha une flèche dans la tête. Je sifflai en grimaçant. Heureusement, il cessa aussitôt après ce coup rapide. Il aurait pu me faire bien plus mal.

Risquant un regard vers le visage de Brian, je le vis froncer les sourcils. Je devinais presque les rouages de son cerveau en pleine action tandis qu'il analysait ce que je venais de lui confier. Il savait que je communiquais avec Lugh dans mes rêves, mais je n'étais pas vraiment rentrée dans les détails. Brian supposait probablement que j'entendais juste la voix de Lugh dans ma tête ou autre chose d'aussi anodin. Ce qui expliquait peut-être pourquoi il avait l'air aussi intrigué à présent.

— Quand je rêve de Lugh, c'est une expérience sensorielle complète, dis-je. Il a l'air aussi réel que tu l'es en ce moment pour moi. (Je fermai les yeux et roulai sur le dos.) Si c'était un autre type qui me draguait, je pourrais l'éviter, ou bien lui casser la figure si nécessaire, mais je ne peux pas éviter Lugh. Il est implacable.

Je n'ouvris pas les yeux quand je sentis Brian s'asseoir. Je ne voulais pas voir l'expression de son visage.

— Et donc qu'est-ce qui t'a poussée à te jeter sur le téléphone cette nuit? demanda-t-il.

Il essayait de prendre sa voix neutre d'avocat, mais je décelai la suspicion dans sa question.

Je me contraignis à ouvrir les yeux. Son visage neutre n'était pas plus convaincant que sa voix. Je tendis la main pour caresser son torse, sentant sous ma paume ses muscles tendus.

— Je ne couche pas avec lui ni quoi que ce soit d'autre, lui assurai-je.

Je voulais détourner les yeux, mais j'aurais eu l'air de mentir.

— Ce n'est pas une réponse.

C'était une réponse à la question que posaient ses yeux mais, bien sûr, il voulait en savoir davantage. Je déglutis. Malgré tous mes efforts, je ne pus soutenir son regard plus longtemps. Je fermai de nouveau les yeux. Cette fois, je posai mon avant-bras sur mes paupières pour faire bonne mesure.

— Ce soir, il m'a fait peur, murmurai-je, craignant que ma voix tremble. Peux-tu imaginer combien un homme peut être manipulateur quand il a accès à la moindre de tes pensées secrètes et au moindre de tes sentiments ?

Le silence de la pièce était assourdissant. J'attendis une seconde ou deux, puis j'abaissai mon bras et ouvris les yeux. La douleur me poignarda le cœur quand je vis l'expression blessée de Brian.

S'il existe un cours sur les relations humaines pour débutants, il faut vraiment que je m'y inscrive. Peut-être même des cours de soutien, parce que je suis de toute évidence une abrutie. Mon refus de partager mes pensées et mes émotions est la raison première de toutes mes disputes avec Brian. Qu'est-ce qui avait pu me faire croire que je pouvais confronter Brian avec l'idée que Lugh savait tout de moi ? En cet instant, il importait peu que je ne sois pas en mesure de cacher quoi que ce soit à Lugh et que je ne lui confierais rien si j'en avais la possibilité.

Par le passé, Lugh m'avait accusée de saboter inconsciemment ma relation avec Brian. Il avait peut-être raison.

Tu crois ? Je ne savais si la voix dans ma tête était effectivement celle de Lugh ou si c'était une création du dégoût que je m'inspirais. Mais il était temps de limiter les dégâts.

Je me redressai et me rapprochai de Brian dans le lit, glissant mon bras autour de sa taille et appuyant ma tête sur son épaule. Même s'il était clairement énervé, il ne me repoussa pas. Il me prit même dans ses bras.

— Je t'ai appelé parce que tu es l'antidote à toutes les machinations de Lugh, murmurai-je. Je sais que tu m'aimes vraiment et que tu n'essaies pas de me manipuler. Et je te fais confiance.

La plupart du temps, je fais aussi confiance à Lugh, mais je sais également ce dont il est capable. Je sais que ses devoirs de roi passeront toujours en premier et qu'il trompera ma confiance s'il juge que c'est nécessaire.

Brian soupira bruyamment. La tension de son corps se dissipa mais de manière résignée.

— Si tu me faisais vraiment confiance, tu n'aurais pas attendu aussi longtemps pour me dire ce qui se passait.

Il s'écarta alors de moi, puis se glissa hors du lit, tâtonnant à la recherche de son tee-shirt. Ses chaussures et son pantalon se trouvaient encore dans l'entrée.

— Ce n'est pas vrai ! protestai-je.

Brian secoua la tête.

— Tu ne me l'as pas dit parce que tu as supposé que je croirais que tu avais une aventure avec lui. Tu es toujours sur tes gardes ; tu t'attends toujours à ce que je te fasse mal au moindre faux pas. Ce n'est pas de la confiance, Morgane.

Ma poitrine était douloureuse. Je le regardais sans savoir quoi lui dire. Puisque ce que j'avais admis jusque-là n'avait fait que m'enfoncer davantage, je décidai qu'il valait mieux que je me la ferme.

J'aurais bien mérité que Brian quitte l'appartement sans un mot et me laisse mijoter dans la peur que son départ soit définitif. Mais Brian était bien trop gentil.

— J'ai besoin de temps pour réfléchir, déclara-t-il après avoir enfilé son tee-shirt. Nous en reparlerons demain.

Il se dirigea vers la porte de la chambre, et je dis la seule chose qui me semblait sans danger.

— Je t'aime.

Brian me considéra pendant un temps atrocement long et mon cœur cessa de battre.

— Je t'aime, moi aussi, dit-il finalement.

Mais je n'étais pas près d'oublier son hésitation. Elle me tourmenta le restant de la nuit.

Chapitre 4

Le lendemain, je me sentais minable, naturellement. Ça tombait vraiment mal que la Commission américaine d'exorcisme m'ait suspendue. Il m'était impossible de noyer le temps en travaillant. Non pas que j'aie pratiqué tant d'exorcismes que ça depuis que Lugh me possédait. J'avais même dû refuser quelques contrats attrayants. Quand la moitié du monde tente de vous tuer, gagner sa vie passe au second plan.

Mon appartement était dans un tel état de propreté que Martha Stewart[1] se serait prosternée devant moi d'admiration. Je ne pouvais même pas me réfugier dans le ménage. En tous les cas, pas si je voulais éviter de rentrer dans la catégorie des désordres obsessionnels compulsifs. Malgré tout, me tourner les pouces en ruminant mes pensées n'était pas non plus une perspective excitante.

Je jetai un coup d'œil à la liste d'avocats que Brian m'avait recommandés. J'allai même jusqu'à décrocher le téléphone pour en contacter un, avant de renoncer. Je ne pensais pas que le fiasco de la nuit passée pousserait Brian à me larguer, mais lui demander de me prêter de l'argent pour me payer un avocat était bien la dernière chose que j'avais envie de faire aujourd'hui. Je décidai d'essayer de m'extirper de ce procès. Rendre visite à Maguire ne pouvait pas faire de mal. Je pourrais

---

1. Martha Stewart est une personnalité de la télévision américaine, spécialisée dans l'art de vivre ménager. (*NdT*)

toujours tenter de le convaincre que la mort de son fils n'était pas ma faute. Ouais, c'était un plan un peu vague, mais cela valait peut-être le coup d'essayer.

Les gens aussi riches que Maguire ont tendance à ne pas figurer dans l'annuaire. Cela me prit donc la moitié de la matinée, et la totalité de ma patience réputée limitée, pour trouver un numéro où le joindre. Une fois la chose faite, je le mis de côté pour me préparer un déjeuner de gourmet constitué de céréales de marque distributeur. J'en faisais sans doute trop en matière d'économies, mais je ne m'étais jamais sentie aussi vulnérable financièrement et c'était sacrément désagréable.

Tout en mastiquant mes céréales, je réfléchis à ce que j'allais pouvoir dire à Maguire pour le persuader de mon innocence. S'il était autant dévasté par le chagrin que je l'imaginais, c'était probablement une cause perdue. Particulièrement quand on sait que je ne brille pas par mon éloquence et mes belles paroles. Mais peut-être était-il juste troublé. Peut-être avait-il seulement besoin d'entendre combien j'étais désolée.

Je lavai mon bol et ma cuiller en prenant mon temps. Pour être honnête, je retardais le moment fatidique. Enfin, je rassemblai tout mon courage et décrochai le combiné. Au point où j'en étais, je n'avais plus rien à perdre.

Il y eut trois sonneries avant qu'une femme décroche.

—Allô?

De panique, je faillis en perdre ma voix, mais je m'obligeai à rester calme.

—Bonjour, dis-je. Puis-je parler à M. Maguire, s'il vous plaît?

—Qui dois-je annoncer?

La situation aurait été plus simple si Maguire avait répondu en personne. J'aurais pu glisser quelques mots pour ma défense avant qu'il comprenne qui était son interlocutrice et me raccroche au nez. Si cette femme (sa femme? sa domestique?

sa fille?) lui annonçait mon appel, il pouvait très bien refuser de me parler.

— Morgane Kingsley, dis-je à contrecœur.

Il y eut un long silence au bout du fil.

— L'exorciste? demanda-t-elle enfin.

Je n'aurais su dire ce qu'elle pensait de moi d'après le ton de sa voix. Je soupirai.

— Ouais. Je voulais juste avoir la possibilité de dire à M. Maguire combien j'étais désolée pour ce qui s'était passé.

Elle ricana.

— J'en suis sûre. Vous feriez mieux d'économiser votre salive. Papa vient juste de… Eh bien, il ne se sent pas très bien ces derniers temps.

Je fus surprise par son ton contrit.

— J'en déduis que vous êtes Laura?

Quand j'avais commencé à me douter que l'exorcisme Maguire allait mal finir pour moi, j'avais fait des recherches à son sujet et avais découvert qu'en plus de Jordan Jr., Maguire avait également une fille du nom de Laura. Elle était plus âgée de quelques années que Jordan Jr. et c'était une artiste.

— Oui, je suis Laura. Et je suis certaine que cela ne changera pas grand-chose pour vous de savoir que je ne pense pas que ce qui est arrivé à mon frère est votre faute.

Ma gorge se serra étrangement. Je savais que c'était la faute du démon de Jordan, pas la mienne. Mais je suppose que le caractère implacable du chagrin de Maguire me pesait.

— Merci, dis-je.

— Je crois qu'au fond de son cœur, papa le sait aussi, poursuivit-elle, sa voix plus basse et furtive. C'est Jack Hillerman qui tient absolument à ce procès.

Hillerman était l'avocat de Maguire. Je n'avais pas encore rencontré cet homme, mais j'étais bien partie pour le détester, même avant d'entendre ça.

— Pourquoi? demandai-je.

Je l'imaginai hausser les épaules.

—C'est un vieil ami de la famille et je suppose qu'il a très mal vécu la mort de Jordan. Du moins, c'est ce qu'il sous-entend. (Sa voix se fit encore plus basse.) Je soupçonne qu'il ait juste envie de remporter un procès en vue afin de devenir associé dans son cabinet. C'est une sorte de fouine.

Je commençais vraiment à apprécier Laura Maguire.

—Puis-je quand même parler à votre père ? Je n'ai sans doute pas grande chance de le convaincre de me rendre la vie plus facile, mais j'ai le sentiment que je dois au moins essayer.

—Il est avec Hillerman en ce moment. Ce n'est pas possible. Mais si vous me laissez votre numéro, je ferai de mon mieux pour convaincre mon père de vous appeler après le départ de son avocat.

C'était le meilleur marché que je pouvais passer. Je lui laissai mon numéro avant de raccrocher. Puis j'essayai de nouveau de trouver une façon de passer les longues et ennuyeuses heures qui s'étalaient devant moi.

À 15 heures, le concierge m'appela pour m'annoncer que j'avais un paquet à l'accueil. Je n'attendais rien, mais je descendis aussitôt pour aller le chercher. N'importe quoi qui puisse me distraire de mes ruminations.

Le paquet, de la taille d'une petite boîte à chaussures, était emballé dans du papier marron. L'adresse de l'expéditeur était celle d'Adam, ce qui me sidéra tout bonnement. Qu'est-ce qu'Adam pourrait bien m'envoyer ? Je n'en avais aucune idée. Je pris le paquet, ainsi que ma dernière livraison de factures qui allaient me laisser à sec, et je remontai à mon appartement où je posai le tout sur la table de la salle à manger.

Les yeux rivés sur le paquet, j'étais toujours incapable de deviner ce qu'il pouvait contenir. Bien sûr, à moins d'être dotée de vision au rayon X, garder les yeux rivés sur le paquet n'allait pas m'apprendre grand-chose.

J'arrachai le papier d'emballage. À l'intérieur, il y avait une boîte blanche dont le couvercle était fixé à l'aide de morceaux de ruban adhésif. Comme un enfant à Noël, seulement un rien plus suspicieuse, je secouai la boîte. Aucun bruit, même si un cliquetis ne m'aurait certainement pas plus avancée.

Je haussai les épaules avant de décoller les morceaux d'adhésif et de soulever le couvercle. Le contenu était emballé dans une tonne de papier à bulles, ce qui expliquait l'absence de bruit quand j'avais secoué le paquet.

Je fouillai patiemment dans l'emballage jusqu'à sentir l'objet en son centre, une masse à la surface irrégulière enveloppée dans du papier de soie bleu clair. Voilà qui devenait de plus en plus étrange.

Je soulevai la masse en fronçant les sourcils devant la texture bizarre. C'était un peu dur tout en étant un peu souple. Je défis le papier de soie pour découvrir enfin ce qui se cachait dessous.

C'était une main en caoutchouc, serrée en poing, à l'exception du majeur tendu. Bordel ! Je la retournai dans tous les sens et j'eus soudain la nausée. Je suppose que mon corps devina exactement ce que je tenais avant que mon esprit comprenne. Ce ne fut que lorsque je vis l'os brisé au niveau du poignet, entouré d'une chair exsangue et en lambeaux, que je compris qu'il ne s'agissait pas du tout d'une main en caoutchouc.

Je ne suis pas du genre à hurler, mais s'il existe une situation qui peut vous y pousser, découvrir que vous êtes en train de tenir une main humaine coupée en est une. Je la laissai tomber ainsi que le papier de soie, et reculai de quelques pas comme si je craignais qu'elle m'attaque. Je la considérai avec horreur pendant une seconde avant de me précipiter aux toilettes.

Après avoir vomi, je me brossai les mains comme une forcenée, m'efforçant d'effacer le contact de cette chair morte contre ma peau. En vain. Agrippée aux bords du lavabo, je me dévisageai dans le miroir.

Mon visage était d'une pâleur fantomatique, mes yeux rouges et gonflés d'avoir pleuré, même si je n'avais pas eu conscience de mes larmes. J'étais à présent suffisamment stressée pour briser la barrière inconsciente qui empêchait habituellement Lugh de me parler alors que j'étais éveillée. En cet instant, je désirais désespérément entendre sa voix, juste pour ne pas me sentir seule.

— *Tu n'es pas seule*, murmura-t-il dans ma tête. *J'aimerais trouver les mots pour te réconforter, mais j'ai peur d'en être incapable.*

— Non, dis-je. Pas à moins que tu puisses effacer les dix dernières minutes que je viens de vivre.

— *Je le ferais si je le pouvais*, m'assura-t-il.

— Je sais.

Je restai là encore un peu, à m'observer dans le miroir, m'obligeant à ne pas penser. Mais je ne pouvais pas éluder plus longtemps la réalité.

Quand je parvins enfin à dépasser l'état de choc, je me glissai hors de la salle de bains pour filer dans ma chambre, détournant les yeux afin de ne pas regarder vers la salle à manger où la main reposait toujours par terre, comme un accessoire de film abandonné. L'image de ces doigts se dépliant pour se traîner par terre vers moi me traversa l'esprit.

J'étais un peu effrayée.

Une chose était sûre : ce n'était pas Adam qui m'avait envoyé ce paquet. Juste après l'exorcisme de Maguire, j'avais reçu une série de menaces de mort sur mon répondeur. Cela faisait une semaine que je n'en avais pas eu de nouvelle, et visiblement mon admirateur avait décidé de passer à la vitesse supérieure. Comme si je n'avais pas d'autres problèmes dans ma vie en ce moment.

Au lieu de prévenir la police, ce qui est, je suppose, la procédure à suivre en de telles circonstances, je décidai d'appeler Adam en personne. Le terrorisme psychologique ne faisait certainement pas partie de son domaine de juridiction, mais il avait assez de poids au sein du département de police pour s'en tirer s'il marchait occasionnellement sur les plates-bandes des autres. De plus, comme son nom était mentionné sur le paquet, il faisait définitivement partie des personnes concernées.

Il était de service, ce qui signifiait que je devais l'appeler au bureau. Le personnel du bureau des Forces spéciales semblait avoir été choisi uniquement sur la base de leurs caractères désagréables. La première fois, on me mit en attente, puis on me raccrocha au nez après m'avoir fait subir de la musique d'ascenseur pendant environ cinq minutes. La musique d'ascenseur me fait le même effet qu'un clou crissant sur un tableau noir. Et vu l'état dans lequel je me trouvais, cela me fit littéralement grimper aux murs.

La deuxième fois, on me transféra sur la messagerie d'Adam, même si j'avais précisément spécifié que je ne le désirais pas. La troisième fois, je fulminai comme une folle en clamant que c'était une question de vie ou de mort et qu'il fallait que je parle dans la seconde à Adam. Je ne suis pas sûre que le type qui me répondit me crut, mais peut-être en avait-il tout simplement ras-le-bol de répondre à mes coups de téléphone. Quelle que soit la raison, il transféra mon appel.

Je dus être dirigée vers le téléphone portable professionnel d'Adam, un numéro qu'il ne m'avait jamais donné, même si Dom devait le connaître. Hmm, la prochaine fois que j'aurais besoin de contacter Adam au travail, j'appellerais plutôt Dom que ce fichu bureau.

De toute évidence, mon appel dérangeait Adam.

— Je suis occupé, dit-il sèchement. À moins que...

— Je viens de recevoir par courrier une main coupée.

Cela lui cloua aussitôt le bec. Il resta silencieux pendant un moment, puis je l'entendis marmonner d'une voix étouffée. Je crois qu'il avait posé la main sur le combiné.

Quand il s'adressa de nouveau à moi, le bruit derrière lui était plus lointain. Il avait dû trouver un endroit plus tranquille.

— Je vais interroger un suspect, me dit-il. Je ne peux pas venir maintenant.

— Tu n'as pas des larbins pour faire ce genre de boulot ?

Ma voix était un peu hystérique. Adam soupira.

— Désolé. Pas cette fois. Tu dois appeler la police.

— L'adresse de l'expéditeur est la tienne.

— Merde, dit Adam après un silence choqué.

— Ouais, ça résume assez bien la situation.

Un autre long silence.

— Très bien. Je vais voir ce que je peux faire pour me libérer. J'arrive dès que je peux.

— Merci.

Adam n'avait pas l'habitude des « bonjours » ni des « au revoir » et il raccrocha.

Il ne me restait plus qu'à attendre. Frissonnant dans un courant d'air imaginaire, je fis gonfler les coussins de mon lit et me préparai un beau dossier. Puis je m'assis et me contraignis à ne pas penser.

Chapitre 5

Adam mit plus d'une heure à arriver. Lugh fit de son mieux pour m'apaiser pendant l'attente, mais j'étais sérieusement ébranlée et j'eus de la chance de ne pas passer une heure au-dessus de la cuvette des toilettes. J'étais tellement terrorisée que lorsque le concierge m'appela pour m'annoncer l'arrivée d'Adam, je bondis si haut que je faillis me taper la tête contre le plafond.

J'étais contente qu'il soit là. Mais ma porte d'entrée était fermée, ce qui voulait dire que j'allais devoir passer devant la chose… pour aller ouvrir à Adam. Comme une petite fille dans une maison hantée, je plaquai ma main sur mes yeux pour ne rien voir. Je ne pris même pas soin de vérifier l'identité de mon visiteur. Par chance, c'était vraiment Adam et pas un psychopathe avec l'intention de me tuer.

— Où…, commença-t-il avant que je désigne vaguement l'endroit en essayant toujours de ne pas regarder.

Il acquiesça brusquement et fit quelques pas vers la salle à manger. Du coin de l'œil, je le vis considérer la scène et froncer les sourcils.

— Je vois que tu as bien pris soin de la preuve, dit-il d'un ton sec en enfilant des gants.

— Quand j'ai ouvert le paquet, j'ai tout d'abord cru que c'était du caoutchouc, dis-je sans reconnaître ma voix.

J'aime croire que je suis une dure à cuire mais, en cet instant, je ne me sentais pas si dure que ça.

Adam remarqua enfin le sale état dans lequel j'étais. Il fit un geste vers le salon.

— Pourquoi ne vas-tu pas t'asseoir ? Tu as l'air d'être sur le point de tourner de l'œil.

J'aurais aimé contester, mais il avait raison. Je me dirigeai en titubant vers le canapé. Adam s'accroupit pour examiner la main, son corps me cachant heureusement ce spectacle. C'était certainement délibéré de sa part et je lui en fus absurdement reconnaissante. Il étudia la main en silence durant ce qui me parut être une éternité, l'inspectant sous tous les angles sans jamais la toucher.

— Elle est embaumée, m'informa-t-il. Et d'après ce que je vois, je dirais que le corps était déjà embaumé quand la main a été coupée.

Je croisai les bras sur ma poitrine, toujours envahie par ce froid qui s'était abattu sur moi à la seconde où j'avais compris ce qui se trouvait dans le paquet.

— Tu n'as pas besoin d'un technicien ou d'un truc dans le genre pour faire une constatation pareille ?

Il me jeta un regard par-dessus l'épaule.

— Je suis flic depuis quatorze ans et j'ai vu pas mal de cadavres. Je peux faire ce genre de supposition par moi-même mais, en effet, les techniciens du labo devront la confirmer. Je pense qu'il y a un funérarium quelque part qui a égaré une main.

C'était toujours mieux que de penser que quelqu'un avait été précisément tué pour qu'on puisse m'envoyer ce message d'amour. Mais je ne nageais pas encore en plein soulagement.

— Je vais devoir appeler une équipe, dit Adam. Cet emballage à bulles doit garder les empreintes, même si je doute que, s'il s'agit de l'auteur des messages sur ton répondeur, il nous arrangerait en nous laissant son empreinte.

J'en doutais également. Mon interlocuteur mystère avait utilisé un appareil pour déformer la voix chaque fois qu'il avait laissé les messages, et il paraissait assez professionnel. D'ailleurs, je n'aurais pu affirmer qu'il s'agissait d'un homme ou d'une femme, même si j'avais supposé d'emblée qu'il s'agissait d'un homme, sans savoir pourquoi.

— Adam ?
— Ouais ?
— Si tu fais venir une équipe, comment vais-je expliquer que je n'ai pas appelé la police lorsque j'ai reçu ces menaces de mort ?

J'en avais parlé à Adam et il avait décrété que la police n'y pourrait pas grand-chose. Il m'avait également conseillé de faire profil bas. Il y avait eu pas mal de grabuge autour de moi au cours des derniers mois et je n'avais pas besoin que la police s'intéresse davantage à moi.

— Dis-leur la vérité. Que tu ne pensais pas qu'ils puissent faire grand-chose au sujet des menaces.

Adam couvrit la main avec la feuille de papier de soie, puis arracha ses gants en caoutchouc et vint s'asseoir sur l'ottomane à côté du canapé.

— Je ne peux pas enterrer cette histoire pour toi, dit-il. Nous devons découvrir à qui appartient cette main et avoir confirmation que la victime était déjà morte et embaumée avant que la main soit coupée.

Je me laissai aller contre les coussins du canapé en grognant. Il avait raison, évidemment. Les policiers n'allaient pas apprécier que je ne les aie pas informés des menaces de mort, mais j'allais devoir encaisser.

— Tu es toujours convaincue de ne pas avoir besoin d'un garde du corps ? me demanda Adam.

Pendant une demi-seconde, je me demandai si ce n'était pas Adam qui m'avait réellement envoyé cette main, espérant m'effrayer pour installer Saul dans ma chambre d'amis. Mais non, ce n'était pas son style. Il avait toujours été remarquablement franc.

Mon silence dura assez longtemps pour qu'Adam comprenne que je n'avais pas changé d'avis… ce qui était le cas.

— Peut-être devrais-tu envisager d'aller passer quelques jours chez Brian, dit-il. Et non, je ne dis pas cela parce que j'espère que tu laisseras Saul s'installer chez toi pendant ton absence. C'est juste que, quelle que soit la personne qui te menace, elle est visiblement passée à la vitesse supérieure et je crains que ça ne fasse qu'empirer.

Génial. Justement ce dont j'avais besoin.

— Je vais m'en occuper, dis-je à Adam.

En ce moment, il était aussi peu probable que je demande à Brian de m'héberger que de me prêter de l'argent.

Adam secoua la tête d'un air dégoûté.

— Qu'est-ce qui ne va pas chez toi ? Pourquoi diable veux-tu toujours te débrouiller toute seule ? Pourquoi ne peux-tu donc pas accepter l'aide qu'on te propose ?

D'ordinaire, je lui aurais arraché la tête avec mes dents pour un tel commentaire, mais je suppose que je devais me sentir assez vulnérable.

— Ma longue et difficile expérience m'a appris que j'étais la seule et unique personne sur laquelle je pouvais compter. Je n'ose tout simplement pas m'appuyer sur quelqu'un d'autre.

La tête penchée, les sourcils froncés, il m'observait. Je pense qu'il s'inquiétait réellement de mon bien-être, ce qui était un changement assez agréable. Habituellement, j'avais plutôt le sentiment qu'il ne se souciait que de Lugh et qu'il me méprisait.

— Qu'est-ce qui t'empêche d'accepter de l'aide tout en comptant sur toi-même ? demanda-t-il. Ce n'est pas parce que tu séjourneras chez Brian que tu lui confieras ta vie les yeux fermés. Tu peux toujours te défendre, même en sa présence.

— Tu ne peux pas comprendre, dis-je.

C'était vrai, Adam ne pouvait connaître ce sentiment totalement dévastateur qu'on éprouve quand on fait confiance à quelqu'un qui nous trahit. C'était plus simple de ne pas faire confiance, de ne compter que sur soi.

Je m'attendais qu'Adam se mit en colère puisque je l'avais ouvertement envoyé balader, mais cela ne se produisit pas.

— Pourquoi dis-tu que je ne peux pas comprendre ? demanda-t-il.

— Parce que tu n'as jamais…

Mais ma voix mourut, car je pris conscience combien il était stupide de faire des généralisations à l'emporte-pièce avec Adam. En fait, je ne savais rien de lui en dehors de ce qui lui était arrivé depuis que Lugh était entré dans ma vie.

— Rappelle-toi une seconde qu'il y a deux personnes dans ce corps, dit-il. J'ai de bonnes raisons de penser que mon hôte a affronté plus de trahisons et de désillusions que tu ne peux imaginer.

Je ne savais quasiment rien de l'hôte d'Adam. Je l'avais brièvement rencontré quand Adam s'était transféré, de manière tout à fait illégale, dans le corps de Dom pour guérir une blessure mortelle par balle. Après cette brève rencontre, j'avais décrété qu'Adam et son hôte étaient assez semblables, mais j'étais incapable de justifier une telle conclusion.

— Qu'est-il arrivé à ton hôte ? demandai-je.

Adam resta silencieux pendant un moment, peut-être parce qu'il demandait confirmation à son hôte qu'il avait le droit de partager ces informations.

— Il a révélé son homosexualité à l'âge de dix-huit ans, même s'il avait déjà eu des expériences avec des hommes et des femmes, déclara Adam. Il aime les femmes, mais il préfère les hommes. Sa famille entière l'a renié. Son père, sa mère, ses deux frères et sa sœur. Son père lui a donné un paquet de fric. En échange de quoi, il ne devait ni appeler ni prendre contact, de quelque façon que ce soit, avec les membres de sa famille.

Je m'étais toujours demandé comment Adam pouvait se payer cette baraque impressionnante avec un salaire de flic, même s'il s'agissait d'un flic haut placé. Je détenais à présent l'explication. Je déglutis en regrettant d'avoir insinué qu'il avait toujours eu la belle vie. De toute évidence, Adam et son hôte s'appréciaient beaucoup. En supposant qu'Adam avait autant de capacité que Lugh à lire et à comprendre son hôte, alors il comprenait probablement ce que cela faisait d'être trahi par ceux sur lesquels on comptait.

— Je suis désolée, dis-je.

C'était une phrase vaseuse et générique. Mais sérieusement, que peut-on dire d'autre après une confession pareille ?

— Je suis sûr que finalement mon hôte se porte mieux de ne pas avoir de contact avec sa famille. Un environnement aussi toxique l'aurait complètement retourné. Mais crois-moi, ça ne facilite pas forcément les choses.

Je ne sais si c'était parce que j'étais bouleversée par la main ou bien si cela avait à voir avec le fait que nous compatissions l'un pour l'autre, mais je lui dis :

— Je vais voir si je peux m'installer quelques jours chez Brian. Et Saul peut garder l'appartement pendant que je suis absente, si cela marche.

— Ça va marcher.

Je secouai la tête.

— Je n'en serais pas si sûre à ta place.

— Ne me dis pas que vous vous êtes encore disputés.

Je grimaçai.

— Pas exactement. Disons juste que nous traversons une période… un peu difficile. Nous allons parler aujourd'hui et nous finirons bien par résoudre cette histoire.

C'était sans doute un vœu pieux, mais que pouvais-je faire de mieux?
— Je te tiendrai au courant.
Adam acquiesça, puis appela ses frères d'armes pour enquêter sur la main.

Chapitre 6

Après l'appel aux hommes en bleu, je n'avais plus à me soucier de la manière de passer les heures suivantes. Si je les avais appelés à propos des menaces de mort, je me serais sûrement fait envoyer promener, mais il semblait qu'une main dans le courrier du jour faisait une tout autre impression.

Pour mon âge, j'avais déjà beaucoup trop l'expérience des interrogatoires de police. Je savais que les questions seraient répétitives et que la répétition me pousserait à bout. Je m'appliquerais ensuite à pousser à bout celui ou celle qui m'interrogerait, ce qui ne ferait que prolonger le supplice.

Cela peut vous choquer, mais la suite se déroula exactement comme je m'y étais attendue. Pour couronner cet après-midi déjà désopilant, un bleu boutonneux aux oreilles de Dumbo me fit la leçon en insistant sur le fait que j'aurais dû appeler la police plus tôt. Je me retins de lui rendre la politesse en lui vantant les miracles de Biactol.

Les flics trouvèrent un paquet d'empreintes digitales sur l'emballage à bulles, mais j'avais l'intuition qu'elles se révéleraient toutes être les miennes. Adam avait raison, celui qui m'en voulait n'était ni stupide ni négligent au point de laisser des empreintes. Les flics allaient vérifier celles qu'ils avaient trouvées. De manière fort à propos, mes empreintes se trouvaient dans leur fichier depuis que j'avais été arrêtée pour exorcisme illégal. Quelle chance j'avais.

L'heure de mon dîner était passée depuis longtemps, et les flics rassemblaient seulement leurs affaires quand Brian arriva. Ce qui signifiait, de toute évidence, que je n'allais pouvoir avoir recours à aucune stratégie pour retarder la confrontation : je devais lui parler dès à présent du joli cadeau que j'avais reçu. Au moins, les policiers avaient débarrassé le plancher le temps de tout expliquer à Brian, même s'ils avaient laissé de leur poudre noire un peu partout. Voilà une bonne excuse pour faire le ménage !

Quand j'eus fini de raconter ma journée, Brian s'appuya contre les coussins du canapé en laissant échapper un soupir du fond du cœur.

— Tu es tout bonnement incroyable, marmonna-t-il.

— Hé ! répondis-je en lui envoyant un coup de poing dans l'épaule. Ce n'est pas ma faute si un psychopathe a décidé de m'envoyer une main par la poste.

Il eut un léger sourire tout en frottant son épaule.

— Je dis seulement qu'il t'arrive trop de choses pour y croire. Je ne dis pas que c'est ta faute.

Je ne pouvais contester.

Puisque ma journée était déjà fichue, je décidai d'ajouter mon écot de stress et de douleur en prenant de l'avance dans la conversation que j'aurais d'habitude pris soin de retarder.

— Alors tu es toujours fâché contre moi ?

Nouveau soupir de Brian.

— Je ne suis pas fâché contre toi. Je ne l'ai jamais été.

— Ton nez s'allonge, Pinocchio.

Il appuya son coude sur le dossier du canapé et se tourna à demi pour me faire face.

— Je regrette que tu ne m'aies pas dit plus tôt ce qui se passait. J'aimerais que tu sois un quart ou même un huitième plus ouverte avec moi que tu l'es avec Lugh.

J'étais sur le point de m'offusquer mais Brian m'interrompit.

—Je sais que tu n'as pas le choix avec Lugh. Mais tu l'as avec moi.

—Brian…

—Laisse-moi finir. (Il me prit la main et la serra fermement.) Tu es certainement la personne la plus frustrante que j'aie jamais rencontrée, mais je le sais depuis longtemps et je t'aime malgré tout. (Ses lèvres esquissèrent un sourire.) Même si tu me rends fou. (Le sourire disparut.) Mais j'ai besoin que tu me fasses confiance de temps à autre.

—Mais c'est le cas! répliquai-je aussitôt.

J'avais aimé Brian dès la seconde où je l'avais rencontré, même si la logique tendait à prouver – avec insistance – que nous n'étions pas faits pour être ensemble. Et j'avais plus confiance en lui qu'en n'importe qui d'autre ; même si ça n'était pas très difficile.

Il haussa un sourcil d'un air sceptique.

—Écoute, je suis désolée de ne pas t'avoir confié plus tôt ce que manigançait Lugh. J'ai pensé que les choses étaient déjà assez compliquées entre nous sans avoir besoin d'en rajouter.

—Et voilà le parfait exemple de ce que je veux te faire admettre quand je dis que tu ne me fais pas assez confiance. Quel malheur serait-il arrivé si tu me l'avais confié dès que Lugh avait commencé à te faire des avances?

Je croisai les bras, les dents serrées.

—Tu aurais pris des airs de macho et tu aurais été jaloux.

J'étais très surprise de voir qu'il était beaucoup plus bouleversé par le fait que je ne lui avais rien confié que d'apprendre que Lugh essayait de me séduire.

—D'accord. Je suis un type normal. Je n'aime pas savoir qu'un autre type drague ma nana. (Il riva soudain ses yeux aux miens en semblant vouloir me transpercer du regard.) Tu m'entends, Lugh? Morgane n'est pas libre et je ne veux pas partager. (Ses yeux se concentrèrent de nouveau sur moi.)

Alors je suis fâché contre Lugh. Quelle affaire. Tu ne crois pas que je vais te larguer parce que quelqu'un d'autre a envie de toi, n'est-ce pas ?

Je secouai la tête à contrecœur parce que je devais reconnaître qu'il avait raison.

— Tant que tu n'as pas effectivement couché avec lui, il n'y a pas de raison que je me mette en colère, conclut-il.

Et voilà qu'il recommençait avec sa logique impeccable.

— Je ne voulais pas te mettre en colère.

— Alors tu ne me diras jamais rien qui puisse me mettre en colère ? (Il s'agaçait de nouveau.) Tu vas me laisser dans le noir, enveloppé dans du coton comme un bibelot en verre filé que tu ne sortirais que pour Noël ? Comment réagirais-tu si je te traitais de la sorte ?

Une fois encore, il avait raison. Mes mécanismes de défense interne m'intimaient de répliquer aussitôt – je suis une de ces personnes qui pensent que l'attaque est la meilleure défense –, mais je luttai contre cette impulsion en inspirant un bon coup pour me calmer avant de parler.

— Tu as raison, admis-je.

Brian eut l'air étonné.

— Je détesterais que tu agisses ainsi. Et je vais faire de mon mieux pour que cela ne se reproduise pas.

Le doute à l'état pur se lisait dans ses yeux.

— Tu vas arrêter de me cacher des choses « pour mon bien » ?

Je grimaçai.

— Je vais essayer, promis-je.

Je songeai au gros secret que je gardais encore concernant ce que j'avais laissé Adam m'infliger. Mais c'était un vieux secret et je promettais de ne pas cacher les nouveaux, non ?

— Je vais probablement me planter de temps à autre parce que c'est une seconde nature chez moi. Mais je vais vraiment essayer. Tu veux bien me croire ?

Il me dévisagea pendant un long moment avant de répondre, et j'eus le sentiment qu'il analysait la moindre nuance de mon expression à la recherche d'indices cachés. Il finit par soupirer.

— Je veux bien te croire, dit-il prudemment, tant que tu tiens parole. Considère-toi en période de mise à l'épreuve et adopte le meilleur comportement qui soit pendant un moment, d'accord ?

Je n'aimais pas la façon dont il avait formulé ça – cela ressemblait de manière suspecte à un ultimatum –, mais il était très raisonnable étant donné les circonstances. Je hochai la tête en guise d'accord.

J'hésitais encore à demander à Brian de m'héberger pendant quelques jours, le temps qu'on découvre qui était mon admirateur secret, quand le téléphone sonna. Je pris l'appareil pour jeter un coup d'œil au nom qui s'affichait. « Jack Hillerman ».

Ce nom résonnait de manière familière, mais il me fallut un moment pour le situer. Puis je me rappelai que c'était l'avocat de Maguire, celui qui, d'après Laura, essayait de se faire un nom à mes dépens. Exactement la personne à qui j'avais envie de parler.

— Qui est-ce ? demanda Brian, me voyant assise à considérer le téléphone d'un air stupide.

— L'avocat de Maguire.

Le téléphone sonna une quatrième fois et mon répondeur s'enclencha. J'étais tout à fait certaine de ne pas vouloir entendre ce que Hillerman avait à me dire. Brian n'insista pas pour savoir pourquoi je ne lui répondais pas. C'était donc que j'avais pris la bonne décision.

Le répondeur bipa, puis l'enregistrement commença.

— Mademoiselle Kingsley, dit une voix masculine profonde avec un accent aristo qui me fit aussitôt penser « snob prétentieux ». Ici, Jack Hillerman. Je suis l'avocat de Jordan Maguire. J'ai cru comprendre que vous aviez tenté de joindre mon client cet après-midi.

Brian haussa un sourcil dans ma direction. Je levai la main pour lui signifier d'attendre.

— À partir de maintenant, poursuivit Hillerman, j'insiste sur le fait que la moindre tentative de prise de contact avec mon client doit passer par mon intermédiaire. Si vous l'appelez ou si vous lui parlez de nouveau, je demanderai une injonction restrictive contre vous. Mon client a eu à affronter suffisamment de traumatismes sans avoir besoin d'être harcelé par l'auteur de tous ses problèmes.

Le répondeur bipa de nouveau. Hillerman avait raccroché. Comme Brian me regardait toujours avec les sourcils haussés, je répondis à sa question muette.

— J'ai pensé que, peut-être, si je parlais à Maguire, nous pourrions trouver une solution sans avoir à passer par toute cette connerie de procès. Je sais que ce n'était pas une bonne idée, mais j'ai pensé que ça valait le coup d'essayer. J'ai laissé un message à sa fille lui demandant de me rappeler. Je ne l'ai certainement pas harcelé.

— As-tu déjà engagé un avocat ?

Je ne répondis pas, ce qui était une réponse en soi.

— Morgane, prends un avocat. Demain. Je ne plaisante pas.

— D'accord, d'accord.

— De toute évidence, ces types ont prévu de sortir la grosse artillerie et tu ne t'es jamais illustrée par ton caractère agréable.

Je lui jetai un regard mauvais.

— Eh bien, non, en effet ! insista-t-il. Cela vaut probablement mieux que tu n'aies pas réussi à parler à Maguire. Tu aurais pu dire quelque chose qu'il aurait utilisé contre toi.

Je croisai les bras sur ma poitrine. Tous mes réflexes de défense se réveillaient d'un coup.

— Je suis époustouflée par la confiance que tu as en moi.

Il m'adressa un regard lourd de sous-entendus et je refrénai ma mauvaise humeur.

— J'ai compris le message, d'accord ? dis-je. Je vais appeler un avocat demain et je n'essaierai plus de parler à Maguire. Promis.

Brian n'avait pas l'air totalement convaincu mais, heureusement, il laissa tomber le sujet.

Brian resta pour la nuit sans que je parvienne à aborder l'éventualité de mon séjour provisoire chez lui. Cela valait mieux, puisque je n'étais pas encore résolue à prendre cette décision. Comme toujours, plus je pouvais retarder, mieux je me portais.

Je ne suis pas certaine qu'on puisse qualifier notre discussion de l'après-midi de dispute, mais le sexe, cette nuit-là, eut un goût de réconciliation. Loin de moi l'idée de m'en plaindre.

Brian était déjà parti quand je me réveillai le lendemain. Mon inactivité professionnelle m'autorisait au moins à dormir aussi tard que je le désirais. Bien sûr, même lorsque j'avais un emploi, j'étais libre de décider de mes horaires. J'aimais vraiment mon métier d'exorciste et j'espérais que cette suspension ne durerait pas éternellement. Mais avec ce procès qui me pendait au nez, je devinais que mon espoir était vain.

Je me dirigeai comme un zombi vers la cuisine. J'avais attrapé la boîte à café et les filtres quand mon esprit embrumé de sommeil remarqua qu'une cafetière pleine m'attendait déjà. Ai-je déjà dit combien j'aime Brian ?

Le café était aussi mauvais que d'habitude, mais je souriais malgré tout en le buvant, imaginant Brian me le préparer avant de repasser chez lui sur le chemin du bureau. Je déambulai hors de la cuisine et vis qu'il m'avait laissé un mot sur la table de la salle à manger.

Ma mine réjouie s'assombrit un peu quand je constatai qu'il avait pris rendez-vous avec un des avocats qu'il m'avait recommandés. D'accord, j'avais retardé ce moment, mais j'avais vraiment prévu de m'en occuper dans la journée. Brian ne m'avait pas crue. Mon esprit de contradiction m'intima aussitôt de ne pas me présenter au rendez-vous, mais le bon sens l'emporta sur l'agacement.

Comme mon rendez-vous était à 14 heures, je passai la matinée à nettoyer la poudre noire laissée par les policiers en essayant de ne pas trop réfléchir au paquet et à son origine.

Après un déjeuner composé de sandwichs au beurre de cacahouètes et à la gelée que je fis passer avec du mauvais café, je sortis pour aller rencontrer mon nouvel avocat.

En règle générale, j'ai une très mauvaise opinion des avocats, Brian étant une grosse exception. J'étais donc tout à fait prête à détester maître Brandon Cook bien avant d'avoir mis le pied dans les bureaux du cabinet Beacham, Carrey & Cook. En pénétrant dans le hall luxueux et guindé, meublé d'acajou et digne d'un décor de fumoir, je lui enlevai un point supplémentaire. L'apparat n'est pas ma tasse de thé et ce hall en faisait un véritable étalage. Je fus tentée de faire demi-tour et de ressortir, mais je résistai. J'avais besoin d'un avocat et Brian respectait ce type. Le moins que je puisse faire, c'était lui accorder un galop d'essai.

Fidèle à moi-même, je ne m'étais pas habillée pour l'occasion. L'hôtesse d'accueil s'efforça d'être discrète en faisant l'inventaire de ma tenue : un jean taille basse, mon uniforme préféré, avec un pull court sans manches qui laissait apparaître mon nombril et le tatouage de mon dos. Aucun doute, je n'étais pas vêtue pour la circonstance. À votre avis, ça me gênait ?

Malgré son air désapprobateur à peine dissimulé, l'hôtesse m'annonça que maître Cook allait me recevoir, et m'invita à patienter dans la salle d'attente.

Cook ne me fit pas attendre longtemps, ce qui était un bon point. Autrement, j'aurais déguerpi. Je fus soulagée de constater qu'il n'était pas aussi barbant que ce que j'avais imaginé. En effet, à l'image de toutes les personnes qui avaient traversé mon champ de vision, il portait un costume, mais sa cravate était rouge cerise à pois blancs au lieu du traditionnel modèle marron, bleu ou gris que tous les autres arboraient. Encore une fois, Cook était associé, ce qui l'autorisait à un peu d'excentricité.

Il sourit en s'approchant et me tendit la main pour me saluer, m'accueillant sans sembler remarquer ma tenue. Il devait avoir aux environs de quarante-cinq ans, même s'il ne les faisait pas. Ses cheveux poivre et sel étaient coupés en brosse et ses yeux gris-bleu paraissaient disproportionnés derrière les verres de ses lunettes.

— Venez dans mon bureau, dit-il en me faisant signe de le suivre pendant qu'il s'engageait dans le couloir vers un impressionnant bureau en coin.

— Belle vue, dis-je en entrant, même si je pensais plutôt : « Alors c'est le genre de bureau qu'on a quand on facture plus de 300 dollars de l'heure. »

L'étincelle dans son regard me fit deviner qu'il avait lu dans mes pensées, mais il se retint d'émettre le moindre commentaire. Je m'assis sur une des deux chaises en acajou qui faisaient face à son bureau, serrant mes mains sur mes genoux sans savoir par où commencer.

— Brian m'a transmis les informations de base concernant votre affaire, dit Cook, mais j'aimerais que vous me l'expliquiez avec vos mots à vous.

Je fronçai les sourcils.

— Alors Brian et vous vous connaissez personnellement ? Je pensais qu'il vous avait recommandé uniquement sur la base de votre réputation.

Cook haussa les épaules.

— Je ne peux pas affirmer que nous nous connaissions très bien, mais vous n'êtes pas la première cliente qu'il m'adresse.

Sans savoir pourquoi, je me sentis un peu mieux à l'idée qu'il connaissait personnellement Brian.

— Avant que je vous parle de mon affaire, peut-on aborder le sujet de l'argent ? À savoir que je n'en ai pas mais, d'après Brian, j'ai désespérément besoin d'un avocat.

Ce fut au tour de Cook d'être surpris.

— Brian m'a demandé de lui adresser les factures. Je suppose qu'il a omis de vous en informer ?

Je ne savais pas s'il fallait que je sois amusée, ennuyée ou stupidement reconnaissante. J'optai pour un mélange des trois et passai la demi-heure qui suivit à expliquer ma situation et à répondre à une batterie étourdissante de questions. Du moins, je m'efforçai d'y répondre. Parfois, je me contentais de dire « je ne sais pas », tout en ayant le sentiment chaque fois d'échouer à un quelconque examen.

La plupart des questions auxquelles je ne pouvais répondre avaient trait aux statistiques concernant l'exorcisme ; le même genre de questions que Brian m'avait posées quand il m'avait contrainte à admettre que j'avais besoin d'un avocat. Au bout d'une demi-heure, j'étais épuisée et, depuis un moment, prête à quitter les lieux.

— Avant de vous rencontrer, je me suis permis de faire quelques recherches sur les questions que je viens de vous poser, dit Cook juste au moment où j'espérais qu'il allait me laisser partir.

— Hein ?

— Brian m'a dit qu'il vous avait interrogée concernant les statistiques d'exorcisme. J'ai donc anticipé et approfondi ce sujet.

Je lui adressai un regard de colère.

— Si vous avez effectué vos propres recherches, alors pourquoi m'avoir posé ces questions ?

— Je me demandais si vous vous étiez renseignée après votre discussion avec Brian, mais ce n'est apparemment pas le cas.

L'amorce de sentiments chaleureux que j'avais commencé à éprouver pour ce type se volatilisa d'un coup et j'hésitai sérieusement à lui assener une tirade à la Donald Trump, du style : « Vous êtes viré ! » Heureusement, je n'ai pas aussi mauvais caractère que ça. Et je me contentai de recevoir le message qu'il m'adressait : « Vous ne prenez pas cette affaire suffisamment au sérieux ».

— Le pourcentage des exorcismes dont les hôtes se sortent en pleine possession de leurs capacités est de vingt et un pour cent, déclara Cook. Cinquante-huit pour cent demeurent en état de catatonie permanente, vingt pour cent en catatonie temporaire et un pour cent dans le coma.

D'après le ton de sa voix et l'expression de son visage, je savais que mes statistiques n'allaient pas jouer en ma faveur comparées aux moyennes nationales. Je serrai les dents.

— Et mes moyennes ? demandai-je sans vraiment tenir à savoir.

Cook baissa les yeux sur une feuille.

— D'après la Commission américaine d'exorcisme, elles sont de dix-sept, soixante, vingt et un, et deux. (Il releva les yeux.) Je n'ai pas encore eu l'occasion de demander à un statisticien de jeter un coup d'œil à ces chiffres pour définir si la variation est significative mais, même si elle ne l'est pas, cela ne fera pas bonne figure au procès.

Une pensée déprimante, sans aucun doute, mais je ne pouvais rien y faire. Peut-être devrais-je commencer à compter sur Dom et l'ouverture de son restaurant pour obtenir un boulot de serveuse quand j'aurais tout perdu.

— Ce n'est pas une cause désespérée, m'assura Cook. Cela signifie simplement que ça risque de ne pas être facile. Je vais contacter l'avocat de M. Maguire et voir s'il existe un moyen de les convaincre de laisser tomber leurs charges. Étant donné votre situation financière, M. Maguire dépensera certainement plus d'argent en entamant un procès qu'il ne peut espérer en récupérer s'il gagne.

— Il y a de grandes chances en effet, murmurai-je.

J'aurais aimé croire qu'il existait une solution, mais c'était aussi peu probable que de gagner à la loterie sans avoir acheté de billet.

Cook me raccompagnait à l'accueil quand une idée me frappa soudain. Je m'arrêtai en fronçant les sourcils.

— Vous travaillez vite, dis-je alors que le doute s'installait dans mon esprit. Vous avez déniché toutes ces statistiques entre le moment où Brian vous a appelé et notre rendez-vous ?

Cook eut l'air surpris.

— Quatre jours ont largement suffi. Je ne qualifierais pas cela de travail rapide.

Je me mordis la langue pour m'empêcher d'ajouter quoi que ce soit que je puisse regretter. Je garderais ça pour ma prochaine discussion avec Brian. J'avais été un peu ennuyée de voir qu'il avait pris ce rendez-vous pour moi ce matin. J'apprenais à présent qu'il l'avait pris quatre jours plus tôt et me l'avait seulement annoncé ce matin. Tout ça n'était pas terrible.

Préférant me concentrer sur ma colère envers Brian plutôt que sur le résultat de ce procès, je quittai le bureau de Cook en commençant à préparer ma riposte verbale.

Chapitre 7

Je ne rentrai pas chez moi avant 18 heures, ayant fait quelques courses sur le chemin du retour. Je m'étais un peu calmée entre-temps, prenant conscience que tout ce que Brian avait fait, il l'avait fait pour mon bien. Ce qui ne voulait pas dire que j'allais le laisser s'en sortir sans quelques paroles cinglantes, mais la colère aurait presque entièrement disparu.

Perdue dans mes pensées, je passai la porte du hall de l'immeuble et me dirigeai vers les ascenseurs sans même regarder autour de moi. En fait, ce ne fut qu'après être entrée dans l'ascenseur et m'être tournée pour appuyer sur le bouton de mon étage que je constatai que Brian était là.

Je sursautai comme un chat effrayé quand il me rejoignit dans la cabine.

— Seigneur, tu m'as fichu la trouille! dis-je en portant la main à ma poitrine pour sentir les battements effrénés de mon cœur. Pourquoi n'as-tu rien dit?

Les portes se refermèrent et l'ascenseur commença à monter. Brian ne me regardait pas, les yeux rivés sur les numéros lumineux au-dessus des portes. La tension irradiait de lui en vagues presque sensibles et, même si l'expression de son visage se voulait neutre et vide, il avait l'air d'être très énervé. Je posai une main sur son bras et il l'écarta d'une secousse.

— Brian, qu'est-ce qui ne va pas? demandai-je.

Je ne l'avais jamais vu dans un tel état.

— Attends que nous soyons dans ton appartement, répondit-il en donnant l'impression de parler les dents serrées.

J'étais perplexe. Ce n'était pas la première fois que Brian était en colère, mais je ne me souvenais pas d'une occasion où je n'avais pas connu la raison de son courroux. Avalant une boule de peur qui s'était formée dans ma gorge, je l'imitai en observant les chiffres lumineux. Ce fut l'ascension la plus longue de l'histoire de l'humanité.

Les portes finirent par s'ouvrir et je me dirigeai vers mon appartement sans être sûre de vouloir savoir ce qui se passait. L'ignorance est censée être source de bonheur, mais je ne me sentais pas particulièrement heureuse en cet instant.

J'ouvris la porte et entrai dans l'appartement en faisant signe à Brian de me suivre. Ce fut à cet instant que je remarquai l'enveloppe kraft qu'il tenait dans sa main droite. Je devinai aussitôt que le contenu de cette enveloppe n'était certainement pas étranger à son état, même si je n'avais toujours pas la moindre idée de quoi il pouvait s'agir. Je déposai le sac de courses dans la cuisine sans prendre la peine de le vider. Comme Brian ne m'avait pas suivi, je me postai à l'entrée de la pièce.

— Tu veux que je te fasse un café ? demandai-je en m'efforçant d'avoir l'air normal.

— Non.

La voix de Brian était brutale et cassante. Il n'essayait pas de faire semblant.

— Alors tu veux qu'on s'assoie ?

— Non, répondit-il sur le même ton.

Je secouai la tête. Il commençait à m'énerver.

— Bon, ça suffit tes grognements d'homme des cavernes ! Dis-moi ce qui ne va pas.

Ses yeux croisèrent les miens et, pour la première fois, j'y lus une véritable froideur. Cela suffit pour me faire reculer d'un pas avant que je comprenne qu'il était ridicule d'avoir peur de Brian, peu importait à quel point il était énervé.

M'adressant toujours son regard à me glacer la moelle, il glissa la main dans l'enveloppe et en sortit une feuille de papier. Sans un mot, il me la fourra sous le nez.

Je soupirai en la prenant de la main de Brian. Il s'agissait d'une courte lettre sur papier blanc. Je commençai à lire.

« M. Tyndale, j'ai pensé que cela vous intéresserait d'apprendre que votre petite amie a passé à plusieurs reprises la nuit avec Adam White. »

J'en eus le souffle coupé. Le papier tressauta dans ma main. Ma mâchoire s'affaissa et je regardai Brian avec horreur. Mais je n'avais pas fini de lire la lettre et je me contraignis à poursuivre.

« De crainte que vous ne pensiez que ces petits séjours sont innocents, j'ai rassemblé des preuves concrètes concernant ce qui s'est passé lors de ces visites. Je suppose que Mlle Kingsley vous a informé de la répugnante inclination de M. White pour les pratiques sexuelles sadiques. Cela vous intéresserait-il d'apprendre qu'il se trouve dans la maison de M. White un fouet qui porte encore les traces du sang de Mlle Kingsley ? »

La lettre était signée : « Un observateur intéressé ».

Mon visage se vida de tout son sang et, pendant une seconde, la pièce se mit à tanguer devant mes yeux. Ma main tremblait tellement que je laissai tomber la feuille de papier. Je n'aurais pas pu avoir l'air plus coupable. Pourquoi, mon Dieu, pourquoi n'avais-je pas dit la vérité à Brian quand j'en avais eu l'occasion ? J'aurais aimé ne pas avoir à lui cacher mais, au moins, s'il l'avait appris de ma bouche, cette fichue lettre ne serait pas aussi dévastatrice… ou difficile à expliquer.

—Ce n'est pas ce que tu crois, bégayai-je.

J'aurais voulu me gifler pour avoir prononcé la phrase la plus coupable qui soit.

—C'est ça! gronda Brian.

Fini le regard glacial. En fait, il n'osait même plus me regarder.

—C'est pour ça que tu étais si susceptible au sujet de Lugh, hein? Parce que tu avais déjà mauvaise conscience!

Je tendis la main vers lui, mais il s'écarta avant que j'aie la chance de le toucher.

—Ne me touche pas!

J'inspirai profondément en tremblant. Je m'étais promis de ne jamais lui avouer ce qu'Adam m'avait fait, ce que je l'avais laissé me faire en échange de l'aide de ce dernier dans le sauvetage de Brian. Si Lugh n'avait pas contrôlé mes rêves, j'aurais souffert de cauchemars récurrents me rappelant l'enfer que j'avais traversé dans la chambre noire d'Adam. Je n'avais jamais voulu que Brian l'apprenne et, plus que tout, je n'avais jamais voulu qu'il culpabilise pour le sacrifice que j'avais fait pour le sauver.

Je n'étais même pas certaine qu'il soit préférable que Brian connaisse la vérité plutôt qu'il croie que je l'avais trompé. Mais je ne pouvais supporter qu'il pense cela.

J'inspirai un bon coup pour tenter de me calmer, sachant que les mots que je m'apprêtais à prononcer étaient cruciaux si je voulais que notre histoire survive à cette épreuve.

—Ce qui s'est passé entre Adam et moi n'a rien de sexuel, déclarai-je avec précaution.

Brian éclata d'un rire amer et il se permit de me regarder une dernière fois. J'aurais préféré qu'il ne le fasse pas, car le mélange de douleur et de fureur dans ses yeux dépassait ce que je pouvais supporter.

—Ne te donne pas la peine de me mentir, dit-il. Je lis sur ton visage comme dans un livre ouvert, tu te rappelles?

—Oui et je te dis la vérité. Adam m'a fouettée, mais ce n'était pas sexuel. On ne pouvait pas faire moins sexuel comme expérience.

Pour moi, tout du moins. Je me rappelais encore combien la perspective de ce qu'il allait m'infliger avait pu exciter Adam, même s'il m'avait avoué par la suite que l'excitation ne signifiait pas forcément qu'il avait envie de rapports sexuels avec moi, et je l'avais cru.

—Épargne-moi ça!

—Mais Brian…

—Si tu m'avais dit la vérité depuis le début, j'aurais pu trouver un moyen de te pardonner. Je suppose que c'est arrivé quand nous nous étions séparés. (Il secoua la tête.) Mais non, tu as tenu à m'assurer que vous n'aviez pas été amants.

—Nous ne l'avons pas été et nous ne le sommes toujours pas.

Je tendis de nouveau la main vers lui et, une fois de plus, il m'esquiva.

—C'est fini, Morgane. Je pouvais vivre avec ton sale caractère et ton refus de t'ouvrir à moi, mais je ne peux pas accepter que tu me trompes.

—Je ne t'ai pas trompé! criai-je en ayant conscience d'avoir l'air désespérée. Laisse-moi seulement…

—Cesse de mentir! brailla-t-il, le visage rouge de rage.

Cette fois, quand je tendis la main vers lui, il me repoussa vraiment. Pas assez fort pour me faire mal, mais bien assez brutalement pour me ramener à un silence provisoire.

Il plongea de nouveau la main dans l'enveloppe pour en sortir une photo qu'il me balança à la figure. J'eus l'impression qu'un éléphant venait de s'asseoir sur ma poitrine. J'avais le plus grand mal à respirer.

La photo montrait un couple en train de s'embrasser avec passion. Les mains de l'homme étaient posées sur les fesses de la femme et ses bras à elle entouraient le cou de l'homme, une main perdue dans sa chevelure noire. Leurs visages étaient dans l'ombre parce qu'ils s'embrassaient, mais la femme avait la même coupe et la même couleur de cheveux que moi, ainsi que mon fameux tatouage d'épée au bas du dos, et l'homme avait sans aucun doute la taille et la stature d'Adam. Pire encore, ils se tenaient à l'entrée de la maison d'Adam.

Je secouai la tête, tout juste capable de trouver assez de voix pour formuler une faible protestation.

—C'est un montage. Je n'ai jamais…

Brian ne me permit pas de finir. Il laissa tomber l'enveloppe et la photo par terre, avant de se tourner et de passer la porte de l'appartement comme un ouragan, la claquant derrière lui si fort que mes dents s'entrechoquèrent.

Je tombai à genoux, m'étreignant le ventre, incapable de digérer l'énormité de ce qui venait de se produire. Je voulais pleurer, il fallait que je pleure, peut-être même que je hurle et que je casse quelque chose. Mais je ne parvins qu'à m'agenouiller dans l'entrée en essayant de me rappeler de respirer, les yeux rivés à la photo truquée qui venait juste de détruire ce qui m'était plus précieux que tout.

Chapitre 8

Je ne savais combien de temps j'étais restée à genoux, submergée par ma tristesse. Assez longtemps pour qu'ils me fassent mal et que mes pieds s'ankylosent. Finalement, je me relevai en vacillant, les pieds dévastés par des fourmillements et des picotements, et je déplaçai cette célébration de mon malheur jusqu'au canapé, où je pouvais me désespérer plus confortablement.

Je savais évidemment qui avait dû envoyer cette enveloppe à Brian : Barbara Paget, le détective privé des riches, des célèbres et des vindicatifs. Elle m'avait même prévenue, à sa manière, la fois où je l'avais repérée en train de fouiner près de chez Adam. Elle m'avait affirmé que la situation ne ferait qu'empirer et qu'elle était bonne dans son boulot. Bien sûr, ce qu'elle avait accompli dépassait de loin les compétences de son travail et était sûrement illégal. Je ne pense pas que ce soit illégal de falsifier une photo incriminante tant qu'on ne l'utilise pas dans un procès, mais c'est clairement contre toute éthique. Et la lettre mentionnait qu'elle avait découvert des traces de mon sang sur un fouet trouvé au domicile d'Adam. Il était impossible qu'elle ait pu mettre la main sur une telle preuve de manière légale. Quelle imbécile pénétrerait dans la maison du directeur des Forces spéciales, surtout quand celui-ci était un démon ?

— *Une imbécile désespérée*, chuchota Lugh dans ma tête. *Rappelle-toi que sa sœur est au Cercle de guérison.*

Je m'en souvenais, pas de problème. Je me rappelai aussi m'être demandé comment Barbie pouvait financer le séjour de sa sœur dans un établissement aussi coûteux avec ce que son travail devait lui rapporter. Elle devait être très bien payée pour m'arracher le cœur. J'avais envie de la traquer et de la dérouiller, mais une arrestation pour agression n'était sûrement pas dans mon intérêt.

Bien sûr, si Barbie avait pénétré par effraction au domicile d'Adam pour se procurer des preuves de notre supposée aventure, elle avait dû laisser des traces derrière elle. Ne serait-ce pas fabuleux si Adam découvrait un cheveu de Barbie en passant sa chambre au peigne fin ? Cela ne justifierait certainement pas beaucoup d'années en prison ou rien qui puisse être considéré comme satisfaisant, mais cela nous permettrait de mettre sa réputation en danger, de la traîner dans le caniveau, là où était sa place.

Je m'obligeai à me lever pour me rendre dans l'entrée où je ramassai l'enveloppe que Brian avait laissé tomber. Je fourrai la lettre et la photo dans l'enveloppe puis, sans prendre le temps de réfléchir à ce que je faisais ni même si cette décision était sage, je me rendis chez Adam.

Les lumières étaient allumées et les voitures d'Adam et de Dom étaient stationnées sur le petit parking privé en face de la maison. Il y avait donc quelqu'un. Pourtant, il fallut attendre que la sonnette – qu'Adam avait enfin réparée – retentisse dix fois avant qu'on vienne m'ouvrir la porte. L'infime partie de mon cerveau qui fonctionnait encore supposa que je débarquais au mauvais moment, mais cela ne m'empêcha aucunement d'appuyer plusieurs fois sur la sonnette.

La porte s'entrouvrit pour révéler Adam, les cheveux ébouriffés, pieds nus, et la chemise mal boutonnée. Oups, j'avais en effet interrompu quelque chose. Et je m'en fichais complètement.

— Il y a intérêt que cela vaille le coup, gronda-t-il.

Son regard furieux aurait dû me réduire en cendres.

Je ne pouvais affronter cet accueil, j'étais incapable de supporter ce regard alors que j'étais à un mot de travers de me briser en un millier de morceaux qui ne pourraient plus jamais être assemblés. J'essayai de trouver quelque chose à dire, une façon d'aborder ce que Barbie avait fait, mais j'étais incapable de prononcer le moindre mot.

— Merde, marmonna Adam. J'ai l'impression que ce n'est pas une bonne nouvelle. (Il soupira avant d'ouvrir complètement la porte.) Entre.

J'entrai et vis Dominic appuyé contre le mur du couloir. Il n'était pas aussi échevelé qu'Adam, mais il s'était de toute évidence habillé à la hâte et son visage était rouge. Pendant une demi-seconde, je craignis que Dom réagisse aussi mal que Brian en voyant la photo truquée, mais j'écartai aussitôt cette pensée. Premièrement, Dominic savait exactement ce qui s'était passé entre Adam et moi. Deuxièmement, sa relation avec Adam était beaucoup plus solide – et, avouons-le, plus saine – que celle que j'entretenais avec Brian.

— Qu'est-ce qui ne va pas ? demanda-t-il.

Je ressentis l'envie puérile de me jeter dans ses bras pour pleurer toutes les larmes de mon corps. Dom est probablement le type le plus gentil qui soit, le genre de type qui sait toujours trouver les mots qu'il faut. Les larmes me picotèrent les yeux et je clignai aussitôt des paupières.

Au lieu de répondre à Dom, je m'invitai dans le salon et m'assis sur le canapé en serrant un coussin contre ma poitrine. Les hommes me suivirent, Adam s'installa à l'autre bout du canapé tandis que Dom s'appuyait de nouveau contre le mur. Je levai les yeux vers lui.

— Pourquoi tu ne t'assieds pas ? demandai-je.

Ma voix était tendue. J'essayai de me racler la gorge, mais cela ne servit à rien.

— Ça risque d'être long.

Le rougissement du visage de Dom s'aggrava et il esquissa un sourire.

— Je crois que je vais rester debout, je te remercie, répondit-il.

Je fus un peu longue à saisir – ce qui est une habitude chez moi quand il est question de ces deux-là – et je le regardai fixement pendant un temps assez gênant avant de prendre conscience de ce qu'il sous-entendait.

— Oh, dis-je en sentant le sang me monter aux joues.

J'étais un peu surprise. Je savais qu'ils étaient portés sur le SM, mais j'avais eu l'impression qu'Adam n'infligeait pas de douleur sérieuse à son partenaire. Puis je me rappelai la fois où Adam avait été contraint à donner une « performance » pour Shae, la propriétaire du club pour démons. J'avais été au premier rang, pour ainsi dire, pendant qu'Adam assenait une fessée à Dom à coups de battoir. Il n'avait pas été question de petites tapes amoureuses. Shae ne se serait pas satisfaite de ce genre de traitement.

Je devais avoir l'air plus mal à l'aise que d'habitude car Dom s'empressa de me rassurer.

— Ça ira mieux dans quelques minutes, dit-il. Tu nous as juste surpris à un moment embarrassant.

— Désolée, marmonnai-je en serrant le coussin plus fort, les yeux rivés au sol.

— Allez, Morgane, m'encouragea Adam. Dis-nous ce qui ne va pas.

J'inspirai un bon coup et m'efforçai de fourrer mes émotions en pleine rébellion dans un placard et de fermer la porte sur elles. Je levai de nouveau les yeux vers Dominic.

— Je sais que tu t'en rendras compte par toi-même, mais je tiens à t'avertir que ce que je vais vous dire n'est qu'un ramassis de conneries.

Il me fit un clin d'œil.

— D'accord.

Je lâchai le coussin et sortis de mon sac à main l'enveloppe contenant la preuve incriminante. Je tendis la photo et la lettre à Adam.

— Quelqu'un a envoyé ça à Brian, dis-je.

Les sourcils d'Adam se haussèrent d'un coup quand il vit la photo. Dominic s'approcha pour jeter un coup d'œil et son expression se fit le reflet de celle de son amant. Il tendit la main vers la photo et Adam la lui donna sans une hésitation et sans s'inquiéter le moins du monde de la réaction de Dom. Ce dernier fronça les sourcils en regardant le cliché pendant qu'Adam lisait la lettre.

Je levai les yeux vers Dom.

— Je te l'ai dit, ce ne sont que des conneries.

Dom agita la main d'un geste dédaigneux et rendit la photo à Adam.

— Je sais.

Puis il posa une main sur l'épaule de son amant en une démonstration silencieuse de solidarité.

— D'après ta tête, je suppose que Brian a pris tout ça pour argent comptant. Franchement, cela m'étonne un peu de lui.

Adam secoua la tête et tendit la lettre à Dominic.

— Lis ça et tu vas comprendre, dit-il avant de se tourner vers moi. Laisse-moi deviner : Brian t'a interrogé à propos du sang et tu lui as présenté ton habituel visage impassible.

J'acquiesçai.

— Il m'a montré la lettre et j'ai juste…

Je haussai les épaules. Comment décrire ce que j'avais ressenti quand je l'avais lue ? Nul besoin de décrire mon état, Adam et Dom comprenaient.

Dom laissa tomber la lettre sur la table basse avant de venir s'asseoir à côté de moi sur le canapé, n'affichant qu'une légère grimace comme unique signe de l'inconfort de sa position. Il me prit les deux mains qu'il serra entre les siennes.

— Ça va aller, dit-il et les larmes contre lesquelles je luttais depuis que j'avais passé la porte se rapprochèrent de la surface. Je suis sûr qu'il n'a pas toute sa tête en ce moment, mais quand il aura pris le temps de se calmer, il reviendra à la raison.

J'aurais aimé le croire. Peut-être que s'il n'y avait pas eu autant de problèmes dans notre relation, j'y aurais cru. Mais franchement, nous avions lutté tant bien que mal pour rester ensemble et je n'étais pas certaine que notre amour puisse survivre à un coup pareil. À présent, j'étais une blessée ambulante, mon cœur saignait et mon âme baignait dans la douleur. Une fois que cette première vague de douleur et de choc se serait atténuée, je savais ce qui allait suivre : la fureur.

Oui, je comprenais à quel point les preuves étaient accablantes. S'il n'y avait rien eu de plus que la photo, ou s'il n'y avait eu que la lettre, j'aurais probablement pu convaincre Brian que toute cette histoire n'était pas vraie. Mais les deux éléments associés avaient été dévastateurs, d'autant que j'avais réagi de manière coupable à la lecture de la lettre. Donc, pour bien des raisons, la réaction de Brian était parfaitement compréhensible et il m'aurait été difficile de lui en vouloir.

Ce qui n'était pas le cas.

Comment pouvait-il me connaître aussi bien et croire cependant que j'étais capable de le tromper ? Je refusais même de le tromper dans mes rêves, malgré la tentation constante que me faisait subir Lugh. Je suis la première à admettre que j'ai énormément de défauts, mais tromper l'homme que j'aime n'en fait pas partie.

Comment avait-il pu croire ça de moi ? Et même s'il parvenait à reconnaître la vérité, même s'il pouvait me pardonner, une question se poserait alors à moi : comment pourrais-je lui pardonner ?

J'extirpai doucement mes mains de celles de Dom et je me laissai aller contre les coussins du canapé. L'éléphant était toujours assis sur ma poitrine et relever la tête me coûtait plus que cela n'en valait la peine.

— Je suppose que notre amie soi-disant journaliste en est la source, avança Adam.

— Pourquoi ne laisserais-tu pas ta casquette d'enquêteur au placard pour une fois ? suggéra gentiment Dominic.

Je secouai la tête.

— Merci, Dom, dis-je en me forçant à une imitation pathétique de sourire. J'apprécie ton attention mais il faut que j'occupe mon esprit. D'après le contenu de cette lettre, on peut penser qu'elle a pénétré dans cette maison. Si elle a laissé des traces de son passage…

— Est-ce que tu as raconté à quelqu'un ce qui s'est passé ce jour-là ? me demanda Adam.

Je frissonnai.

— Non.

Je ne pouvais me résoudre à le regarder, craignant de me rappeler la terreur qui m'avait dévastée dans l'attente du prochain coup de fouet.

— Dom ? demanda Adam.

Dom haussa les sourcils.

— Pourquoi l'aurais-je raconté ?

Adam secoua la tête.

— Je demande juste. J'aurais préféré croire que Barbara l'avait appris parce que l'un d'entre nous avait parlé, plutôt que penser qu'elle est entrée dans la maison et qu'elle a découvert le fouet.

Je grimaçai. Adam pouvait parler de tout ça si calmement, sans être le moins du monde troublé par l'enfer qu'il m'avait fait vivre. J'étais parvenue à supprimer la plupart des souvenirs mais il était clair que la petite pêche aux infos de Barbie venait de les déterrer.

— De plus, poursuivit Adam, il faut être un amateur pour ne pas nettoyer ses fouets après…

—Adam, la ferme, l'interrompit Dom en passant un bras autour de mes épaules dans un geste protecteur.

Les lèvres crispées, Adam se tut. J'appuyais mon corps contre Dominic. Puisqu'il n'appréciait pas les femmes, Dom était probablement le seul homme – autre que mon frère qui semblait s'être retiré de la race humaine – qui pouvait me serrer dans ses bras sans que je m'inquiète des signaux que je pouvais lancer. Et j'avais vraiment besoin qu'on me prenne dans les bras.

Sans un mot de plus, Adam se leva et sortit de la pièce. Super. À présent, c'était lui qui était énervé.

—Je suis désolée, murmurai-je et Dom me serra plus fort.
—Tu n'as pas à t'inquiéter.
Je grognai.
—Si seulement c'était vrai.

Un peu d'apitoiement sur moi-même ? Mais j'avais de bonnes raisons pour m'y adonner. Dom ne prêta pas attention à mes pleurnicheries.

—Tu as l'air d'une femme qui a besoin d'un verre, dit-il.
Je dus me mordre la langue pour étouffer la protestation que je m'apprêtais à exprimer quand il me lâcha.
—Je n'ai pas envie d'un verre, dis-je.

Je n'ai jamais vraiment bu et j'étais assez bouleversée pour que mon estomac risque de rejeter tout ce que je pouvais lui proposer.

—Je vais t'en chercher un quand même. Tu n'es pas obligée de le boire, si tu n'en as pas envie, mais il sera là si tu changes d'avis.

Il m'adressa un petit sourire triste et j'acquiesçai. Dom se leva et me tendit la main.

—Je vais t'attendre là.
Il roula des yeux.
—Non. Tu viens avec moi.

Pour discuter cet ordre, il m'aurait fallu plus d'énergie que je n'avais. Je pris sa main et le laissai me mettre debout avant de le suivre dans la cuisine où je m'assis à la table.

Dom connaissait assez mes goûts pour ne pas me forcer à boire quoi que ce soit de trop fort et viril. Il me prépara un parfait cappuccino mousseux auquel il ajouta une généreuse rasade de Frangelico. L'hôte d'Adam m'avait déjà préparé cette boisson que j'avais trouvée fichtrement bonne. Malgré mon chagrin, je ne pus résister à l'odeur de café de qualité. Quand il posa la tasse devant moi, je la pris aussitôt pour en déguster une gorgée.

Je souris de bonheur.

— Tu es un génie incontestable de la cuisine, dis-je en savourant l'arrière-goût doux et sucré.

— Merci.

Je bus de nouveau en essayant de concentrer toute mon attention sur la boisson délicieuse. Dom était assis près de moi au bout de la table et sa présence était pareille à un baume sur mon âme blessée. Il était le seul homme que je connaissais qui se contentait d'être un simple ami, pas quelqu'un qui attendait quelque chose de moi. Cette prise de conscience menaça de faire réapparaître les larmes. Je me vidai la tête pour boire mon café en paix.

L'état de mon esprit ravagé avait affaibli la plupart de mes défenses et je demandai à Dom quelque chose que je n'aurais jamais osé en des circonstances ordinaires :

— Comment peux-tu aimer qu'Adam te fasse du mal ?

Je regrettai aussitôt ma question, mais Dom ne semblait pas offusqué.

— J'aime ça parce que quand il me fait mal, cela ne me fait pas vraiment mal.

— Comment ça ?

Il me sourit.

— Je n'arrive pas à croire que tu me poses cette question. D'habitude, on a l'impression que tu vas mourir d'embarras chaque fois que nous faisons une vague allusion à quoi que ce soit que tu puisses considérer comme un peu spécial.

J'avais les yeux rivés à la mousse dans ma tasse.

— Je suppose que j'attends que tu dises les mots magiques qui m'aideraient d'une certaine façon à accepter ce qu'Adam m'a fait subir. Je n'ai jamais vraiment su comment le gérer, tu sais ? J'ai fait comme si cela ne s'était pas vraiment passé.

— Ce qui t'est arrivé, c'est qu'on t'a battue, dit Dom.

Je lui jetai un regard indigné, mais il poursuivit avant que je puisse verbaliser mes pensées.

— Peu importe qu'il ait utilisé un instrument qui peut aussi être un accessoire SM. Ce n'était pas du SM, c'était juste un démon très en colère qui s'offrait sa ration de chair. Tu sais qu'il y a une différence, n'est-ce pas ?

Je soupirai.

— Ouais.

Je ne comprenais pas la dynamique de la relation d'Adam et Dom, mais je savais que ce dernier disait la vérité.

— On peut faire comme si je n'avais pas posé cette question ?

Dom se tut pendant un moment, mais je ne fus pas étonnée qu'il ne tienne pas compte de ma requête.

— Quand Adam joue avec moi, je suis comme dans un état second, expliqua-t-il. Certaines personnes décrivent cet état comme « une autre dimension ». Quand je suis dans cette autre dimension, la douleur n'est pas réellement ressentie comme de la douleur. C'est juste une forte sensation physique. (Un des coins de sa bouche se releva, même si j'avais l'impression qu'il s'efforçait de réprimer ce sourire.) Une sensation que j'aime. (Le demi-sourire disparut.) Mais je dois être dans cette autre dimension pour l'apprécier. Je ne suis pas vraiment masochiste. Dans des circonstances ordinaires, je préfère éviter la douleur comme tout le monde. C'est le boulot d'Adam en tant que dominant de m'aider à trouver le chemin de cette autre dimension. (Dom sourit vraiment.) Il est très bon pour ça, même si ce n'est pas naturel chez lui.

Les démons n'ont pas besoin d'être dans une autre dimension pour prendre plaisir à la douleur. Pour eux, tout est histoire de sensations physiques nouvelles. Quand j'étais l'hôte de Saul, il n'y avait aucune relation de dominant à dominé entre Adam et mon démon. Ce n'était qu'un jeu de sensations. Les démons s'intéressent au SM pour d'autres raisons que les humains. J'ai en quelque sorte formé Adam pour qu'il appréhende cette relation d'un point de vue humain, mais ce qu'il t'a fait subir était du « pur démon ». Ne confonds pas avec du SM. C'est complètement différent.

Je ruminai tout cela pendant un moment tout en sachant que lorsque je me délivrerais de mon état actuel dû au choc et à la douleur émotionnelle, je serais mortifiée par la conversation que nous venions d'avoir. Mais pendant que j'avais cette discussion avec Dom, je ne pensais ni à Brian ni à ma séance dans la chambre noire.

— Je suppose que ça se tient, dis-je enfin. Je ne suis pas certaine de vraiment comprendre mais ça se tient. (Je fronçai les sourcils.) Bien sûr, ma dernière phrase, elle, ne tient pas debout.

Hmm, peut-être que le Frangelico commençait à faire effet. N'étant pas une grosse buveuse, il ne me fallait pas grand-chose pour perdre les pédales.

Adam nous rejoignit dans la cuisine, évitant ainsi que je me ridiculise davantage en déclarations incohérentes... et en posant des questions qui m'embarrasseraient plus tard. Les yeux de nouveau rivés à ma tasse, je réussis tout de même à percevoir le regard d'avertissement que Dom adressa à Adam.

Ce dernier s'assit en face de moi.

— Je suis désolé si le fait de parler de tout ça me rend insensible, dit-il.

— Adam..., commença Dominic.

— Je crois qu'il est important que nous sachions à qui nous avons affaire avec Barbara Paget, poursuivit Adam. Et il est à présent évident qu'elle est entrée chez nous pour fouiner.

Rassemblant mon courage, j'extirpai mon regard des profondeurs de ma tasse.

— Comment ça « évident » ?

— Comme je l'ai déjà dit, je nettoie mes fouets. Du moins, je le faisais quand il fallait.

À savoir quand Dominic était possédé et que leurs jeux faisaient couler le sang. Ce n'était plus le cas, Adam prenait à présent soin de son amant. Je frissonnai malgré tout à cette pensée.

— Mais cette fois-là avec toi, poursuivit Adam, j'ai remis le fouet dans sa boîte avant de me résoudre à le nettoyer. Je n'avais pas ouvert la boîte depuis, mais je viens juste de le faire et j'ai vu que tout le rembourrage avait disparu.

Je clignai des yeux, mon esprit fonctionnant au ralenti à cause du stress ou de l'alcool.

— Ce qui veut dire que Barbie est venue ici et a volé le rembourrage.

Adam acquiesça.

— Et d'autres objets dont je n'aurais pas remarqué la disparition si elle n'avait pas envoyé cette enveloppe à Brian. Mais il y a autre chose de très troublant. Non seulement elle a volé ces objets, mais elle a accès à une personne capable d'analyser le sang et de l'identifier comme étant le tien.

Cela n'augurait rien de bon.

— Je suppose que je vais devoir avoir une petite discussion demain avec le détective privé Barbie.

— Non, je crois qu'il faut que nous ayons tous les deux une petite discussion avec elle, corrigea Adam.

Étant donné que mes facultés mentales ne seraient certainement pas plus affûtées demain qu'elles l'étaient aujourd'hui, je n'avais pas d'autre option qu'accepter son offre.

Chapitre 9

Je quittai Adam et Dom vers 20 heures, dès que Saul rentra. Je fis semblant de ne pas voir les regards pleins de sous-entendus que me jetait Adam. Aucune chance que j'invite Saul à dormir chez moi ce soir. Je pouvais déjà à peine me supporter, alors Saul…

Chez moi, je me mis aussitôt au lit, même s'il était trop tôt. J'enfilai mon pyjama le plus confortable et remontai les couvertures sur ma tête en espérant m'enfoncer dans un profond sommeil d'oubli.

Le sommeil en lui-même vint facilement. C'est étonnant comme le fait que l'amour de votre vie vous accuse de le tromper peut épuiser une fille. Pourtant, j'aurais dû deviner que l'oubli n'était pas acquis.

Une fois de plus, un feu crépitait dans la cheminée du salon de Lugh et l'air était juste assez frais pour que la chaleur soit la bienvenue. J'étais allongée sur le canapé moelleux, la tête posée sur l'accoudoir et douillettement emmitouflée dans une couverture douce comme du cachemire. Mes pieds reposaient sur les genoux de Lugh et, sous la couverture, il faisait courir ses doigts le long de leur plante en imprimant juste assez de pression pour que mes orteils se retroussent de plaisir.

Le temps d'une seconde, je me sentis au chaud et à l'aise, aimée. Puis mon esprit se remit en marche et je me rappelai ma soirée désastreuse. Je fermai les yeux et les couvris de mon avant-bras. Lugh continuait à masser mes pieds et, même si le contact était sensuel, je savais qu'il n'avait aucune intention de me séduire, qu'il essayait simplement de me réconforter.

Le silence prit des allures d'éternité et je me serais assoupie si je n'avais pas déjà été en train de dormir. J'attendais que Lugh parle mais il restait muet, se contentant de frotter doucement mes pieds.

Finalement, il fallut que je brise ce silence qui me pesait.

— Tu ne vas pas me dire que tout va bien se passer ? demandai-je en craignant que ma voix soit un peu plaintive et puérile.

Je l'entendis inspirer profondément avant d'expirer.

— Les démons sont capables de beaucoup de choses impossibles pour les humains, mais prédire l'avenir n'en fait pas partie.

Je fis glisser mon bras et me forçai à ouvrir les paupières. Lugh me dévisageait, ses yeux couleur ambre étaient graves, son regard intense et difficile à lire. Je fronçai les sourcils.

— Voilà une réponse assez évasive.

Il immobilisa ses mains sur mes pieds sans rompre le contact.

— Je ne t'ai jamais endormi avec des mensonges et je n'ai pas l'intention de commencer maintenant.

Ma gorge se serra, mes yeux me brûlaient.

— En d'autres mots, tu penses que c'est fini entre Brian et moi. Pour de bon.

Il secoua la tête.

— Ce n'est pas ce que j'ai dit. (Il me dévisagea avec gravité.) Mais je soupçonne que cette fissure sera difficile à colmater. Et si tu veux réparer les dégâts, il va falloir que tu fasses beaucoup d'efforts.

Je déglutis, la gorge serrée.

— Je parie qu'Adam peut mettre la main sur un expert pour confirmer que la photo a été truquée. C'est vrai, c'est à la portée de n'importe quel abruti qui sait se servir de Photoshop, mais il y a sûrement moyen de le vérifier. Et une fois que Brian saura que cette photo est fausse, il m'écoutera lui expliquer le reste.

Lugh haussa un sourcil interrogateur.

— Et si tu arrives à convaincre Brian que tu n'as pas eu d'aventure avec Adam, tu crois que cela arrangera les choses entre vous ?

Je réprimai un grognement parce que j'avais déjà compris plus tôt dans la soirée que ce ne serait pas le cas. Brian était loin d'être le seul à avoir été blessé par cette affaire.

— N'enfonce pas le clou, tu veux ? Je me sens déjà assez mal comme ça.

— Loin de moi l'intention de t'enfoncer. Je t'explique seulement pour quelle raison je ne t'ai pas dit ce que tu attendais.

J'acquiesçai.

— D'accord, très bien. Si tu ne comptes pas me chuchoter des mots doux, y a-t-il une raison particulière pour que nous ayons à parler maintenant ? Tu ne peux pas me laisser dormir ?

Parler ne servirait à rien. Je pouvais m'en passer.

— J'ai toujours cru que les humains appréciaient d'avoir une épaule sur laquelle pleurer lorsqu'ils avaient des chagrins d'amour.

Je ricanai.

— Tu sais très bien que je ne suis pas du genre à m'épancher sur une épaule. Essaie autre chose.

Il attendait quelque chose de moi. Il n'avait pas encore trouvé le moyen de m'en parler. Quoi que ce soit, je n'étais pas d'humeur à lui donner. J'aspirais juste à ramper dans mon terrier et à disparaître jusqu'à ce que la douleur s'en aille. Dommage que la vie ne fonctionne pas comme ça.

— Je désirais peut-être juste te rappeler que tu n'étais pas toute seule, dit-il doucement en regardant le feu, pas moi. (Il eut un léger sourire.) Ou peut-être me suis-je dit que si je ne parlais pas ce soir, tu m'en voudrais de t'avoir laissé tomber.

Malgré mon esprit pas vraiment vif, je commençais à percevoir le tintement faible des sonnettes d'alarme dans ma tête. Cela ne ressemblait pas à Lugh d'être aussi méfiant. Il me fallut beaucoup d'énergie pour bouger, mais je me contraignis à m'asseoir et à ôter les pieds de ses genoux. Je m'enveloppai bien dans la couverture honteusement douce, ne sachant pas si Lugh m'avait habillée dans ce rêve et ne tenant pas à le savoir.

Je soupçonnais que tout ce qu'il venait de me dire était vrai. Je soupçonnais aussi qu'il y avait plus que ce qu'il voulait bien avouer.

— Tu vas arrêter ton numéro de claquettes et me dire ce que tout ça signifie ?

Il me scruta du regard et mon estomac se retourna. Soudain, je n'étais pas certaine d'avoir envie de savoir ce qu'il manigançait. J'avais mon lot de problèmes et la dernière chose que je voulais, c'était en rajouter une couche.

Lugh me sourit d'un air contrit.

— Calme-toi, Morgane. Ce n'est pas aussi retors et inquiétant que tu l'imagines.

— Alors qu'est-ce que c'est ?

— Je voulais juste procéder à quelques arrangements auxquels tu n'allais pas penser dans ton état.

Les sonnettes d'alarme retentissaient si fort à présent que je fus surprise que Lugh ne les entende pas.

— En d'autres mots, tu occupes mon esprit ici au pays machin-truc pendant que tu pilotes mon corps ailleurs.

Ce n'était pas la première fois que Lugh prenait le contrôle de mon corps durant mon sommeil et, évidemment, il profitait de ces occasions pour m'obliger à des actes que j'aurais refusés si j'avais été consciente.

— Qu'est-ce que tu as fait ? demandai-je.

J'essayai de rassembler assez de force mentale pour me réveiller et chasser Lugh du siège conducteur. Cela requérait toujours des efforts mais, en cet instant, j'étais tellement accablée par ce qui m'arrivait que je n'étais pas sûre d'être assez forte.

— Ça ne sert à rien d'essayer de te débarrasser de moi, dit Lugh. J'ai déjà fait ce que j'avais prévu et je t'ai remise dans ton lit.

— Pourquoi donc est-ce que je ne me sens pas soulagée pour autant ? marmonnai-je.

Mes tentatives de briser son contrôle étaient trop faibles et sans enthousiasme. Cela ne valait pas le coup de se fatiguer.

— J'ai parlé à Adam. Je pense qu'il vaut mieux que tu aies un garde du corps, du moins jusqu'à ce que nous connaissions tout de l'histoire de cette main que tu as reçue par courrier.

Je grognai.

— Ne me dis pas que tu as invité Saul.

— Très bien. Je ne te le dirai pas.

Il me sourit, une étincelle malicieuse dans le regard. Je secouai la tête.

— Je n'ai pas besoin d'un garde du corps !

— Je sais, dit Lugh en tuant ma tirade naissante dans l'œuf. Mais cela nous a donné une excuse pour déménager Saul de chez Adam et Dominic. Il y a déjà bien assez de tension entre certains membres de mon Conseil. Je n'ai pas besoin que Saul et Adam perdent leur temps dans une rivalité amoureuse.

Je croisai son regard.

— Si une telle rivalité amoureuse existe effectivement, déménager Saul n'y changera rien.

Lugh haussa les épaules.

— Peut-être que non. Mais je suis certain que c'est mieux ainsi pour toutes les personnes concernées et cela devrait au moins ralentir les événements.

— Tu aurais sans doute dû y songer avant d'insister pour invoquer Saul dans la Plaine des mortels.

Il me foudroya du regard.

— Ça ne sert à rien de discuter de tout ça. Saul est là, dans la Plaine des mortels et dans ton appartement. Passons à autre chose.

Mes yeux s'écarquillèrent.

— Tu veux dire par là qu'il y a autre chose ?

Il acquiesça.

— Je suppose que vu l'état d'esprit actuel de Brian, il ne va pas vraiment s'empresser de payer tes factures d'avocat.

Mon visage se vida de tout son sang. Je n'y avais même pas pensé mais, bien entendu, Lugh avait raison. Il tapota dans le vide d'un air rassurant.

— Ne t'inquiète pas. Je m'en suis occupé.

J'étais loin d'être rassurée. Je pris ma tête entre mes mains.

— Adam encore une fois ?

— Oui. Il a les moyens de t'aider.

Je levai la tête pour lui jeter un regard furieux. Mes mains tremblaient de rage.

— Et si je refuse d'accepter l'argent d'Adam ?

— Alors je te traiterai d'idiote entêtée et je continuerai à prendre les choses en mains chaque fois que ce sera nécessaire.

La mâchoire m'en tomba. Lugh s'efforçait toujours d'être doux et patient en toutes circonstances. J'aurais attendu de lui, surtout en ce moment, qu'il me ménage comme une poupée de porcelaine.

— Excuse-moi, dit-il sans paraître tout à fait sincère. Tu as besoin d'argent pour payer ton avocat et Adam a de l'argent. L'épreuve de ce procès sera déjà bien assez difficile sans que tu aies à souffrir d'une angoisse liée à tes finances. Et n'oublie pas que le reste de tes problèmes ne va pas disparaître par magie pendant le procès.

Je croisai les bras sur ma poitrine, l'air renfrogné.

— Je n'ai pas oublié.

— Et n'oublie pas non plus que tu es mon hôte et que j'ai besoin de toi. Je ne peux me permettre de te laisser sans protection et, comme je suis le roi d'Adam, j'ai le droit de lui demander de l'assurer.

J'étais trop fatiguée et abattue pour discuter, même si j'en avais envie.

— Qu'Adam paie ma défense ne fera que confirmer l'hypothèse de Brian qu'il est mon amant.

— Ça peut s'arranger.

Il avait l'air vraiment désolé cette fois-ci, mais quelle importance.

— Laisse-moi dormir maintenant, dis-je d'une voix plate et désespérée.

Lugh glissa sur le canapé jusqu'à moi, puis il passa un bras autour de mes épaules pour me serrer fermement contre lui.

— Tout va bien se passer, me murmura-t-il à l'oreille.

Les larmes me piquaient les yeux et je sentis de nouveau le poids de l'éléphant sur ma poitrine. J'allais m'humilier en pleurant sur son épaule, après tout.

Lugh me connaissait assez pour ne pas laisser cela se produire. Juste au moment où je pensais ne plus être capable de retenir les larmes, la pièce commença à se dissoudre autour de moi et je sombrai dans l'oubli paisible auquel j'aspirais tant.

Au matin, je me réveillai avec l'esprit cotonneux. Je me rappelai ce qui s'était passé et je savais que j'aurais dû être bouleversée, mais mes émotions étaient elles aussi cotonneuses.

Cela valait probablement mieux puisqu'il fallait que je sois en état de marche aujourd'hui.

Je pris une longue douche brûlante, en me déplaçant machinalement, sans réfléchir à grand-chose. Avec du recul, je pensais que j'étais peut-être trop à la ramasse pour être capable de quoi que ce soit. Mais quand j'envisageais l'alternative…

Je craignais que le café réveille les cellules de mon cerveau qui dormaient toujours d'un sommeil bienheureux. Pourtant, pas question que je passe une journée sans café. Il allait donc falloir que je prenne le risque.

Heureusement, j'enfilai un pantalon de yoga et un tee-shirt avant de me diriger vers la cuisine, car j'avais oublié que Lugh avait invité Saul à habiter chez moi. Je m'arrêtai brusquement sur le seuil de ma chambre quand je le vis assis sur le canapé du salon en train de siroter son café dans un mug de voyage qui ne sortait sûrement pas de mes placards. C'était gentil de sa part d'avoir apporté sa vaisselle. Agrippée au cadre de la porte, j'essayai de m'orienter dans cette nouvelle réalité.

— J'ai apporté du café de Dom, me dit Saul alors que je me tenais là comme une abrutie. J'espère que ça ne te dérange pas.

Il essaya de sourire, mais sa tentative n'était pas très convaincante. D'accord. Il était aussi mal à l'aise d'être chez moi que moi de l'accueillir.

— Adam m'a averti que ton café était dégoûtant.

— Il n'a pas menti.

Je traînai les pieds jusqu'à la cuisine en espérant que Saul avait préparé assez de café pour deux. Quand je découvris que la cafetière était pleine, mon opinion sur lui se radoucit considérablement. Je m'en versai une tasse avant d'en humer le contenu. Cette odeur était un délice. Je bus une longue gorgée en me passant de mes habituels lait et sucre.

Cela tombait bien que ce soit du café de Java de bonne qualité, parce que Saul l'avait préparé si fort qu'en comparaison un expresso aurait paru doux et dilué. La première gorgée me donna l'impression de recevoir un coup de poing dans la poitrine. Les yeux emplis de larmes, je me tournai vers Saul.

— Tu as entendu parler du concept de modération ?

Heureusement qu'il avait apporté le café, car il aurait certainement utilisé ma ration de la semaine en une seule cafetière.

Les sourcils froncés, il sirota une gorgée de son café en faisant mine de faire rouler le breuvage dans sa bouche avant de l'avaler.

— Trop fort ? demanda-t-il comme s'il jouait aux devinettes.

Je roulai des yeux et reversai la moitié de ma tasse dans la cafetière. J'ajoutai ensuite de l'eau chaude dans ma tasse, du lait et du sucre, et je fis une nouvelle tentative. C'était presque parfait. J'entourai mon mug de mes mains, non pas à cause de la température ambiante, mais bien du caractère gênant de la situation.

— Je suppose que je n'ai aucune chance de te convaincre de retourner chez Adam et Dom, dis-je.

Saul but une nouvelle lampée de son café.

— Pas quand mon roi m'a ordonné de rester ici et de veiller sur toi.

Il se leva et se dirigea vers la cuisine.

Cette pièce n'étant pas assez grande pour nous deux, je migrai donc vers la salle à manger. Je migrai peut-être avec un peu trop d'empressement, car Saul m'adressa un drôle de regard. Je fis semblant de ne pas le remarquer et je m'assis à la table en attachant plus d'attention à mon café qu'il méritait. Du coin de l'œil, je vis Saul remplir de nouveau sa tasse. Malheureusement, il n'accusa pas réception du message « fiche-moi la paix » que je lui avais lancé et il vint me rejoindre à la table.

— Tu ne m'aimes pas, déclara-t-il.

Impossible pour moi de supporter un drame avant mon café du matin, au mieux. Je le dévisageai d'un air vide.

—Je ne te connais pas assez pour ne pas t'aimer. Je ne veux tout simplement pas d'une baby-sitter. Maintenant, est-ce que je peux boire mon café en paix ?

—Tu es contrariée parce que je possède cet hôte.

Autant oublier prendre mon café en paix. Je haussai les épaules essayant d'adopter un comportement aussi désinvolte que possible en espérant qu'il laisse tomber et qu'il la ferme.

—Tu n'avais pas le choix. Je ne peux donc pas t'en vouloir.

—Mais tu m'en veux malgré tout.

J'envisageai sérieusement de lui balancer mon café à la figure. Bien sûr, en tant que démon, il aurait probablement apprécié.

—Écoute, Saul, je te tolère chez moi parce que ça ne sert à rien de se battre contre Lugh. Mais je ne suis aucunement obligée d'avoir de longues discussions à cœur ouvert avec toi. Cela n'a rien de personnel, mais j'aimerais que tu la boucles maintenant.

Il ouvrit la bouche comme s'il s'apprêtait à répondre, puis sembla se raviser. Je hochai la tête en signe d'approbation et c'en fut fini de notre conversation du matin.

Plus tard, je l'accompagnai au rez-de-chaussée pour le présenter au concierge ; même si je déclarai qu'il était un ami et non mon colocataire. Je fis semblant de ne pas remarquer le regard désapprobateur du concierge. On ajouta le nom de Saul à la liste des « vous pouvez les laisser monter sans m'appeler ». C'était d'ailleurs le seul nom de cette liste. Puis, vraiment à contrecœur, je demandai à l'accueil de fournir à Saul sa clé personnelle.

Chapitre 10

Adam nous sauva, Saul et moi, d'une matinée embarrassante en arrivant à 10 heures, alors que nous finissions les dernières gouttes du café beaucoup trop fort.

— Tu es prête à avoir une petite discussion avec notre amie Barbara ? demanda Adam avec un sourire féroce.

Son expression me fit frissonner. Adam peut vraiment ficher la trouille quand il veut et, même si je haïssais le détective Barbie, je n'étais pas sûre qu'elle méritait qu'on lâche Adam sur elle.

— Je suppose qu'il n'y a aucune chance que tu me laisses avoir cette discussion toute seule avec elle ? demandai-je.

— Elle est entrée par effraction chez moi. (Son sourire se fit plus sauvage.) De plus, je peux la menacer de prison. Elle a commis un crime, tu sais.

Connaissant Adam, la prison n'était pas la menace la plus effrayante qu'il puisse faire peser sur Barbie. C'était fou le nombre de lois qu'Adam était capable d'enfreindre tout en étant policier. Et il semblait toujours s'en sortir. La police de Philadelphie n'a jamais été un modèle d'incorruptibilité, mais je frémissais rien qu'à la pensée des libertés que s'autorisaient certains de ses officiers.

La bonne nouvelle, ce fut que Saul ne nous accompagna pas pour cette entrevue. Il resterait à l'appartement pour monter la garde. En gros, cela signifiait qu'il fallait qu'il reste en dehors de tout ça. Un instant, alors qu'Adam et moi étions sur le départ, je croisai le regard de Saul et j'eus le sentiment qu'il avait compris le message. J'aurais été désolée pour lui si je ne m'étais pas sentie aussi mal.

Adam ne brisa pas mon silence le temps que nous prîmes l'ascenseur jusqu'au parking, puis que nous nous dirigeâmes vers l'espace réservé aux visiteurs dans un coin désagréablement retiré. Une fois dans sa voiture banalisée, je bouclai ma ceinture de sécurité et appuyai ma tête contre le dossier en fermant les yeux. J'avais pourtant suffisamment dormi la nuit passée, mais j'avais l'impression de pouvoir dormir encore pendant une semaine.

J'aurais juré sentir le regard d'Adam sur moi pendant un long moment avant qu'il démarre la voiture pour sortir de son emplacement de parking. Je savais que je ne me comportais pas normalement, mais je ne pouvais m'en empêcher. Je finirais bien par déterrer un peu de colère dont je tirerais sans doute quelque énergie. Mais pour le moment, tout ce dont j'étais capable, c'était d'être déprimée.

Je dus me déconnecter un peu de la réalité car, lorsque je fis de nouveau attention à ce qui nous entourait, nous étions stationnés dans une des parties les plus minables de Broad Street et Adam me dévisageait. Nous pouvions avoir roulé pendant cinq minutes comme cinq heures, j'étais tellement sens dessus dessous que je n'aurais su faire la différence.

M'efforçant de dissiper le brouillard qui emplissait mon cerveau, je détachai ma ceinture de sécurité et jetai à Adam un regard agacé.

— Quoi ?

Il fit la moue et j'eus l'impression qu'il cherchait ses mots. J'espérais qu'il allait se raviser, mais je n'eus pas cette chance.

— Tu es prête ?

J'attendis la poussée d'indignation que ce genre de question aurait habituellement générée, mais j'en semblai tout bonnement incapable. Je me contentai de hausser les épaules.

— Probablement pas, mais allons-y quand même.

J'étais sur le point de sortir quand Adam me saisit par le bras. Une nouvelle fois, je me dis que je devrais protester sans pour autant en prendre la peine.

— Aucun intérêt que tu m'accompagnes si tu comptes rester assise en faisant la tête.

J'essayai de lui jeter un regard furieux sans être réellement convaincante.

— On vient juste de me briser le cœur. Excuse-moi si je n'ai pas le moral.

Son regard à lui fut bien plus efficace.

— Ne pas avoir le moral est une chose. Être morte en est une autre. Et tu vas finir morte si tu ne te magnes pas de sortir de cet état !

Je farfouillai dans mon cerveau à la recherche d'une bonne réplique. En vain. Ma vision se brouilla et, une seconde plus tard, je n'avais plus le contrôle de mon corps.

— Morgane a besoin de temps, déclara Lugh en s'exprimant par ma bouche. Je vais prendre la relève jusqu'à ce qu'elle se sente capable de participer de nouveau.

Quelle preuve parlante du sale état dans lequel j'étais. Je n'avais fait aucune tentative pour baisser mes barrières mentales et pourtant Lugh avait pu prendre le contrôle sans la moindre résistance de ma part. J'aurais dû m'en inquiéter – je suis trop accro au contrôle pour apprécier être passagère en mon propre corps –, mais ce que je ressentais tenait essentiellement du soulagement. Adam avait raison : je n'étais pas prête pour interroger le détective privé Barbie.

Adam n'avait pas l'air rassuré pour autant.

— Est-ce qu'on doit s'inquiéter ? demanda-t-il.

Lugh secoua la tête.

— Je suis confiant, elle va s'en remettre.

— *Il y a au moins un d'entre nous qui y croit*, pensai-je à son intention, mais il ne prit pas la peine de me répondre.

Nous sortîmes de la voiture pour entrer dans un petit immeuble qui avait dû héberger autrefois le bureau d'un garant de cautions judiciaires. Le local de Barbie était situé à l'arrière de l'immeuble, au bout d'un couloir lugubre qui avait besoin d'une nouvelle moquette depuis vingt ans. Un des carreaux du plafond exhibait une impressionnante tache marron d'humidité rouillée et la peinture des murs était tellement pelée qu'on aurait pu croire que les parois étaient rayées. Pour parfaire cette atmosphère de respectabilité raffinée, les lettres accrochées sur la porte de Barbie annonçaient « ARBARA PA ET, ÉTECTIVE P IV E ».

Comment diable Barbie pouvait payer le séjour de sa sœur au Cercle de guérison si c'était tout ce qu'elle pouvait s'offrir comme bureau ?

— *Comment un homme d'une vieille famille riche en est arrivé à engager un détective au rabais ?* demandai-je à Lugh en pensée.

— *Bonne question*, répondit-il.

Adam frappa à la porte et Barbie l'invita à entrer. Quand nous pénétrâmes dans la pièce, elle nous tournait le dos, le nez enfoui dans un placard à dossiers en métal cabossé. Son bureau avait à peine meilleure apparence que le couloir et ne faisait pas étalage d'une étonnante réussite financière. Au moins, il était rangé et le mobilier, bien que d'occasion, n'avait pas l'air d'avoir été récupéré dans les poubelles.

Barbie cessa de fouiller dans le placard et referma le tiroir d'une manière musclée. Malgré tout, il resta coincé quinze centimètres avant sa fermeture complète. Elle lui assena un coup de la main, mais il ne broncha pas.

— Foutu tiroir, marmonna-t-elle avant de se tourner enfin vers Adam et moi.

Ses yeux bleu ciel écarquillés d'étonnement se posèrent alternativement sur Adam et moi.

— Mademoiselle Kingsley, monsieur White, quelle surprise.

— J'en suis sûre, dit Lugh en adoptant mon ton hostile de conversation.

Elle cligna des paupières d'un air innocent.

— Que me vaut le plaisir de cette visite ? demanda-t-elle.

Son visage impassible était bien plus efficace que le mien. Si je ne l'avais pas mieux connue, j'aurais pu croire qu'elle n'avait aucune idée de la raison de notre visite.

— Je suis sûr que vous savez, mademoiselle Paget, que pénétrer par effraction dans une maison est contraire à la loi, déclara Adam.

Adam possédait la capacité très étrange d'intimider les gens et j'avais l'impression qu'il en faisait des tonnes avec Barbie. Le visage de celle-ci pâlit et elle entrouvrit la bouche. Adieu le visage impassible.

Adam éclata de rire.

— Allons, la gronda-t-il. Comment pouvez-vous avoir l'air aussi surpris ? Si vous vous vantez d'avoir récupéré des preuves chez moi, ça ne devrait pas vous étonner que je sache que vous êtes entrée par effraction dans ma maison.

Elle sembla parcourue d'un frisson, puis alla s'asseoir sur la chaise derrière son bureau. Son visage n'avait toujours pas recouvré sa couleur. Elle leva les yeux vers Adam sans pouvoir soutenir son regard plus d'une demi-seconde. Elle secoua finalement la tête.

— Et de quelle manière me suis-je vantée d'avoir mis la main sur cette preuve ? demanda-t-elle, la voix tremblante.

C'était peut-être une bonne comédienne, mais elle paraissait sincèrement surprise et affligée par l'accusation d'Adam. Lugh et Adam échangèrent un regard et je me rappelai que je ne contrôlais plus mon corps. Je désirais sonder le visage de Barbie à la recherche du moindre signe de mensonge. Non pas que j'excelle en la matière mais quand même…

Lugh plongea la main dans mon sac et en sortit la lettre que Brian avait reçue. Il la tendit à Adam qui la passa à Barbie. Comme c'était agaçant, Lugh ne regardait toujours pas Barbie dont je ne pus donc voir la réaction. Mon démon paraissait excessivement fasciné par une fougère en pot qui s'ennuyait dans un coin du bureau.

—Où avez-vous eu cette lettre? demanda Barbie.

Lugh examinait toujours la fougère et je sentis les premiers remous d'un véritable agacement bouillonner en moi.

— *Tu peux me dire en quoi cette fichue plante est tellement fascinante?* demandai-je.

Lugh ne répondit pas.

—Vous êtes certaine que vous n'en savez rien? demanda Adam à Barbie.

—*Bon sang, Lugh, tourne la tête!*

—Je n'ai pas écrit cette lettre, si c'est la question que vous me posez.

Il me vint enfin à l'esprit que Lugh refusait consciencieusement de regarder Barbie dans l'unique but de me mettre en colère. Et cela marchait. Parfois, sa capacité à appuyer sur les bons boutons me fiche vraiment la trouille. Je ne tenais pas particulièrement à être sortie de mon état, mais Lugh savait exactement comment me provoquer pour m'extirper de ma rassurante léthargie.

Je détestais être manipulée de la sorte par Lugh et je commençai à rassembler mes forces mentales afin de lui reprendre le contrôle.

—Mais vous savez qui l'a écrite, dit Adam sans obtenir de réponse de Barbie.

Je ne fus pas étonnée que Lugh résiste à ma tentative de reprise de contrôle. Bon sang, j'allais devoir me battre. Avec l'impression d'être une marionnette prisonnière de ses fils, je bataillais plus fort pour éjecter Lugh de mon esprit.

— Mademoiselle Paget, poursuivit Adam, j'ai trouvé un long cheveu blond sur le sol près du fouet que mentionne la lettre. Combien de chances y a-t-il d'après vous que ce cheveu vous appartienne et qu'il nous permette de vous inculper ?

Je suis certaine qu'Adam bluffait ; autrement, il m'en aurait parlé plus tôt. Cependant, Barbie ne pouvait pas le savoir et Adam semblait sacrément sûr de lui.

Lugh ne me laissait toujours pas reprendre les commandes et, comme d'habitude, la panique commença à polluer mes efforts. Je voulais que Lugh quitte la place du conducteur, tout de suite. M'efforçant de mettre un frein à mon angoisse tout en tirant mon énergie de la colère, je me visualisai en train de claquer les portes de mon esprit, puis de les fermer à double tour pour garder Lugh à l'extérieur.

Sa résistance disparut soudain comme si elle n'avait jamais existé et j'étais de retour dans mon propre corps, mon cœur battant la chamade jusque dans ma gorge. Mon estomac se retourna sous l'effet de la dorénavant habituelle nausée qui suivait les changements de contrôle.

— *Merci beaucoup, Lugh*, pensai-je en luttant pour ne pas dégobiller.

Je me tournai vers Barbie qui avait l'air aussi paniquée que moi quelques secondes plus tôt. Les mains serrées en poings, les jointures des doigts blanches, elle tenait la lettre en haletant comme si elle venait de finir une série de pompes.

— Vous irez en prison, mademoiselle Paget, affirma Adam.

Assis à présent face au bureau de Barbie, il adoptait une attitude détendue, ses longues jambes étalées, une expression suffisante sur le visage.

— Probablement pas longtemps, mais assez pour perdre malgré tout votre licence de détective que vous ne récupérerez jamais. Les anciens détenus ont toujours du mal à retrouver du travail, vous savez. Vous aurez de la chance si vous finissez par retourner des hamburgers sur un grill. (Il fit semblant d'être rongé par le remords.) Et vous pouvez faire une croix sur le séjour de Blair au Cercle de guérison. Mais ne vous inquiétez pas. Il existe d'excellentes maisons de convalescence pour les indigents.

Submergée par la douleur, Barbie ferma les yeux. Quand elle les rouvrit, j'y distinguai le scintillement des larmes. Si elle ne venait pas de ruiner ma vie, j'aurais certainement été plus compatissante. Car nous ne nous contentions pas de la menacer, elle, mais sa sœur innocente et vulnérable également.

J'étais prête à me glisser dans le rôle du «bon flic» mais, avant que je sache quoi dire, Barbie s'exprima de nouveau.

—Que voulez-vous? demanda-t-elle. (On entendait les larmes dans sa voix même si aucune n'avait encore coulé.) Si vous aviez prévu de m'arrêter, vous l'auriez déjà fait. (Elle me jeta un bref regard.) Et vous ne seriez pas venu accompagné de Mlle Kingsley.

Adam haussa les épaules.

—Ce n'était pas ce que j'avais prévu, mais ne vous leurrez pas en croyant que je ne vous arrêterai pas si vous refusez de collaborer.

Barbie inspira profondément et se redressa sur sa chaise. Les larmes avaient disparu. Elle avait l'air sinistre et déterminée.

—Que voulez-vous savoir?

—J'aimerais que vous m'expliquiez comment Jordan Maguire en est venu à vous engager – parce que, franchement, votre bureau ne ressemble pas aux endroits qu'il fréquente – et quelle mission il vous a confiée.

Barbie secoua la tête.

—Je ne travaille pas pour Jordan Maguire. J'ai été engagée par Jack Hillerman, l'avocat de M. Maguire.

—Un détail. Ma question tient toujours.

Elle se tortilla sur sa chaise avant de lever les yeux vers moi.

—Je suis désolée, dit-elle en ayant l'air sincère. Quand j'ai accepté ce travail, je n'avais aucune idée…

Sa voix s'effaça et son regard se posa sur le plateau éraflé du bureau.

J'aurais dû détester cette femme mais, soit mes émotions étaient encore en sourdine, soit je reconnaissais que Barbie était elle aussi une victime. Je m'assis à côté d'Adam et nous attendîmes en silence que Barbie poursuive. Elle inspira de nouveau, puis rassembla ses mains sur le bureau et leva les yeux.

—À l'origine, M. Hillerman m'a engagée pour que je salisse la réputation de Mlle Kingsley, dit-elle en s'adressant à Adam. Je devais la suivre et rassembler des informations incriminantes pour le procès. Il m'a offert une avance sur honoraires bien plus que généreuse. (Elle grimaça.) J'aurais dû me douter que c'était louche, mais il m'était impossible de refuser la somme qu'il me proposait.

—Et comment Hillerman en est arrivé à engager un détective privé de second rang pour un client comme Maguire? demanda Adam.

Ses yeux s'étrécirent de rage.

—Je ne suis pas un détective de second rang! Il se trouve que je fais bien mon travail.

Adam balaya la pièce d'un regard dédaigneux.

—Ouais, je constate que vous êtes au summum de votre carrière.

Barbie rougit.

—Les apparences peuvent être trompeuses. J'ai le choix entre louer un bureau luxueux dans un meilleur quartier de la ville et offrir à ma sœur les meilleurs soins qu'on puisse se payer. J'ai décidé que ma sœur importait plus que mon bureau.

Je compris à l'expression d'Adam qu'il avait l'intention de continuer à s'adresser à elle en grondant. Cela ne me semblait pas être la bonne façon d'obtenir ce que nous voulions. Je lui coupai la parole.

— Il se peut que vous soyez réputée pour être compétente, dis-je, mais ça n'empêche qu'il est étrange qu'un type comme Hillerman fasse appel à vous. Un regard à cette pièce aurait suffi à le faire changer d'avis. En supposant qu'il ait pris la peine de venir vous voir après avoir déniché votre adresse.

C'était effectivement une des parties les plus minables de Broad Street et Hillerman devait le savoir.

— Il a déclaré qu'un de ses anciens clients lui avait recommandé mes services.

Adam et moi lui adressâmes des regards sceptiques. Elle leva le menton.

— Oui, je me suis demandé pourquoi il faisait appel à quelqu'un comme moi alors que je suis certaine qu'il a l'habitude de travailler avec d'autres détectives. Mais je ne pouvais pas me permettre de refuser la somme qu'il me proposait. (Elle voûta les épaules.) J'aurais dû me douter que c'était trop beau pour être honnête.

— Cela devait être une sacrée somme pour vous pousser à pénétrer par effraction dans la maison du directeur des Forces spéciales, commentai-je.

— Ce n'est pas ainsi que ça a commencé, répondit Barbie. Au début, c'était juste une enquête ordinaire et fastidieuse. Puis M. Hillerman m'a demandé de suivre quelques pistes de manière pas vraiment conventionnelle. J'ai réussi à obtenir des informations médicales et financières par le biais de sources douteuses. Je ne pensais pas que cela pouvait faire avancer le dossier, mais mon client les demandait et était prêt à me payer très cher pour ça. J'ai fait ce qu'il voulait. Quand j'ai appris que Mlle Kingsley avait passé plusieurs nuits chez vous, j'en ai informé mon client et il m'a demandé de fouiller la maison à la recherche de la preuve que vous aviez eu une aventure. J'ai refusé.

— Oh vraiment? demanda Adam d'un ton sarcastique.

Barbie lui retourna tranquillement son regard.

— Vraiment. J'avais accepté de prendre quelques libertés avec la loi pour la somme qu'il m'offrait, mais pénétrer par effraction dans une maison dépassait les limites que je m'étais fixées. (Elle soupira bruyamment.) Mais il avait prévu de me piéger depuis le début. Je suis sûre que les informations médicales et financières ne l'intéressaient pas vraiment... Il voulait juste que je fasse quelque chose d'illégal afin de pouvoir l'utiliser contre moi. Il a menacé de me dénoncer si je refusais de fouiller votre maison.

Je fronçai les sourcils.

— Mais puisque c'est lui qui vous a payé pour ces informations, est-ce qu'il ne se serait pas incriminé lui-même en vous dénonçant?

— En effet. Mais, comme il me l'a fait remarquer, j'avais plus à perdre que lui. Il lui suffisait de m'empêcher de travailler et je ne serais plus capable de payer le séjour de Blair au Cercle de guérison. Il avait assez d'argent de côté alors, même dans le pire des scénarios, il s'en sortirait bien. Ce n'est pas ça qui allait l'envoyer en prison. De plus, comment pouvais-je prouver qu'il m'avait ordonné de le faire? Il n'était pas stupide au point de me donner mes instructions par écrit. Il ne me les transmettait même pas par téléphone.

— Mais maintenant qu'il a envoyé la lettre à Brian, il a tout réduit à néant! dis-je.

— Tu crois? demanda Adam. On ne peut pas prouver qu'il a envoyé la lettre.

Je désignai Barbie.

— Elle peut témoigner qu'elle lui a fourni l'information.

—Et il le niera. C'est sa parole à elle contre celle de Hillerman. Et c'est un avocat très respecté qui n'a rien à gagner à envoyer des informations pareilles à Brian.

Je fronçai les sourcils.

—Elle non plus, dis-je en désignant toujours Barbie. (Si elle était contre le fait que je parle d'elle à la troisième personne, elle n'en dit mot.) Mais revenons en arrière. Tu dis que Hillerman n'avait rien à gagner à envoyer cette merde à Brian et tu as raison. Alors pourquoi l'a-t-il fait?

Adam avait l'air aussi intrigué que moi. Quand nous avions supposé que c'était Maguire qui se cachait derrière la lettre, cette hypothèse faisait sens, même de manière tordue. Mais s'il s'agissait de Hillerman...

—Si les choses tournent mal pour lui, il pourrait briser sa carrière, poursuivis-je. Pourquoi prendrait-il ce risque?

Nous nous tournâmes tous les deux vers Barbie qui haussa les épaules.

—Je ne sais pas à quoi ça rime, dit-elle. Je n'ai pas vraiment posé de questions. Ce que je sais, c'est qu'il nourrit une sorte de rancœur personnelle contre vous.

Cela me déstabilisa un instant.

—Je ne connais même pas ce type! Pourquoi m'en voudrait-il personnellement?

—Je ne sais pas. Il a essayé de me faire croire qu'il protégeait les intérêts de M. Maguire, mais j'ai senti que c'était personnel. Il avait ce drôle de regard quand il parlait de vous... (Elle m'adressa un sourire d'excuse.) Je ne sais pas ce que vous lui avez fait pour qu'il vous en veuille à ce point, mais ça a dû être quelque chose.

—Mais je ne l'ai jamais vu! répétai-je. Le contact le plus rapproché que j'ai eu avec lui, c'est quand il a laissé un message sur mon répondeur en me demandant de ne pas chercher à joindre M. Maguire.

Adam me jeta un regard plein de sous-entendus sans que je comprenne ce qu'il voulait me dire. J'essayai de lui signifier mon incompréhension en lui adressant à mon tour un regard tout aussi lourd de sous-entendus.

—Nous en parlerons plus tard, dit-il avec fermeté. Pour le moment, nous avons d'autres choses à régler.

Il se tourna vers Barbie, une étincelle sauvage dans le regard. Elle déglutit.

—Alors vous allez m'arrêter finalement.

—Donnez-moi une bonne raison de ne pas le faire.

Je devinais qu'elle réfléchissait à toute allure. Et je devinais aussi qu'elle était trop préoccupée par son avenir et celui de sa sœur pour imaginer où Adam voulait en venir.

—Peut-être seriez-vous prête à travailler gratuitement pour nous, suggérai-je.

Le soulagement balaya son visage.

—J'aimerais beaucoup. Je sais que j'ai commis de terribles erreurs mais ceci (elle saisit la lettre et la jeta sur le bureau dans notre direction), ce n'est pas une chose à laquelle j'aurais pensé être mêlée. Si je peux faire quoi que ce soit pour me racheter, vous n'avez qu'à demander.

—Vous ne pouvez effacer le mal que vous avez fait, dit Adam.

Il sortit la photo de l'enveloppe et la tendit à Barbie qui écarquilla les yeux.

—Je n'ai pas pris cette photo ! dit-elle aussitôt.

—Je sais, répondit Adam. C'est un montage, car cette scène n'a jamais eu lieu. Pourquoi ne commenceriez-vous pas par essayer de découvrir qui a fabriqué cette photo et contraindre cette personne à avouer que c'est un faux document ?

Barbie le regardait sans ciller.

—C'est vraiment un montage ? Ou bien voulez-vous que je trouve une personne qui accepte de mentir à ce sujet ?

— Cette photo est fausse ! répliquai-je presque en criant avant d'inspirer profondément pour me calmer. Adam et moi n'entretenons pas ce genre de relations et il ne s'est jamais rien passé entre nous. Oubliez ce que vous pensez savoir parce que vous ne savez que dalle.

Elle leva la photo pour l'examiner avec attention. Puis elle acquiesça.

— D'accord, je vais voir ce que je peux faire. Je suppose que si je trouve la personne qui a trafiqué la photo, vous aimeriez que je vous donne la preuve qu'elle est liée à Hillerman.

— Naturellement, répondit Adam.

J'avais d'autres missions à lui confier, mais Adam m'adressa un autre de ces regards lourds de sens. Je ne comprenais toujours pas ce qu'il essayait de me dire. Sauf qu'il fallait que je la ferme. Ça, j'avais compris.

— C'est vous qui vous êtes occupée de faire analyser les prélèvements de sang ? demanda Adam.

Elle secoua la tête.

— J'ai juste donné ce que j'avais trouvé chez vous à M. Hillerman. Mais étant donné qu'il a fait trafiquer cette photo, il peut aussi avoir menti concernant les prélèvements de sang. Il sait qu'il peut causer beaucoup de dégâts sans avoir de véritables preuves.

— C'est vrai, admit Adam. Concentrez-vous sur la photo. Je suppose que je n'ai pas besoin de vous dire que Morgane et moi ne sommes jamais venus vous voir.

Elle acquiesça sèchement.

— Pas besoin en effet.

— Et bien sûr, vous nous ferez savoir si M. Hillerman vous confie d'autres missions.

Elle n'avait pas l'air très heureuse à cette suggestion, mais elle acquiesça tout de même.

— Étant donné la situation, je suppose qu'il serait hypocrite de ma part de me soucier de la confidentialité de mes clients.

Difficile de ne pas être d'accord avec elle. Laissant Barbie à son travail, Adam et moi quittâmes son bureau.

Chapitre 11

Je gardai mes questions pour moi jusqu'à ce que nous montions dans la voiture mais, à la seconde où Adam claqua la portière, je me tournai vers lui.

— Alors qu'essayais-tu de me faire comprendre en me jetant ces regards lourds de sens ?

Il boucla sa ceinture avant d'engager la voiture dans la circulation.

— Tu sembles être revenue à la vie.

— Laisse mon état en dehors de tout ça et contente-toi de répondre à ma question.

— Bien sûr, tu n'es pas encore au mieux de ta forme, sinon tu aurais déjà compris par toi-même.

Je me rappelai que ce serait sans doute une mauvaise idée de gifler Adam alors qu'il conduisait.

— Tu vas répondre à ma question ou tu essaies juste de m'achever alors que je suis encore à terre ?

D'ordinaire, je ne joue pas la carte de la culpabilité, mais parfois il faut savoir faire avec le jeu qu'on a en mains. Du coin de l'œil, je vis Adam faire la moue et froncer légèrement les sourcils. Visiblement, il ne se sentait pas du tout coupable.

— Tu oublies qu'il y a plus d'une personne dans ton corps, dit-il, les yeux rivés sur la route. Si un homme que tu ne connais pas semble soudain très intéressé par ta personne, il y a de grandes chances que ce ne soit pas vraiment toi qui l'intéresses.

Adam freina brutalement en évitant de justesse de percuter une voiture dont le conducteur avait visiblement oublié qu'il fallait vérifier qu'un autre véhicule n'arrivait pas quand on sortait d'une place de stationnement.

— Il a de la chance que je n'aie pas envie de jouer les agents de la circulation, marmonna-t-il.

— Et on a de la chance que tu aies des réflexes de démon, dis-je, mon cœur battant à tout rompre d'avoir une fois de plus frôlé la mort.

La voiture reprit sa vitesse normale et je méditai un moment sur la suggestion d'Adam. Je comprenais la base de sa remarque mais pourtant…

— Les gens qui en veulent à Lugh souhaitent sa mort, pas qu'il soit coincé dans le corps d'un hôte en plein chagrin d'amour, dis-je. Si rassembler des mensonges sur une supposée liaison entre nous est destiné à atteindre Lugh, reconnais que c'est assez faible. De plus, si les partisans de Dougal savaient que j'héberge encore Lugh, nous serions assaillis de toutes parts par les assassins.

D'après ce que Dougal et ceux de son camp savaient, j'avais transféré Lugh dans un nouvel hôte quand les ennuis avaient commencé. J'avais cependant toujours une cible accrochée dans le dos, puisque j'étais une miette sur le chemin qui mènerait à l'hôte actuel de Lugh. Jusqu'à présent, Dougal ne semblait pas penser que m'interroger était une priorité.

— *Il sait que je ne suis pas stupide au point de rester dans l'hôte dans lequel tu m'aurais transféré*, me dit Lugh dans ma tête. *Je suis sûr qu'il croit que je suis très loin de toi et que cela ne vaut pas la peine de t'interroger. De plus, on sait déjà que le temps joue en sa faveur.*

Ouais, parce que je finirais naturellement par mourir de mort naturelle – si j'avais de la chance – et je renverrais Lugh au Royaume des démons afin qu'il puisse être piégé dans un nouvel hôte avant d'être tué. J'aurais pu me passer de ce rappel.

— Merci de me rafraîchir les idées, marmonnai-je.

Adam haussa les sourcils, mais je pense qu'il savait que je ne m'adressais pas à lui.

— Ça me semble une manière bien originale d'attaquer Lugh, admit Adam. Mais je ne pense pas que nous devions écarter cette hypothèse. Je vais voir si Hillerman a des relations avec le Cercle de guérison. Et n'oublie pas le petit cadeau que tu as reçu par courrier.

Le fait justement que j'avais tout oublié montrait à quel point ma vie ne ressemblait plus à rien.

— Tu as du nouveau à ce sujet ? demandai-je en faisant mine d'avoir été taraudée par cette question toute la matinée.

Je doute qu'Adam le crut, mais il ne releva pas.

— Rien qui nous conduise à la personne qui a envoyé le paquet, malheureusement. Les seules empreintes relevées sur le papier à bulles sont les tiennes.

Je déglutis au souvenir de cette chair morte contre ma peau.

— Et tu as découvert d'où provient la main ?

Il acquiesça.

— Je ne m'étais pas trompé : la main a été embaumée. Quand on a fait le tour des maisons de pompes funèbres locales, on nous a signalé qu'il manquait une main à un cadavre.

Au moins, personne n'avait été assassiné uniquement pour me ficher la trouille.

— Tu crois que Barbie a quelque chose à voir avec la main ?

Il y réfléchit pendant un moment, mais écarta très vite cette hypothèse.

— Non. Si elle avait fait quelque chose d'aussi dangereux, elle aurait été beaucoup plus nerveuse quand nous l'avons interrogée. Pénétrer par effraction dans une maison est une chose, mais déterrer un cadavre et envoyer ce que tu as reçu par la poste... On ne joue plus dans la même catégorie.

— Mais Hillerman pourrait encore être derrière tout ça.

— Je ne sais pas, cela semble trop violent pour coller à son *modus operandi*. Je ne l'écarte pas, mais je pense que c'est peu probable.

— Allons-nous aller lui demander ?

— À Hillerman ?

Je roulai des yeux.

— Non, à Elvis Presley.

D'ordinaire, mes commentaires agacent Adam mais, cette fois, j'étais prête à parier qu'il réprima un sourire.

— Nous n'avons pas assez d'informations pour une confrontation, dit-il. La seule preuve que nous ayons et qui le lie à toute cette affaire, c'est Barbie, et cela ne suffit pas.

Je savais qu'il avait raison, mais cela ne voulait pas dire que je devais apprécier non plus.

— Alors on attend juste de voir ce qu'il va trouver de nouveau pour transformer ma vie en enfer, tout en espérant qu'il fasse un faux pas afin de prouver qu'il est impliqué ?

— En gros, oui.

J'eus envie de donner des coups de poing dans la boîte à gants, mais c'était une voiture solide et, vu la tournure que prenait ma vie en ce moment, je risquais de finir avec une main cassée.

— Rappelle-toi que Barbie va enquêter sur l'origine de cette photo truquée, et je vais vérifier les connexions avec le Cercle de guérison. Ce n'est pas comme si nous ne faisions rien.

— Moi, je ne fais rien, répliquai-je. Je ne peux pas pratiquer d'exorcismes à cause de cette fichue suspension et je ne peux pas reconstruire ma maison parce que la compagnie d'assurances ne veut pas se sortir les doigts du cul. Je ne peux pas enquêter sur ce que Hillerman a contre moi… (Je secouai la tête avec virulence.) Si je dois rester là à me tourner les pouces, je vais devenir folle.

Et m'enfoncer dans une profonde dépression, mais je ne tenais pas à le mentionner.

— Tu peux travailler avec ton avocat pour préparer ta défense au procès. Cela devrait te prendre beaucoup de temps et d'énergie.

Je me tournai pour regarder par la vitre. Je ne sais quelle fut mon expression au souvenir que j'étais à présent redevable envers Adam pour mes frais d'avocat. La personne dont j'aurais encore moins aimé accepter de l'argent, c'était Raphael. Mais Lugh avait donné l'ordre à Adam de m'aider et ce dernier obéirait toujours au doigt et à l'œil aux ordres de Lugh.

Nous restâmes muets le reste du trajet jusqu'à mon immeuble. Je me retins de faire remarquer à Adam que, même si je pouvais en effet passer beaucoup de temps et dépenser beaucoup d'énergie à mes problèmes légaux, mon prochain rendez-vous avec mon avocat était prévu pour le surlendemain. Ce qui signifiait que dès qu'Adam m'aurait déposée, je n'aurais plus rien à faire.

J'avais encore une fois oublié que j'avais un garde du corps. Quand, en entrant dans mon appartement, je vis Saul assis à la table de la salle à manger en train de mastiquer un plat chinois, je faillis avoir une crise cardiaque. Il haussa les sourcils, me montrant par là qu'il avait noté que j'avais eu le souffle coupé de peur, puis il enfourna une nouvelle fourchette de nourriture dans sa bouche. J'aurais parié apercevoir sur sa fourchette un de ces piments rouges sadiques qui relèvent la cuisine chinoise… vous savez, ces piments que vous n'êtes pas supposés manger si vous savez ce qui est bon pour vous ?

J'approchai de la table en me demandant quelle attitude adopter avec mon hôte indésirable et je jetai un nouveau coup d'œil dans son assiette en reniflant l'air. Ce n'était pas un plat chinois, mais thaï. Et s'il existe une cuisine plus épicée que la cuisine thaïlandaise, je ne veux pas y goûter. Malgré tout,

Saul avalait ces piments rouges séchés comme s'il s'agissait de friandises.

Il me sourit, la bouche pleine de nourriture.

— Je partagerais bien, mais je pense que tu trouverais ça un peu trop épicé.

Je secouai la tête.

— Ça ne risque pas de te filer un ulcère ou un truc dans le genre ?

Question stupide, évidemment. Les démons n'ont pas d'ulcères… ou, du moins, au cas où ils en ont, ils peuvent les guérir si vite que cela importe peu.

— Il y a une autre boîte de curry vert thaï dans le réfrigérateur, dit-il. Je ne savais pas si tu allais rentrer pour le déjeuner, mais il doit être encore assez chaud. Cela ne fait que cinq minutes qu'il y est.

— Et ce curry vert va percer un trou dans ma paroi stomacale ?

Il secoua la tête.

— J'ai choisi un plat extra-doux. Je ne savais pas si tu aimais la cuisine épicée.

Je me dandinais d'un pied sur l'autre. L'odeur de la nourriture faisait grogner mon ventre et je n'avais bu que du café au petit déjeuner. Mais quand même…

— Tu n'as pas à me nourrir, tu sais, dis-je.

Saul haussa les épaules et posa sa fourchette avant de s'appuyer contre le dossier de sa chaise.

— Je sais. Je sais aussi que tu tiens encore moins à m'avoir chez toi qu'Adam chez lui, alors j'ai pensé que je pouvais me rendre utile.

Je tirai une chaise et m'assis à table, sans savoir ce que j'allais dire. Mon expression devait être celle de la surprise après une telle déclaration.

Saul reprit sa fourchette, se contentant de déplacer les aliments dans son assiette.

— C'est amusant quand on y pense. Adam, Dom et moi, à faire comme si nous n'avions aucune idée de ce qui cloche alors que nous savons tous les trois ce qui ne va pas.

Je ne connaissais pas assez Saul pour déceler si sa voix était amère ou juste résignée.

— Ça va ? demandai-je, mon chagrin personnel me rendant plus sensible aux problèmes de cœur que d'habitude.

Saul écarta la question d'un geste de la main.

— Ça va. Rien n'a vraiment changé depuis mon dernier passage dans la Plaine des mortels. Tu te rappelles, Dom et moi avons partagé longtemps le même corps. J'ai toujours su qu'il aimait Adam. Et j'ai toujours su que s'il devait choisir entre nous deux, il choisirait Adam. (Le sourire de Saul était blême.) Mais quand Dom était mon hôte, il n'avait pas à choisir.

— Tu veux dire qu'il n'avait pas le choix.

Puisque la personnalité de Dom était enfouie sous celle de Saul, il ne pouvait communiquer avec personne d'autre que son démon. S'il avait eu une relation amoureuse, cela aurait dû être avec Saul… ou avec une illusion que Saul aurait créée pour lui. Saul avait-il joué le rôle d'Adam dans les rêves de Dominic ? Je secouai la tête en me rappelant que cela ne me regardait pas.

Mon commentaire acide paraissait avoir mis un terme à notre discussion. Saul s'était remis à manger et je décidai que, la bouche pleine, je risquerais moins de prononcer des paroles que je regretterais ensuite.

Je versai dans une assiette le curry que Saul m'avait acheté, le réchauffai au micro-ondes pendant trente secondes et le rapportai à table. Je l'avais réchauffé trop longtemps et je n'osai pas goûter une bouchée de mon plat de peur de me brûler la langue au troisième degré. Je mélangeai donc la nourriture qui dégagea un nuage de vapeur odorante.

— Je suis désolée, dis-je, les yeux toujours rivés à mon assiette. J'ai tendance à dire tout ce qui me passe par la tête sans réfléchir. Je me suis améliorée dernièrement, mais je me sens tellement mal aujourd'hui que je crois que je régresse.

Il hocha la tête rapidement pour accuser réception de mes excuses. Je ne suis pas sûre que cela signifiait qu'il me pardonnait, mais puisqu'il était établi que ma langue avait l'habitude de fourcher, je préférai me taire.

Quand le curry fut enfin à bonne température pour être mangé, je goûtai une bouchée. Malgré l'assurance de Saul, je craignais que le plat soit épicé, mais il se révéla être juste parfait. Un peu relevé, mais pas au point d'être douloureux à déguster.

Il y eut un long silence pendant que je mangeais et que Saul déplaçait les restes de son plat dans son assiette, grignotant un morceau de temps à autre comme s'il ne savait pas s'il avait fini ou non.

— Mon hôte n'est pas déficient mentalement, tu sais, dit-il sans prévenir.

Ce n'était pas un sujet que je tenais à aborder, mais je n'avais pas la force de protester.

— Je l'ai rencontré avant que tu le possèdes. Je sais reconnaître un attardé mental quand j'en vois un et Dick collait à la description.

— Il n'est pas brillant, mais son intelligence est normale. C'est la façon dont il a été élevé qui lui a donné cette apparence d'attardé. C'est étonnant ce qu'une absence totale de socialisation et de stimulation de l'esprit peut faire à un enfant.

Je tressaillis.

— Voilà que tu t'exprimes comme ton père en parlant de Dick comme s'il s'agissait d'un rat de laboratoire.

Il m'adressa un regard troublant et froid.

— Ne me compare jamais à Raphael. D'aucune manière. Compris ?

— Ne parle pas comme lui et je ne ferai pas de comparaison.

Il serra les poings sur la table.

— Je commentais ce qui avait été fait à mon hôte pour qu'il donne l'impression d'être un attardé mental alors qu'en fait son intelligence est parfaitement normale. Je ne suis pas de ceux qui lui ont fait ça et je ne laisserais jamais faire ça à qui que ce soit !

Je battis en retraite.

— Très bien. C'est un sujet sensible pour moi, c'est tout. Si tu avais entendu avec quelle désinvolture Raphael parle des « sujets test »…

Je ne finis pas ma phrase. Raphael était dans le camp de Lugh dans cette guerre des démons et il était notre allié que je le veuille ou non. Pourtant il n'avait pas accepté l'idée que quelque chose pouvait clocher dans le fichu programme d'élevage de Dougal.

— Il va mieux, déclara Saul.

J'ouvris la bouche de surprise.

— Dick, pas Raphael, corrigea rapidement Saul. Je ne sais pas jusqu'où je peux réparer les dégâts. Le cerveau d'un enfant est beaucoup plus malléable que celui d'un adulte. Mais une chose est sûre, je peux le rendre plus fonctionnel.

— Et qu'est-ce que ça peut lui faire puisque, de toute façon, on ne lui demande pas de fonctionner ?

Il me jeta un regard agacé.

— Tu cesses d'exister quand Lugh prend le contrôle ?

— Non, mais…

— Dick est toujours vivant et en bonne santé en moi. Et qu'il puisse être en interaction avec l'extérieur ou non, il s'agit néanmoins d'une personne avec une vie. Une vie qui sera plus riche si je peux réparer quelques-uns des dommages qu'une existence entière d'abus et de négligence a causés.

Je me contraignis à réfléchir avant de prononcer une réplique agressive ou potentiellement injurieuse. Saul avait eu raison ce matin, je ne l'aimais pas. Pourtant cela n'avait aucun sens, même à mes yeux. Il n'avait absolument rien fait qui justifiait l'opinion que j'avais de lui.

— Alors tu te soucies vraiment du bien-être de Dick ? demandai-je en essayant de ne pas paraître sceptique. Lugh m'a dit que tu avais eu du mal avec certains hôtes par le passé et que ces derniers avaient souffert. Pourquoi Dick est-il si différent ?

Il fronça les sourcils.

— Il ne s'agissait que d'un seul hôte et c'était un salopard moralisateur. Cela ne lui avait posé aucun problème d'inviter un démon dans son corps, mais il pensait qu'une fois qu'il m'avait invité, il allait pouvoir me rallier à ses idées. À savoir que la sexualité n'était possible qu'entre un homme et une femme, que c'était une abomination que la femme puisse prendre du plaisir et que tout ce qui différait de la stricte position du missionnaire relevait du péché. Et que les préliminaires n'étaient pas nécessaires. (Il ricana.) Tu peux imaginer ce qu'il pensait des pratiques SM. Chaque fois que je voulais prendre part à quelques plaisirs de la chair que ce soit, il s'y opposait. Alors non, nous ne nous sommes pas entendus. Et puisque j'étais en position de dominant, j'ai fait ce que j'ai voulu. S'il était offusqué, je le réduisais au silence.

Je me mordis la langue pour rattraper une réplique sur le point de s'envoler de mes lèvres. Je savais ce qui se produisait quand un démon coupait un hôte de son propre corps. De mon point de vue, c'était pire que mourir.

— Je ne suis pas fier de ce que j'ai fait, poursuivit Saul, mais la possession est un risque, pour le démon comme pour l'hôte. Nous n'avons aucun moyen de savoir si nous serons compatibles avec notre hôte. Nous sommes plus aptes à nous adapter que les humains. Nous sommes donc capables de compenser de grosses différences. Mais celle-là était bien trop importante à compenser et la relation entre nous était perdue d'avance.

— Alors Lugh était juste un peu paranoïaque quand il affirmait qu'un autre hôte que Dominic souffrirait avec toi ?

— *Je n'ai jamais dit ça*, protesta Lugh.

Bon sang. Mes barrières mentales étaient encore assez faibles pour qu'il puisse me parler. J'avais l'impression d'être folle quand j'entendais des voix dans ma tête comme ça.

— Si je comprends bien, dit Saul, Lugh voulait m'appeler dans le corps de Dominic parce qu'à ce moment, il n'y avait pas d'autre hôte disponible. Je ne suis pas surpris qu'il utilise un tel argument pour arriver à ses fins. Et c'est vrai également que je n'ai jamais connu d'hôte aussi compatible que Dominic. Mais que tu me croies ou non, Dick et moi nous entendons très bien.

Je réfléchissais à une réponse à la fois diplomate et évasive quand je fus interrompue par la sonnerie du téléphone. J'espérais ne pas avoir l'air de sauver ma peau en me ruant pour décrocher.

C'était l'accueil. On m'avertissait d'une visite : Dominic, au hasard. Je demandai au concierge de le laisser monter puis l'attendis en me rongeant les ongles. Une petite voix maligne dans mon esprit me disait que Dominic ne viendrait certainement pas me voir pour m'annoncer de bonnes nouvelles. Et d'après l'expression de Saul quand je lui annonçai qui arrivait, je compris qu'il avait les mêmes soupçons que moi.

Chapitre 12

Mon soupçon se confirma quand je découvris sa tête en ouvrant la porte. J'arrivais de mieux en mieux à lire en lui : au contraire d'Adam, Dom avait un visage expressif. D'abord, j'eus l'impression qu'il était mal à l'aise et peut-être un peu gêné. Rien de bon, mais au moins ce n'était pas une tête qui disait « quelqu'un est mort ». Dans l'état actuel de ma vie, ce pouvait être considéré comme positif.

— Entre, dis-je en désignant le salon.

Dom et Saul se saluèrent d'un hochement de tête.

— Cela t'ennuie si je parle à Morgane en privé ? demanda Dom à Saul.

Saul eut l'air aussi étonné que moi.

— Quelque chose ne va pas ? demanda-t-il.

Dom lui adressa un sourire contrit sans répondre à sa question.

— Si tu entends des bruits violents, viens juste à mon secours, d'accord ?

Saul s'esclaffa et tapota l'épaule de Dom.

— Pas de problème, mon pote.

Il ne devait pas être aussi amusé qu'il voulait le faire croire, car il m'adressa ce que je décrirais comme un regard d'avertissement avant d'aller s'enfermer dans la chambre d'amis.

Je faillis presque en rire. Je suis grande et forte pour une femme, mais Dom mesure plus d'un mètre quatre-vingts pour plus de cent kilos de muscles. Si Saul pensait que j'étais capable de blesser physiquement Dom, il surestimait mes capacités.

Dom et moi nous assîmes aux extrémités opposées de mon canapé dur comme la pierre. Entre les expressions de son visage et son petit échange avec Saul, je craignais d'avoir une idée très précise de ce qui s'était passé.

Je lui adressai mon regard le plus féroce.

— Dis-moi que tu n'as pas fait ce que je pense !

Il s'essaya à un sourire penaud, voûtant un peu les épaules comme une tortue en train d'envisager de disparaître dans sa carapace.

— Cela dépend de ce à quoi tu penses.

— Dominic…

— J'ai parlé à Brian.

Je grognai. Parfois je déteste avoir raison. Portant la main à mes yeux, je secouai la tête.

— J'ai pensé qu'il m'écouterait plus que toi, dit Dom. Et j'ai aussi supposé que tu étais trop têtue pour lui parler en personne.

J'hésitais entre le frapper et le prendre dans mes bras. Peut-être était-il simplement trop gentil avec moi.

— Je suis sûre que tu as agi selon ton cœur, dis-je, les dents serrées, mais ce n'était sûrement pas à toi de le faire.

Il haussa les épaules.

— Je sais. Mais comme j'étais dans la maison quand Adam… (Il ne finit pas sa phrase. Il n'était pas plus à l'aise que moi avec ce qu'Adam avait fait.) Je pouvais expliquer à Brian ce qui s'était vraiment passé et il n'aurait aucune raison de ne pas me croire.

Mes yeux piquaient de ces larmes que je ne m'étais pas encore autorisée à verser.

— Je le répète : ce n'était pas à toi de le faire.

Et puisque c'était à Dom que j'étais en train de parler et non à Brian, je devinais que cela ne s'était pas déroulé comme Dom l'avait espéré.

— Peu importe. C'est fait de toute façon. (Il m'adressa un de ses regards perçants.) Tu vas peut-être me dire que tu n'as jamais fourré ton nez où il ne fallait pas avec Adam et moi?

Je grimaçai. Il marquait un point, malheureusement. Je m'étais permis de porter des jugements catégoriques sur leur relation au moment de notre rencontre. J'avais même suggéré à Dom de se faire aider parce que je considérais qu'il était une «folle malsaine» pour rester avec Adam. Depuis, j'étais arrivée à la conclusion étonnante que leur histoire était la plus saine que je connaissais.

— Désolée, marmonnai-je. Je me suis comportée comme une garce avec toi.

— Au passé? demanda-t-il en haussant un sourcil avec ironie.

Je me penchai pour lui gifler l'épaule sans pouvoir m'empêcher de sourire.

— Aïe! me taquina-t-il en se frottant comme si je l'avais frappé avec un poing américain.

Une demi-seconde plus tard, Saul passa la tête à la porte de sa chambre. Courant au secours de son ami comme prévu. Dom et moi le dévisageâmes avant d'échanger un regard et d'éclater de rire. Saul disparut.

Quand le fou rire menaça de se transformer en crise de larmes, je me mordis l'intérieur de la joue et inspirai profondément. C'était difficile de se contrôler, surtout quand Dom riait toujours. Il devait être un peu tendu et avait besoin de se relaxer. Je n'osais pas le regarder au risque de me mettre à pleurer.

— J'apprécie ton attention, dis-je, les yeux rivés à la table basse.

Mes paroles graves mirent un terme à son hilarité et je regrettais de ne pas les avoir gardées pour moi, au moins encore un peu. La tension et l'embarras s'emparèrent de nous presque aussitôt, et l'atmosphère s'alourdit.

Le silence s'abattit sur nous. Dom attendait que je lui demande ce que Brian avait dit, ce que je ne comptais pas faire. J'en avais déjà déduit que cela ne s'était pas bien passé. Et sincèrement, dans le cas contraire, je n'étais pas prête à affronter la question de savoir si notre relation pouvait encore être réparée.

Finalement, Dom comprit que je ne l'interrogerais pas. Il soupira et, du coin de l'œil, je le vis secouer la tête.

— Tu vas vraiment lui en vouloir qu'il ait cru à cette histoire, étant donné les preuves? demanda Dom, l'air hésitant.

Je lui jetai un regard furieux.

— Imagine ce que tu éprouverais si Adam croyait que tu l'avais trompé.

Il y réfléchit un moment avant d'acquiescer.

— Je me sentirais mal. Et je suis sûr que je lui en voudrais. Mais je comprendrais également.

— Eh bien, tu es une personne plus belle que moi, ricanai-je, même si Dominic ne méritait pas ma colère.

Ouais, je pensais qu'il aurait dû rester en dehors de tout ça, mais cela partait d'un bon sentiment.

À mon grand étonnement, Dominic m'attrapa fermement par les deux bras pour me tourner face à lui sur le canapé. Je fus assez surprise pour affronter son regard. Il avait les yeux étrécis, réduits à des fentes.

— Je ne suis pas aussi gentil que tu crois, dit-il, l'air vraiment agacé. Et Adam n'est pas aussi méchant que tu le crois non plus. Et Brian n'est pas le saint que tu vois. Pourquoi faut-il toujours que tu colles des étiquettes sur tout le monde? Pourquoi refuses-tu tout ce qui ne correspond pas à tes étiquettes?

Se faire hurler dessus par Dominic, c'était comme se faire mordre par un adorable chaton. C'était assez choquant pour capter mon attention. Je ne savais quoi répondre.

Il me lâcha et se laissa aller contre les coussins du canapé, les bras croisés sur la poitrine. Il fulminait toujours en secouant la tête.

— Je ne comprends pas, dis-je. Pourquoi est-ce important pour toi que Brian et moi soyons ensemble ?

Son regard croisa le mien et s'y riva.

— Pourquoi est-ce important pour toi qu'Adam et moi soyons ensemble ? répliqua-t-il.

— Je m'en fiche ! rétorquai-je alors que nous savions tous les deux que c'était faux.

C'était important pour moi qu'ils soient ensemble parce qu'ils étaient mes amis – oui, même Adam, à sa façon un peu bizarre – et je savais qu'ils étaient heureux ensemble. Une boule se forma dans ma gorge.

Est-ce que Brian et moi étions heureux ensemble ? Bien sûr, nous avions vécu des instants de bonheur. Mais nous avions également connu davantage de disputes. N'y a-t-il pas un moment où une personne sensée déclare forfait ?

Dominic se leva.

— Je n'ai jamais rencontré quelqu'un qui mette un tel point d'honneur à être malheureux.

La boule était tellement douloureuse dans ma gorge que je ne pus lui lancer de réplique cinglante. Je ne levai pas les yeux quand il traversa la pièce avant d'hésiter un moment sur le pas de la porte. Je ne sais pas s'il essayait de trouver les mots qui me feraient voir les choses comme lui ou s'il espérait que je lui demande de rester. Mais je demeurai muette et il ne trouva pas les paroles magiques. Il sortit de l'appartement et ferma la porte derrière lui.

Dominic parti, je me retrouvais de nouveau dans la désagréable situation de n'avoir rien à faire. Excepté ruminer, en fait. Je ne suis déjà pas très à l'aise avec l'inactivité quand je suis au mieux de ma forme, ce qui n'était pas mon état actuel. Je décidai donc d'aller faire des courses. Enfin plutôt du lèche-vitrines, pour être précise. Il m'était déjà difficile de me payer de quoi manger, alors autre chose de plus amusant, mieux valait ne pas y penser. Au moins, cela m'occuperait un moment.

Un des avantages de la vie en centre-ville comparée à la vie en banlieue, c'est que tout se trouve à portée de jambes. Cela me permit de passer quelques heures de ce long après-midi juste en me rendant d'un endroit à un autre.

Je tentai de me distraire en essayant des vêtements et des chaussures dans quelques boutiques à la mode de Walnut Street, mais ce n'était finalement pas amusant de ne pouvoir rien acheter. Pourtant, c'était déjà mieux que de rester assise chez moi à m'admirer le nombril. Ou à parler avec Saul.

De retour à l'appartement, je finis le reste de plats thaïs en guise de dîner pendant que Saul, qui s'efforçait d'être discret, regardait la télévision. Dans ma tentative, dorénavant coutumière, de remporter le prix de la Meilleure ménagère, je fis la vaisselle et rangeai la cuisine. Les pieds endoloris par la marche de l'après-midi, je me résignai ensuite à passer la soirée à végéter devant la télévision, même en compagnie de Saul.

Je venais juste de m'asseoir sur la causeuse – refusant de m'installer près de Saul sur le canapé – quand mon téléphone sonna. Saul regardait une rediffusion d'un épisode de *Seinfeld* et des rires enregistrés éclatèrent après la première sonnerie. On aurait pu croire que la télé se moquait de moi.

De toute évidence, Saul essayait toujours de gagner mes faveurs en adoptant un comportement de colocataire modèle car, avant que je rassemble l'énergie de me lever pour aller répondre, il prit le téléphone et me le lança. Je le rattrapai avec facilité et jetai un coup d'œil à l'identificateur d'appel. C'était l'accueil de l'immeuble. Il m'appelait un peu trop souvent à mon goût ces derniers temps.

— Allô ? dis-je d'un air las.

Si quelqu'un espérait me rendre visite maintenant, j'avais fermement l'intention de contrecarrer ses plans.

— Mademoiselle Kingsley ? demanda le concierge.

Il avait une voix rauque de fumeur et je compris qu'il s'agissait de Carl, le plus gentil des employés de l'immeuble. Trop gentil parfois. Engager la discussion avec lui pouvait vous bloquer une heure, au moins.

— Oui.

Quand on parlait à Carl, il valait mieux s'en tenir à des réponses monosyllabiques.

— Est-ce que votre voiture est une Honda Civic bleue immatriculée EXY1902 ?

Je fermai les yeux en me pinçant l'arête du nez. Qu'est-ce qui allait encore me tomber dessus ?

— Oui, répondis-je à contrecœur.

— Je suis désolé, mademoiselle Kingsley, mais un des résidents de l'immeuble vient de nous signaler que votre véhicule avait été vandalisé. Voulez-vous que j'appelle la police ?

Génial. Tout simplement génial. Je lui aurais bien demandé quelle était l'étendue des dégâts, mais puisqu'il n'avait pas vu la voiture, il ne serait certainement pas en mesure de me répondre.

— Je suis désolé, répéta-t-il, paraissant sincèrement affligé pour moi.

Je l'entendis prendre une profonde inspiration et je compris d'instinct qu'il était sur le point de compatir de nouveau. Le connaissant, ça allait lui prendre un quart d'heure. Je l'interrompis avant qu'il se lance.

— Merci de m'en avoir informée, dis-je. Je ferais mieux d'aller voir par moi-même.

Puis je raccrochai sans lui dire « au revoir ».

Je résistai à l'envie de jeter le téléphone contre le mur. Peut-être était-il temps pour moi d'envisager de prendre résidence dans une petite cabane au Tibet. Une vie de réclusion paisible me conviendrait tout à fait. Mais par expérience, je savais que les ennuis me suivraient où que j'aille.

— Qu'est-ce qui se passe ? demanda Saul en éteignant le téléviseur sans que j'aie à lui demander.

Je lui accordai un bon point.

— Apparemment, ma voiture a été vandalisée. (Je me mis debout avec peine.) Je vais voir les dégâts.

Il se leva.

— Je viens avec toi.

Si j'avais suivi mon inclination naturelle, j'aurais refusé qu'il m'accompagne, mais je me sentais trop épuisée pour me donner cette peine.

Nous prîmes l'ascenseur en silence jusqu'au parking souterrain. Il était environ 20 heures, ce qui n'était pas un horaire de grande circulation dans le garage. Nous avions donc l'endroit pour nous. Les chaussures de sport neuves de Saul couinaient sur le sol alors que nous montions la rampe pour accéder à mon emplacement de parking. Je ne pouvais pas encore voir ma voiture parce que celle qui la jouxtait était un de ces gros modèles de 4x4 qui faisaient passer les véhicules comme le mien pour des jouets.

En nous approchant, je remarquai des morceaux de verre cassé, à la fois rouge et transparent, qui couvraient le sol. Génial. J'avais espéré que les dégâts n'auraient consisté qu'en des rayures sur la peinture ou des messages vicieux écrits au savon sur les vitres. Vous voyez, le genre de truc qui ne génère pas de réparations coûteuses. Mais il semblait que j'allais déjà devoir allonger du fric pour de nouveaux feux arrières.

Je fermai les yeux un instant. *Faites qu'il n'y ait rien de plus*, priai-je. Puis nous contournâmes le 4x4 et je m'immobilisai.

— Bordel de merde! dis-je dans un filet de voix.

Dire que ma voiture avait été vandalisée était la litote du siècle. On aurait cru qu'une armée de gorilles équipés de battes de base-ball et de démonte-pneus l'avait attaquée.

Toutes les vitres étaient explosées. Les pneus étaient en rubans. Il y avait tellement de bosses dans les portières qu'elles avaient l'air d'être en cuivre martelé comme les assiettes décoratives et les vases. À l'intérieur, le tableau de bord avait été détruit et le rembourrage ressortait des sièges au travers d'énormes fentes.

Mais aussi désagréable cela puisse-t-il être, ce n'était rien à côté du message qui avait été peint sur le capot de la voiture avec ce qui ressemblait douteusement à du sang.

«Crève, salope.»

Serrant les bras autour de moi, j'essayais de me retenir de claquer des dents tandis que Saul sortait son téléphone et composait le numéro de la police.

Chapitre 13

Dès que Saul en eut fini avec la police, il appela Adam ; ce qui voulait dire que même après avoir répondu à 5 013 questions et avoir supporté les regards suspicieux d'une trentaine de flics, je n'étais pas au bout de mon supplice.

Je reconnus la voiture d'Adam quand il passa devant nous, mais il ne s'arrêta pas pour parler avec ses collègues en bleu. Il alla se garer dans la zone de stationnement réservée aux visiteurs en attendant que l'agitation se calme. Je le sentais, assis dans sa voiture, qui nous observait, et je suis sûre que Saul le sentait aussi. Les officiers de police ne le remarquèrent pas. Cela aurait vraiment craint si Adam avait été le psychopathe qui embellissait ma vie ces derniers temps.

D'accord, c'est vrai, nous n'étions pas certains qu'il s'agisse d'un psychopathe. D'après ce que nous en savions, il n'avait tué personne. Pas encore. Mais il était évident que ses agressions étaient de plus en plus menaçantes et je ne tenais pas à savoir de quelle teneur serait son prochain passage à l'acte.

Quand les feux de la dernière voiture de police disparurent en bas de la rampe, Adam sortit enfin de son véhicule et se dirigea vers nous. Il portait de grosses bottes de motard avec un jean noir honteusement moulant et un tee-shirt bleu délavé sous une veste de sport noire. Ah, le look quartier libre. On ne pouvait qu'apprécier. Du coin de l'œil, je vis que Saul le détaillait de la même façon que moi. Adam eut l'élégance de faire comme s'il n'avait pas remarqué que nous le reluquions, mais je ne crus pas une seconde que cela ait pu lui échapper.

Sans rien dire, il examina la voiture que les policiers m'avaient gentiment laissée à disposition. Ils l'auraient enlevée si le message avait effectivement été écrit avec du sang comme je l'avais tout d'abord cru. Il s'avéra qu'il s'agissait juste de peinture, ce qui était un soulagement.

Adam tourna autour de la voiture en l'inspectant sous tous les angles possibles pendant que Saul et moi l'observions. Que pensait-il distinguer qui ait échappé aux autres ? Je n'en savais rien. Fatiguée de suivre Adam dans son examen méticuleux, je laissai mon regard vagabonder. À côté de moi, Saul souriait légèrement. Désir et amusement se mélangeaient dans ses yeux. Je suivis son regard pour découvrir le spectacle appétissant du postérieur d'Adam penché sur les phares cassés. S'il avait un peu tortillé du cul, on aurait pu croire qu'il passait une audition pour la revue des Chippendales. Et on l'aurait probablement embauché sur-le-champ.

— Tu veux que je te trouve un poteau ? demandai-je à Adam.

Puis je m'assenai une claque sur le front comme un personnage d'une de ces pubs pour le jus de légumes V8.

— Non, excuse-moi, tu en as déjà un.

Saul hennit doucement et Adam se redressa pour nous regarder. Il avait l'air sincèrement intrigué, même si j'étais certaine qu'il nous aguichait sciemment, Saul et moi. Je suppose qu'il cherchait tout de même des preuves.

Après un regard rapide vers Saul, il comprit ma remarque et roula des yeux.

— Sortez vos esprits du caniveau.

Je décidai de faire mine de n'avoir rien dit.

— Tu as trouvé quelque chose d'intéressant ?

— Montons chez toi pour en discuter, suggéra-t-il.

— Bonne idée, admis-je.

J'étais malade à crever de contempler la ruine qui avait été ma voiture. J'avais l'intuition que ma compagnie d'assurances allait me lâcher. Ma dernière voiture avait été détruite dans l'incendie qui avait ravagé ma maison et en voilà une autre endommagée moins de deux mois plus tard.

Les ascenseurs de mon immeuble sont vieux et lents. Je me laissai aller contre la paroi du fond de la cabine pendant que nous progressions centimètre après centimètre vers mon appartement. Tels des étrangers, nous avions tous trois les yeux rivés sur les chiffres lumineux au-dessus des portes.

— Je pense aller m'installer au Tibet, dis-je avec l'espoir vain que cela briserait l'atmosphère tendue.

Personne ne répondit. Pire, personne ne sourit. Encore un trait d'humour qui tombait à l'eau.

Dans mon appartement, je m'affalai sur le canapé et appuyai mes pieds sur la table basse. Je ne me sentais pas vraiment terrorisée. J'étais juste… fatiguée. L'engourdissement dont Lugh m'avait aidée à me débarrasser ce matin menaçait de reparaître. Et sincèrement, serait-ce une mauvaise chose ? Parce que si je m'autorisais à tout ressentir, il faudrait bientôt appeler les hommes en blanc.

Adam était assis à l'autre bout du canapé et Saul s'installa sur la causeuse. Je ne les regardais pas.

— Alors, tu as trouvé quelque chose ? demanda Saul quand il comprit que j'étais incapable de répéter la question que j'avais posée plus tôt.

— Rien que les flics n'aient déjà trouvé, répondit Adam. Mais j'ai ajouté un peu de réflexion à mon examen général.

Je sentis son regard sur moi. Il attendait probablement que je fasse preuve d'un certain intérêt.

— Et qu'as-tu découvert ? demandai-je, parce que si je ne le faisais pas, il allait probablement commencer à me psychanalyser, voire pire.

— Si je tiens compte de notre discussion avec Barbie, il semblerait que Jack Hillerman t'en veuille personnellement pour une raison inconnue. On dirait qu'il utilise la mort de Maguire comme prétexte pour exprimer cette rancune personnelle envers toi.

Je soupirai exagérément de frustration.

— Mais ça n'a aucun sens qu'il m'en veuille personnellement ! Rappelle-toi, je n'ai jamais rencontré ce type.

Adam sortit une photographie de la poche arrière de son jean et me la tendit. Un type légèrement en surpoids dans la quarantaine avec une mèche pathétiquement rabattue sur son crâne chauve me souriait. Je secouai la tête avant d'adresser un regard vide à Adam. Il reprit la photo.

— Ça valait le coup d'essayer, dit-il. Tu aurais pu l'avoir rencontré sans connaître son nom.

— Désolée, mais je ne le reconnais pas. Tu as eu une chance de découvrir s'il existe un lien entre lui et le Cercle de guérison ?

— Ouais. Aucun lien.

Je levai les mains.

— Alors c'est quoi son problème ?

— Je ne sais pas, répondit Adam. Mais je commence à revoir ma théorie selon laquelle Hillerman se cacherait derrière toutes ces menaces. Quelles sont les chances que deux personnes différentes : a) t'en veuillent personnellement pour ce qui est arrivé à Maguire, et b) soient assez folles pour se lancer dans une telle vendetta ? J'aurais plutôt pensé que la seule personne qui puisse se mettre dans tous ses états dans cette situation, ce serait l'ex-petite amie de Maguire.

Adam faisait référence à la petite amie qui avait porté plainte pour coups et blessures contre Maguire. Il avait toujours clamé son innocence et c'était son témoignage à elle qui l'avait mis en mauvaise posture.

— Et le juge qui a ordonné l'exorcisme ? poursuivit Adam. Personne ne semble la prendre pour cible. Même si on envisage l'hypothèse qu'il s'agisse de deux personnes différentes, on pourrait penser que ces deux personnes aient pu choisir deux boucs émissaires distincts.

C'était logique, si tant est qu'il y ait une logique dans les événements qui se déroulaient ces derniers temps.

— D'accord, je vois où tu veux en venir, dis-je. Mais sérieusement, tu imagines quelqu'un comme Hillerman pénétrer par effraction dans un funérarium pour découper la main d'un cadavre ? À le voir, on peut penser qu'il crèverait d'une crise de cardiaque avant de pouvoir mettre ma voiture dans cet état !

— Il a engagé Barbie. Peut-être a-t-il engagé quelqu'un d'autre pour le sale boulot. Si tu es d'accord, j'aimerais demander à Barbie de surveiller Hillerman, pour voir si on peut identifier un personnage louche parmi ses connaissances.

Depuis quand Adam me demandait-il mon avis ? J'aurais aimé pouvoir objecter tant il était rare qu'il me donne vraiment le choix, mais je ne trouvai pas de raison valable.

— Vas-y. (Je fronçai les sourcils.) Mais pourquoi Barbie ? Tu ne peux pas utiliser tes hommes ?

Il haussa une épaule.

— Nous n'avons pas assez de preuves contre lui pour lancer une action officielle. (Il croisa mon regard.) De plus, il est possible que cette enquête nous mène à quelque chose que nous ne souhaiterions pas ébruiter.

Une fois encore, je dus admettre qu'il avait raison, même si ça me déplaisait. Si tout ça nous explosait à la figure, le fait que nous n'ayons pas tout raconté à la police se retournerait contre nous.

— Je vais passer voir l'ex-petite amie de Maguire demain, dit Adam. Si elle était vraiment à la colle avec Maguire et si Hillerman a vraiment lancé sa petite campagne de terreur à cause d'un chagrin exagéré à la suite de la mort du fils d'un client, je pourrai peut-être piger pourquoi.

— Et je dois continuer à rester assise là à ne rien faire ? demandai-je sur un ton revêche.

Adam ne compatit aucunement.

— Étant donné les dégâts que ce type a causés sur ta voiture, je crois que ce serait une bonne idée que tu continues à faire profil bas. Il est en pleine escalade et il paraît logique qu'il s'en prenne à toi la prochaine fois.

— Attends une seconde, dis-je en réfléchissant à toute allure. Nous commençons à penser que Hillerman se cache derrière tout ça, non ? Je veux dire, le procès, la lettre adressée à Brian, le vandale psychopathe, tout ça est supposé venir de lui.

— Oui, convint Adam.

— S'il a prévu de me tuer, pourquoi diable perdrait-il son temps et son énergie à convaincre Maguire d'intenter un procès ? Et pourquoi se donnerait-il la peine de détruire ma relation avec Brian ?

— Ça fait partie de sa logique de montée en pression, répondit Adam sans avoir l'air aussi sûr de lui que d'habitude.

Il changea de sujet, mais j'avais à présent ma propre théorie : Hillerman ne me voulait pas morte. Il me voulait en vie et malheureuse. Je ne savais toujours pas pourquoi, mais j'étais certaine que le psychopathe qui me surveillait n'irait pas plus loin.

Quand je me réveillai le lendemain, je me sentais légèrement mieux que la veille. Saul avait préparé du café. Le breuvage était encore assez fort pour me hérisser les poils des bras mais, agrémenté d'un peu de lait et de sucre, il était buvable. Nous sirotâmes notre café dans un silence d'apparence complice.

Pendant la nuit, j'étais parvenue à la conclusion que j'étais malade et fatiguée de rester sur le banc de touche de ma propre existence. J'étais convaincue, jusqu'à un certain point, que je ne me ferais pas tuer si je fouinais un peu de mon côté. De toute façon, je me sentirais mieux si je sortais faire quelque chose plutôt que de rester à l'appartement à jouer à la maîtresse de maison avec Saul.

Je savais également qu'après l'attaque brutale contre ma voiture, Saul ne me laisserait pas quitter l'appartement sans m'escorter. Les hommes de mon entourage – ceux qui étaient possédés par un démon – avaient tous en commun une tendance protectrice de la taille de l'État du Texas et je doutais que Saul soit différent des autres. Non pas que cela ne soit pas justifié : j'étais l'hôte de leur roi après tout et, si je mourais, il serait renvoyé au Royaume des démons où Dougal et ses partisans pourraient mettre leurs mains métaphoriques dessus. Mais pour ce que j'avais à faire aujourd'hui, il allait falloir que je me passe de la compagnie de Saul.

Ma première pensée fut de filer pendant que Saul serait dans la salle de bains, mais les ascenseurs de mon immeuble étaient fantasques et lents, et Saul me rattraperait sûrement alors que je serais encore dans le couloir à appuyer sur le bouton d'appel. Mon deuxième plan consistait à m'échapper au moment où je descendrais prendre mon courrier à l'accueil, mais mon garde du corps m'accompagna même pour cette petite tâche. Dans mon plan C, je l'envoyais à l'épicerie du coin acheter des sandwichs pour le déjeuner pendant que je l'attendais à l'appartement. Je crois qu'il vit clair dans mon jeu, parce qu'il insista pour qu'on se fasse livrer.

C'est alors que je décidai que je ne m'en sortirais pas en étant subtile. Il fallait un assaut frontal et rien d'autre. Ça vous surprend que je choisisse l'attaque frontale ?

Pendant que Saul finissait l'énorme sandwich mixte qu'il avait commandé, je pris mon sac à main d'un air désinvolte, le nez fourré dedans comme si j'y cherchais quelque chose. Tout en remuant le contenu de mon sac, j'armai le Taser qui m'accompagnait en permanence tout en vérifiant à la dérobée qu'il était bien chargé. C'était trop beau pour être vrai. Je sortis le Taser du sac pour le pointer sur Saul.

Trop occupé à se goinfrer, il ne remarqua tout d'abord rien mais, quand il vit le Taser, il se figea au beau milieu d'une grosse bouchée ruisselante. Il écarquilla les yeux de surprise et, même une fois le choc passé, il resta là sans bouger, paraissant à peine respirer.

— Continue et finis de croquer ta bouchée, lui dis-je sur un ton agréable. Je n'ai pas vraiment envie d'avoir des entrailles de sandwich par terre.

Il se pencha au-dessus du papier d'emballage déplié sur la table pour libérer doucement le sandwich d'entre ses lèvres. Des lambeaux de laitue, des morceaux de tomate et de la moutarde tombèrent sur le papier mais, au moins, il n'y en avait pas sur ma moquette.

— Laisse-moi avaler, dit-il.

Apparemment, il n'avait pas avalé la bouchée précédente avant de commencer à en mordre une suivante. Je me fis la note intérieure de lui donner quelques leçons de bonnes manières.

Craignant que sa requête soit une sorte de manœuvre, je m'écartai de lui pour m'assurer que j'aurais le temps de tirer s'il bondissait sur moi. Mais il resta assis à table pour mâcher sa bouchée tout en me dévisageant d'un regard prudent. Il voulait peut-être s'assurer que son hôte ne s'étrangle pas pendant que lui serait mis hors de combat. L'électricité chamboule tellement le contrôle du démon que je n'étais pas certaine qu'il soit en mesure de déglutir une fois que je lui aurais tiré dessus.

Son visage était plus pâle et, si je ne l'avais pas mieux connu, j'aurais pu croire qu'il avait peur. Sa lèvre supérieure était même surmontée d'une pellicule de sueur. Il devait sûrement jouer la comédie pour essayer de me dissuader de tirer, mais j'hésitais quand même.

—Pourquoi tu me regardes comme ça ? lui demandai-je. Tu aimes la douleur, non ?

Sa pomme d'Adam fit l'ascenseur quand il déglutit.

—Ouais, mais je n'aime pas être complètement vulnérable.

Je compatissais. Je pressai donc la détente avant d'y réfléchir davantage au risque de changer d'avis.

Saul se raidit quand les sondes s'accrochèrent à lui et un son étranglé lui échappa. Comme il ne maîtrisait plus assez ses muscles pour rester assis, il se renversa sur le côté et s'écrasa au sol dans un bruit sourd. C'était la première fois que je me sentais coupable en tirant au Taser sur un démon.

J'éjectai la cartouche usagée et fourrai le Taser dans mon sac. Puis je mis Saul sur le dos afin que son bras ne soit pas coincé en une position inconfortable. Il était couvert de sueur et ma culpabilité monta en flèche.

—Désolée, dis-je sincèrement. Tu vas retrouver le contrôle de ton corps dans dix minutes. Un quart d'heure maximum.

Assez de temps pour qu'il ne puisse pas m'empêcher de filer.

Il essaya de parler mais, ne pouvant contrôler sa langue, il ne parvint à émettre qu'un grognement confus.

—Désolée, répétai-je avant de me forcer à me lever et à me diriger vers la porte.

Chapitre 14

Le bureau de Jack Hillerman se trouvait sur Broad Street, à quelques enjambées de l'Hôtel de ville. J'ajouterais dans une partie beaucoup plus agréable de Broad Street que celle du bureau de Barbie. L'immeuble devait probablement dater du début du XXe siècle et le hall était lugubre et déprimant. Les ascenseurs, récents, m'emportèrent au 15e étage assez vite pour que mon estomac ait l'impression de devoir me rattraper. Les portes s'ouvrirent sur un accueil classique et raffiné.

Malgré l'âge de l'immeuble, le hall de réception était résolument moderne : un mobilier simple et net, une bonne lumière et des œuvres d'art abstrait sur les murs. Depuis l'entrée, trois couloirs s'enfonçaient dans les profondeurs de la firme. J'aperçus un groupe de boxes au bout d'un des couloirs, mais les deux autres menaient à de véritables bureaux traditionnels.

L'hôtesse d'accueil était une vieille dame arborant d'élégants cheveux gris coiffés en une parfaite coupe au carré. Une paire de lunettes chic aux montures rouges, perchée sur son nez, ajoutait une touche moderne à son tailleur gris anthracite de vieille grenouille. Elle m'adressa un sourire bien rôdé alors que j'approchais de son bureau et elle ne sembla pas se formaliser de ma tenue sophistiquée jean et tee-shirt.

— Je peux vous aider ? demanda-t-elle en parvenant à me faire croire qu'elle souhaitait sincèrement m'aider.

Je lui retournai son sourire.

— Je suis venue voir Jack Hillerman, dis-je en sachant que les choses allaient devenir périlleuses.

J'étais sûre que s'entretenir avec moi n'était pas en haut de la liste de ses activités préférées… sans compter qu'il était probablement contraire à la règle de s'adresser à moi sans la présence de mon avocat.

La réceptionniste fronça très légèrement les sourcils.

— Vous avez rendez-vous ? demanda-t-elle d'une voix qui sous-entendait qu'elle savait que je n'en avais pas.

Je m'efforçai de prendre l'air penaud.

— Je crains que non. Je suis ici pour des raisons personnelles, pas pour un rendez-vous professionnel. Pouvez-vous lui annoncer ma présence ? Cela ne prendra que cinq minutes, je vous le promets.

— Il est en rendez-vous, dit-elle et je sus d'instinct qu'elle mentait. Souhaiteriez-vous lui laisser un message ?

— Je n'ai qu'une question rapide à lui poser et ce n'est pas quelque chose que je peux laisser comme message.

Je lui adressai mon regard le plus suppliant.

Ses yeux se tournèrent fugacement vers le couloir sur sa gauche : un de ceux qui menaient aux vrais bureaux.

— Je peux lui faire savoir que vous êtes là, mais je ne suis pas certaine…

Je lui souris.

— Merci beaucoup !

Elle avait toujours l'air hésitante.

— Puis-je avoir votre nom ? demanda-t-elle en décrochant le téléphone.

J'envisageai une seconde d'utiliser un faux nom, mais j'écartai aussitôt cette idée. Je suis certainement la plus mauvaise menteuse au monde et je ne la duperais pas.

— Morgane Kingsley, répondis-je, espérant que la firme possédait tellement de clients que la réceptionniste ne reconnaîtrait pas mon nom.

Mais rien ne se passe jamais comme ça avec moi. Me dévisageant avec attention, elle raccrocha.

— Je suis vraiment désolée, mademoiselle Kingsley, dit-elle, mais à moins d'être accompagnée de votre avocat, M. Hillerman n'acceptera pas de vous rencontrer.

— Mais cela n'a rien à voir avec mon affaire !

D'accord, peut-être qu'en fait cela avait un peu à voir avec l'affaire. Cependant il était évident que Hillerman ne s'était non seulement pas comporté de manière très déontologique, mais qu'il avait en plus enterré son éthique au fond d'un puits bien noir au-dessus duquel il avait construit un parking.

La réceptionniste secoua la tête.

— C'est tout simplement impossible, je le crains. Je lui ferai savoir que vous êtes passée et votre avocat et vous pourrez prendre rendez-vous avec lui si vous le désirez.

Jusqu'à présent, tout se déroulait comme je l'avais prévu, à l'exception des regards nerveux de la réceptionniste m'indiquant dans quel couloir se trouvait le bureau de Hillerman. Sans dire un mot, je me dirigeai vers ce couloir.

J'entendis la réceptionniste prononcer deux fois mon nom d'une voix sèche, mais elle ne me suivit pas et n'essaya pas non plus de me barrer la route. Je jetai un coup d'œil aux noms inscrits sur les plaques des portes que je dépassais. La plupart étaient fermées et aucune d'elles ne comportait de petite fenêtre qui m'aurait permis de voir à l'intérieur. Les plaques des noms étaient tellement discrètes que je faillis dépasser le bureau de Hillerman avant de comprendre qu'il s'agissait du sien. À l'intérieur, le téléphone sonnait : probablement la réceptionniste le prévenant que je prenais d'assaut sa forteresse. Je poussai la porte.

Hillerman était assis à son bureau, le combiné de téléphone à l'oreille. Devant lui était posée une boîte en carton contenant une énorme et grasse pizza calzone d'où se répandaient du fromage et de la sauce tomate. Il m'adressa un sourire qui n'atteignit cependant pas son regard.

— Ça va, Marta, dit-il au téléphone. Pas besoin d'appeler la sécurité. Je vais lui parler.

Apparemment Marta avait à redire à ce sujet. Hillerman l'écouta poliment.

— Oui, je suis sûr.

Marta devait de nouveau protester quand Hillerman raccrocha.

— Je vous en prie, entrez, dit-il en me faisant signe d'avancer.

Je fermai la porte derrière moi et restai debout. Je n'avais pas envisagé qu'il accepte de me parler. J'avais juste espéré qu'il laisserait échapper un indice en essayant de me ficher dehors. Ou que le simple fait d'être face à lui éveillerait un souvenir et m'aiderait à comprendre qui il était et pourquoi il en avait après moi.

— Vous n'avez pas peur pour votre éthique ? demandai-je en prenant mon temps pour comprendre son jeu.

Il repoussa sa calzone.

— Pas particulièrement.

Il sourit de nouveau et son expression me donna la chair de poule. Je secouai la tête.

— Et pourquoi ?

— J'ai mes raisons.

Peut-être aurais-je dû écouter mon bon sens et rester à la maison. Il avait l'air trop heureux de me voir là. Et il prenait sa carrière un peu trop à la légère. Ouais, d'accord, il avait l'air vicieux, mais ce n'était pas comme si le monde entier était au courant. Quoique.

— Je vous en prie, poursuivit Hillerman en tapotant ses doigts gras sur une serviette, asseyez-vous. Je vous proposerais bien à manger mais je n'ai que cette calzone.

Quelle hospitalité !

— Pourquoi déjeunez-vous à votre bureau d'une mauvaise calzone à emporter ? demandai-je. Vous n'êtes pas supposé passer deux heures au restaurant à boire des martinis ?

— Que puis-je répondre ? Je suis un accro du travail.

Je n'avais pas envie de m'asseoir, mais je me rapprochai du bureau et posai mes mains sur le dossier d'un des fauteuils en cuir vert réservés aux visiteurs.

— Je vous connais ? demandai-je franchement.

Il m'adressa un regard faussement innocent.

— J'ai peine à croire que vous soyez venue me voir si vous ne me connaissez pas.

Oh génial, un petit malin.

— Je veux dire, avant cette affaire. Est-ce que vous m'en voulez personnellement pour quelque chose ?

Il ne fit même pas mine de ne pas comprendre de quoi je parlais.

— C'est amusant que vous en parliez, mais oui, en effet.

Le sourire terrifiant était de retour. Ce type était complètement cinglé !

— Vous pourriez développer ? insistai-je. Parce que franchement je ne sais pas qui vous êtes ni ce que vous avez contre moi.

Il gloussa. Vraiment.

— Je sais. C'est pour cela que c'est amusant.

J'avais bien compris qu'il devait être une sorte de psychopathe pour mener cette incroyable vendetta contre moi, mais j'avais supposé que sa pathologie était subtile, du genre qu'on peut dissimuler sous une apparence professionnelle et impeccable. Là, il avait juste l'air d'un bon candidat pour l'hôpital psy.

— *Je commence à soupçonner que Jack Hillerman n'est pas le seul à habiter ce corps*, me murmura Lugh dans ma tête, et subitement les choses prirent plus de sens.

Je n'avais pas tenu les comptes mais, au cours de toutes ces années d'exorcisme, j'avais dû réexpédier des centaines de démons dans leur Royaume avant qu'ils s'y soient préparés. Parce que je suis plus forte que la moyenne des exorcistes, on m'appelle pour des cas où le spécialiste local a échoué, ce qui signifiait que j'avais traité beaucoup plus de cas que les autres exorcistes de mon âge.

Au bon vieux temps, avant que Lugh possède mon corps, je pensais que les démons mouraient quand ils étaient exorcisés. Et jusqu'à aujourd'hui, je n'avais pas vraiment réfléchi à ce que leur retour au Royaume des démons impliquait pour moi.

Des centaines de démons flottaient dans leur Royaume et me tenaient responsable de leur bannissement. Puisqu'il s'agissait uniquement de démons illégaux ou criminels – à savoir des démons qui avaient la moralité d'un cafard –, je suppose que je ne devais pas être surprise que l'un d'eux soit revenu dans la Plaine des mortels avec l'intention de se venger.

— *Ne le laisse pas voir que tu as compris*, m'avertit Lugh. *Tu n'es pas supposée savoir que les démons que tu as exorcisés ne sont pas morts. Tu ne dois donc avoir aucune idée de ce qui le pousse à t'en vouloir.*

Bon sang, Lugh avait raison. Hillerman avait l'air vraiment content de lui. J'avais environ un million de questions justifiées à poser : quand le démon était-il entré dans ce corps ? Sa vendetta avait-elle quelque chose à voir avec Jordan Maguire ou bien ce dernier n'était-il qu'un prétexte ? Comment un démon psychopathe pouvait être aussi résolu à se venger de son exorciste ? On ne pouvait pas dire qu'il ait souffert d'avoir été renvoyé au Royaume des démons !

Cependant, je ne pouvais me permettre de poser toutes ces questions ni de dévoiler mon jeu.

— Vous avez oublié de prendre vos cachets ces dernières semaines ? demandai-je plutôt. Parce que ce que vous racontez ne veut strictement rien dire.

Son regard se vida un peu de son humour de dément et je perçus la malveillance qui s'y cachait. Cela suffit pour qu'un frisson me parcoure l'échine.

— Je n'aime pas qu'on me contrarie, mademoiselle Kingsley, dit-il d'une voix glaciale, son hilarité complètement oubliée. Je vais m'assurer que vous viviez un vrai cauchemar pour le restant de vos jours.

Je dus serrer les mâchoires pour contenir une réplique du genre « j'ai hâte de t'exorciser une seconde fois ».

— *Peut-être est-il temps d'un repli stratégique*, me suggéra Lugh.

Une fois encore, il avait raison, même si je détestais l'admettre. Assis en face de moi se trouvait l'homme qui était responsable de l'enfer que j'avais traversé depuis la mort de Jordan Maguire Jr. Il pouvait rappeler ses gros bras armés de battes de base-ball et ses mains coupées. Il pouvait probablement convaincre Jordan Maguire Sr. d'abandonner le procès. Il ne pourrait rien faire pour réparer les dégâts infligés à ma relation avec Brian, mais je n'aurais rien aimé de plus que de le lui faire payer.

Pourtant, je ne pouvais rien faire, en tous les cas pas pour le moment. En quittant son bureau, je pourrais appeler Adam pour lui communiquer notre théorie, à Lugh et moi, que Hillerman était possédé. Je n'étais pas sûre que nous ayons assez d'éléments pour convaincre la cour d'ordonner l'examen d'un exorciste, mais Adam saurait quoi faire et il trouverait un moyen de produire les preuves.

— Pouvez-vous au moins me dire ce que j'ai fait pour que vous m'en vouliez à ce point ? demandai-je parce que c'était la question que j'aurais posée si Lugh n'avait pas deviné la présence d'un démon. Est-ce que Jordan et vous étiez proches ? dis-je avec juste ce qu'il faut d'inflexion dans la voix et d'expression pour qu'il comprenne où je voulais en venir.

Le véritable Jack Hillerman aurait vigoureusement protesté à ce sous-entendu. J'aurais aimé que le démon se dévoile et m'attaque. Adam aurait eu une excuse pour lui tomber dessus – en supposant que je survive à l'agression, évidemment –, mais Hillerman se contenta de rire.

—Je crois qu'il est temps que vous partiez, mademoiselle Kingsley.

Est-il possible de mourir de frustration ? Parce que si c'est le cas, c'était ce qui était sur le point de m'arriver. Il y a deux choses que je déteste vraiment : rester à ne rien faire pendant que ma vie se transforme en cauchemar et battre en retraite... même quand je sais que c'est ce que j'ai de mieux à faire.

—Ce n'est pas fini, dis-je.

Cela sonna comme une mauvaise réplique de film d'action, mais c'est compliqué de faire à la fois preuve d'esprit et d'intelligence quand on est agacé au point de se retenir d'envoyer son poing dans la figure de son interlocuteur.

Hillerman avait l'air absolument ravi.

—Non, en effet, ça ne l'est pas.

Avant que je puisse dire quoi que ce soit qui l'amuse davantage, je sortis à toute berzingue de son bureau, claquant la porte derrière moi, rien que pour le plaisir.

Chapitre 15

En sortant du bureau de Hillerman, j'essayai d'appeler Adam, mais il était de service. Comme je ne me sentais pas de demander à son bureau de me le passer, je lui laissai un message urgent lui intimant de me contacter. Puis j'achetai un bretzel super salé et tartiné de moutarde à un vendeur ambulant. Que voulez-vous, j'aime me nourrir sainement. Sans compter que le bretzel ne trouerait pas mon porte-monnaie.

Je me rendis ensuite à mon bureau que j'avais grandement négligé. Je n'avais pas grand-chose de bien intéressant à y faire, alors que j'étais suspendue, mais je pouvais au moins trier le courrier et m'assurer qu'il ne s'y trouvait pas de factures que j'aurais oublié de payer.

Exceptionnellement, il n'y en avait pas. Je jetai environ dix ares de prospectus, puis vidai ma messagerie électronique des publicités pour agrandisseurs de pénis et autres consolidations de dettes. La grande vie, ça me connaît, non ?

Après être venue à bout de tous les passe-temps, je rentrais chez moi quand mon téléphone portable sonna. Comme d'habitude, il était au fond de mon sac et semblait trouver amusant de jouer à cache-cache. Je finis par mettre la main dessus et réussis à le sortir, extirpant dans le même mouvement un mouchoir en papier usagé et deux tampons. Je répondis à l'appel tout en plongeant après les tampons qui roulèrent naturellement jusqu'aux pieds d'un petit bonhomme guindé en costume trois pièces. Le petit monsieur commença à se pencher pour m'aider à ramasser ce que j'avais laissé tomber. Puis il vit de quoi il s'agissait et me jeta un regard choqué comme si je venais de me ficher à poil devant lui.

— Allô! aboyai-je dans le téléphone en ramassant mes tampons et en les fourrant dans mon sac à main.

— Où es-tu? demanda Adam.

Sa voix ne tenait pas de l'aboiement, mais j'y perçus tout de même une certaine tension.

— Environ à trois blocs de mon appartement, dis-je en me relevant à présent que j'avais tout rangé dans mon sac. Pourquoi? Qu'est-ce qui se passe?

— Je suis chez toi dans un quart d'heure.

— Tu sais, tu pourrais au moins accuser réception de ce que je dis, même si tu ne comptes pas répondre à ma question.

— Rentre chez toi. Je ne peux pas en parler au téléphone.

Bien sûr, je protestai contre le fait qu'il me donne des ordres. Je suppose qu'Adam s'en doutait puisqu'il raccrocha après m'avoir exprimé sa volonté.

J'aurais aimé pouvoir l'envoyer paître et poursuivre ma journée comme si de rien n'était. Non seulement ce ne serait pas une bonne idée mais, de plus, poursuivre ma journée impliquait de toute façon de rentrer chez moi.

J'arrivai à mon appartement avant Adam. Saul avait également reçu un appel crypté de ce dernier sans en avoir appris plus que moi. Aucun de nous deux n'avait été particulièrement rassuré par le ton d'Adam. Notre attente fut donc tendue. Que Saul m'en veuille encore à propos de cette histoire de Taser n'arrangea pas l'atmosphère.

Comme j'avais prévenu l'accueil de la visite d'Adam, le concierge ne m'appela pas pour m'informer de son arrivée. J'étais tellement à cran que je sursautai quand la sonnette retentit.

Le visage d'Adam suggérait que quoi qu'il ait pu se passer, c'était sérieux. Non pas que j'en aie douté, mais on pouvait toujours espérer. Je voulais maudire l'univers tout entier pour m'ajouter une nouvelle couche d'ennuis sur les épaules, mais cela n'aurait pas servi à grand-chose.

—Je dois m'asseoir pour écouter ce que tu as à m'annoncer? demandai-je.

J'essayai d'adopter un ton désinvolte. *Essayer*, c'était vraiment le mot approprié.

—Ce n'est pas une mauvaise idée, répondit Adam en me désignant le canapé.

Merde. Je commençais à détester mon canapé. Rien de bon ne semblait arriver quand j'étais assise là. Cependant je m'exécutai tandis que Saul s'installait à l'autre extrémité et Adam sur la causeuse. Je m'efforçais de me préparer à ce qui allait venir, mais c'est difficile de se préparer à l'inconnu.

—Jack Hillerman est mort, déclara Adam.

Les mots détonèrent comme une bombe. Il y eut un moment de silence choqué. Je me repassai les mots dans la tête en espérant avoir mal entendu. Mais non, il avait bien dit ce que je pensais qu'il avait dit.

—Quoi? parvins-je enfin à articuler. Quand? Comment?

Adam m'adressa un de ses regards glacés, il était vraiment bon dans ce domaine.

—Comment? Abattu avec un 9 mm équipé d'un silencieux. Quand? C'est encore sujet à débat, mais c'est environ au moment où tu as quitté son bureau.

Bon sang, il avait l'air un peu agacé. Je refusai de baisser la tête de honte.

—J'espérais pouvoir comprendre ses motivations.

Il me regardait toujours avec colère.

—Tu comprends que « environ au moment où tu as quitté son bureau » peut très bien signifier « pendant que tu te trouvais dans son bureau », n'est-ce pas?

Je déglutis avec peine. Non, je n'avais pas compris. J'avais été trop préoccupée par son ton accusateur.

—À partir de maintenant, poursuivit-il, tu es officiellement une « personne d'intérêt », pas une suspecte. Pour le moment, la police ne sait pas que tu as un mobile. C'est donc difficile de te faire porter le chapeau uniquement parce que tu te trouvais dans les parages au moment de sa mort. La réceptionniste ne se rappelle pas que quelqu'un soit entré dans son bureau après ton départ, ni avoir vu Hillerman après votre entrevue. Heureusement pour toi, elle ne peut affirmer que personne n'est entré dans le bureau après toi.

Je lui adressai un regard à ma façon.

—Tu sembles croire que c'est moi qui l'ai fait.

—Peu importe ce que je pense. Ce qui importe, c'est ce que les preuves suggèrent. Et si les policiers découvrent que tu avais un mobile, les preuves vont te désigner. Plus que c'est déjà le cas, en fait.

—C'est dingue! protestai-je. Si j'avais voulu le tuer, tu peux être certain que je ne me serais pas pointée à son bureau en annonçant ma présence. Et de toute évidence…

Je m'arrêtai en plein élan, me rappelant soudain que Lugh et moi avions décrété avec quasi-certitude que Jack Hillerman n'était pas lui-même.

À quel point m'en voulait le démon qui habitait Hillerman? D'après notre discussion, beaucoup. Assez pour tuer son propre hôte afin de me pourrir davantage la vie.

—Celui ou celle qui a « découvert » le cadavre, dis-je en marquant l'air de guillemets, est le véritable assassin. Et il, ou elle, est à présent possédé.

Adam eut l'air de ne pas comprendre.

—Tu peux répéter ?

Je lui rapportai ma petite discussion avec Hillerman et le comportement bizarre de ce dernier. Il était difficile de contester le diagnostic de Lugh. Et il était difficile d'imaginer que quelqu'un se soit faufilé dans le bureau et ait tué Hillerman après mon départ.

— C'est pour ça qu'il était si content de me voir cet après-midi, conclus-je. Je suis venue au moment idéal pour qu'il me fasse coincer pour son meurtre.

Adam avait l'air lugubre.

— Il a été découvert par un employé. Si tu as raison et que cet employé est maintenant possédé, tu peux parier qu'il va amener la preuve que tu as un mobile.

— Tu veux dire des preuves comme Barbie ?

Il jura, et j'étais assez d'accord avec lui. Ça se présentait mal pour notre équipe.

Le téléphone sonna tandis que nous ruminions sur ce dernier désastre. Je ne me sentais pas d'attaque pour parler à qui que ce soit, mais je suppose que Saul agissait comme s'il était chez lui – ce qui était le cas pour le moment, façon de parler –, car il décrocha. Il se contenta d'émettre des « hum hum », l'air assez contrarié.

— C'était le concierge, dit-il en raccrochant. Des policiers souhaitent te parler.

Je me pris une décharge de panique et jetai un regard perdu à Adam.

— Tu ne peux pas t'en occuper ?

Il était intervenu pour moi auprès de la police de nombreuses fois en prenant mes dépositions… parfois même en inventant des dépositions et en m'informant plus tard de ce que j'étais censée avoir déclaré.

— J'ai déjà pris suffisamment de risques pour toi pour éveiller quelques soupçons. Je ne peux pas intervenir cette fois-ci. Cela t'attirerait plus d'ennuis qu'autre chose.

— Mais…

— Tant que tu n'es qu'une personne d'intérêt, tu n'es pas obligée légalement de répondre à leurs questions. Je te conseille de ne pas en dire plus que l'heure à laquelle tu es arrivée dans son bureau et celle à laquelle tu en es sortie.

— Et si Barbie leur a déjà parlé de la lettre ?

Il eut l'air presque aussi désespéré que moi.

— Alors ne dis rien sans en avoir parlé avec ton avocat.

Je commençais à être trop habituée aux interrogatoires de police. Je n'aimais pas être la victime. Mais j'aimais encore moins être la suspecte. Oh, excusez-moi, « la personne d'intérêt ». D'après l'intensité de l'interrogatoire, il ne devait pas y avoir grande différence entre les deux dans l'esprit des flics. Ils se mirent d'assez méchante humeur quand je refusai de leur parler de la discussion que j'avais eue avec Hillerman. La réceptionniste leur avait dit que j'avais eu une raison personnelle de m'entretenir avec Hillerman et ce fut la réponse à laquelle je me tins.

Adam m'avait abandonnée, même si ses raisons étaient bonnes : il voulait avoir une petite conversation avec Barbie avant que la police remonte jusqu'à elle. Je savais qu'il prenait un gros risque pour moi. Si Barbie le désirait, elle pouvait très bien l'accuser de faire obstruction au fonctionnement de la justice. Après tout, pour un flic, il était assez fréquemment peu regardant sur la loi.

Malgré mon refus de coopérer — ou peut-être à cause de ce refus —, l'interrogatoire s'éternisa. Ils voulaient poursuivre notre petite discussion au poste, mais je déclinai leur offre d'hospitalité. Ce qui me rendit encore plus populaire. J'étais sur le point d'appeler mon avocat afin qu'il me débarrasse des flics quand ces derniers partirent enfin en me conseillant de ne pas quitter la ville. Comme dans les films !

Après leur départ, j'appelai l'avocate qui m'avait représentée quand j'avais été accusée d'exorcisme illégal. Je ne savais pas si Adam allait prendre en charge ses factures mais, pour le moment, je lui demandai juste de se tenir prête.

Je reçus ensuite une visite des plus inattendues : mon frère, Andy. Apparemment Adam avait pris sur lui d'organiser une réunion du Conseil de Lugh. Je devais donc m'attendre à accueillir chez moi une cargaison de testostérone avant la fin de soirée.

Andy n'avait pas l'air d'aller bien. Il n'avait jamais repris tous les kilos qu'il avait perdus alors qu'il était en état de catatonie. En fait, il était probable qu'il en ait perdu d'autres depuis la dernière fois que je l'avais vu. Ses pommettes ressortaient durement sur son visage et ses yeux étaient cernés de noir. Mon cœur se serra de pitié et j'aurais aimé savoir quoi faire pour qu'il se sente mieux. Le problème, c'était que je ne savais pas ce qui clochait chez lui. Il m'assurait toujours que ce n'était rien, sans vraiment espérer que je le croie.

Il me prit dans ses bras et, même si j'appréciai ce geste, je ne pus m'empêcher de constater combien il était maigre. Bon sang, j'avais bien besoin en ce moment de me préoccuper des problèmes des autres!

Pour aggraver la situation, Raphael fut le suivant des membres du Conseil à arriver chez moi. Je crois que Saul est l'unique personne dans tout l'univers à détester Raphael plus qu'Andy, c'est dire. L'air de la pièce se mit littéralement à crépiter de tension pendant que les trois hommes se jaugeaient du regard.

— Vous comptez vous battre ou bien vous êtes capables de vous comporter comme des individus civilisés en ce moment de crise? demandai-je.

Raphael leva les mains en un geste d'innocence.

— Je me comporte le mieux du monde. Je n'ai aucun grief contre qui que ce soit présent dans cette pièce.

Saul ouvrit la bouche comme s'il s'apprêtait à émettre un commentaire cinglant, mais je pointai le doigt vers lui d'un air sévère.

— Toi, tu restes tranquille. Je sais que ton cher papa et toi avez des problèmes, mais je ne suis pas d'humeur à servir d'arbitre.

Saul referma la bouche de manière audible et je perçus le mouvement de ses muscles sous ses joues attestant qu'il serrait les dents. Mais il se tut. Ce fut donc une victoire morale pour moi.

Andy ne semblait pas disposé à provoquer de conflit. D'un côté, il valait mieux parce que je ne tenais pas à gérer ce genre de situation. D'un autre, s'il en avait provoqué, j'aurais eu au moins la preuve qu'il était partiellement en vie.

Mais j'oubliai tout de mon frère et de mes ennuis quand Adam arriva. Parce que, voyez-vous, il était suivi du reste du Conseil de Lugh. Brian compris.

Chapitre 16

Je restai assise dans un état d'hébétude silencieuse et sidérée. Adam et Dominic traînèrent deux chaises de la salle à manger jusqu'au salon et s'assirent en faisant mine de pas remarquer mon expression ahurie. Brian resta là où il se trouvait, à quelques pas de l'entrée.

Ses yeux croisèrent les miens et je ne vis rien de ce que je m'attendais à y voir. Pas de colère, ni de douleur, ni de contrition. Son expression était celle de la neutralité froide. Presque son visage d'avocat, en plus glacé.

Je serrai les poings sur mes genoux. Il n'avait aucun droit de me regarder ainsi. Pas alors que Dominic était allé le voir pour lui dire la vérité !

Je me tournai vers Adam.

— Qu'est-ce qu'il fait là ? demandai-je.

Mon cœur cognait dans ma cage thoracique et je n'arrivais pas à comprendre ce que je ressentais. Ça n'était pas bon, je le savais.

— Il fait partie du Conseil de Lugh, répondit simplement Adam.

Je lui adressai un regard furieux.

— Il ne fait partie du Conseil que parce que j'y suis ! Et comme tu peux le constater, nous ne sommes plus ensemble.

Adam ne parut pas ébranlé par cet argument assez sensé.

—J'ai déjà eu cette conversation avec Brian. Peu importe que vous soyez encore ensemble ou pas. Une fois qu'on fait partie du Conseil de Lugh, on en reste membre. Cela fait longtemps qu'il a perdu la possibilité d'être un simple témoin innocent.

D'un geste impatient, Adam invita Brian à rejoindre notre amical petit groupe. Brian, qui n'avait pas l'air de s'en réjouir, attrapa une chaise qu'il traîna dans le salon.

Mes nerfs vibraient de tension et ma mâchoire était douloureuse à force de serrer les dents. Je voulais déguerpir, m'enfermer dans ma chambre, me cacher.

—Je ne veux pas de toi ici, dis-je à Brian d'une voix tremblante.

Je ne savais si c'était de colère ou de douleur.

—Je ne tiens pas à être ici, répondit-il. Mais on ne m'a pas laissé le choix.

J'avais une autre remarque piquante au bord des lèvres, mais Raphael me cloua le bec en m'attrapant fermement le bras. Je me tournai vers lui en montrant les dents mais, évidemment, il ne me lâcha pas.

—Si Saul peut tolérer ma présence alors tu peux tolérer celle de Brian, me dit-il sans une once de son habituel ton sarcastique ou moqueur. Je suis d'accord avec Adam : Brian en sait trop. C'est un membre de ce Conseil que nous le voulions ou non, et qu'il le veuille ou non.

Je tentai de nouveau de protester, mais Raphael me serra le bras assez fort pour me couper le souffle.

—Dis-moi qui dans cette pièce peut choisir de partir ? me demanda-t-il.

Je ravalai mes propos. Je ne pouvais réfuter ce que disait Raphael, malgré mon envie. Nous avions tous été plus ou moins entraînés dans cette histoire contre notre gré. Même Lugh, quand on y songeait. Je n'étais pas la seule à ne pas avoir le choix et je n'étais pas la seule à en souffrir.

Je jetai un coup d'œil à Andy avec ses joues creusées et son regard hanté, et cela me remit les idées en place. Ma douleur n'était en rien comparable à ce qu'il avait traversé, ce qu'il vivait encore, et même s'il ne voulait plus rien avoir à faire avec les démons, il n'avait jamais contesté son intégration au Conseil de Lugh.

J'acquiesçai pour lui dire que j'avais compris, mais j'avais perdu ma voix. Pendant un long moment, il me sembla que nous l'avions tous perdue. Le silence de la pièce était lourd de tension, assez dense pour que l'air pesant soit difficilement respirable. S'il existait un groupe d'individus aussi peu compatibles que nous pour œuvrer ensemble, je n'en avais jamais entendu parler. Cependant aucun d'entre nous ne désirait affronter les conséquences d'une prise du pouvoir de Dougal. Entre les avertissements de Lugh et ceux de Raphael, nous avions tous une idée assez précise de ce à quoi la Plaine des mortels ressemblerait si Dougal parvenait à ses fins. Les humains ne seraient rien de plus que des esclaves que les démons posséderaient et jetteraient au gré de leurs humeurs.

Tant que Dougal occupait le trône en qualité de régent, ses pouvoirs étaient limités. S'il devenait roi, il aurait toute latitude pour remodeler le monde selon son bon vouloir. C'était une raison assez valable pour que nous nous efforcions tous d'œuvrer dans un but commun, peu importait ce que nous pouvions ressentir personnellement vis-à-vis des autres membres.

Mes pensées se refroidirent et quelque chose en moi se solidifia. Mes émotions cessèrent de se rebeller. Elles étaient toujours là, enterrées sous la plus fine apparence de calme, mais je n'avais pas à les exprimer en ce moment.

Me redressant, je regardai Adam.

— Je suppose que c'est toi qui as eu l'idée de cette réunion. Tu peux nous dire pourquoi tu as ressenti le besoin de rassembler toute la clique ?

Il me dévisagea comme si j'étais folle.

—Ma foi, je ne sais pas. Peut-être à cause du démon qui veut à tout prix te détruire ? Ou peut-être parce que tu peux être arrêtée pour meurtre à n'importe quel moment ? Ou peut-être…

Je levai la main pour le faire taire.

—D'accord, j'ai compris. C'est juste que je ne vois pas ce que nous pouvons y faire.

—Avant toute chose, intervint Raphael, tu peux peut-être en dire plus à ceux qui ne sont pas au courant de toute l'affaire.

Je ne m'en sentais pas la force et je fus follement reconnaissante envers Adam d'en prendre la responsabilité. Je laissai dériver mon regard pendant qu'il parlait. L'engourdissement de la matinée refaisait surface dans mon organisme, bloquant mes émotions… et une grande partie de mon potentiel de réflexion.

—*Tu veux que je prenne le contrôle un moment ?* demanda Lugh.

Le temps d'une seconde, son offre me tenta sincèrement. Je pouvais laisser Lugh m'expédier dans un espace retiré où je n'aurais plus besoin de dialoguer avec qui que ce soit, où je n'aurais plus à réfléchir ni à ressentir.

Le fait que cette offre me tenta suffit pour me sortir d'un coup de ce terrifiant engourdissement. J'étais une battante, bon sang ! Je n'allais pas aller me terrer en rampant.

Quand je concentrai de nouveau mon attention sur ce qui se passait autour de moi, je constatai que tous avaient les yeux rivés sur moi d'un air expectatif.

—*Adam t'a demandé si tu avais une idée de l'identité du démon qui t'en veut*, m'informa Lugh.

—*Merci pour le tuyau*, répondis-je.

Au moins, un de nous deux suivait.

—J'ai probablement exorcisé des centaines de démons. Je ne sais pas pourquoi l'un d'entre eux m'en voudrait plus que les autres.

—Y en a-t-il un en particulier qui se trouvait être dans une situation confortable quand tu l'as chassé de son hôte ? demanda Raphael.

Je secouai la tête.

—Ne perdez pas de vue que lorsque l'on m'appelle, le démon est déjà fichu. Si moi ou un autre exorciste ne parvient pas à le chasser, il est soit mort soit emprisonné le temps de la vie de son hôte. Je ne vois aucune raison de me tenir responsable. (Je levai les yeux vers Saul.) Tu m'en as voulu quand je t'ai exorcisé ?

Il ne répondit pas tout de suite.

—Laisse-moi reformuler ma question, dis-je en me sentant étrangement blessée par son silence.

—Non, pas besoin, dit Saul. Je t'en ai voulu d'une certaine façon, mais c'est juste parce que j'étais en colère contre le monde en général. Si j'avais voulu me venger, je m'en serais plutôt pris aux fanatiques de Colère de Dieu qui m'ont battu, pas à toi.

—Ceux qui sont encore en vie, tu veux dire, l'asticota Raphael.

C'était un coup bas. Saul n'avait pas eu l'intention de tuer ses agresseurs, il avait juste essayé de leur échapper.

Les yeux de Saul s'embrasèrent, nous laissant entrevoir son démon. Je semblais être la seule à le remarquer mais, après tout, j'étais la seule au sein de ce cercle à pouvoir lire les auras. Habituellement, je devais être en transe pour y parvenir, mais j'avais décelé plus d'une fois dans un regard cette lueur identifiant le démon, et cela n'avait rien à voir avec mon imagination. Je me crispai, redoutant une bagarre que je ne serais pas capable d'empêcher.

À ma grande surprise, Raphael ne répondit pas au regard agressif de son fils et baissa plutôt les yeux.

—Je suis désolé, dit-il. Je n'aurais pas dû te dire ça.

Saul l'observa avec l'air aussi confiant que s'il avait été face à un cobra en colère.

—Tu t'excuses ? Tu ne t'excuses jamais.

—C'est parce que personne n'accepte jamais mes excuses.

Ah, voilà qui ressemblait au Raphael coutumier, geignard et enclin à s'apitoyer sur lui-même. Même si, vu mon état d'esprit, je n'allais pas lui jeter la pierre.

—*Dis à mon frère que c'est parce que c'est difficile de savoir quand ses excuses sont sincères*, me demanda Lugh.

Oh oui. Comme si j'avais envie de me retrouver au milieu d'un règlement de comptes. Non !

—On passe à autre chose, d'accord ? suggérai-je.

Saul se recula sur sa chaise, l'air entêté et en colère. Mais au moins il réprima son envie de mettre le feu aux poudres.

—Je suis quand même désolé, dit doucement Raphael avant de s'affaisser sur sa chaise.

—C'est tout de même vraiment étrange de la part d'un démon de nourrir ce type de rancune vis-à-vis d'une exorciste, repris-je. Je ne saurais par où commencer s'il fallait que je devine de quel démon il peut s'agir.

—Nous sommes pratiquement certains qu'il se trouve actuellement dans le corps de l'homme qui a découvert le cadavre, c'est ça ? demanda Saul.

—Ouais.

J'eus le sentiment qu'il allait poursuivre, mais Saul grimaça en regardant ses pieds.

—Puisque tout le monde semble penser que je suis le pire des salopards, dit Raphael en affichant un sourire sardonique que je commençais à lire comme un masque censé cacher sa peine, je vais finir la pensée de mon fils. La solution évidente semble être de renvoyer cette ordure au Royaume des démons.

— Je ne le pensais pas de cette façon-là ! protesta Saul. Je n'allais même pas suggérer que nous tuions qui que ce soit.

Raphael haussa un sourcil.

— Alors pourquoi t'es-tu senti aussi embarrassé ?

La flamme avait réapparu dans le regard de Saul.

— Je réfléchissais juste aux problèmes pratiques que nous pourrions rencontrer si nous devions capturer un démon hostile et le détenir assez longtemps pour procéder à un exorcisme illégal.

Raphael acquiesça.

— Et pour poursuivre ta pensée jusqu'à sa conclusion logique, il serait beaucoup plus simple de tuer l'hôte.

— Non ! cria Saul.

Il se leva d'un bond pour se jeter sur Raphael demeuré assis.

Adam, de toute évidence, avait guetté ce genre d'éventualité, car il parvint à se saisir de Saul avant que celui-ci atteigne Raphael. Saul se retourna alors contre Adam en montrant les dents, ce qui parut plaire à ce dernier. Ils s'empoignèrent aussitôt par la chemise, les yeux rougeoyants. Je tressaillis, certaine que l'un des deux allait frapper, provoquant un véritable enfer.

Se déplaçant avec lenteur et précaution, Dominic vint se positionner près d'eux et posa les mains sur les épaules des deux hommes.

— Calmez-vous un peu, vous voulez bien ? dit-il d'une voix douce et basse.

Les deux démons se tournèrent vers Dom. À la place de ce dernier, j'aurais laissé tomber et battu en retraite. Saul et Adam étaient terribles quand ils étaient en colère. Cependant Dom, aucunement intimidé, ne recula pas.

— Ce n'est pas entre vous deux que ça se passe, leur rappela Dom.

Raphael, qui n'avait toujours pas bougé de sa chaise, eut une légère expiration qui aurait pu passer pour un rire étouffé.

— Ma foi, merci, Dominic. Lance-les tous les deux contre moi.

Ma coupe était pleine.

— Tout le monde s'assied et la boucle ! Je ne suis pas d'humeur à supporter toutes ces conneries de machos qui se frappent le poitrail !

Dominic me sourit.

— Toujours aussi diplomate.

Je haussai les épaules.

— Ta méthode n'avait pas l'air de fonctionner.

Adam et Saul se lâchèrent et s'écartèrent l'un de l'autre. Saul semblait avoir retrouvé son sang-froid, mais Adam montra les dents à Dominic.

— Ne t'interpose jamais plus entre deux démons en colère ! dit-il.

Ce qui n'intimida pas plus Dominic.

— Je ne m'interposais pas, dit-il doucement.

— Écoute Adam, mon pote, ajouta Saul en regagnant sa place. Nous ne nous serions pas fait de mal, même en y mettant toute notre bonne volonté. Pas vraiment en tout cas. Toi, en revanche…

Dom écarta cet avertissement d'un geste de la main.

— Vous ne m'auriez pas fait de mal.

— Pas volontairement, admit Saul.

Je suppose que Dominic avait compris, car il ne discuta pas davantage.

Saul sourit.

— Je suis certain qu'Adam t'expliquera les erreurs de ton comportement plus tard, dit-il en agitant les sourcils avant de se tourner vers Adam. Donne-lui quelques explications de ma part pendant que tu y es.

Dominic rougit et retourna s'asseoir.

Beurk. Peut-être valait-il mieux que je n'exprime pas cette opinion pendant qu'ils se disputaient. Je soupirai de soulagement quand tout le monde fut paisiblement installé.

— Pour la petite histoire, dis-je, il n'est pas question de tuer qui que ce soit. Compris ?

Je parcourus l'assemblée des yeux tout en prenant soin d'éviter Brian. Je notai diverses expressions d'approbation ou d'agacement, mais personne ne me contredit. J'attardai mon regard sur Raphael. C'était le franc-tireur du groupe, celui qui pouvait ne pas tenir compte des ordres. Mais il se contenta de hausser les épaules.

— Donc, poursuivit Adam, notre plan consiste à capturer l'employé et à pratiquer un exorcisme illégal, c'est ça ?

Comme il avait les yeux rivés sur moi, j'acquiesçai. Puis je fronçai les sourcils.

— Mais si nous le renvoyons au Royaume des démons, qu'est-ce qui l'empêche de revenir aussitôt ?

— Le seul moyen de le neutraliser de manière sûre, c'est de le tuer, répondit Raphael.

— Non ! dis-je. Tuer cet homme est une option que nous avons déjà écartée. Et ne vous attendez pas à ce que je reste plantée là à vous regarder brûler ce type.

Ce qu'il fallait faire pour tuer un démon sur la Plaine des mortels. J'avais bien assez de morts horribles sur la conscience. Je refusais l'idée d'en ajouter une autre.

— C'est la seule solution qui soit sûre, répéta Raphael qui me coupa la parole avant que je puisse m'en prendre à lui. Notre seconde meilleure option, ce serait de lui ficher une trouille de tous les diables, si je puis m'exprimer ainsi.

Il sourit en laissant son démon illuminer son regard.

La seule mention du nom de Raphael suffisait à terroriser la plupart de ses congénères.

—Nous n'avons même pas besoin de dévoiler qui est mon hôte, poursuivit Raphael. Tu n'as qu'à lui dire que je suis un ami très proche, que tu as eu beaucoup de mal à me convaincre de ne pas m'occuper de lui cette fois-ci, mais que s'il remet les pieds dans la Plaine des mortels, tu me laisseras agir à ma convenance. Ce qui pourrait fort bien le motiver à dégager.

Et c'était probablement le seul espoir que j'avais de maintenir le pauvre homme en vie. J'espérais que Raphael ne me baratinait pas et ne prévoyait pas de prendre l'affaire en mains malgré tout ce que je pouvais dire. Il allait falloir le tenir à l'œil.

—C'est un plan comme un autre, dis-je. Maintenant, si nous parvenons à mettre la main sur cet homme avant qu'il produise des preuves me liant au meurtre, nous aurions un sacré avantage.

—C'est sans doute la partie le plus risquée, admit Adam. Je ne peux pas me permettre de trop m'impliquer, même si je peux vous fournir le nom et l'adresse de l'employé. Nous devons agir avec précaution. De toute évidence, ce démon est puissant et influent, sinon il n'aurait pas pu revenir dans la Plaine des mortels au cours de la vie de Morgane.

Je haussai les sourcils à cette affirmation.

—Le nombre de démons désirant venir visiter la Plaine des mortels dépasse de beaucoup celui des hôtes disponibles, expliqua Adam. La liste d'attente court sur des dizaines d'années pour les démons de base. Le fait que celui qui nous intéresse puisse revenir si rapidement signifie qu'il est assez puissant pour tirer les ficelles et faire remonter son nom en haut de la liste.

—Un démon très puissant qui en veut à Morgane, dit Brian, l'air inquiet. Est-il possible que ce soit Dougal ?

Raphael ricana en jetant à Brian un regard méprisant.

—Ma foi, comme cela tomberait bien. Abandonner la sécurité et le pouvoir du Royaume des démons pour faire une virée sur la Plaine des mortels où on peut lui mettre la main dessus et éliminer définitivement la menace qu'il représente. (Il secoua la tête.) Aucun de mes frères n'est un imbécile.

Brian rougit. Par le passé, je me serais empressée de le défendre. Là, je n'en ressentis pas l'envie.

— Puisque nous savons qu'il ne s'agit pas d'un démon ordinaire, poursuivit Adam comme si personne ne l'avait interrompu, nous devrions lancer deux démons à ses trousses.

Raphael éclata de rire.

— Hum, deux démons, toi exclu. (Il se tourna vers Saul en arquant un sourcil.) Juste toi et moi, fils ?

— Non, dis-je de manière exagérée. Étant donné que vous deux étiez sur le point de vous sauter à la gorge, je ne vous envoie pas ensemble en mission.

Écoutez-moi, pensai-je, *je parle de tout ça comme si c'était vraiment moi qui décidais.* Je réussis à ne pas rire à cette idée saugrenue.

— Permets-moi de ne pas partager ton avis, rétorqua Raphael sur un ton exagérément poli. Si tu te rappelles bien, je n'ai pas bougé de ma chaise. Je me contrôle mieux que ça.

— Ça suffit ces enfantillages ! dis-je

— Tu ne comprends pas. Ce que je veux dire, c'est que même si mon fils et moi-même ne nous entendons pas, nous ne risquons pas de nous entre-tuer. Je peux me maîtriser même si Saul perd les pédales.

Ce dernier semblait justement sur le point de les perdre. Pourtant, comme tout le monde paraissait sensible à mon imitation de *Maître de l'univers*, j'adressai donc un regard impérieux à Saul.

— Ça ne va pas recommencer. Tu restes sur ta chaise et tu la fermes.

Un instant, je craignis de me retrouver avec une mutinerie sur les bras, mais Saul parvint à se contrôler. Ce qui ne me persuadait pas pour autant qu'ils étaient aptes à travailler en duo. Je ne les pensais pas capables de se faire de mal, mais ils pouvaient très bien tuer leurs hôtes s'ils décidaient de se battre. Et je ne survivrais pas à la culpabilité si cela se produisait.

— Comme je le disais, intervint Adam d'une voix flûtée, nous ne connaissons pas la puissance de ce démon.

Raphael haussa les épaules.

— Il est peu probable qu'il soit plus fort que moi.

Ce n'était pas de l'arrogance : en qualité de membre de la famille royale, Raphael est l'un des plus puissants démons existants.

— C'est vrai, mais es-tu assez puissant pour le neutraliser tout seul sans tuer son hôte ?

Le visage de Raphael répondit à sa place. Il se fichait complètement que l'infortuné employé meure. En fait, il aurait même préféré, car il n'y aurait alors aucun témoin.

— Tu ne t'approches pas de lui, ordonnai-je.

Même si Saul et lui travaillaient ensemble et que tout se passait bien, nous n'avions aucune garantie que Raphael ne prendrait pas les choses en mains. Et Saul n'était pas assez fort pour l'en empêcher.

— Mais…, protesta Adam.

Je lui fis signe de se taire.

— Je suis d'accord, il nous faut deux démons. Mais ce sera Saul et Lugh.

Je frissonnai à cette décision, pas vraiment excitée à l'idée de laisser Lugh prendre le contrôle aussi longtemps. Cela serait difficile pour moi.

— Non, dit Raphael. Nous ne pouvons mêler Lugh à une opération qui serait risquée pour toi.

Je lui jetai un regard empli de colère.

— Avoir un démon psychopathe à mes basques implique définitivement des risques. De plus, aussi puissant puisse-t-il être, ce salopard n'est qu'un démon. Et j'ai un Taser.

Raphael croisa les bras sur son torse.

—Absolument pas. C'est trop dangereux.

—Ce n'est pas toi qui décides que je sache, répliquai-je.

—Ni toi! Pourquoi ne demandes-tu pas à Lugh ce qu'il en pense?

Je n'avais pas besoin de poser la question à Lugh, car il en profita pour me faire connaître son opinion.

—*Raphael a raison.*

—Mais…

—*Mais toi aussi. Je suggère un compromis. Raphael et moi ne devrions avoir aucun problème pour avoir le dessus avec ce démon, quel qu'il soit. Je t'assure que Raphael ne tuera pas l'hôte si je suis là pour l'en empêcher.*

Je n'aimais pas l'idée que Raphael traîne aux environs de l'employé. Il s'était toujours comporté comme un salopard sans pitié et s'il pensait que Lugh serait plus en sécurité une fois l'employé mort, il n'hésiterait pas à passer à l'acte. Mais une fois de plus, les autres options envisagées posaient également problème.

—*Lugh, peux-tu me promettre que tu ne le laisseras pas tuer cet homme?*

Lugh était sacrément plus gentil et plus empathique que Raphael sans être pour autant une chochotte. Il était tout à fait capable de tuer s'il considérait que la situation le justifiait.

—*Je te donne ma parole.*

J'y réfléchis un peu, consciente que les autres me regardaient en attendant mon verdict.

—Sa Majesté a décidé que Raphael et lui chercheraient cet employé, déclarai-je enfin.

Personne ne sembla satisfait de cette décision, mais aucun d'eux n'allait contredire Lugh.

—Adam, combien de temps te faut-il pour nous fournir un nom et une adresse?

—Le temps d'un coup de fil.

Ce qui ne me laissait pas une grande marge pour tergiverser, mais c'était probablement mieux ainsi.

— Passe ton coup de fil.

Il n'objecta pas au fait que je donne des ordres, même s'il s'excusa avant de se faufiler dans l'entrée pour appeler. Je n'étais pas sûre de ses raisons. L'identité de son informateur était sans doute confidentielle.

— Je suppose que cette réunion est finie, déclarai-je, pressée qu'ils déguerpissent tous de chez moi, même si cela voulait dire que je resterais toute seule avec Raphael.

Chapitre 17

Je regardai le morceau de papier qu'Adam m'avait donné et sur lequel figuraient le nom de l'employé et son adresse. Il habitait près de Penn, ce qui ne me surprenait pas. Si j'avais eu une voiture en état de marche, nous l'aurions prise pour nous y rendre. Étant donné la situation, je dus appeler un taxi.

Je faisais toujours de mon mieux pour ne pas trop réfléchir, au risque de me repasser en boucle le moment précédent le départ de Brian.

Je n'avais pu résister à l'envie de faire un geste vers lui, espérant qu'il me donnerait quelque raison de croire que les dégâts étaient réparables.

— Brian, il faut que nous…, avais-je commencé.

— Pas maintenant, avait-il répondu. Peut-être même jamais.

Puis il s'était éloigné de moi pour la seconde fois.

J'étais certaine que Raphael allait me faire passer un mauvais quart d'heure en prenant un malin plaisir à enfoncer le doigt dans mes plaies ouvertes. Je fus soulagée en constatant qu'il me laissait en paix.

Nous avions vingt minutes devant nous avant l'arrivée du taxi. Je n'avais pas particulièrement envie de discuter avec Raphael, mais je lançai la conversation avec mon tact et ma diplomatie habituels.

—Qu'as-tu fait à mon frère ? demandai-je en me rappelant de nouveau l'apparence émaciée et hantée du visage d'Andy.

Il n'avait pas prononcé un mot de toute la réunion. Cela ne lui ressemblait pas du tout.

—Je ne lui ai absolument rien fait, répondit Raphael.

J'aurais voulu le frapper.

—Bien sûr que si ! Ne me mens pas.

Il soupira de manière théâtrale.

—Pourquoi me poser une question si tu sais que tu ne croiras pas à ma réponse ?

Raphael m'avait menti si souvent que parfois je me demandais s'il savait encore ce que signifiait « dire la vérité ». J'étais rarement – voire jamais – parvenue à lui faire cracher la vérité sans l'avoir plus ou moins acculé, mais cela ne m'empêcha pas d'essayer encore une fois.

—Je suis censée croire que c'est une coïncidence s'il était bien avant que tu le possèdes et s'il est devenu une épave depuis que tu l'as quitté ?

En fait, Andy n'avait jamais vraiment été bien avant, mais il s'était senti mieux qu'il paraissait l'être à présent.

Raphael m'adressa un de ses agaçants sourires moqueurs.

—Que veux-tu que je te dise ? Je lui manque.

Je m'enfonçai dans les coussins du canapé, les bras croisés sur la poitrine. Si je restais dans cette position, je ne serais pas capable de le flanquer par terre.

—Si tu continues à sortir des conneries pareilles, ne t'étonne pas qu'on te traite avec une certaine...

—Hostilité ?

—Tout à fait.

—Je te dis la vérité, même si je sais que c'est ma faute si tu ne me crois pas. Mais je t'avais promis de prendre soin d'Andy cette fois-ci et j'ai tenu ma promesse.

—Alors pourquoi a-t-il l'air d'un blessé ambulant ?

À l'origine, Andy s'était porté volontaire pour héberger un démon, motivé par le désir erroné d'être un héros. Il avait été pompier, et je savais que Raphael et lui avaient sauvé de nombreuses vies, même si cela n'avait pas été le but premier de Raphael, et même si le démon et son hôte s'étaient cordialement détestés. À présent, mon aspirant héros de frère semblait à peine avoir conscience de l'existence du reste de l'humanité.

Je m'attendais à une nouvelle remarque caustique de Raphael, qui se contenta de prendre un air pensif. Il était peut-être en train de choisir le mensonge qui l'amuserait le plus ?

— Andrew n'est pas aussi fort que toi, dit-il enfin.

— Hein ?

Ces paroles étaient si inattendues que je ne savais quoi penser.

Raphael se tourna pour me regarder, son expression inhabituellement sérieuse.

— Tu as dû prendre des décisions sacrément dures ces derniers mois.

— Ouais, et alors ?

— Alors tu t'en sors bien mieux que ton frère quand il s'agit d'en affronter les conséquences.

Sans doute étais-je un peu lente d'esprit, mais je ne comprenais toujours pas de quoi il parlait. Son alternative au mensonge et à la vérité consistait peut-être à raconter n'importe quoi.

— Quand tu essayais de décider si oui ou non j'allais posséder Tommy, tu m'as demandé si c'était ce qu'Andrew voulait.

Je m'en souvenais. Tommy était un membre fanatique et violent de Colère de Dieu, et probablement l'hôte le moins consentant sur la surface de la Terre. J'avais dû choisir entre

Tommy et mon frère. J'avais choisi mon frère, même si je me sentais encore coupable de cette décision.

— Je t'ai dit qu'Andrew voulait en effet que je me transfère dans Tommy, poursuivit Raphael. C'était vrai. Je le traitais mieux, mais nous n'étions pas vraiment amis. Il voulait désespérément que je m'en aille.

— Je ne peux pas lui en vouloir.

— Non, mais lui est assez fort quand il s'agit de s'en vouloir. Tu l'as dit toi-même, il veut être un héros. (Il eut un petit sourire de dénigrement.) Il veut me ressembler le moins possible. Mais quand on y réfléchit bien, il n'a pas hésité à me laisser posséder quelqu'un qu'il savait ne pas pouvoir me supporter, afin de sauver sa peau.

— Attends une seconde ! dis-je d'un air indigné.

— Je ne lui en veux pas, poursuivit Raphael avant que je puisse me mettre en rogne. C'était tout à fait compréhensible et très humain. Mais il s'en veut et cela le ronge. Il ne s'est pas montré à la hauteur de ses espérances et il n'assume pas bien la réalité.

Je scrutai Raphael d'un air sceptique. C'était après tout le Raphael que je connaissais. Même quand ce qu'il disait paraissait logique, je me sentais obligée de lui faire passer l'examen du mensonge et de la tromperie

— Rappelle-toi, Morgane, que ça lui plaise ou non, je connais Andrew mieux que personne. Se flageller est un de ses passe-temps favoris... et c'est une des raisons pour lesquelles nous nous sommes opposés depuis le début.

Je retroussai la lèvre malgré moi.

— Tu veux dire que cela ne t'est jamais venu à l'esprit de te sentir coupable pour quelque chose que tu avais fait ?

Il ne mordit pas à l'hameçon.

— J'éprouve du remords concernant certaines mauvaises décisions. Mais non, je ne culpabilise pas. Il n'y a rien que je puisse faire pour changer ce qui a déjà été fait et je ne vois aucun intérêt à m'étendre sur mes insuffisances. Ce que fait Andrew.

Je n'étais toujours pas certaine de croire qu'il me disait la vérité. C'était tellement difficile de savoir avec Raphael. Pourtant son point de vue avait du sens et je savais qu'Andy se sentait coupable de ce qui était arrivé.

— Je peux faire quelque chose pour l'aider ? demandai-je tout en connaissant déjà la réponse.

— Pas vraiment, répondit Raphael avec un léger air de regret. Une thérapie et des médicaments pourraient l'aider... s'il parvenait à expliquer au thérapeute ce qui ne va pas, ce dont il est incapable. C'est à lui de comprendre que sa vie vaut encore le coup d'être vécue, même s'il n'est pas aussi parfait qu'il le souhaite.

Je dus me mordre la langue pour retenir la réplique sur le point de bondir hors de ma gorge. Raphael semblait dire que c'était la faute d'Andy s'il était malheureux, prouvant de nouveau à quel point ce démon était incapable d'assumer la responsabilité de ses actes.

— Le taxi va bientôt arriver, dis-je.

Raphael capta le message et se retint de m'exposer davantage ses théories de psychanalyste alors que nous sortions pour capturer notre employé possédé.

Le trajet aurait pu être calme jusqu'à l'appartement de David Keller. Mais c'était sans compter le chauffeur de taxi. Il était de ces chauffeurs volubiles et excessivement amicaux qui me donnent envie de leur faire avaler leurs dents. Sans que Raphael ou moi l'encouragions, il nous fit part, le temps de parcourir quinze blocs, de l'histoire complète de sa vie et de tous les moments éblouissants de l'enfance de sa progéniture. Dans l'état de stress dans lequel je me trouvais, je fis tout mon possible pour ne pas commettre un meurtre avant notre arrivée à destination.

Le chauffeur bavardait toujours quand nous sortîmes du taxi. Raphael lui tendit un billet de vingt en lui disant de garder la monnaie. C'était un pourboire beaucoup trop généreux, mais Raphael paraissait particulièrement pressé que le chauffeur déguerpisse.

Nous décidâmes que je resterais aux commandes de mon corps, mais en retrait, à moins que Raphael ait besoin d'aide pour contenir le démon criminel. Personne en dehors du Conseil de Lugh ne savait que j'étais possédée, et il valait mieux que cela demeure un secret. Mais Lugh serait disponible au cas où j'avais besoin de lui.

L'appartement de Keller se trouvait au deuxième étage d'un vieil immeuble en brique bien entretenu. Il n'y avait pas vraiment de hall, juste une entrée avec, sur un côté, une rangée de boîtes aux lettres et de boutons d'interphone. Nous trouvâmes le nom de Keller, et Raphael appuya sur la sonnette. Pas de réponse.

Je m'étais préparée à l'action et mon cœur s'écroula quand Raphael sonna pour la seconde fois. Je n'avais pas envisagé que Keller puisse ne pas se trouver chez lui.

Raphael sonna une troisième fois en obtenant le même résultat. Puis il se dirigea vers l'escalier.

— Où vas-tu ? demandai-je en le suivant.

Il me jeta un regard.

— Je monte à l'appartement de Keller. Où veux-tu que j'aille ?

— Mais il n'est pas là.

— Alors nous allons l'attendre.

Raphael ne prit pas la peine de me fournir plus d'explications. J'avais le sentiment que nous étions sur le point de faire quelque chose que j'allais regretter plus tard, mais je le suivis malgré tout.

C'était un petit immeuble ne comportant que trois appartements par niveau. L'ampoule au bout du couloir du deuxième étage était grillée, ce qui nous permit de distinguer la lumière allumée sous la porte de l'appartement de David Keller. En ville, c'est en général une bonne idée de laisser une ou deux lumières allumées en cas d'absence, afin de décourager certains segments de la population de vous rendre visite.

En m'approchant, je perçus le faible bruit d'une musique derrière la porte. Cela ressemblait à un slow romantique et je me demandai soudain si Keller n'avait pas répondu à nos coups de sonnette parce qu'il était occupé.

Pour sa part, cela ne gênait aucunement Raphael d'interrompre quoi que ce soit. Il frappa à la porte sans obtenir davantage de réponse. Puis il posa la main sur la poignée de la porte et la tourna.

Les poils de ma nuque se redressèrent quand je compris que la porte n'était pas verrouillée. Raphael m'adressa un regard sévère.

— Ne touche à rien, au cas où.

J'aurais pu lui demander « au cas où quoi ? », mais je ne le fis pas, parce que j'avais une idée assez précise de ce qu'il voulait dire.

Raphael entra le premier en me faisant signe de le suivre et de rester derrière lui. Même si je n'aimais pas recevoir d'ordres de sa part, je m'exécutai. Il ferma doucement la porte une fois que je fus entrée.

Dans ce petit appartement exigu, toutes les surfaces planes étaient couvertes de livres et de documents. La pièce dans laquelle nous étions combinait salon et kitchenette, même si Keller semblait utiliser le coin cuisine comme rangement pour ses livres plutôt que pour se préparer à manger. Il n'y avait qu'une seule porte visible en plus de celle de l'entrée. Je ne pouvais imaginer vivre dans un appartement sans penderie mais, dans un coin, une chaise paraissait faire office de portemanteau.

La musique, un peu plus forte à présent, provenait avec certitude de derrière la porte close. Si Keller était avec une fille là-dedans – ou un garçon –, la situation risquait d'être embarrassante. Bizarrement, je ne pensais pas que c'était le cas. Raphael posa un doigt sur ses lèvres et je roulai des yeux. Je n'allais pas me mettre à bavarder alors que nous nous trouvions dans un appartement dans lequel nous étions entrés par effraction.

Je suivis Raphael au milieu des piles de livres qui parsemaient négligemment le sol. Il s'arrêta devant la porte qui ne pouvait ouvrir que sur la chambre et nous prêtâmes tous les deux l'oreille sans percevoir aucun autre son que la musique.

Le visage grave, Raphael poussa la porte pour jeter un coup d'œil à l'intérieur de la pièce. Je retins mon souffle.

Raphael baissa la tête et voûta les épaules en émettant un soupir de résignation. Je tentai de regarder par-dessus son épaule mais, me bloquant de son bras, il me repoussa.

—Tu n'as pas envie de voir ça, m'avertit-il.

Non, bien sûr que je n'en avais pas envie. Mais je me faufilai quand même sous son bras.

David Keller était allongé, nu, sur son lit. Du ruban adhésif lui ceignait la bouche et entourait ses chevilles et ses poignets. Il avait les yeux grands ouverts et fixes. La plaie circulaire et sanguinolente au centre de son front ressemblait à un troisième œil. L'oreiller et le matelas étaient imbibés du sang dont je remarquai trop tard la sale odeur métallique.

La tête me tourna soudain et je titubai, tendant la main pour me rattraper au montant de la porte. Raphael arrêta mon geste d'un coup.

—Ne touche à rien ! m'ordonna-t-il. Tu veux vraiment laisser tes empreintes ici ?

Cette pensée n'arrangea pas mon vertige. Un instant, je crus vraiment que j'allais tourner de l'œil. Raphael me maintint debout, passant son bras autour de mes épaules. De sa main libre, il utilisa le bas de son tee-shirt pour essuyer la poignée de la porte, puis il me traîna au travers de la pièce encombrée jusqu'à la porte d'entrée.

— Reprends-toi, dit-il d'une voix dure en me secouant un peu pour souligner son propos. Il faut qu'on sorte d'ici avant que quelqu'un nous voie.

Je clignai des yeux en espérant que je parviendrais ainsi à retrouver l'équilibre. En vain. Je serrai les dents et, m'écartant de Raphael, je fus agréablement surprise de constater que je pouvais tenir debout toute seule. J'inspirai profondément pour consolider ma position.

Raphael jeta un coup d'œil par le judas afin de s'assurer que la voie était libre. Puis il ouvrit la porte et utilisa une fois encore son tee-shirt pour essuyer la poignée, à l'intérieur comme à l'extérieur.

— Baisse la tête, dit-il, et si nous rencontrons quelqu'un, essaie de te mettre derrière moi. Tu es plus facilement identifiable que moi.

C'était malheureusement vrai. Juste pour ce soir, j'aurais aimé que mes cheveux soient d'une couleur plus conventionnelle et moins voyante. Peut-être fallait-il que je reconsidère mon look flamboyant à présent que les ennuis me suivaient partout.

Nous étions parvenus jusqu'au rez-de-chaussée sans nous faire repérer, mais nous eûmes la malchance d'ouvrir la porte au moment même où quelqu'un arrivait. La tête baissée et les épaules voûtées, j'essayai de paraître plus petite que j'étais et passai mon bras autour de celui de Raphael en utilisant son corps pour me couvrir. J'avais la bouche sèche et je dus me rappeler de respirer au risque de m'évanouir.

Parce que je me cachais derrière Raphael, je n'eus pas la possibilité d'observer le jeune couple qui entrait mais, d'après ce que j'en aperçus, ils semblaient trop pressés d'arriver jusqu'à la chambre pour nous prêter attention.

Les nerfs toujours en état d'alerte, je laissai Raphael me guider jusqu'à la rue. Nous parcourûmes ensuite quelques blocs pour nous éloigner de l'appartement de Keller avant d'appeler un taxi.

Chapitre 18

Nous n'avions pas parcouru deux blocs que Raphael, sans même me consulter, informa le chauffeur d'un changement de plan avant de donner son adresse personnelle. Le chauffeur, beaucoup plus calme que notre précédent compagnon de voyage, émit un grognement et vira de bord. J'adressai un regard furieux à Raphael – je ne voulais pas passer plus de temps qu'absolument nécessaire en sa compagnie –, mais, évidemment, je n'osais pas l'interroger devant un témoin.

Je fulminais en silence quand nous passâmes devant l'université pour pénétrer dans le quartier résidentiel qui était trop riche pour un étudiant moyen. À vue de nez, c'était plutôt un quartier populaire auprès des professeurs.

Tommy Brewster avait habité dans un logement pour étudiants qu'il partageait avec un colocataire obséquieux, mais cette situation n'avait pas convenu à Raphael. Dès qu'il était entré dans le corps de Tommy, il avait balancé le colocataire et emménagé dans une maison de ville. Je ne savais pas d'où il tirait l'argent pour se payer cette belle demeure et je ne posai pas de questions. Parfois, il vaut mieux ne pas savoir.

Une fois descendus du taxi, Raphael ouvrit d'un coup son téléphone portable.

— Oh non, dis-je en lui attrapant le poignet. D'abord tu m'expliques ce changement de plan.

Il se libéra facilement de ma prise. Le visage inhabituellement grave, il ouvrit la porte d'entrée, le téléphone coincé entre son oreille et son épaule.

— Laisse-moi une minute, dit-il.

Je croisai les bras sur ma poitrine, les yeux étrécis.

— Dis-moi ce que tu trames, bon sang! demandai-je, mais il fit mine de ne pas entendre.

Ses épaules se détendirent visiblement quand quelqu'un répondit. Je ne pouvais entendre son interlocuteur, mais Raphael me donna de considérables indices quant à l'identité de ce dernier.

— Saul, dit-il en paraissant soulagé. Tu dois partir de l'appartement de Morgane au plus vite. Viens chez moi et je t'expliquerai.

Je n'eus pas besoin d'entendre ce que répondit Saul pour avoir une idée de sa réaction. Les mâchoires de Raphael se crispèrent. Il poussa la porte d'entrée et me fit franchir le seuil de force quand je refusai de bouger.

La porte claqua dans notre dos et Raphael enclencha le verrou en me jetant un regard furieux. J'étais bien trop habituée à ce genre de traitement pour être troublée.

— Je t'en prie, contente-toi de déguerpir, dit Raphael. Il se peut que la police arrive très vite et, si les flics te trouvent là, ils te poseront des questions. À moins qu'Adam ait plus progressé que je le pense pour te fabriquer une nouvelle identité, tu ne peux pas te permettre d'attirer l'attention.

Il écouta, l'air concentré, pendant un moment, puis la tension de son langage corporel diminua et je sus que Saul avait accepté de quitter mon appartement. Je commençais à songer aux circonstances de la mort de Keller et je ne les aimais pas du tout.

Tout d'abord, cela signifiait que nous n'avions aucune idée du corps dans lequel mon démon ennemi se trouvait. Ensuite, voilà un nouveau meurtre dont on pouvait me suspecter. Et pour finir, et ce n'était pas sans importance, cela sous-entendait que le démon n'avait plus eu aucun usage de Keller et que, s'il avait prévu de dissimuler des preuves incriminantes, il devait certainement l'avoir déjà fait.

Raphael coupa la communication et tourna enfin son attention vers moi.

— Saul arrive. Tu as compris ce que je faisais ? demanda-t-il.

— Tu veux que je me cache de la police, dis-je d'un ton accusateur.

— Au moins, pour le moment, admit-il. Si quelqu'un nous a vus entrer dans l'immeuble ce soir et a appelé la police, je suis prêt à parier que tu vas être promue de « personne d'intérêt » à suspecte en deux temps trois mouvements. On ne peut pas se permettre que tu te retrouves sous les verrous.

— Fuir me fera paraître encore plus coupable ! protestai-je sans être surprise que Raphael ne bronche pas.

— Il vaut mieux avoir l'air coupable qu'être jeté en prison, dit-il. Nous avons besoin qu'Adam intervienne. Tu veux l'appeler ou je m'en charge ?

Accro du contrôle comme je le suis, j'aurais dû insister pour passer cet appel moi-même. Mais je n'avais pas l'énergie mentale pour le faire. J'étais trop fatiguée, trop stressée pour affronter Adam qui trouverait probablement une bonne raison pour me faire endosser la responsabilité de ce fiasco.

— Tu t'en charges, dis-je d'une voix plate.

À ma grande surprise, Raphael tendit la main et me serra gentiment le bras sans sembler vouloir réduire mes os en poudre.

— On a traversé des situations plus difficiles, dit-il. On va se sortir de celle-ci.

Je voulus protester contre l'usage du « on », refusant d'admettre que d'une manière ou d'une autre, lui et moi étions dans le même pétrin mais, exceptionnellement, je parvins à garder mon opinion pour moi. J'acquiesçai et Raphael interpréta mon signe comme une approbation. Il m'installa dans son salon, un grand verre de rhum-Coca à côté de moi, et appela Adam.

Malgré mon désir de me retirer dans mon antre intime de silence, Adam demanda à me parler après que Raphael l'eut informé de la situation. Rien ne m'obligeait à céder à la requête d'Adam, si ce n'est que le fait de refuser serait considéré comme une forme de lâcheté.

— Je t'en prie, ne me dis pas que la situation est pire que ce que nous avons déjà connu, implorai-je au téléphone.

— Désolé, ma chérie, répondit Adam en ayant sincèrement l'air ennuyé. Le défunt M. Keller a trouvé une clé USB appartenant à Hillerman et quand les policiers y ont jeté un coup d'œil, ils y ont trouvé la lettre que Hillerman a envoyée à Brian ainsi que la photo truquée.

— Merde.

Pas grand-chose d'autre à dire.

— En effet. Mes estimés collègues m'ont posé quelques questions après avoir vu la photo. Je leur ai dit que c'était un faux, mais ils commencent à s'interroger au sujet de toutes ces fois où j'ai pris ta déposition.

— Merde.

Un bon gros mot générique sert toujours.

— Je ne pense pas qu'ils puissent trouver grand-chose contre moi, mais cela signifie que je dois éviter de m'impliquer dans cette affaire.

Fut un temps, le mépris des lois dont faisait preuve Adam m'avait un peu choquée mais, aujourd'hui, cela me manquait. Il m'avait sortie de bien plus de situations difficiles que j'aurais pu imaginer et je ne pouvais m'empêcher d'être terrifiée à l'idée que, sans son aide, je finirais en prison.

— J'ai essayé de parler avec l'ex-petite amie de Maguire aujourd'hui, poursuivit Adam en passant du coq à l'âne, mais je ne suis pas parvenu à la joindre. Maintenant que je suis surveillé, je ne crois pas que ce soit une bonne idée qu'on me voie lui parler.

Super. À présent que le démon avait fui de son deuxième hôte après l'avoir assassiné, nous avions plus que jamais besoin d'informations pour l'identifier. Je pensais cependant qu'Adam était le seul membre de notre joyeuse troupe à posséder les talents requis pour interroger l'ex-petite amie avec succès. Je jetai un coup d'œil vers Raphael avant de nuancer ma pensée : Adam était le seul à pouvoir interroger la petite amie sans nous créer davantage d'ennuis.

Adam lut dans mes pensées.

— Nous avons besoin de réponses de sa part, qu'elle nous dise ce qui peut nous aider à identifier le démon criminel.

— Es-tu en train de suggérer que j'aille lui parler ? demandai-je d'un air sceptique.

Son ricanement ironique m'aurait vexée – ou m'aurait énervée – si je n'avais su combien je n'étais pas faite pour cette mission et à quel point je ne saurais être discrète s'il me fallait approcher la petite amie.

— Non, je suggère que nous demandions à Barbie d'aller lui parler.

— Quoi ? Tu es complètement fou ?

— Écoute-moi. C'est très important pour elle de rester dans la légalité. Si elle perd sa licence et qu'elle ne peut continuer à payer les factures du Cercle de guérison, Blair va être expédiée tout droit dans la première maison médicalisée pourrie qui aura un lit de libre. Barbie sait qu'il est dans son intérêt que tu n'ailles pas en prison puisque tu peux la faire tomber très facilement avec toi.

— Et comment le sait-elle ? grondai-je en connaissant trop bien Adam pour ne pas deviner sa réponse.

— Parce que je lui ai fait un dessin.

— Autrement dit, tu l'as déjà envoyée en mission pour questionner la petite amie.

Je pus presque déceler son sourire suffisant.

— Je n'ai pas pensé que te demander la permission était dans ton intérêt.

— Salopard, marmonnai-je. Tu sais que tu lui tends la corde avec laquelle elle peut nous pendre tous.

— Je n'ai pas l'impression qu'elle ait l'intention de nous pendre, même si les conséquences pour elles n'étaient pas si risquées.

Je ne savais pas si Adam était fin psychologue, mais puisqu'il avait déjà eu une petite discussion avec Barbie, il était fort peu probable que je sois en mesure de défaire les dégâts qu'il avait pu générer.

— Tu ferais mieux d'avoir raison, dis-je, résignée.

— En effet, répondit-il avant de raccrocher – comme d'habitude – sans dire au revoir.

La soirée craignait déjà bien avant que Saul arrive chez Raphael, mais à la seconde où il franchit la porte, la tension qui emplissait l'air quadrupla d'intensité. Raphael fit comme s'il ne remarquait rien, expliquant calmement la situation à Saul en lui apprenant le meurtre de David Keller.

Saul resta silencieux pendant quelques minutes pour digérer l'histoire, puis il acquiesça sèchement.

— Très bien, dit-il. Je vais retourner loger chez Adam.

— Non, dit Raphael, ce qui suffit à enflammer le regard de Saul.

J'envisageai d'adopter le rôle de la pacificatrice, mais je n'avais ni le courage ni le tact de Dominic. Je reculai plutôt de quelques pas pour mettre de l'espace entre eux et moi, et je repérai une issue de secours au cas où les plumes commenceraient à voler.

La voix de Raphael demeurait calme et il ne montrait aucun signe qu'il se préparait à se défendre.

— Adam est dorénavant surveillé. Si tu habites chez lui, les policiers se poseront des questions sur ton identité et cela peut mal tourner.

— Je prends le risque, répondit Saul qui essaya de contourner son père pour se diriger vers la porte d'entrée.

Raphael se plaça entre son fils et la porte.

— Réfléchis un peu. S'ils ne peuvent pas t'identifier, ils deviendront de plus en plus curieux et ils vont poser des questions délicates à Dominic et Adam. Si les réponses ne leur conviennent pas, ils pourraient même convoquer un exorciste pour qu'il examine ton aura.

Pour la première fois, un soupçon d'alarme apparut sur le visage de Saul. Je serrai les dents pour m'empêcher de déverser un flot de jurons parce que Raphael disait vrai. Si Saul se comportait comme s'il cachait quelque chose, il était fort possible que la police fasse appel à un exorciste. La Pennsylvanie est un des États les moins favorables aux démons et il est assez commun de soumettre les suspects à l'examen d'un exorciste. Si vous enfermiez quelqu'un en prison en pensant que c'était un humain ordinaire et qu'il se révélait possédé, il était probable que le prisonnier s'échappe après avoir tué une flopée de gardiens. Il suffirait du moindre prétexte pour que la cour ordonne un examen – considéré en général comme un désagrément mineur plutôt qu'une violation de la vie privée –, et quand l'exorciste découvrirait que Saul était possédé et que ce dernier n'avait aucun document prouvant qu'il était un démon légal…

— Mieux vaut éviter qu'on te déclare démon illégal dans cet État, dit Raphael en appuyant son point de vue.

J'avais déjà exorcisé Saul et je n'avais rencontré aucune difficulté, mais Lugh avait prétendu que c'était parce que Saul ne s'était pas défendu et que j'étais particulièrement puissante.

Mais si la cour devait exorciser Saul alors que je me trouvais sous le coup d'une suspension d'exercer, qui d'autre serait capable de le faire ? Comme je l'ai dit, la Pennsylvanie n'est pas favorable aux démons et c'est même l'un des dix États où l'on exécute les démons qui ne peuvent être chassés.

Saul avait l'air d'hésiter.

— Quoi que tu puisses penser de moi, poursuivit Raphael, je ne veux pas que tu sois tué.

Saul lui adressa un regard insondable.

— C'est trop tard pour faire preuve d'affection paternelle.

Raphael haussa les épaules avec désinvolture.

— Est-ce une réelle preuve d'affection que de ne pas vouloir que quelqu'un soit brûlé vif ? Je ne déteste personne au point de lui souhaiter une pareille fin. Même Dougal qui n'hésiterait pas à me le faire subir s'il me mettait la main dessus. Morgane peut prendre la chambre d'amis et tu peux dormir sur le canapé, poursuivit Raphael comme si tout le monde était tombé d'accord. Je resterai en dehors de ton chemin autant que possible afin que tu ne souffres pas de ma présence.

Saul me jeta un coup d'œil.

— Tu as une opinion ou tu préfères continuer à faire la plante verte ?

— Si tu essaies de me mettre en colère, répondis-je, je te conseille d'abandonner. Je suis fatiguée, j'ai la trouille et l'amour de ma vie m'a rejetée. Je n'ai aucune énergie à dépenser dans des broutilles.

Je me tournai vers Raphael.

— Dis-moi où se trouve la chambre d'amis afin que je puisse m'y écrouler. Vous deux, vous pouvez continuer à vous bouffer le nez sans moi. Ou pas, d'ailleurs. Franchement, je m'en fiche.

Je devais vraiment avoir une sale tête parce que aucun des deux ne discuta.

Chapitre 19

Cette nuit-là, je dormis comme une morte. Je m'attendais à moitié que Lugh interrompe mon sommeil pour une petite réunion stratégique ou une séance de drague, mais il s'abstint. J'aurais dû me sentir reposée quand je me réveillai le lendemain aux environs de 10 heures, mais j'étais aussi épuisée qu'en arrivant chez Raphael.

— Lugh, je t'en prie, dis-moi que tu n'as pas baladé mon corps pendant que je dormais, marmonnai-je dans la pièce vide.

Mes défenses étaient de toute évidence encore assez faibles, car je n'eus aucun mal à entendre sa réponse :

— *Je n'ai pas baladé ton corps pendant que tu dormais. L'épuisement n'est pas physique.*

Super. L'épuisement physique, je savais au moins comment y remédier. Cette dépression nerveuse, ou quoi que cela puisse être, je ne savais pas quoi en faire.

Ayant dormi habillée, je n'étais pas à mon avantage quand je me traînai hors du lit. Je pris une douche rapide qui ne me réveilla pas plus, puis j'enfilai la même tenue que la veille et me rendis dans la pièce principale.

Un plaid était soigneusement plié sur un des accoudoirs du canapé, mais c'était la seule preuve visible que Saul avait été là. Je me demandais où il se trouvait sans vraiment m'en préoccuper au point de l'appeler et le découvrir par moi-même.

Il n'y avait pas non plus de signe de Raphael, ce qui était positif. Dans la cuisine, du café vieux d'environ une heure m'attendait sur le feu. Je m'en servis une tasse quand même. Le café réchauffé, c'est mieux que pas de café du tout et j'étais trop paresseuse pour m'en préparer du frais.

Je restai assise sur le canapé de Raphael pendant je ne sais combien de temps, sirotant mon café, les yeux dans le vide, en essayant de ne pas ruminer. Il me sembla y parvenir assez bien, à moins que rester assise à ne rien faire, la tête remplie de bruit, consiste à ruminer. J'aurais été capable de rester ainsi toute la journée, mais une sonnerie m'arracha à ma léthargie.

C'était mon téléphone portable qui évidemment se trouvait dans mon sac, qui lui-même se trouvait dans la chambre. Je dus me précipiter pour répondre à temps. Malgré mon état de stupeur, je me déplaçai remarquablement vite. Je détestai l'admettre, mais ce fut l'espoir que ce soit Brian qui m'appelait qui me fit courir aussi vite. Cette pointe d'espoir signifiait-elle que je serais capable de passer outre ma colère irrationnelle si Brian revenait vers moi ?

Si mon cerveau avait été un tant soit peu opérationnel, j'aurais su qu'il ne pouvait s'agir de Brian. Je lui avais assigné une sonnerie spéciale sur mon portable, mais pas celle-là. Quand j'entendis une voix de femme, je fus tellement déçue que j'en eus presque le vertige.

— Morgane ? Allô ?

C'était le détective Barbie : précisément la personne avec qui j'avais envie de parler au saut du lit.

Je fronçai les sourcils. Le saut du lit était déjà loin derrière moi. C'était déjà peut-être l'après-midi. Je consultai ma montre, il était 11 h 30.

— Allô ? répéta Barbie. Vous êtes là ?

Je soupirai.

— Ouais, je suis là.

—C'est Barbara Paget. J'ai parlé ce matin à Jessica Miles, l'ex-petite amie de Maguire, et j'ai découvert quelque chose de très intéressant.

Elle avait l'air excitée. Je ne parvenais pas à l'être autant qu'elle, mais je réussis à émettre un bruit encourageant qui l'incita à poursuivre.

—Toute votre affaire a commencé quand Jessica a accusé Maguire de l'avoir battue. Mais apparemment, ce n'est pas ce qui s'est réellement passé.

Et c'était pour ça qu'elle se mettait dans cet état ?

—Et alors ? Maguire a toujours clamé que c'était son nouveau petit ami qui l'avait frappée, pas lui.

J'avais même été désolée pour le démon qui l'habitait jusqu'à ce que je l'exorcise et constate l'état dans lequel il avait laissé son hôte. Le démon n'avait peut-être pas frappé Jessica Miles, mais il n'y était pas allé de main morte avec Jordan Maguire Jr.

—Maguire avait raison. C'était bien son nouveau petit ami qui l'avait frappée. Mais écoutez ça : c'était un coup monté de leur part. Ce nouveau type, Tim Simms – chouette nom, n'est-ce pas ? –, a convaincu Jessica que Maguire la trompait. Il lui a même montré des photos pour le lui prouver.

D'accord, je devais admettre qu'elle avait piqué ma curiosité.

—Simms a monté Jessica contre Maguire, cet abruti qui la trompait, et ils ont mis au point un plan pour se venger. Ils ont attendu que Jessica se dispute avec Maguire, puis elle a appelé Simms qui est venu chez elle pour lui faire quelques bleus bien visibles. Et c'est tout ce dont ils ont eu besoin pour que le démon de Maguire soit exorcisé.

Je frissonnai. Les gens croient que les démons meurent quand ils sont exorcisés, ce qui voulait dire que Jessica et son nouveau petit ami avaient commis ce qu'ils pensaient être un meurtre de sang-froid.

— Et voici un fait vraiment étrange, poursuivit Barbie. Simms a disparu le jour où vous avez exorcisé le démon de Maguire. Il n'a pas fait ses valises et sa voiture se trouve toujours sur le parking de son immeuble. Mais, depuis ce jour, plus personne ne l'a vu ni entendu parler de lui.

Je soupçonnais qu'on retrouverait finalement Simms et qu'il ne respirerait plus. Le Psychopathe – comme j'avais baptisé celui qui m'en voulait – semblait n'éprouver aucun scrupule à utiliser des hôtes « jetables ». Je fronçai les sourcils, espérant que toutes les informations en ma possession allaient s'assembler pour dessiner une menace claire et tangible.

De toute évidence, le Psychopathe avait possédé Tim Simms. Sa méthode de fabrication de preuves était trop familière pour qu'il s'agisse d'une coïncidence. Puis il était passé dans le corps de Jack Hillerman après l'exorcisme et il s'en était pris à moi avec toutes les armes de son arsenal. Il avait ensuite cramé Hillerman et le malheureux David Keller, et se trouvait à présent dans un nouvel hôte, en ayant toujours en tête d'augmenter mon quota de misères.

Mais pourquoi ? Et pourquoi aurait-il choisi un plan aussi étrange et élaboré pour se venger ? Pourquoi devait-il persuader Jessica de piéger Maguire ? Il ne pouvait pas savoir que Maguire finirait dans le coma après l'exorcisme.

Trop d'interrogations, trop peu de réponses.

Je décidai de poser à Barbie une question à laquelle je la pensais capable de répondre.

— Mais comment diable êtes-vous parvenue à amener Jessica à confesser un meurtre ?

Barbie avait dit qu'elle était bonne dans son travail mais là, cela relevait du miracle.

— Je lui ai fait croire que j'étais la petite sœur de Simms et que je cherchais désespérément à le localiser. Comme Simms l'a compris, le principal atout de Jessica n'est définitivement pas son cerveau. Il a été ensuite assez facile de la fourvoyer.

—J'en suis sûre, marmonnai-je.

—Est-ce que tout cela a un sens pour vous ?

—Non, mentis-je.

Peu importe combien je pouvais m'entraîner, je ne serais jamais une grande menteuse. Je n'aurais pas dû me contenter de cette réponse monosyllabique. J'aurais dû spéculer sur cette histoire, mais mon esprit était complètement vide.

Ni Barbie ni moi ne parlâmes pendant trente secondes qui semblèrent durer cinq minutes.

—Vous savez, dit Barbie quand elle daigna enfin briser ce silence gênant, maintenant je suis impliquée dans cette affaire jusqu'au cou. Vous ne risqueriez pas grand-chose en me mettant au courant.

J'émis un son entre un reniflement et un rire.

—On ne me manipule pas aussi facilement que Jessica Miles.

—Réfléchissez une seconde, Morgane. Je savais avant la police que vous aviez une excellente raison de tuer Jack Hillerman. J'aurais pu livrer cette information aux policiers et pourtant je ne l'ai pas fait.

—En effet, parce que Adam vous a fichu une trouille de tous les diables, si vous me permettez l'expression.

—Je ne comptais pas aller vous dénoncer, mais tout cela est hors sujet. Je peux dire adieu à ma carrière si mes récentes activités sont dévoilées. Je suis avec vous jusqu'au bout dans cette affaire et je pourrai mieux faire mon boulot si vous me confiez ce qu'Adam et vous pensez qu'il se passe.

—Alors cela ne vous pose aucun problème d'aider quelqu'un qui est peut-être l'assassin de votre précédent employeur ?

Ce fut à son tour de ricaner.

—Je suis certaine que vous ne l'avez pas tué.

Je haussai les sourcils, même si elle ne pouvait pas me voir.

—Pourquoi en êtes-vous si certaine ?

— L'intuition, tout d'abord. Mais aussi parce que je ne vous imagine pas être assez stupide pour débarquer dans son bureau pendant les heures ouvrables pour le tuer. Le fait que l'assassin ait utilisé un pistolet muni d'un silencieux prouve clairement que le meurtre était prémédité et, dans ce cas, il n'est pas logique que vous ayez tout fait pour qu'on vous désigne comme principale suspecte.

Tout à fait vrai. Je me demandais comment le procureur allait expliquer mon raisonnement. Mais je me projetais bien trop loin. Peut-être ne serais-je jamais officiellement accusée du meurtre de Jack Hillerman. Ouais, et peut-être même que les vaches auront des ailes pour survoler les plaines gelées de l'Enfer.

Le raisonnement de Barbie tombait sous le sens et elle me disait probablement la vérité concernant son engagement actuel pour notre cause. Cependant, il n'y avait aucune chance que je la tienne au courant. Parce que je serais alors obligée de lui révéler nombre de mes connaissances interdites et difficilement acquises avant même de passer aux explications.

— Avez-vous réussi à savoir qui a truqué les photos ? demandai-je.

Je n'allais pas raconter toute l'histoire à Barbie, mais je ne comptais pas non plus la frustrer en ne lui livrant que la moitié des faits.

Elle marqua une pause et je m'attendais qu'elle insiste pour que je lui communique des détails croustillants. Mais elle s'en abstint et je débloquai ma respiration que je n'avais pas eu conscience de retenir.

— Pas encore. Mais je vais approfondir l'hypothèse selon laquelle Hillerman et Simms ont utilisé la même source. Cela me donne de nouvelles pistes à suivre.

— Super. Faites-moi savoir si vous découvrez quoi que ce soit.

J'avais répondu ainsi dans l'idée de clore notre discussion mais, soit Barbie ne le comprit pas, soit elle choisit de ne pas en tenir compte.

—J'ai appris que l'employé qui a découvert le corps de Hillerman a rencontré une fin prématurée hier soir.

J'eus envie de m'enfoncer sous terre. Depuis que le Psychopathe essayait de m'avoir, pas mal de personnes avaient été touchées dans son sillage.

—Ouais, j'ai appris ça moi aussi.

—Et est-ce une coïncidence si je n'ai pas pu vous joindre à votre domicile ?

—Y a-t-il quelque chose que vous essayez de me faire comprendre ou vous amusez-vous juste à me planter des épingles dans le corps pour vous distraire ?

—Ce que je veux vous faire comprendre, c'est que vous avez besoin de toute l'aide qu'on vous offre.

—Alors nous y revoilà !

—Je ne laisse pas tomber facilement. Je découvrirai ce que vous me cachez et ensuite je vous aiderai que vous le vouliez ou non.

Le son qui s'échappa de ma gorge ressemblait à un grondement.

—Bon sang, qu'est-ce que ça peut vous foutre ? Je ne vous paie même pas et si je vous payais, je vous virerais pour avoir fourré votre nez là où il n'a rien à faire.

Barbie resta silencieuse pendant si longtemps que je crus qu'elle avait raccroché. Mais elle avait dit la vérité en affirmant ne pas laisser tomber facilement.

—Ces choses que j'ai faites pour Jack Hillerman… (Elle soupira.) Ce n'était pas la première fois que je faisais des compromis avec mon éthique professionnelle dans une affaire mais, chaque fois auparavant, cela avait été pour une bonne cause. Cette fois, j'ai dépassé le compromis, j'ai accepté de l'argent. Je ne peux même pas me cacher derrière une bonne cause. Je ne veux pas être une personne comme ça. Alors si je peux vous aider, je me sentirai un peu moins minable.

—Vous vouliez juste protéger votre sœur, dis-je, surprise de prendre la défense de Barbie que j'aurais dû détester de tout mon être.

—C'est aussi ce que je me suis dit, admit Barbie. Mais maintenant je pense que j'ai choisi la facilité. Pendant des années, je me suis crevé le cul pour que Blair puisse rester au Cercle de guérison et je n'ai pas pu résister à l'attrait de l'argent facile. J'aurais dû continuer à me casser le cul comme avant.

Si je n'avais pas sacrifié Tommy Brewster pour sauver mon frère, j'aurais été incapable de me comparer à Barbie. J'aurais été incapable de lui pardonner. Je ne suis pas d'ordinaire la personne la plus compréhensive qui soit mais, franchement, je ne suis pas sûre que je n'aurais pas agi comme elle à sa place. Il m'était difficile de lui reprocher quoi que ce soit.

—Croyez-moi, Barbie, je sais exactement ce qu'on ressent quand on prend les mauvaises décisions s'agissant de personnes qu'on aime.

—C'est très curieux venant de votre part, mais je résisterai à mon envie d'en savoir plus. Je ne vous demande qu'une chose : ne m'appelez pas Barbie, s'il vous plaît. Je m'appelle Barbara.

Je ne pus m'empêcher de pouffer.

—Si vous ne voulez pas que je vous appelle Barbie, vous devrez soit changer de nom, soit prendre dix kilos et vous teindre en brune.

—Très bien. Mais rappelez-vous qu'on peut être deux à jouer ce jeu, Morgie.

Nous éclatâmes de rire. C'était un rien surréaliste de plaisanter avec la femme qui avait semé un tel chaos dans ma vie. Mais cela faisait du bien. Il fut un temps, avant que Lugh entre dans ma vie, où j'avais eu une amie avec qui je pouvais plaisanter. Je n'ai jamais tellement aimé les bavardages entre filles, mais Val et moi nous étions quelques fois laissé aller à discuter de nos chagrins d'amour au-dessus de glaces au chocolat. Ces jours-là me manquaient. Val me manquait, du moins la femme que j'avais cru être Val.

Je pense que Barbie devina la teneur de mes pensées, même au téléphone, car elle poursuivit aussitôt.

— Si vous avez envie de partager certains de vos secrets, n'hésitez pas à m'appeler. Je pense que vous découvrirez que je peux être un atout, particulièrement maintenant que vous ne pouvez plus compter sur Adam.

Ce fut mon tour de soupirer.

— N'espérez pas trop, l'avertis-je. Mais merci, j'apprécie votre proposition.

Il n'y avait rien de plus à ajouter ensuite et nous mîmes fin à la discussion.

Chapitre 20

J'étais supposée rencontrer mon avocat cet après-midi-là, mais je craignais que les policiers soient au courant et m'attendent à son bureau. J'appelai donc le cabinet pour annuler mon rendez-vous. Je me demandais si le procès était toujours d'actualité à présent que Hillerman était mort. Mais était-ce vraiment important puisque j'étais dorénavant susceptible d'être accusée de meurtre ?

Raphael fit une apparition peu de temps après ma discussion avec Barbie. Il rapportait des plats chinois pour le déjeuner et me laissa choisir ce que je désirais manger, tentant de me faire croire qu'il était galant. Je pris le poulet *lo mein* et lui laissai le riz frit aux crevettes qui sentaient le poisson. Nous ne nous encombrâmes pas d'assiettes ni de couverts et mangeâmes à même les boîtes en carton à l'aide de nos baguettes jetables.

Je racontai à Raphael ce que Barbie m'avait appris, mais il ne comprenait pas plus que moi ce que cela signifiait. J'étais plus que jamais convaincue qu'il me fallait démasquer mon démon psychopathe, sans toutefois savoir ce que je ferais quand je l'aurais identifié. Les chances de deviner qui était son nouvel hôte étaient très minces, mais cela me permettrait sans doute d'avoir une longueur d'avance sur lui.

Je n'aimais pas l'idée qui se formait dans mon esprit mais, une fois qu'elle prit racine, il me fut impossible de ne pas la considérer. Je connaissais un endroit incontournable quand on était en quête d'informations sur des démons illégaux habitant notre jolie ville et une personne qui en savait plus que quiconque sur le monde interlope des démons.

J'avais parlé avec Shae, la propriétaire des *7 Péchés Capitaux*, plus de fois que je l'aurais imaginé possible tant je la haïssais. *Les 7 Péchés Capitaux* était un sexclub pour démons, et sa cave, appelée de façon appropriée « Enfer », était un refuge pour les démons aux tendances SM poussées. Je frissonnai et tentai de bloquer le souvenir de ma seule et unique visite en cet endroit.

Shae était une mercenaire et, d'après ce que j'en savais, elle était prête à n'importe quoi dès lors qu'on la payait suffisamment... même si les paiements n'étaient pas obligatoirement en espèces sonnantes et trébuchantes. C'était également un démon illégal, autorisée à rester dans la Plaine des mortels parce qu'elle servait d'informatrice à Adam.

J'avais déjà négocié des informations avec Shae et j'en étais sortie vivante. En échange, j'avais dû lui fournir des informations que j'aurais préféré garder pour moi mais, l'un dans l'autre, j'avais le sentiment que cet entretien s'était bien déroulé. Tenter ma chance une deuxième fois reviendrait peut-être à parier avec le destin, mais je ne comptais pas rester plantée là en attendant que la police ou le démon psychopathe me tombent dessus. Mais serais-je capable de me débarrasser de mes démons gardes du corps ?

Je passai trop de temps à réfléchir à cette question tout en enfournant mes nouilles *lo mein* grasses. Si mon cerveau avait fonctionné à vitesse normale, j'aurais taserisé Raphael et me serais enfuie pendant que je n'avais qu'un démon à gérer, mais Saul revint à la maison avant que j'aie pu trouver une solution.

Raphael et moi mangions debout, appuyés contre le comptoir de la cuisine. Raphael posa sa boîte de riz frit et éclata de rire quand Saul passa la porte d'entrée.

— Qu'y a-t-il de si marrant ? demandai-je en fronçant les sourcils.

— Ta tête, répondit Raphael avant de s'esclaffer de nouveau.

Même les lèvres de Saul parurent trembler.

— Quoi ?

Raphael m'en voudrait-il si je lui plantais mes baguettes dans l'œil ? Il inspira un grand coup et parvint à contenir son hilarité malgré son regard qui pétillait encore.

— On lit sur ton visage comme dans un livre ouvert. Je n'ai jamais rien vu de tel.

Je devinais ce qui pouvait amuser Raphael et Saul, mais ils pouvaient toujours courir pour que j'admette quoi que ce soit. L'air bougon, j'enfournai des *lo mein* dans ma bouche.

— Cela n'aurait pas marché de toute façon, déclara Raphael. Saul n'était pas dans la maison quand tu t'es levée parce qu'il avait besoin de fuir ma compagnie. Si tu avais quitté la maison sans moi, je t'aurais ramenée ici de force.

Je tournai mon visage renfrogné vers Saul, sans pouvoir lui dire ce que je pensais de lui tant j'avais la bouche bourrée de nouilles grasses.

— Tu m'as taserisé hier, me rappela-t-il. Si tu crois que tu vas t'en sortir deux fois de suite de la même façon, tu te fais des illusions.

J'avalai ma bouchée de nouilles en résistant à l'envie de balancer ma boîte à la figure de Saul. N'ayant qu'une confiance modérée en ma capacité à me contrôler, je décidai qu'il valait mieux que je pose ma boîte par terre.

— Alors vous allez me garder prisonnière ? demandai-je, croisant les bras sur la poitrine, l'air belliqueux.

— Il serait plus sûr pour toi de rester cachée ici, dit Raphael. Personne n'imaginera que tu te réfugies chez moi.

C'était vrai. Pour le monde extérieur, je me trouvais chez Tommy Brewster, un hôte de démon légal et répertorié que je connaissais à peine. La police ne me chercherait pas ici, ni le démon psychopathe. Évidemment, en restant en captivité, je ne serais pas non plus capable de faire quoi que ce soit pour laver mon nom ni pour identifier mon ennemi.

— *Un coup de main, Lugh ?* pensai-je à son intention, même si je savais déjà qu'il ne prendrait pas ma défense dans cette bataille.

— *Je suis toujours de ton côté*, me réprimanda-t-il doucement dans mon esprit. *Mais tu n'as nulle part où aller pour le moment. Je suis d'accord avec toi, une discussion avec Shae pourrait nous apporter des informations, mais le club n'ouvre pas avant 21 heures.*

— *Alors tu me laisserais y aller ?* demandai-je d'un air incrédule.

— *Pas toute seule, bien sûr. Mais tu peux emmener Saul et Raphael avec toi.*

Je me hérissai à cette idée.

— *Je peux m'en sortir toute seule ! Si la police me met la main dessus, nous n'avons pas besoin que Saul ou Raphael intervienne. Et si je tombe sur le démon psychopathe, je peux te laisser prendre le contrôle.*

Je l'imaginais presque, son visage adoptant une expression de patience familière pendant qu'il m'expliquait les choses de la vie.

— *Rappelle-toi que nous ne souhaitons pas tuer l'hôte. Si je suis seul, je ne suis pas certain d'être capable de le contenir sans le tuer. C'est pour cette raison que nous avons lancé deux démons sur la trace de David Keller.*

— D'après cet air distrait, je devine que tu es en train d'avoir une discussion avec mon frère, dit Raphael.

Je clignai des yeux, momentanément désorientée. J'avais été tellement absorbée par ma discussion mentale que j'avais presque oublié le monde extérieur. Cela me ficha la trouille : c'était comme si j'étais sortie de la réalité pendant une ou deux minutes. Je secouai la tête pour m'éclaircir l'esprit.

— Ouais, dis-je. Nous avons un plan pour ce soir.

J'expliquai ce que j'avais en tête. Saul et Raphael écoutèrent sans m'interrompre, mais je remarquai leur expression dubitative.

— Quoi ? demandai-je finalement en levant les mains d'un air dégoûté, détestant la façon qu'ils avaient de me regarder.

— Tu es certaine que Lugh est d'accord ? demanda Raphael d'une voix empreinte de doute.

Je sentis ma pression sanguine augmenter. Je dus me retenir de ne pas répondre que je n'avais pas besoin de l'autorisation de Lugh parce que, d'une certaine façon, c'était faux. J'inspirai lentement et calmement avant de parler.

— Ouais, j'en suis sûre. Tu me l'as dit assez souvent, je ne sais pas mentir. Alors juge par toi-même : est-ce que je mens ?

Raphael accepta cet argument avec un mouvement réticent de la tête, mais Saul semblait toujours hésiter. Il ne me connaissait pas assez bien pour savoir à quel point je ne savais pas mentir et le fait que Raphael me croyait sur parole à présent était plus un obstacle qu'une aide, étant donné leur relation. Je m'efforçais de trouver un moyen de convaincre Saul quand soudain je ne fus plus aux commandes de mon corps.

Tendant le bras, Lugh attrapa Raphael à la gorge, puis le souleva au-dessus du sol d'une main. Les yeux exorbités, Raphael ne résista pas.

— Morgane a mon accord, dit Lugh avant de reposer Raphael à terre et de refluer à l'arrière-plan où se trouvait sa place.

Dès que Lugh me redonna le contrôle, une migraine percuta l'arrière de mes yeux et mon estomac se retourna. J'envisageai de me précipiter vers l'évier pour vomir, mais je pensai qu'il m'était peut-être possible de maîtriser ma nausée.

— Tu vas bien ? me demanda Raphael en se frottant le cou.

Sa peau n'était pas marquée. Je doutais que Lugh ait véritablement fait mal à son frère, même si l'expérience avait été troublante.

— Ouais, répondis-je, les yeux fermés, en essayant de me calmer. Apparemment, je ne peux même plus laisser Lugh prendre le contrôle le temps de quelques secondes sans souffrir d'effets secondaires.

— *Désolé*, me dit Lugh. *Saul ne t'aurait pas cru à moins que je lui fasse comprendre que j'étais d'accord, et je devais prouver que c'était vraiment moi qui parlais.*

Raphael me regardait curieusement.

— A-t-il souvent pris le contrôle ces derniers temps ?

— Pas assez pour que je m'attende à être malade, marmonnai-je.

Mon corps semblait mal accepter les changements répétés de contrôle, mais nous n'avions pas déterminé exactement quelle était la limite à ne pas dépasser. Pourtant, il y avait eu des fois où Lugh avait gardé le contrôle plus longtemps et où les changements avaient été plus fréquents sans que je souffre d'effets secondaires.

— Je réagis peut-être plus fortement quand il prend le contrôle sans m'en demander la permission.

Ou peut-être que l'idée qu'il était à présent en mesure de le faire à volonté déclenchait tardivement mes alarmes mentales, me rendant malade.

Mon estomac se souleva et je parvins de justesse à empêcher mes nouilles *lo mein* de faire une réapparition.

— Je pense que je ferais mieux d'aller m'allonger, dis-je sans que Raphael ou Saul y trouvent à redire.

Je m'étais sentie mille fois pire la dernière fois que j'avais eu une réaction négative aux changements de contrôle mais, allongée sur le lit, un oreiller sur la tête, ma tête cognant au rythme des battements de mon cœur, cette pensée ne m'était pas d'un grand réconfort. Je pensai prendre de l'aspirine, mais Lugh ne croyait pas que cela m'aiderait puisqu'il ne parvenait pas à savoir exactement ce qui me causait une telle réaction. De plus, je ne risquais pas de trouver de l'aspirine chez Raphael. Les démons n'ont pas de migraines, ils n'attrapent pas froid ou tout autres maux physiques ennuyeux qui tourmentent l'humanité.

Je dus finir par m'endormir, car je me retrouvai dans le salon de Lugh. Même en plein sommeil, je sentais le battement lancinant de ma tête. Quand il me vit grimacer, Lugh fronça les sourcils.

— J'aimerais savoir ce qui provoque ces réactions, dit-il.

— Ouais, moi aussi, répondis-je en fermant les yeux, tout en sachant que cela ne chasserait pas la douleur.

Je sursautai en sentant les mains de Lugh sur mon visage. Quand j'avais fermé les yeux, il était assis à l'autre bout du canapé, mais nous semblions avoir changé de place depuis. Nous ne nous trouvions plus dans le salon mais dans la chambre, sur ce grand lit outrageusement doux. Lugh aimait les draps en soie rouge, mais il avait dû deviner que cela me mettrait aussitôt en état d'alerte, car il avait choisi cette fois une soie ivoire.

Il se tenait derrière moi, son dos probablement appuyé contre la tête du lit, ses grandes mains chaudes posées sur mes joues.

— Allonge-toi, me dit-il. Voyons si je peux te soulager.

Si j'avais compris que ma tête allait atterrir sur ses cuisses, j'aurais probablement refusé son offre. Mais ses mains étaient tellement apaisantes et sa voix si hypnotisante que je cédai sans réfléchir.

Une pointe de panique me traversa quand ma tête entra en contact avec son entrecuisse. J'étais installée dans le berceau de ses jambes écartées, ce qui n'était pas une position sûre avec Lugh. Avant que je puisse protester, ses pouces se mirent à dessiner des cercles exquis sur mes tempes et tout mon corps se détendit. La pression était idéale et la migraine disparut aussitôt.

Je ne pus réprimer un petit grognement de soulagement. Cela dut faire apparaître un sourire suffisant sur le visage de Lugh, mais je ne désirais pas ouvrir les yeux pour en avoir confirmation.

Ses mains étaient tellement grandes qu'il pouvait me masser du menton au front tout à la fois. Ses doigts experts et agiles trouvaient les moindres nœuds de tension et les effaçaient avec douceur et fermeté. Je me détendis davantage, m'abandonnant au plaisir hédoniste, bloquant mes inquiétudes et mes soucis afin de mieux me concentrer sur la sensation physique.

Je ne sais combien de temps je reposai ainsi, me prélassant dans une lumière chaude, me sentant en sécurité et bien pour la première fois depuis des siècles. Je pense que cela dura assez longtemps, parce que tous mes muscles étaient pareils à de la cire de bougie chaude, molle et malléable, quand je remarquai d'autres sensations que celles des mains de Lugh sur mon visage. Ses doigts œuvraient toujours, dessinant des cercles sur ma peau, mais il n'y avait plus aucune tension à dénicher. La migraine avait entièrement disparu.

Ce qui était parfait, mais à présent que je ne flottais plus, je ne pus m'empêcher de constater que mon oreiller était, euh, très, très dur. Les yeux fermés, je m'efforçai de ne pas me raidir mais, bien sûr, Lugh lisait dans le moindre recoin de mon esprit et il devait savoir que j'avais conscience de son excitation. Il savait aussi que cela ne me rebutait pas vraiment.

Après toutes ces fois où Lugh m'avait fait des avances, on aurait pu croire que j'étais désormais prête à les accepter. Mais non, je m'étais détendue sous ses caresses comme s'il était impossible qu'il ait des arrière-pensées. Pire, je n'avais pas bondi afin de mettre de la distance entre nous.

Je sentis Lugh se pencher au-dessus de moi, les pointes de ses longs cheveux noirs chatouillant mon cou et mes épaules de toute évidence nues. Je n'avais pas prêté attention à ma tenue au début du rêve, mais il était vrai que mes vêtements avaient tendance à se transformer ou à carrément disparaître en présence de Lugh. Le chatouillis se déplaça le long de la courbe de mes seins. Sous ma tête, le désir de Lugh battait, provoquant la tension traîtresse de mes mamelons.

— Non, haletai-je sans essayer de m'écarter ni de fermer mes portes mentales.

Une chose était sûre, si je m'autorisais à me noyer dans le plaisir du corps de Lugh, aucune pensée douloureuse relative à ma vie pourrie ne pénétrerait dans mon esprit. Serait-ce vraiment mal de cesser de dire non, de retarder juste un peu la nécessité d'affronter tout ce qui n'allait pas dans ma vie en ce moment ? Après tout, Brian et moi, c'était de l'histoire ancienne.

— Ne baisse pas encore les bras, Morgane, me dit doucement Lugh tandis que je cambrais le dos, répondant à la caresse de ses cheveux sur un de mes mamelons. Brian vaut le coup et il est grand temps que tu fasses l'effort de te battre au lieu de lui laisser faire tout le boulot.

J'avais certainement quelque chose d'intelligent à répondre à ça, excepté qu'à cet instant, les mains qui caressaient mon visage s'engagèrent sur le chemin pris par les cheveux. Un nouveau gémissement m'échappa et tout mon corps vibra tandis que j'essayais de me convaincre que je souhaitais qu'il arrête.

Je rassemblai mes forces mentales pour parler, même si je ne m'exprimai pas assez clairement pour empêcher sa caresse.

— Comment peux-tu essayer de me réconcilier avec Brian alors que tu essaies de me séduire ?

—Comme je te l'ai déjà dit, je ne suis pas en compétition avec Brian. (Il gloussa doucement.) Je l'aime bien et j'apprécie presque autant que toi les moments que tu passes avec lui.

Ses doigts glissèrent sur l'extérieur de ma poitrine, puis passèrent sous mes seins, évitant mes mamelons douloureux.

—Et je crois que je t'ai déjà prouvé que je pouvais te donner du plaisir sans te faire l'amour. Donc je ne suis pas sûr qu'on puisse considérer cela comme de la véritable séduction.

Une excitation interdite me vrilla le ventre quand je me rappelai le fantasme érotique que Lugh avait créé pour moi. C'était ma main qui m'avait menée à l'orgasme, mais c'était la vision que Lugh m'avait présentée de Dominic taillant une pipe à Adam qui avait rendu cette jouissance inévitable.

J'étais encore trop prude pour me sentir à l'aise avec l'idée que le spectacle de deux hommes ensemble m'excitait, mais il m'était impossible de nier la réalité. Et même si Lugh avait profité de ce fantasme pour promener mon corps sans ma permission, je n'avais pas oublié le souvenir de ce plaisir.

—Fais-moi confiance, murmura Lugh.

Je ne sais si c'était à cause de ses paroles ou de sa voix, mais je fus traversée par un frisson qui tenait à la fois de l'excitation et de la panique.

Je sentis, plutôt que je ne vis, le changement de décor autour de moi, puisque je n'avais toujours pas ouvert les yeux. Le lit disparut sous moi et, soudain, au lieu d'être allongée sur le dos, j'étais debout, les mains au-dessus de la tête. Mes yeux s'ouvrirent d'un coup et je pris connaissance de ma nouvelle situation en rapides flashs de conscience, presque photographiques.

Les mains en l'air, mes poignets étaient ceints de menottes bordées de fourrure à la douceur décadente qui me tenaient attachée à une barre métallique au-dessus de ma tête.

Mes jambes écartées étaient aussi attachées à deux poteaux de métal allant du sol au plafond.

Mon corps était moulé dans une minirobe noire.

Le lit immense de Lugh se trouvait dorénavant à environ cinq mètres de moi. Il était de nouveau couvert de ses draps de soie rouge et équipé d'un pied de lit que je n'avais jamais vu.

— Lugh ! haletai-je, la panique prenant le pas sur l'excitation que j'avais jusque-là ressentie.

— Je suis là, murmura-t-il derrière moi, son souffle chaud contre ma joue.

Ses mains se posèrent sur mes hanches. Je tirai sur les liens maintenant mes poignets.

— Je n'aime pas ça, dis-je, la voix si rauque que je la reconnaissais à peine.

— Chut, dit-il en appuyant son corps délicieusement chaud contre mon dos. Rappelle-toi, c'est juste un rêve. Rien de mal ne peut t'arriver ici.

La gorge sèche, je déglutis. Mes émotions jouaient à un ping-pong fou, se déplaçant si vite que je n'arrivais pas à les identifier. Je détestais la sensation des menottes autour de mes poignets et de mes chevilles, je détestais être incapable de bouger, être incapable de m'enfuir. Il m'était pourtant difficile de nier la pointe d'anticipation qui se terrait en moi, le désir de découvrir ce qui se passerait ensuite.

— Considère cela comme un fantasme sexuel très réaliste, murmura Lugh à mon oreille, son souffle chaud sur ma peau. Tu peux apprécier en fantasme ce que tu n'apprécierais pas dans la vie réelle.

La pièce était éclairée par une multitude de bougies posées sur une collection de tables basses près du lit. Au-delà de la lumière diffusée par les bougies régnait une obscurité impénétrable. Alors que mon cœur battait de confusion, deux silhouettes émergèrent des ténèbres.

Étant donné le dernier rêve érotique que Lugh avait fabriqué, je ne fus pas totalement surprise de voir Adam et Dominic. Adam était complètement habillé, mais sa tenue était destinée à le mettre en valeur. Son jean noir collait au moindre de ses contours, révélant une érection de taille prodigieuse. Son tee-shirt noir était tout aussi moulant et m'offrait une vision alléchante de sa poitrine musclée et de ses abdos en tablette de chocolat.

Dominic était nu et semblait s'en satisfaire. Son érection n'égalait pas en taille celle d'Adam, mais il n'y avait pas de quoi avoir honte non plus. Ses mamelons étaient crispés au point de paraître douloureux et son expression était celle du plaisir hébété. Le désir assombrissait son regard et enflammait ses joues olivâtres. Il arborait un collier clouté en cuir et ses mains étaient attachées entre elles par un nœud complexe de satin noir, sans que tout cela semble le gêner le moins du monde.

Quand les mains de Lugh se déplacèrent sur mes hanches, je sursautai, ayant presque oublié sa présence. Un gloussement bas et sexy s'échappa de sa gorge, et ce son se répercuta en vibrant le long de tous mes nerfs.

Après m'avoir adressé un regard provocant et dangereux, Adam posa ses mains sur les épaules de Dominic et le retourna vivement vers le lit. Dom ne protesta pas à ce traitement brutal. En fait, son érection sembla exprimer davantage d'enthousiasme.

J'eus le sentiment de comprendre pourquoi le lit de Lugh était soudain affublé d'un pied.

— Penche-toi ! aboya Adam à l'attention de Dom qui frissonna à en avoir la chair de poule.

Dom et moi gémirent à l'unisson quand il exécuta les ordres de son amant, attrapant le pied de lit pour s'appuyer. J'avais envie de frotter mes cuisses l'une contre l'autre, sans savoir si c'était pour nier l'humidité qui se trouvait au creux de mon ventre ou pour soulager ma chair douloureuse.

Adam plaça ses mains sur les hanches de Dom, de la même manière que Lugh avec moi. Et quand Adam commença à caresser les flancs de Dom, les mains de Lugh reproduisirent le même geste. Ma peau frémit sous son contact tandis que ses mains glissaient plus bas que ma robe avant de remonter. La robe demeurait une barrière fragile entre nous, mais cela ne durerait pas longtemps. Une petite partie de moi m'exhortait à protester, ce que, bien sûr, je ne fis pas.

Quand Adam empoigna le cul de Dom, Lugh remonta le bas de ma robe. Je ne fus pas surprise de découvrir que je ne portais pas de sous-vêtements. Le contact des mains de Lugh sur mes fesses nues suffit presque à me faire jouir, même sans la vision d'Adam et Dom.

— Ne jouis pas tout de suite ! dit sévèrement Adam.

Même s'il était supposé parler à Dom, j'avais le sentiment que ses paroles m'étaient également destinées.

Dominic protesta de manière incohérente, poussant son cul plus fermement contre les mains d'Adam. Ce dernier émit un claquement de langue, puis cessa de caresser Dom et posa ses poings sur ses hanches. Je ne sentais plus les mains de Lugh sur mes fesses et cette disparition me fit pousser un vagissement pitoyable de mécontentement.

— Cesse de te plaindre ! dit Adam, plus sévèrement encore.
— Je suis désolé ! sanglota Dom.

Même une novice SM telle que moi pouvait comprendre qu'il n'y avait ni remords ni détresse dans sa voix.

— Je vais devoir te donner une leçon.

Mon cerveau n'était pas complètement opérationnel, mais je pouvais tout de même comprendre. Lugh avait reproduit avec moi les mêmes gestes qu'Adam avec Dominic. Et Adam était sur le point d'infliger à Dominic une punition dont je n'avais pas envie de faire l'expérience.

Lugh sentit ma peur avant même que je puisse la verbaliser.

— Je ne te ferai pas mal, susurra-t-il.

Et je le crus.

Adam accorda à Dominic un moment atrocement long pour réfléchir à ce qui allait lui arriver. D'où j'étais, je voyais Dom serrer les fesses en attendant, ses cuisses frémissant d'excitation. Si j'avais besoin d'être rassurée sur le plaisir qu'il prenait à chaque seconde de cette séance, il me suffisait de regarder sa queue, rougie et raide, prête à l'action.

Quand Adam leva la main, Dominic et moi retînmes notre respiration. Puis quand Adam lui assena une claque terriblement ferme, nous laissâmes tous les deux échapper un cri.

J'aurais bondi à un kilomètre de là si mes pieds n'avaient pas été si solidement maintenus, car la main de Lugh s'abattit sur mes fesses au même moment. Je m'apprêtais à m'indigner, car il n'avait pas tenu sa promesse, mais je compris presque aussitôt qu'en dépit du bruit que j'avais entendu, Lugh ne m'avait asséné rien de plus qu'une gentille tape. Aucune douleur. Cela ne m'empêcha pourtant pas de tressaillir quand il recommença.

C'était une sensation tout à fait étrange : regarder Adam faire rougir les fesses de Dom coup après coup tandis que l'ombre de ces fessées s'abattait sur ma propre chair. Le sexe de Dom perlant de rosée démontrait à quel point ce dernier appréciait chaque seconde alors qu'il aurait dû souffrir. Tout d'abord, je ne sus si mon corps aimait cette stimulation simultanée mais, quand les cris de plaisir de Dominic me submergèrent en paraissant résonner sur des murs invisibles, mon censeur intime – celui qui me répétait qu'il était hors de question que je prenne du plaisir dans cette expérience – prit congé.

J'avais la sensation d'être à la fois Dominic et moi. J'étais témoin de l'action tout en la vivant de l'intérieur, et je ne ressentais que du plaisir. Les frontières de mon être se brouillaient et saignaient. Je me perdais dans une mer de sensations.

Adam ouvrait à présent la braguette de son jean tandis que Dominic le suppliait de le soulager, son souffle raclant ses poumons, tout comme le mien. Quand Adam le chevaucha, j'étais convaincue que Lugh allait me prendre. J'étais bien trop excitée pour être capable de l'arrêter, ou même de m'en soucier. Je désirais juste jouir avec une urgence si désespérée qu'elle me volait la moindre once de concentration.

Mais quand Adam commença à donner des coups de reins, ce ne fut pas la queue de Lugh que je sentis entre mes cuisses, mais sa main. S'il n'avait pas si soigneusement créé l'illusion que Dominic et moi ne faisions qu'un, je doute que cela aurait suffi à me satisfaire. Le plaisir provoqué par son contact me coupa le souffle et sa main se mit à me caresser au rythme des poussées d'Adam.

Vous savez qu'un tsunami aspire toute l'eau en son centre pour exploser ensuite ? Voilà à quoi mon orgasme ressembla. La moindre parcelle de mon attention, la moindre sensation de mon corps était aspirée en mon centre. Quand Dominic jouit en criant, toute cette énergie, toutes ces sensations qui s'étaient amassées en moi explosèrent.

J'avais probablement crié mais, franchement, j'étais trop submergée pour être capable de me rappeler quoi que ce soit par la suite. Ce dont j'étais sûre, c'était que je n'avais jamais rien ressenti de tel. Et, aussi bon cela puisse-t-il être, je n'étais pas certaine de pouvoir survivre à une autre sensation de cette ampleur.

Chapitre 21

Je me réveillai sonnée et désorientée. La vision d'Adam et Dom semblait être imprimée sur ma rétine et je fus réellement troublée d'ouvrir les yeux et de ne pas voir le lit décadent de Lugh. En réalité, j'étais affalée de façon peu élégante sur un lit dur et inconfortable dans une chambre qui aurait servi de placard dans d'autres demeures.

Ma peau était chaude et enflammée, et mon pouls battait encore la chamade au souvenir de ma jouissance. Je voulais rester allongée et me laisser sombrer dans le sommeil avant de réfléchir à ce qui venait de se passer. Avais-je réellement crié aussi fort ici que dans mon rêve ? Cette question suffit à éparpiller les derniers vestiges de sommeil. Je mourrais d'embarras si Raphael et Saul m'avaient entendue.

— *Ils n'ont rien entendu*, me rassura Lugh dont je ne tenais pas particulièrement à entendre la voix en ce moment.

Il n'en ajouta pas davantage.

Le réveil sur la table de nuit affichait presque 17 heures et je restai bouche bée de surprise. J'étais venue m'allonger aux alentours de 13 heures. J'avais du mal à croire que j'avais dormi quatre heures. La migraine avait disparu, tout comme la nausée. Le sommeil – et les événements qui s'étaient déroulés pendant ce sommeil – avait sans doute été une prescription efficace. Je ne souhaitais pas penser à ce rêve, ni en affronter les conséquences.

Mes vêtements commençaient à sentir le rance. J'empruntai un caleçon et un tee-shirt à Raphael, et fourrai mes affaires dans la machine à laver. J'eus un pincement de jalousie en la mettant en route dans la cave de la maison. L'époque me manquait où je possédais ma propre maison, ma machine à laver et mon sèche-linge que je n'avais pas à partager avec une centaine d'autres personnes.

Une fois de plus, Saul était absent. Je supposai donc que si je décidais de m'échapper, il apparaîtrait comme par magie pour m'en empêcher. Non pas que je souhaitais réellement m'enfuir en cet instant. Je ne savais pas qui hébergeait le démon psychopathe, mais j'imaginais qu'il devait s'agir d'un autre témoin innocent. Si, par quelques coïncidences, je devais le rencontrer aux *7 Péchés Capitaux*, j'aurais besoin d'aide pour m'assurer que l'hôte et moi survivions à cette rencontre.

La seule partie du rêve de Lugh à laquelle je m'autorisais à penser était le moment où il m'avait dit que je devais mettre du mien dans mon histoire avec Brian si je souhaitais vivre une relation avec lui. Chaque fois que nous nous étions disputés, c'était Brian qui était revenu faire la paix. Difficile de nier que c'était à présent mon tour. Mais une question demeurait : n'allais-je pas faire plus de mal que de bien en tentant une réconciliation maintenant ?

J'enfonçai délibérément le couteau dans la plaie pour revivre mentalement le moment où j'avais compris que Brian avait cru à mon infidélité. La douleur me poignarda avec une force presque physique. Je dus batailler pour ne pas reculer et jeter cette sensation dans un placard imaginaire où elle ne reverrait plus jamais la lumière du jour.

La colère vint quelques secondes après la douleur. Puissante et neuve, elle agitait le drapeau rouge pour me faire comprendre qu'elle était toujours opérationnelle. Quand je repensai à la façon dont Brian m'avait repoussée la veille, même après avoir appris que je ne l'avais pas trompé, ma colère augmenta et surpassa la douleur. Je sentis que je serrais les dents et m'obligeai à relâcher mes mâchoires.

C'était évident, je bouillonnais encore. Ce n'était pas vraiment l'état d'esprit idéal pour une visite de réconciliation chez Brian. Il était fort probable que je l'éloigne davantage plutôt que je soigne les plaies.

Ou bien était-ce juste une excuse parce que l'idée d'aller vers lui et de me faire encore rejeter me rendait malade ?

En matière de relations, difficile de nier que je suis une lâche totale. Voilà pourquoi cela avait toujours été Brian qui avait proposé des ouvertures : j'étais trop poule mouillée pour le faire moi-même. C'est vrai, j'étais toujours en colère et Brian l'était aussi, sans que je comprenne pourquoi. Mais si j'attendais que ma colère s'estompe pour l'approcher, je ne le ferais jamais.

Je réfléchissais à toutes ces options quand Saul fit son apparition. Il ne montait pas du tout la garde à l'extérieur, il était allé chercher de quoi dîner. Il rapportait six hamburgers et trois grosses portions de frites de chez McDonald's. Je suppose que quand on est un démon, on n'a pas particulièrement besoin d'avoir une alimentation saine.

Nous dînâmes autour de la table de la salle à manger dans un silence embarrassé, une vraie torture des nerfs. L'animosité entre Saul et Raphael était si sensible que j'aurais parié en entendre le craquement électrique. Je me demandais s'ils avaient passé leur après-midi à se disputer pendant que je...

Je secouai la tête en mordant dans un hamburger tiède et pas vraiment appétissant. Saul semblait remplir sa tâche de garde du corps à distance de Raphael. Ils n'avaient probablement pas dû avoir l'occasion de se disputer. De plus, s'ils s'étaient battus, l'un d'entre eux serait certainement mort.

Je les regardais alternativement. Raphael faisait semblant de ne pas se rendre compte des regards assassins de Saul, mais il ne devait s'agir que d'une façade.

S'ils étaient appelés à jouer les gardes du corps, avanceraient-ils de front ou se pousseraient-ils l'un l'autre dans la ligne de tir ?

— *Raphael ne ferait jamais de mal à Saul*, m'informa Lugh. *Je crois qu'il est le premier surpris de commencer à aimer son fils.*

Comme cela m'arrivait parfois, je ressentis une bouffée de pitié pour Raphael. Je comprenais combien c'était dur d'aimer quelqu'un qui vous détestait en retour.

J'attendais que Lugh corrige cette pensée mélodramatique – mais il resta muet. Je me corrigeai donc moi-même : Brian ne me détestait pas. Être en colère et détester quelqu'un, ce n'était pas la même chose.

— J'aimerais qu'on fasse un arrêt sur le chemin des *7 Péchés Capitaux* ce soir, dis-je tout à trac.

C'était tellement inattendu que je me surpris moi-même. Je n'avais pas pris conscience d'avoir déjà décidé quoi que ce soit.

— Oh ? fit Raphael qui haussa un sourcil tout en finissant son second hamburger.

Ma bouchée de nourriture me parut soudain sèche et difficile à mâcher. Je bus une grande gorgée d'eau avant de poursuivre. Le courage rendit ma voix douce, presque à bout de souffle.

— Il faut que je parle à Brian.

J'avais les yeux rivés sur mes frites, mais je n'avais pas besoin de voir mes compagnons de dîner pour sentir leurs regards sur moi. Je n'entendis plus le moindre bruit de mastication.

— Mauvaise idée, déclara Raphael.

Je levai la tête en montrant les dents, mais il affronta mon regard sans broncher.

— J'ai parlé à Adam pendant que tu dormais, et tu es maintenant un suspect officiel dans l'affaire du meurtre de Hillerman. Selon toute probabilité, les flics doivent surveiller le domicile de Brian en espérant que tu te montres.

— Oh.

Merde. Je n'y avais pas pensé. Et si les policiers surveillaient l'appartement de Brian, ils avaient dû mettre son téléphone sur écoute également. L'appeler serait une tout aussi mauvaise idée.

Je faillis laisser tomber et me résigner au fait que l'univers essayait de me faire passer un message. Puis je songeai au risque que je prendrais dès l'instant où je quitterais la maison de Raphael. Je ne pensais pas que je mourrais des mains du démon psychopathe, pas avec mes démons gardes du corps à mes côtés, mais je risquais certainement de me faire arrêter. Il me serait alors difficile de tenter de faire la paix avec Brian depuis une cellule.

Non, j'allais agir dès à présent, avant que les circonstances m'en empêchent... ou que je me dégonfle.

J'étais trop nerveuse pour finir mon hamburger, mais je me forçai, espérant que Raphael et Saul croiraient que j'avais laissé tomber l'idée de parler à Brian. S'ils devinaient ce que je manigançais, ils chercheraient à s'y opposer. Le retour du silence hostile n'arrangea en rien l'état de mes nerfs.

Quand j'eus fini mon repas, je demandai à Saul d'aller m'acheter de la teinture pour cheveux. Ma chevelure rousse flamboyante faisait l'effet d'un phare, et même si changer de couleur de cheveux était un piètre déguisement, cela devrait faire l'affaire. On ne parlait pas encore de moi au journal télévisé de 18 heures, mais il y avait ma photo et un article sur les morts de Hillerman et Keller dans le journal d'aujourd'hui. Pas en première page, mais quand même... C'était plus de couverture que je le souhaitais.

Après le départ de Saul, je me retirai dans ma chambre en attendant que mes vêtements finissent de sécher. Et je passai un coup de fil.

J'étais excessivement consciente du moindre bruit que je produisais en composant le numéro de Barbie, car je craignais que Raphael m'entende et se précipite pour m'arrêter. Ce qui n'arriva pas.

—Allô ? dit Barbie.

—C'est Morgane. J'ai un immense service à vous demander.

Je venais juste d'émerger de la salle de bains avec mes cheveux nouvellement teints en noir quand la sonnette de la porte retentit. Saul et Raphael étaient assis aux extrémités opposées du salon, aussi loin que possible l'un de l'autre, mais ils se levèrent en chœur, tournant la tête vers la porte avec la même expression paniquée. Vous comprenez, je ne les avais pas prévenus que nous attendions de la visite, principalement parce que je n'avais aucune garantie que la visite en question se présente.

—Repos, gentlemen, dis-je en me dirigeant vers la porte.

—Qu'est-ce que tu as fait ? gronda Raphael en traversant la pièce à toute allure vers moi.

—J'ai passé un coup de fil, répondis-je sur le même ton que lui. Maintenant recule !

Quand j'arrivai devant la porte, mes deux gardes du corps avaient convergé pour se saisir chacun d'un de mes bras. Je parvins quand même à jeter un coup d'œil par le judas pour avoir confirmation de l'identité de nos visiteurs.

—Détendez-vous, dis-je en essayant de me libérer.

Mais quand vous êtes un humain et qu'un démon vous tient, vous pouvez vous arracher le bras de son attache avant de parvenir à le faire vous lâcher.

—C'est Barbie et Brian.

Sans lâcher mon bras, Saul me tira en arrière dans le salon pendant que Raphael ouvrait la porte. Barbie et Brian acceptèrent son invitation silencieuse à entrer. Raphael ferma la porte derrière eux sans la claquer, mais c'était tout comme.

—Tu es folle ? me demanda-t-il. Tu veux conduire la police jusqu'à ma porte ?

— Une partie de ma mission consistait à m'assurer que nous n'avions pas été suivis, déclara Barbie. J'ai semé notre filature dans les quartiers sud de Philadelphie, avant même de prendre la direction de cette adresse. (Elle offrit son sourire le plus « Barbie » tout en appréciant Raphael du regard.) Nous nous retrouvons, monsieur Brewster, dit-elle. Étonnant que Morgane et vous soyez des amis si proches, étant donné les circonstances.

D'accord, alors peut-être que demander à Barbie d'accompagner Brian jusque chez Raphael n'avait pas été une bonne idée. Elle savait que Tommy Brewster était possédé, mais elle ne savait pas qu'il n'était plus possédé par son démon original. Et elle n'avait aucun moyen de comprendre pourquoi une exorciste traînait avec un démon qu'elle avait déjà exorcisé.

Raphael semblait être à deux doigts de me tuer. Il serrait les poings de part et d'autre de son corps, les joues rouges de colère.

— Tu n'aurais pas pu nous consulter avant de l'inviter ? me demanda-t-il.

Il était assez en rage pour que je décèle la lueur démoniaque dans son regard. Je haussai les épaules.

— Tu aurais refusé. Arrête de pleurer, c'est trop tard. (Je m'efforçai ensuite de faire comme si Raphael n'était pas là.) Barbie, je te présente…

J'oubliai la fin de ma phrase en regardant Saul, prenant conscience soudain que je ne me rappelais pas le nom qu'il utilisait. D'habitude, les démons adoptent le nom de leur hôte dans la Plaine des mortels ; il allait d'ailleurs falloir que je me souvienne d'appeler Raphael « Tommy ». Mais même si j'avais été obligée de donner le nom de Saul au concierge de mon immeuble, je ne m'en souvenais absolument plus. Est-ce que je l'appelais Paul ? Ou bien nous en étions-nous tenus à Saul et avions-nous inventé ensuite un nom factice ?

— Je m'appelle Saul, dit-il en avançant à grandes enjambées vers Barbie et en lui offrant sa main et un sourire. Ravi de vous rencontrer.

— Pareillement, répondit-elle.

Je voyais les questions s'amasser dans le regard du détective. Elle se retint d'en poser une seule, ce qui était tout à son honneur. Son sourire de reine de beauté m'agaçait, mais elle l'utilisait à bon escient en essayant de charmer mes démons gardes du corps.

— Pourquoi ne ferions-nous pas connaissance tous les trois pendant que Morgane et Brian ont une petite discussion ?

Raphael fulminait toujours tandis que les yeux de Saul pétillaient de curiosité. D'après le regard qu'il posait sur Barbie, je devinais qu'il était des deux bords et je doutais que, depuis son retour sur la Plaine des mortels, il ait eu l'occasion d'expériences de quelque bord que ce soit. Si l'espoir de tirer un coup lui distrayait l'esprit, je ne voyais rien à redire.

Le cœur palpitant dans ma poitrine, les mains moites, je me tournai enfin vers Brian. Il arborait son visage d'avocat, celui qui ne laissait rien transparaître. C'était un progrès après la rage et la froideur, mais ce n'était pas ce que j'espérais voir.

Je me raclai la gorge, craignant que ma voix ne sonne bizarrement.

— Viens avec moi, dis-je à Brian en désignant d'un mouvement de tête le couloir qui menait à la chambre d'amis que je m'étais appropriée.

Il ne répondit pas, il se contenta de me suivre telle une ombre maussade. Je dus m'essuyer les mains sur mon pantalon avant d'ouvrir la porte. Brian me suivait toujours, sans parler. Il ferma la porte derrière lui avant de s'adosser contre elle.

Il n'y avait que le lit où s'asseoir et le langage corporel de Brian me fit comprendre que cela ne servait à rien de lui proposer. Je m'assis parce que je n'étais pas certaine que mes jambes me soutiendraient. Brian attendit que je parle. Dans le salon, la télévision avait été allumée. J'aurais parié que c'était Barbie qui y avait pensé pour nous donner, à Brian et à moi, un peu d'intimité.

J'inspirai profondément en essayant vainement de me calmer. Puis je me contraignis à affronter le regard de Brian. Toujours rien.

— Tu es toujours en colère contre moi, dis-je. Même si tu sais que je ne t'ai pas trompé.

— Oui.

Je m'attendais à ce qu'il développe, mais il n'en dit pas plus. De toute évidence, il n'allait pas me faciliter la tâche.

— Tu peux me dire pourquoi ?

Ses épaules s'affaissèrent et il secoua la tête.

— Le fait même que tu me poses la question…

Sa voix s'éteignit. Il refusait de me regarder.

Je sais que je suis un peu longue à la détente quand il s'agit de relations humaines mais, une fois qu'il eut prononcé ces mots, je compris exactement où j'avais fait une erreur. Une fois de plus. Pourtant c'était quelque chose que je ne regretterais jamais.

— Est-ce que c'était vraiment mal de ma part de ne pas vouloir te… faire porter ce que j'avais traversé ? demandai-je doucement.

Brian s'écarta de la porte, mais il ne fit qu'un pas vers moi et son visage d'avocat se transforma sous l'effet de la colère.

— C'était mal de ta part de garder des secrets, de me mentir ! Ou bien avais-tu oublié la promesse que tu m'avais faite de ne pas recommencer ?

Mes genoux semblaient plus solides et je me levai.

— Je ne t'ai pas menti.

Il émit un grognement de dégoût.

— Un mensonge par omission est un mensonge pour moi.

Brian respectait des règles beaucoup plus rigoureuses que les miennes.

— Alors c'est fini ? demandai-je, la colère me cassant la voix. J'omets de te dire ce que j'ai fait pour te sauver la vie et c'en est fini de nous deux ?

Brian dissimulait de nouveau sa colère sous le visage d'avocat.

— Tu ne comprends pas. S'il s'agissait d'un incident isolé, évidemment que je passerais l'éponge. Mais c'est un comportement compulsif chez toi. Tu veux que je te dresse la liste de toutes les fois où tu m'as menti ou gardé dans l'ignorance « pour mon bien », ces deux derniers mois ? Parce que si je commence à les énumérer sur les doigts de la main, je vais avoir besoin d'autres que les miennes.

C'était vrai que je lui avais caché beaucoup de choses, mais c'était pour une bonne cause.

— Est-ce que tu peux vraiment me reprocher de vouloir protéger l'homme que j'aime ?

Ma voix se brisa de nouveau mais, bon sang, je n'allais pas me laisser aller aux larmes.

— Si ton idée de la protection, c'est me traiter comme si je n'étais pas capable de prendre soin de moi, alors oui, je peux te le reprocher.

— Mais Brian…

— Et tu sais quoi ? Tu peux te convaincre que ta conduite est noble quand tu essaies de me protéger, mais ce que tu fais vraiment, c'est te protéger toi ! Tu ne m'as pas parlé de ton marché avec Adam parce que tu ne me faisais pas confiance ; tu pensais que j'allais me conduire comme un homme des cavernes et te considérer comme de la camelote usagée si je l'apprenais. Comment pouvais-tu croire que je serais en colère contre toi pour ce que tu avais fait ? Si je devais être en colère contre quelqu'un, c'était contre Adam, pas toi. Mais est-ce que tu m'as fait assez confiance pour penser que j'allais me comporter de manière sensée ? Non !

J'en avais le souffle coupé, épouvantée pour bien des raisons que je n'aurais su identifier. Je n'avais jamais envisagé que Brian ait pu interpréter mon silence de cette manière. Malheureusement, il n'avait pas fini.

— Chaque fois que tu as choisi de me cacher quelque chose, c'est parce que tu as cru que si tu m'en parlais, j'aurais les pires des réactions. Je te plaquerais, ou bien je deviendrais fou de rage, ou même je me jetterais sous les roues d'un camion. Tu ne m'as jamais fait confiance, que ce soit pour défendre tes intérêts, ou pour approuver tes plans, ni même pour me comporter en adulte responsable. Je ne peux plus vivre ainsi.

Malgré mes meilleures intentions, mes yeux commençaient à me picoter. Je clignai des paupières comme une folle, espérant pouvoir lui faire comprendre qu'il était complètement à côté de la plaque tout en sachant que c'était impossible. Chaque fois, il m'avait prouvé que je pouvais lui faire confiance. Et chaque fois, j'avais échoué à lui faire confiance. Comment pouvais-je lui reprocher de ne pas vouloir être avec quelqu'un qui s'attendait toujours au pire avec lui ? Ma gorge était tellement douloureuse que je ne pouvais parler.

Impossible de ne pas voir la souffrance dans le regard de Brian. Difficile de ne pas y voir non plus l'implacabilité.

— Je t'aime encore et je t'aimerai probablement toujours. Je regrette que les choses ne puissent se passer différemment entre nous. Mais je suis fatigué de me battre et j'en ai assez. Je suis désolé.

Il n'attendit pas que je retrouve ma voix. Il se détourna de moi et se faufila par la porte avant de la fermer derrière lui. J'eus envie de me précipiter après lui, peut-être même de me jeter à ses pieds pour le supplier. Mais je savais que quoi que je puisse dire, il ne changerait pas d'avis.

Les larmes vinrent. Je me laissai tomber par terre, le dos contre le lit, les genoux remontés contre ma poitrine, et je sanglotai de tout mon cœur.

Chapitre 22

Je finis par repousser les pleurs même si ce ne fut pas simple, tant mon cœur était douloureux. Malgré le tarissement des larmes, j'étais incapable de me lever.

Au bout de quelques minutes, on tapa doucement à la porte. J'aurais dû prévoir que personne dans cette maison ne respecterait le temps dont j'avais besoin pour lécher mes blessures.

Barbie passa timidement la tête par l'entrebâillement. Puis quand elle me vit dans mon petit cocon de chagrin, elle s'invita toute seule à entrer.

— Pourquoi ne reconduisez-vous pas Brian chez lui ? demandai-je.

Puisque visiblement elle n'avait besoin de la permission de personne pour faire comme chez elle, elle vint s'asseoir près de moi par terre.

— Il a dit qu'il prendrait un taxi. Je lui ai parlé de mon rôle dans cette histoire de prélèvement de sang. Du coup, j'ai l'impression de ne pas être dans ses petits papiers.

Je me mordis la lèvre en oubliant provisoirement mon chagrin.

— C'était une mauvaise idée. Il est un peu… pointilleux.

Par le passé, j'avais pensé de lui que c'était un modèle de vertu, même s'il avait fait preuve d'une morale plus flexible que ce que j'aurais imaginé. Mais je n'écartais pas la possibilité qu'il mette les flics sur la piste de Barbie.

Un soupçon d'inquiétude assombrit le regard de cette dernière, mais elle s'en débarrassa aussitôt en haussant les épaules.

— C'est trop tard maintenant. (Elle replia les jambes contre sa poitrine en imitant ma position.) J'en conclus que cela ne s'est pas bien passé, n'est-ce pas ?

Je m'esclaffai avec amertume.

— On peut dire ça.

— Mais il sait pourtant que toutes les preuves ont été fabriquées, non ?

— Il le sait.

— Alors quel est le problème ?

Je me tournai vers elle pour lui jeter un regard d'acier.

— Ça ne vous regarde pas vraiment.

Elle sourit, pas le moins du monde impressionnée par les signaux de dissuasion que je lui envoyais.

— Je suis curieuse, c'est congénital. C'est en partie pour cela que je suis devenue détective privé. Je ne peux m'empêcher de constater que tous vos amis sont des hommes et, d'après mon expérience, les meilleurs amis masculins ne servent pas à grand-chose quand une femme a des soucis amoureux. (Elle haussa les épaules.) Alors si vous avez besoin de parler à quelqu'un…

Ma première impulsion fut de rugir de rire à cette idée. Mais je parvins à ravaler cet élan parce que j'étais certaine de sa sincérité.

— Merci, mais mon incapacité à parler fait partie des raisons…

Ma voix s'étrangla et je ne pus finir cette phrase sans pleurer.

— D'accord, alors impossible de parler, dit Barbie. J'ai remarqué qu'il y avait une épicerie au coin de la rue. Ça vous pose aussi problème d'absorber de grandes quantités de crème glacée ?

Cette fois, j'éclatai de rire, mais c'était ce qu'elle attendait.

— Un pot de crème glacée Ben & Jerry's pourrait passer assez facilement, admis-je avant de soupirer. Mais je n'ai pas le temps.

Le réveil sur la table de nuit affichait 20 h 30, et Raphael et moi avions prévu d'arriver aux *7 Péchés Capitaux* au moment de l'ouverture, à 21 heures. Nous étions déjà en retard, à cause de moi.

— Vous allez quelque part ? demanda Barbie, la curiosité – ou la malice – de retour dans son regard.

— Ne songez même pas à me suivre.

Cela ne faisait peut-être pas partie de ses plans, mais elle m'avait suivie si souvent que cela ne m'aurait pas étonnée de sa part.

— Vous savez ce qu'on dit de la curiosité ?

Elle me sourit.

— Malgré tout le plaisir que j'en tire, je ne prends les gens en filature que lorsque l'on me paie pour. Mais laissez-moi vous donner un conseil de pro.

Tout mon corps se mit en état d'alerte. Barbie roula des yeux.

— Détendez-vous, je n'ai aucune mauvaise intention. (Elle se recula pour me dévisager d'un œil critique.) Pas mal la teinture, mais le meilleur moyen de ne pas attirer l'attention, c'est de passer inaperçu.

Je lui jetai un drôle de regard.

— Je mesure près d'un mètre quatre-vingts. Je ne passe pas vraiment inaperçue.

— Si je vous promets de ne pas vous suivre, me direz-vous où vous allez ?

— Pourquoi ?

— Afin que je puisse vous conseiller sur la manière de passer relativement inaperçue. Je choisirais un look différent pour South Street par exemple.

Mon habituel visage impassible devait avoir fait son apparition.

— Pourquoi pensez-vous que j'irais sur South Street ?

Elle m'adressa un regard entendu.

— Je vous ai dit que j'étais bonne dans mon travail. Eh bien, une partie de mon boulot consiste à tirer des conclusions basées sur les éléments à disposition. Ces éléments démontrent que vous entretenez des liens avec Adam White, même si je n'ai pas encore compris quelle est la teneur de cette relation.

Il n'y a pas que toi, pensai-je.

— Vous avez également cette autre relation étrange avec Tommy Brewster, une relation assez proche qui justifie que vous vous cachiez chez lui. Et ce après avoir été engagée par la mère de Tommy pour l'exorciser, ce qui devrait normalement générer de l'hostilité. Alors pourquoi une exorciste passerait-elle autant de temps avec des démons ? Particulièrement un démon comme Tommy, que n'importe quelle personne sensée suspecterait d'être illégal en dépit des documents qu'il a pu signer. Peut-être que cette exorciste est elle aussi un démon ?

Je ne lui répondis pas, trop abasourdie par ses conclusions pour parler. Cela lui permit certainement de confirmer ses suppositions mais, quoi que je puisse dire, cela ne ferait qu'aggraver la situation.

— Maintenant je vais prendre des risques, poursuivit-elle, et supposer que vous étiez le démon de Jordan Maguire. Que d'une manière ou d'une autre, pendant l'exorcisme, Morgane a commis l'erreur de toucher Maguire et c'est ainsi que vous vous êtes transféré en elle.

J'étais douloureusement consciente de la façon dont elle me scrutait, analysant la moindre de mes réactions. Je ne savais pas ce qu'elle ferait de mon attitude face à cette théorie en particulier.

J'essayai d'imiter le visage d'avocat de Brian.

— Si vous croyez que je suis le démon de Jordan Maguire, pourquoi voulez-vous m'aider ? Je suis un violent criminel qui doit être anéanti, vous vous rappelez ?

— Et je pense que ce sont des foutaises. Sachant que, dans cet État, agresser quelqu'un conduit automatiquement un démon à la peine de mort, vous n'auriez pu frapper Jessica Miles que si vous aviez été hors de vous. Et si vous aviez été dans cet état, elle serait morte.

Je ne savais pas si je devais l'encourager à croire en sa théorie ou pas. Au lieu de parler de ma supposée identité, je ramenai la conversation à ma question d'origine.

— Je ne comprends toujours pas comment vous pouvez penser que je vais aller sur South Street ce soir.

— Eh bien, ce n'est un secret pour personne que *Les 7 Péchés Capitaux* ne pratique aucune discrimination envers les démons illégaux ou criminels. Et c'est également reconnu qu'au cas où vous auriez besoin d'informations sur le milieu des démons, c'est l'endroit où aller. Maintenant qu'Adam ne peut plus s'occuper de cette affaire à cause d'un potentiel conflit d'intérêts et que le reste de la police ignore cette piste des démons, si une enquête doit être menée, il n'y a que vous pour vous en charger. Donc, vous allez sur South Street.

C'était étonnant à quel point elle pouvait avoir tort en bien des points et pourtant arriver à la bonne conclusion concernant ma destination et mon objectif de ce soir. Mon cerveau turbinait à plein régime pour déterminer ce que je devais répondre. Je décidai finalement que, ne sachant pas mentir, cela ne valait pas la peine de nier que je me rendais aux *7 Péchés Capitaux*.

— Je ne confirmerai ni n'infirmerai les hypothèses que vous émettez ce soir, dis-je en espérant ne pas commettre une grossière erreur, à l'exception des *7 Péchés Capitaux*. C'est bien là que je vais et, si vous avez des conseils pour faire passer inaperçue une femme d'un mètre quatre-vingts, alors je vous écoute.

Il n'y avait pas de miroir en pied chez Raphael. Je dus me contenter de la glace de la salle de bains pour examiner le résultat du changement de look entrepris par Barbie. Appuyée contre le montant de la porte, elle attendait mon verdict. Je me contentai de secouer la tête en lui adressant un regard dubitatif.

— Vous appelez ça « passer inaperçue » ? demandai-je.

Mes cheveux noirs tout neufs étaient plaqués avec une raie sur le côté – un sacré tour de main vu leur longueur – et collés sur mon crâne par du gel. Au lieu de mes habituels jean et tee-shirt, je portais un pantalon bleu marine à rayures que Raphael m'avait prêté à contrecœur. Tommy Brewster et moi étions de statures un peu identiques, même si nous avions dû resserrer la taille à l'aide d'épingles à nourrice. Sous la veste, j'avais passé une chemise blanche d'homme et une cravate classique en soie rayée. Barbie avait même insisté pour que je fourre mes pieds dans la seule paire de chaussures habillées de Tommy qui étaient trop petites pour moi d'au moins une demi-taille. Il devait s'agir de la tenue de rendez-vous de Tommy, parce que tous les autres vêtements qu'il possédait étaient délavés, déchirés ou d'un style très décontracté. Même s'il mesurait quelques centimètres de plus que moi, les revers du pantalon tombaient juste. Cela faisait apparemment un bail qu'il n'avait pas porté ce costume.

— Comme vous dites, difficile pour vous de passer inaperçue. Alors au lieu d'essayer vraiment de vous déguiser, il vaut mieux choisir de brouiller les pistes.

J'avais la bouche grande ouverte.

— Vous ne croyez pas qu'un type habillé en costume à cette heure de la nuit sur South Street risque d'attirer l'attention ?

— Bien sûr. Mais vous ne ressemblez pas vraiment à un homme, même dans cette tenue. Alors les gens qui vous regarderont seront distraits par le fait de se demander si vous êtes une femme habillée en homme ou un homme aux traits efféminés.

Je fronçai les sourcils en baissant les yeux sur ma poitrine.

— Mes seins me trahissent un peu, vous ne croyez pas ?

Elle éclata de rire.

— Vous êtes déjà allée sur South Street. Vous n'y avez jamais vu d'hommes avec des seins ?

Elle marquait un point, mais je n'étais toujours pas à l'aise avec l'idée d'attirer l'attention sur moi. Barbie me scruta de la tête aux pieds en se tapotant le menton.

— Peut-être devrions-nous faire une belle bosse dans ce pantalon, juste pour en rajouter dans la confusion des genres.

— Vous croyez vraiment que ça va marcher ? demandai-je d'un air sceptique.

Des images de flics m'entourant, leur arme dégainée, ne cessaient de me traverser l'esprit.

— Oui. Si les gens sont préoccupés par la question de savoir si vous êtes un homme ou une femme, ils ne se diront pas : « Hé, mais je connais cette femme. N'est-ce pas cette exorciste en fuite qu'on est censés localiser ? »

On ne pouvait pas dire qu'elle n'était pas convaincante. Je devais admettre qu'il était plus difficile de me reconnaître maintenant qu'avec mon jean. De plus, Raphael serait avec moi. Si je repérais un uniforme, je pouvais toujours me cacher derrière lui.

Quand Barbie fut satisfaite de mon apparence, elle présenta sa nouvelle œuvre d'art à Saul et Raphael qui déclarèrent ne pas me reconnaître.

Parce que nous étions tous un peu paranos et peu enclins à faire confiance à une étrangère, nous « suggérâmes » que Barbie reste avec Saul jusqu'à notre retour de mission. Je suis tout à fait sûre que Barbie comprit de quel genre de « suggestion » il s'agissait, mais elle ne parut pas s'en offusquer. Elle ne protesta même pas quand Saul la fouilla à la recherche d'armes, juste pour s'assurer qu'elle n'allait pas lui faire le même coup que moi. Elle portait un petit pistolet dans un holster de cheville, et rien d'autre. Naturellement, Saul le confisqua.

— Bonne chance, dit-elle en nous voyant nous diriger vers la porte.

Elle avait l'air sincère.

— Merci, répondis-je. Et désolée pour…

Elle écarta mon excuse d'un mouvement de la main.

— Ne vous excusez pas. Je ne vous en voudrais pas même si vous m'enfermiez menottée dans un placard.

— En voilà une bonne idée, marmonna Raphael, juste assez fort pour que tout le monde entende.

De nous tous, c'était lui le plus inquiet au sujet de Barbie et de ses motivations. Il fit signe à Saul d'approcher.

L'air soucieux et réticent, Saul s'arrêta à un mètre de son père. Raphael l'attrapa par le bras et le tira vers lui, baissant la voix pour que Saul et moi puissions l'entendre, mais pas Barbie.

— J'ai vu de quelle façon tu la regardais, fils. Ne te laisse pas avoir de la plus vieille façon qui soit. Garde ta braguette fermée, au moins jusqu'à notre retour.

Sans surprise, les yeux de Saul commencèrent à s'embraser.

— Ne recommencez pas vos conneries, dis-je avec impatience. Ra… (Bon sang, il fallait vraiment que je perde l'habitude d'appeler Raphael par son vrai nom.) Tommy, lâche le bras de Saul. Saul, recule-toi et fais comme s'il ne t'avait rien dit.

Je fus agréablement surprise de les voir obéir tous les deux. Je savais que Barbie était à présent très curieuse et elle n'avait probablement pas manqué de noter que ma langue avait fourché. J'avais envie d'attraper Saul et Raphael par les cheveux et de leur cogner la tête, mais cela n'aurait rien arrangé. Au lieu de quoi, je saisis Raphael par le bras et lui fis passer le seuil de la maison avant que la situation se gâte.

Chapitre 23

Pointer le nez à l'extérieur – et remettre le couvert avec Shae – me rendait assez nerveuse pour que j'en oublie de penser à Brian et à quoi ma vie allait ressembler sans lui. Voici le remède Morgane Kingsley au blues post-rupture : entreprendre une mission qui vous fait risquer l'arrestation ou la peine de mort, voire une mort horrible.

Nous eûmes la chance de trouver une place de stationnement qui nous permit de ne pas marcher plus d'un demi-bloc avant d'arriver à la porte de Shae. J'avais conscience des regards curieux des passants, mais je fis mine de ne pas en tenir compte. Si j'avais eu l'assurance de Barbie, j'aurais peut-être répondu par un clin d'œil pour les aguicher et adressé à tous ces gens un petit sourire interrogatif du genre « ça vous intrigue, n'est-ce pas ? ». Cependant, jouer la comédie est une forme embellie du mensonge et, comme nous le savons déjà, le mensonge n'est pas mon fort. Je dus consacrer une grande partie de ma concentration à ne pas paraître nerveuse et fébrile.

Le démon qui avait possédé le corps de Tommy Brewster avant Raphael avait été un grand fan des *7 Péchés Capitaux*. Il avait même passé un accord avec Shae afin qu'elle lui fournisse un stock de femmes lui permettant d'accroître la diversité génétique des hôtes élevés en laboratoire. L'avantage, c'était que Tommy/Raphael possédait une carte de membre et était donc en mesure de me faire entrer sans histoires en qualité d'invitée.

Quand nous demandâmes à voir Shae, on nous répondit qu'elle se trouvait dans le club à surveiller son domaine. « Si vous voulez la voir, cherchez-la, parce que je n'ai pas envie de la biper », nous fit-on comprendre. Cela aurait pu me poser problème – je ne tenais pas à aller au-delà de la sécurité et du décor insipide de l'entrée –, mais Raphael passa un bras autour de mes épaules et me conduisit vers les portes qui menaient au bar et à la piste de danse. Comme je lui balançai un coup de coude dans les côtes, il comprit et laissa retomber son bras contre son flanc.

Comme dans toutes les boîtes de nuit, la musique qu'on jouait aux *7 Péchés Capitaux* était assez forte pour endommager mes tympans de manière permanente. Passé la porte, je grimaçai et dus résister pour ne pas porter mes mains aux oreilles. L'ambiance musicale de la soirée consistait en une techno sans mélodie et aux basses assez violentes pour faire vibrer le sol comme un tremblement de terre.

L'endroit était aussi sombre qu'une caverne, donnant aux clients, regroupés près des tables autour de la piste de danse ou installés au bar, une illusion d'intimité.

Le temps que nous avions passé à mettre au point mon déguisement nous fit arriver beaucoup plus tard que ce que nous avions prévu, et la piste était déjà bondée de danseurs dont la plupart arboraient le superbe et impossible physique des hôtes de démons. Il existait tout de même un endroit où je désirais encore moins être qu'aux *7 Péchés Capitaux* : la prison.

Raphael nous ouvrit un chemin au travers de la foule jusqu'au bar. Il ne fut pas difficile de repérer notre proie. Shae ne parviendrait probablement jamais à passer inaperçue, même en se vêtant de rebuts de l'Armée du Salut et en se couvrant de peinture camouflage. Cependant, cela ne la dérangeait apparemment pas d'attirer l'attention et elle réussissait toujours à être superbe à tomber raide, même en arborant les tenues les plus scandaleuses.

À mon grand désespoir, elle était également habillée, ce soir, d'un costume cravate. Mais la similitude s'arrêtait là. Son costume était d'un blanc immaculé afin de mettre en valeur sa peau noire comme la nuit. Et difficile de ne pas la voir : sa veste un-bouton était très échancrée et Shae ne portait rien d'autre en dessous qu'une cravate bleu lumineux qui se balançait entre ses seins. Elle devait avoir utilisé de l'adhésif double face pour maintenir les revers de col en place ; sinon, elle aurait exhibé sa poitrine au moindre mouvement.

Shae était en conversation avec le barman quand elle nous aperçut nous diriger vers elle. Ses yeux dardèrent entre Raphael et moi, et je compris que mon déguisement ne l'avait pas trompée une seconde. Elle s'adressa une dernière fois au barman avant de venir à notre rencontre. La foule se fendit automatiquement devant elle. Même les personnes qui lui tournaient les dos s'écartaient comme si Shae était entourée d'une sorte de bouclier de force.

— Vous formez un joli couple, dit-elle quand elle arriva à notre hauteur en nous adressant un sourire de requin.

Ses dents étaient du même blanc éblouissant que son costume, plus blanc qu'il n'est permis pour des dents. Je me demandai si c'était le résultat d'un traitement spécifique ou bien s'il s'agissait de fausses.

Comme d'habitude, elle parvint à m'agacer aussitôt. C'était un de ses talents uniques.

— Peut-on parler en privé ? demanda Raphael.

Elle nous jeta un autre de ses regards détendus et scrutateurs et, même si elle jouait les timides, j'étais sûre qu'elle accepterait de nous parler. La dernière fois que j'étais venue la voir pour obtenir des informations, c'était au sujet de Tommy Brewster et elle m'en avait dit suffisamment pour me permettre de deviner quelle avait été sa mission dans la Plaine des mortels. Elle devait être surprise – et intriguée – de nous voir ensemble. Nous avions prévu de lui faire miroiter des informations sur notre alliance afin de lui faire cracher tout ce qu'elle pourrait savoir au sujet d'un démon qui en avait après moi. Raphael, aidé de ses capacités supérieures de menteur, se chargerait d'une grande partie de la discussion, si ce n'est de tout le boulot.

— Ça peut être amusant, admit-elle avec un nouveau sourire carnassier.

Shae nous fit passer une porte équipée d'un lecteur de carte magnétique sur laquelle était inscrit « Réservé au personnel » et nous conduisit dans son bureau qui était presque entièrement décoré en noir et argent. Si l'objectif était de mettre ses visiteurs mal à l'aise, alors le cadre était parfait. Shae y paraissait en tout cas tout à fait dans son élément.

— Tu m'as manqué au club, Tommy, déclara Shae avec un sourire sournois, en s'asseyant derrière son bureau. J'ai un certain nombre de filles qui correspondraient parfaitement à tes critères de sélection.

Je serrai les dents pour retenir une réplique cinglante. Je ne croyais pas vraiment que Shae était mauvaise, mais elle ne faisait pas partie du camp des gentils, c'était évident. Si elle avait une certaine morale et se souciait des gens, j'en attendais toujours des preuves. Mercenaire jusqu'au bout des ongles.

— Ce ne sera pas nécessaire, dit Raphael. Je ne suis pas le démon original de Tommy.

La mâchoire m'en tomba et je me tournai vers Raphael, bouche bée. Ça ne faisait définitivement pas partie du plan.

— Qu'est-ce que tu fiches ? sifflai-je, les mains crispées sur les accoudoirs métalliques et froids de mon fauteuil.

Raphael me gratifia d'un regard moqueur.

— Tu me connais. Je n'ai aucune patience pour les interrogatoires lents et diplomates.

Puis il se tourna vers Shae qui faisait un effort considérable pour ne pas paraître trop intéressée ni curieuse. Pour une femme dans le business du renseignement, cette bombe devait être d'une valeur folle.

—Nous sommes ici pour avoir des informations sur un démon qui semble en vouloir énormément à Morgane.

Je grognai en me couvrant les yeux. C'était le problème quand on élaborait un plan qui intégrait Raphael : il avait tendance à ne pas tenir compte du script et n'en faisait qu'à sa tête. J'essayai de me rassurer, car l'expérience m'avait appris qu'aussi répugnante puisse être sa façon de faire, cela fonctionnait souvent.

Shae pencha la tête en souriant poliment.

—Et pourquoi vous ferais-je part de ce genre d'information ? Si je suis au courant de quoi que ce soit…

—Parce que, malgré le plaisir que vous prenez à observer ce qui se passe en Enfer, vous n'appréciez pas vraiment la douleur.

Le sourire disparut et Shae s'avança dans son fauteuil, la menace embrasant son regard.

—Vous osez venir dans mon club pour me menacer ?

Elle ne devait pas être habituée à ce genre de situation. Raphael éclata de rire.

—Tout à fait.

—Sortez d'ici! ordonna-t-elle en se levant d'un coup et en désignant la porte.

—Oh, asseyez-vous, répondit Raphael avec un mouvement d'impatience. Vous ne croyez pas que je vais venir vous menacer sans avoir de quoi appuyer mon propos, n'est-ce pas ?

Elle découvrit ses dents dans un sourire mauvais.

—Je ne sais pas qui vous êtes mais…

—Eh bien, je vais vous affranchir tout de suite. Je m'appelle Raphael. Vous commencez à comprendre ?

—Bon sang, mais qu'est-ce que tu fais ? demandai-je, en regardant de nouveau Raphael comme s'il était fou.

Son identité était censée être un secret d'État. L'indignation de Shae avait disparu d'un coup pour laisser place à la méfiance.

— Beaucoup de démons se prénomment Raphael, dit-elle avec prudence.

Cette fois, ce fut Raphael qui lui adressa un sourire carnassier.

— Vous avez le droit à trois essais pour savoir quel Raphael je suis. Les deux premiers ne comptent pas.

Cela la mit KO. Shae s'affaissa dans son fauteuil. Le blanc de ses yeux était étonnamment vif sur son visage sombre et, avant qu'elle cache ses mains sous son bureau, j'eus le temps de voir qu'elles tremblaient.

Raphael se tourna vers moi en souriant toujours.

— Comme tu le sais sans doute, j'ai une certaine réputation parmi les démons.

Ouais, j'avais remarqué. Mais je n'étais près d'admettre que sa réputation de salopard pouvait servir.

Il se tourna de nouveau vers Shae qui eut un mouvement de recul.

— Laissez-moi vous dresser la liste de toutes les possibilités qui vous sont offertes de passer du bon temps avec moi, dit-il. Vous pourriez révéler ma véritable identité à n'importe qui, humain ou démon. Je pourrais découvrir que quelqu'un, humain ou démon, me suit ou bien s'intéresse de trop près à moi. Peu importe que ce soit vous ou quelqu'un d'autre qui ait mis cette personne sur ma trace. Mon hôte pourrait mourir encore une fois… peu importe votre responsabilité dans cette mort. (Il s'avança dans son fauteuil, les yeux étincelants.) Ou bien vous pourriez ne pas vouloir répondre à nos questions avec une totale honnêteté.

Shae déglutit avec difficulté. Son visage était couvert d'un vernis de sueur. Je n'avais jamais imaginé avoir l'occasion de voir cette femme terrorisée par qui que ce soit.

— Avez-vous besoin que je vous décrive ce que je vous ferais avant de vous brûler vive et combien de temps tout cela me prendrait ? demanda Raphael d'une voix plaisante en se détendant dans son fauteuil. Ou bien dois-je laisser ces détails à votre imagination ?

— Que souhaitez-vous savoir ? demanda-t-elle, à bout de souffle, la voix tremblante.

J'eus presque pitié d'elle.

— Vous avez déjà oublié ma question ? dit-il d'un ton moqueur en faisant claquer sa langue.

Elle redressa le menton. Elle essayait de le défier, mais ça ne fonctionnait pas.

— Je ne connais personne qui nourrisse ce genre de rancune envers Morgane.

— Ce n'est pas la réponse que j'espérais.

La voix de Raphael tenait du ronronnement menaçant. Mes poils se dressèrent. Shae déglutit.

— Je dis la vérité, répondit-elle et je la crus.

Raphael soupira en feignant le regret.

— Vous me décevez, Shae. J'avais l'impression que vous étiez moyennement intelligente.

Effrayée comme elle paraissait l'être, les yeux de Shae brillaient cependant de colère.

— Je ne peux pas vous fournir d'explications qui n'existent pas et je ne suis pas assez stupide pour vous raconter n'importe quoi. Je ne connais aucun démon ayant exprimé une intention particulière de faire du mal à Morgane. Ce qui ne veut pas dire que ce démon n'existe pas, ni même qu'il ne vient pas dans mon club, juste que celui-ci n'en a pas parlé.

Je ne pensais pas que Raphael allait accepter la parole de Shae et je me demandais ce que je ferais s'il décidait de mettre sa menace à exécution. Je ne pouvais pas rester là et le regarder torturer Shae – je n'avais aucunement l'intention de constater par moi-même pour quelle raison il avait acquis cette effrayante réputation –, mais je ne voyais pas comment je pouvais l'en empêcher. Je n'avais pas mon Taser avec moi puisque nous savions que j'aurais dû le laisser à l'entrée si je l'avais apporté.

— Votre réponse ne me satisfait toujours pas, dit Raphael sur le ton de l'avertissement, mais je vais passer à la question suivante. Est-ce qu'on vous a sollicitée pour recommander les services d'une personne capable de truquer des photos de manière convaincante et discrète ?

Shae sembla presque soulagée par cette question.

— Ouais, mais ce client n'a jamais parlé de Morgane. Il m'a bien payée et je n'ai donc pas posé de questions. De plus, cela ne semblait pas être aussi important que ça.

Raphael ricana.

— Vous savez aussi bien que moi que si ça n'était pas aussi important que ça, cette personne n'aurait pas eu besoin de votre aide. Maintenant, dites-nous tout ce que vous savez au sujet de ce démon.

— Bien sûr. Il s'appelle Tim Simms, mais c'est le nom de son hôte. Le démon s'appelle Abraham.

— C'est quoi le truc des démons avec les noms sortis de la Bible ? marmonnai-je.

Raphael me regarda en haussant un sourcil.

— Ce ne sont pas des noms de la Bible, ce sont des noms anciens. La plupart d'entre nous sommes bien trop âgés pour porter des noms comme Tyler ou Austin. (Il se tourna de nouveau vers Shae.) Poursuivez, je suis captivé.

— Il n'est sur la Plaine que depuis un mois, mais c'était un client régulier. Il était légal et son hôte était grand, blond et fade.

— Même si ces informations sont intéressantes, elles ne nous sont pas d'une grande aide.

Shae haussa les épaules.

—Comment puis-je savoir ce qui peut vous aider ? Vous ne m'avez pas dit ce que vous vouliez, seulement que vous recherchiez un démon qui en veut à Morgane. D'après ce que j'en sais, ce type ne connaissait pas Morgane, il n'avait absolument rien contre elle…

Elle ne finit pas sa phrase et fronça les sourcils, l'air intrigué.

—Vous vous rappelez quelque chose d'important ? lui demanda Raphael quand il vit qu'elle ne poursuivait pas.

Elle avait l'air dubitative.

—Je ne sais pas si cela peut être lié à ce que vous cherchez.

—Laissez-moi en juger par moi-même.

—D'accord. Abraham en avait sacrément contre quelqu'un, mais ce n'était pas Morgane. La raison pour laquelle il avait besoin que je lui recommande une personne capable de truquer une photo était qu'il voulait l'utiliser afin qu'un de ses amis démons soit déclaré criminel. Je ne sais pas comment il était supposé s'y prendre et, comme je vous l'ai dit, je n'ai pas posé de questions. Il avait l'air très excité par son plan. J'ai eu l'impression qu'il assouvissait une vieille vengeance. Et je parle de quelque chose qui remonte à loin pour un démon, ce qui est beaucoup plus ancien que pour un humain, si vous voyez ce que je veux dire.

Raphael avait l'air maussade.

—Je vois, en effet.

Son expression me fit comprendre qu'il en avait conclu plus de choses que je n'en avais été capable. Comment le grief que nourrissait Abraham contre le démon de Maguire avait pu se transférer sur moi ?

—Vous nous avez beaucoup aidés, dit Raphael en tordant cruellement ses lèvres en un rictus. Si vous revoyez Abraham ou si vous apprenez où il se trouve – ou qui est son hôte actuel puisque je le soupçonne d'en avoir changé –, faites-le-moi savoir.

—Bien sûr.

— Et rappelez-vous tout ce qui peut vous valoir un rendez-vous privé avec moi.

Shae frissonna vraiment, les yeux rivés sur son bureau.

— Je m'en rappellerai. Vous n'aurez pas de problème avec moi.

— Non, je ne le pense pas, murmura-t-il avant de me faire signe de me lever. Nous trouverons la sortie tout seuls.

Shae, toujours fascinée par son bureau, acquiesça simplement.

Chapitre 24

Je laissai échapper un énorme soupir de soulagement une fois que la porte des *7 Péchés Capitaux* se referma derrière nous. Je détestais vraiment cet endroit et, s'il existait une justice en ce monde, je n'aurais plus jamais à y remettre les pieds. Bien sûr, je n'avais pas eu grande preuve jusqu'à présent que la justice abondait en ce bas monde. Difficile de ne pas être cynique.

Le trajet jusqu'au domicile de Raphael se fit dans le silence. Si j'avais été dans mon état normal, j'aurais harcelé Raphael pour connaître ses théories dès l'instant où nous étions montés en voiture. Mais je me contentai d'attendre patiemment qu'il explique ce qu'il avait en tête. Si je le harcelais maintenant, nous devrions tout répéter à Saul de toute façon.

Raphael dut remarquer mon air distrait, mais il ne m'embêta pas avec ça, ce qui me changeait des réactions d'Adam et de Brian. Non pas que celles de Brian me contrarieraient dorénavant. Mon cœur cessa de battre à cette idée.

Le tableau qui nous attendait quand nous entrâmes dans la maison de Raphael était des plus inattendus. D'après la tension de ce dernier, je savais qu'il était préoccupé par le fait que Barbie ait pu parvenir à nous trahir malgré la surveillance de Saul. Il ne se détendit pas d'un millimètre quand il découvrit Saul et Barbie confortablement installés sur le canapé.

Ils étaient assis assez près l'un de l'autre pour évoquer une certaine intimité et chacun d'eux avait à la main un verre rempli d'un breuvage alcoolisé couleur ambre agrémenté de glaçons. Le corps de Barbie était tourné vers Saul et son sourire était tout à fait coquet. Saul, quant à lui, arborait l'expression du grand méchant loup. D'un grand méchant loup affamé.

Ils s'écartèrent un peu quand nous les rejoignîmes dans le salon. Barbie plongea le regard dans son verre, un sourire toujours aux lèvres. Saul croisa les jambes et – très délicatement – posa la main qui tenait son verre sur ses cuisses. Raphael et lui échangèrent un regard hostile.

— Je crois qu'il est temps que vous vous en alliez, mademoiselle Paget, déclara Raphael, le regard toujours rivé sur Saul.

Barbie écarquilla les yeux et son regard passa de Saul à Raphael. Ils piquaient de nouveau sa curiosité, ce qui ne me semblait pas être une bonne idée. Cependant, étant dans l'impossibilité de leur fermer la bouche avec de l'adhésif, je n'étais pas certaine de pouvoir faire grand-chose.

— Je vais vous raccompagner à la porte, dis-je à Barbie en lui adressant un sourire contrit. Je ne voudrais pas que vous périssiez d'empoisonnement à la testostérone.

Éclatant de rire, elle se débarrassa de son verre et posa légèrement la main sur l'épaule de Saul. Je fus impressionnée de voir que ce contact suffit à distraire le démon de son bras de fer visuel avec Raphael.

— J'ai été ravie de vous rencontrer, Saul, dit-elle, le regard pétillant.

— C'était un plaisir partagé, répondit-il en lui prenant la main et y posant ses lèvres à l'ancienne, tel un courtisan.

Ils en rajoutaient tellement tous les deux que je faillis en plaisanter. Néanmoins, la vie d'Adam et Dominic se trouverait facilitée si l'attention de Saul se fixait ailleurs. Je n'avais donc rien à reprocher à ce petit jeu de séduction.

— Ne vous entre-tuez pas quand j'aurais le dos tourné, marmonnai-je aux deux démons avant de raccompagner Barbie jusqu'à la porte.

— Vous êtes certaine que vous ne voulez pas que je reste là où vos amis et vous pouvez garder un œil sur moi ? me demanda-t-elle en souriant.

— Bien essayé, dis-je en roulant des yeux.

— Alors vous allez me renvoyer chez moi sans me dire comment cela s'est passé aux *7 Péchés Capitaux* ?

— En effet, admis-je.

Je lui accordais déjà plus de confiance qu'il était sage, et je n'étais pas près de lui confier tout ce qui relevait de mes problèmes de démons.

Nous étions parvenues à la porte d'entrée, que je lui ouvris avec politesse. Bien sûr, je n'eus pas la chance qu'elle se glisse dehors tranquillement sans prendre congé. Elle s'arrêta sur le seuil et leva les yeux vers moi. Le sourire avait disparu, ainsi que l'étincelle dans ses yeux.

— Est-ce un démon illégal ? demanda-t-elle.

Il n'y avait ni menace ni malice dans sa question, uniquement de la curiosité.

Mon cœur essaya de remonter jusque dans ma gorge, même si je faisais de mon mieux pour paraître troublée.

— Hein ?

Elle tordit les lèvres. Je suppose que je n'étais pas parvenue à cacher ma surprise.

— Peu m'importe qu'il soit légal ou non, dit-elle. Même si j'avais la possibilité d'aller tout raconter à la police, je ne le ferais pas. (Son visage s'adoucit.) Peu importe qui il est ou ce qu'il fait ici, c'est vraiment un type bien.

Oh non ! « Un type bien » n'était pas une expression qui pouvait coller avec aucun des démons que je connaissais. Je ne savais pas quoi lui répondre. Comment avait-elle compris que Saul était un démon ? Nous ne l'avions pas présenté ainsi et je doutais qu'il lui ait avoué. Mais j'étais sûre qu'elle comprendrait plus de choses que je voulais si je lui parlais. J'évitai donc tout simplement le sujet.

— Merci de m'avoir aidée ce soir, dis-je.

— Je suis à votre disposition. Et vous avez mon numéro de téléphone au cas où vous changeriez d'avis concernant la débauche de crème glacée. Je suis sûre que cette épicerie est ouverte 24 heures sur 24.

— Je m'en souviendrai.

À ma grande surprise, ma gorge se noua. L'idée de m'empiffrer de crème glacée et de déverser mon chagrin d'amour en compagnie d'une amie compréhensive était plus attrayante que je l'aurais imaginée. Je fermai la porte et retournai dans le salon avant de dire quoi que ce soit de stupide.

Raphael et Saul se jetaient toujours des regards noirs et j'aurais pu croire qu'ils étaient restés assis et calmes comme des statues pendant mon absence si la couleur vive de leurs joues n'avait suggéré une escalade dans les hostilités. Une fois encore, je fus tentée de cogner leurs têtes l'une contre l'autre.

— Arrêtez, vous deux, dis-je.

Raphael détourna les yeux en premier, se reculant dans son fauteuil et me jetant un regard par-dessus l'épaule.

— Je suggérais simplement que Saul et toi trouviez un autre endroit plus sûr maintenant que Barbie sait où vous vous cachez, dit-il.

— Et je disais que ce n'était pas parce qu'il était menteur, traître et sournois que tout le monde l'était, rétorqua Saul. Et elle s'appelle Barbara.

Ces deux-là m'énervaient, mais je dus ravaler un éclat de rire. Qu'en était-il de l'amour éternel de Saul pour Dominic ? Il semblait que Barbie en avait fait ce qu'elle avait voulu le temps de quelques heures. J'étais sacrément impressionnée.

— Saul et moi restons ici, déclarai-je en espérant que cela mettrait fin à la dispute. Si Barbie nous baise, peu importe où nous nous trouvons. (Et de mon point de vue, la seule personne que Barbie pensait baiser, c'était Saul.) Maintenant, poursuivis-je sans laisser une chance à Raphael de protester, parlons de ce que nous allons faire.

Je briefai Saul sur ce que Raphael et moi avions appris au cours de notre discussion avec Shae, puis je me tournai vers Raphael.

— J'ai le sentiment que tu as tiré meilleur parti que moi de ces informations. Tu veux bien nous faire part de ta théorie ?

Il avait certainement encore l'intention de nous convaincre, Saul et moi, que Barbie s'apprêtait à nous poignarder dans le dos, mais il n'était pas idiot. Il devait avoir saisi qu'il n'y avait aucune chance que nous bougions d'ici. Il pinça les lèvres un moment avant de capituler.

— Voyons si vous arrivez à la même conclusion que moi quand je relie tous les faits pertinents entre eux et dans le bon ordre. L'histoire commence quand Tim Simms va voir Shae pour qu'elle lui recommande quelqu'un capable de falsifier discrètement des photos qui prouveraient que Jordan Maguire trompe Jessica. Shae lui file un coup de main, il a les photos, il les montre à Jessica. Il parvient si bien à lui monter la tête que, dans un accès de colère et de jalousie, Jessica accepte de coincer Jordan en faisant croire que ce dernier l'a frappée. L'État de Pennsylvanie, avec sa politique compatissante de tolérance zéro, ordonne l'exorcisme de Jordan. Morgane entre en scène et renvoie avec succès le démon de Jordan au Royaume des démons. Puis soudain, on commence à lui adresser des menaces de mort, on l'accuse de négligence, elle reçoit un horrible paquet et enfin on s'arrange pour qu'elle soit suspectée de meurtre.

— Tu oublies la partie concernant la mort de Maguire, dis-je d'un ton sec.

— Non, je ne l'oublie pas. J'ai dit que je remettais tous les faits pertinents dans l'ordre.

Naturellement, je me hérissai.

— Je pense que la mort d'un être humain est assez pertinente !

— D'un point de vue abstrait, oui, mais pas nécessairement dans cette affaire.

— Bon sang, mais qu'est-ce que tu...

Je m'étranglai quand soudain les faits, tels que Raphael les avait énumérés, se mirent en place. Se pouvait-il que nous nous soyons trompés depuis le début sur les motivations du démon ?

— Abraham ne m'en veut pas parce que Jordan Maguire est mort, dis-je en ayant certainement l'air sonné. Il m'en veut parce que le démon de Jordan Maguire n'est pas mort.

Raphael acquiesça.

— Nous savons tous que tu es une exorciste extraordinairement puissante, certainement à cause de ton héritage génétique unique. (Il s'empressa de poursuivre avant que je puisse évoquer le rôle qu'il avait joué dans mon « héritage génétique unique ».) Tu peux exorciser des démons que de simples exorcistes ne peuvent maîtriser. (Il désigna Saul.) Et si le démon de Maguire n'était pas un démon ordinaire ? Et s'il faisait partie de l'élite des démons puissants ? C'est vrai que ce type de démon est moins susceptible de venir sur la Plaine des mortels que les démons ordinaires, mais cela arrive. Le meurtre est virtuellement impossible au Royaume des démons, à moins d'un gigantesque déséquilibre de pouvoir. C'est pour cette raison que Dougal devait envoyer Lugh dans la Plaine des mortels pour espérer le tuer.

Saul eut un rire amer.

— Tu as bien trouvé une manière efficace de tuer ma mère.

Raphael ne mordit pas à l'hameçon.

— Delilah n'aurait pas dû continuer à déverser son énergie en toi. Ce n'était techniquement pas un meurtre. De plus, je ne pense pas que Dougal ait pu envisager de convaincre Lugh de porter son enfant.

—Tu oses plaisanter sur ce sujet ? cria Saul, le regard de nouveau embrasé.

Si c'était tout ce dont il était capable en matière de contrôle, c'était un miracle qu'il n'ait tué personne et qu'il ait échappé à un exorcisme dès sa première semaine sur la Plaine des mortels.

—Saul ! lançai-je, sachant que je devais maîtriser la situation. Raphael est un con et nous le savons tous. Accepte cette réalité et gère-la dorénavant !

Un instant, Saul tourna ce regard brûlant et furieux dans ma direction. Je sentis comme un frisson dans mon cerveau. Lugh devait se préparer à prendre le contrôle si nécessaire.

N'importe qui doté d'un minimum de bon sens aurait été intimidé par la colère d'un démon si dangereux, mais le bon sens n'est pas ma tasse de thé. Je le toisai sans que mon pouls s'accélère.

—Tu n'es d'aucune utilité à Lugh ni à son Conseil si tu ne sais pas te contrôler. Arrête de piquer des crises ou je te renvoie aussi sec au Royaume des démons, et même Lugh n'insistera pas pour te garder ici.

» *N'est-ce pas ?* demandai-je en aparté mental à Lugh.

Il ne répondit pas, mais je compris au tressaillement de Saul que ma leçon n'était pas tombée dans l'oreille d'un sourd. Il ne s'excusa pas, mais il baissa la tête en signe de défaite sans ajouter un mot.

Comme si personne ne l'avait interrompu, Raphael poursuivit :

—D'après moi, Abraham nourrit une énorme et vieille rancune envers le démon de Jordan Maguire. Il a certainement dû prendre son mal en patience en attendant qu'ils se retrouvent tous les deux sur la Plaine des mortels en même temps, assez proches l'un de l'autre et dans un État qui prône l'exécution. Son plan semble fonctionner comme un charme et sa vengeance tant attendue est sur le point de se réaliser. Il sait que le démon de Maguire est trop puissant pour être exorcisé et il a orchestré le meurtre parfait. Aucune chance qu'il paie le prix de ce crime, puisque personne au Royaume des démons ne peut savoir ce qu'il a fait.

Je me surpris à acquiescer tandis qu'il expliquait.

— Ensuite j'entre en scène et, au lieu que le démon soit brûlé vif dans le corps de Maguire, je le renvoie au Royaume des démons.

— Et tu peux parier qu'il a informé les autorités des démons de ce qu'Abraham a tenté de faire. Et si Abraham remet le pied au Royaume des démons, il sera emprisonné pour l'éternité, car nos lois sont très dures quand il est question de meurtre. Non seulement tu as contrecarré sa vengeance, mais tu l'as également condamné à l'emprisonnement... ou à l'exil permanent sur la Plaine des mortels.

Je me rappelai le gloussement presque hystérique de Hillerman quand il avait compris ma confusion quant à ses motivations. Tant que je croyais qu'il était humain, j'avais supposé qu'il était un peu cinglé. Je ne sais pas pourquoi je m'étais interdit d'envisager que le démon puisse l'être également.

Je me demandais en quoi ces nouvelles informations concernant ses motivations allaient nous servir, quand le téléphone de Raphael sonna. Il jeta un coup d'œil vers le numéro d'appel, puis fronça les sourcils.

— Adam, nous informa-t-il en répondant.

J'étais moi aussi inquiète. Adam était supposé se tenir autant que possible à l'écart de cette affaire et, en tant que léger suspect – même si ce n'était pas clairement dit –, il ne semblait pas qu'appeler à ma planque était une décision très sage.

Il ne me fallut pas plus de deux secondes pour comprendre qu'il s'agissait d'une urgence. Le visage livide, Raphael écarquilla les yeux. Il laissa tomber le téléphone et se leva d'un coup, franchissant la distance qui nous séparait et m'attrapant par le bras.

—Saul, reste là! ordonna-t-il en me traînant vers la porte.

—Quoi? demandâmes Saul et moi, en chœur.

—La police sera là dans peu de temps. Il ne faut pas que tu sois considéré comme complice, alors reste ici!

Il mugit véritablement la dernière partie de sa phrase. Saul avait l'air aussi perdu que moi mais, au moins, pour le moment, il ne bougeait pas. Raphael me traîna hors de la maison et claqua la porte derrière lui.

—Qu'est-ce que tu fais? haletai-je.

Il me tenait si fermement le bras que ma main s'engourdissait.

Il ne répondit pas, mais nous n'avions pas fait vingt pas que je compris toute seule. Trois voitures de police descendaient la rue, toutes sirènes hurlantes. Raphael nous posta pratiquement sous un des lampadaires et, avant que j'aie le temps de cligner des yeux, nous étions entourés de flics armés qui criaient.

Si nous étions restés dans cette maison une ou deux minutes de plus, les policiers auraient débarqué à l'intérieur et découvert Saul.

—Tu penses toujours que Barbie est blanche comme neige? me demanda Raphael.

Je n'eus pas l'occasion de lui répondre, car je fus plaquée au sol, malgré mon absence totale de résistance. Quelques instants plus tard, Raphael s'écroula sur le trottoir. Les flics l'avaient taserisé.

Chapitre 25

Nous fûmes conduits au poste dans des véhicules différents et, une fois arrivés là-bas, on nous sépara immédiatement. Heureusement, ce fut Adam qui se chargea de Raphael. Puisque la police savait déjà qu'il était possédé – Tommy était, après tout, un hôte de démon légal et déclaré –, Raphael tomberait sous la juridiction du département d'Adam.

Quant à moi, je relevais de la brigade criminelle ordinaire dont les officiers étaient pressés de me boucler. Cependant, mon mandat d'arrêt était doublé d'un examen par un exorciste ordonné par la cour. Une procédure assez classique quand la police procédait à une arrestation. Je serais examinée avant mon incarcération afin de savoir si des précautions supplémentaires étaient nécessaires.

J'étais menottée dans une salle de détention, surveillée par des gardes armés de Taser, quand l'exorciste arriva. Il était environ 3 heures et la malheureuse, les paupières lourdes et le regard un peu maussade semblait avoir été tirée du lit. Elle avait également l'air d'avoir tout juste obtenu son diplôme et elle était tellement novice dans la profession que je ne l'avais jamais rencontrée. Bien sûr, on n'appelait jamais la crème des exorcistes pour examiner une aura au beau milieu de la nuit.

En bonne débutante, elle procéda à tout le rituel, cercle de protection et charabia chantonné inclus. Il lui serait impossible de voir Lugh car, tant que j'avais le contrôle, mon aura submergeait la sienne. Je n'étais donc pas inquiète outre mesure. J'étais juste fatiguée, déprimée et effrayée, et je voulais en finir avec cette épreuve.

Mais quand le bébé exorciste s'assit face à moi, les yeux clos et les paumes tournées vers le ciel, Lugh intervint dans ma tête.

— *Fais-moi confiance*, dit-il.

Avant que j'aie le temps de lui demander en quoi je devais lui faire confiance, il repoussa doucement, mais inexorablement, ma conscience et prit le contrôle de mon corps.

Je ne pus donner voix au cri qui voulut s'échapper de ma gorge et mon pouls ne put s'emballer, mais cela ne m'empêcha pas de hurler mentalement aux oreilles de Lugh.

— *Qu'est-ce que tu fiches ? Tu vas nous faire tuer tous les deux !*

— *Je t'expliquerai plus tard*, répondit-il, la voix calme et sereine tandis que je dégringolais dans la spirale de la panique. *Fais-moi juste confiance.*

L'exorciste ne s'attendait clairement pas que je sois possédée. Un démon illégal normal aurait protesté avec fureur contre cet examen, aurait essayé d'y échapper, alors que je restais assise, calme, en attendant son verdict. Quand elle vit l'aura de Lugh, ses yeux s'écarquillèrent et elle s'éloigna de moi comme une folle, ses chaussures dérapant sur le carrelage froid.

Elle ne prononça pas officiellement son verdict, mais les gardes captèrent le message. Très vite, je fus paralysée et mon corps bascula sur le côté, retenu uniquement par les menottes attachées à la table. Les deux gardes avaient tiré. J'avais quatre sondes de Taser plantées en moi. Lugh ne me laissa pas sentir la douleur de toute cette électricité traversant mon corps, mais ce n'était pas rassurant pour autant.

Nous étions dans la merde jusqu'au cou, et non seulement nous n'avions pas de pelle pour nous en sortir, mais nous nous enfoncions davantage à chaque minute. Il n'existait pas d'exorciste assez fort sur cette planète pour chasser Lugh. S'il était impossible de l'exorciser, nous serions brûlés tous les deux.

— *Détends-toi, Morgane*, me dit Lugh toujours aussi absurdement calme.

Les gardes lui passaient une ceinture paralysante à présent, ce qui leur permettrait de le contrôler encore plus facilement qu'avec le Taser.

— *Tu sais comme le cours de la justice est lent pour les humains. Si nous étions rentrés dans le système judiciaire des humains, nous serions restés en prison pendant des mois, même si on avait prouvé notre innocence. Tu sais comme tout va plus vite quand il s'agit de démons.*

Deux gardes gantés et équipés d'une armure – chaque parcelle de la peau doit être couverte afin que le démon ne puisse pas se transférer par simple contact – nous traînaient dans le couloir vers le quartier de détention. Nous étions entourés d'un escadron de gardes, Taser pointés, prêts à réagir au moindre mouvement, même s'il n'y avait aucune chance que Lugh puisse broncher volontairement pendant au moins huit minutes encore.

— Ouais, répondis-je, hystérique. *Et ça veut dire qu'on peut nous conduire au four dans moins de vingt-quatre heures!*

Lugh s'exprimait avec lenteur et patience, comme s'il expliquait son plan à une imbécile. Ce que j'étais peut-être, mais rien de tel que la peur de se faire brûler vive pour ralentir le processus de réflexion.

— *Non, on va nous présenter à un exorciste en moins de vingt-quatre heures. Et alors l'exorciste dira « abracadabra » et je te redonnerai le contrôle. Pour le monde extérieur, j'aurais été exorcisé.* (Même si je ne faisais qu'entendre sa voix, sans voir son visage, je savais qu'il souriait.) *Et puisque je vais confesser avoir tué Jack Hillerman et David Keller, tu seras une femme libre une fois que j'aurai été chassé.*

D'accord, même en pleine panique, je devais admettre que c'était un plan assez ingénieux. Mais ce n'est pas simple de dépasser sa panique.

— *Et si l'exorciste ne marche pas ?*

Lugh se moqua de moi.

— *Quelle autre explication pourra-t-il donner à ce qui se passera ? Il verra l'aura du démon, puis il ne la verra plus. De toute évidence, il aura réussi son exorcisme.*

Difficile de discuter cette logique. Difficile aussi de ne pas être terrifiée. Mais le sort était bel et bien jeté, et nous ferions bien de prier pour que le plan de Lugh fonctionne.

Ce n'était pas la première nuit que je passais en prison, ni même la première nuit que je passais dans une cellule de détention pour démons. Il n'est pas si simple de contenir une créature qui serait capable de jongler avec des voitures, si ces dernières n'étaient pas si difficiles à attraper. Les cellules de confinement sont des pièces nues et blanches, aux murs blindés, fermées par des portes de coffre-fort.

La ceinture paralysante était destinée à s'assurer ma collaboration à tout moment, particulièrement lorsque quelqu'un devrait ouvrir la porte de la cellule. On m'avait ordonné de me mettre à l'autre bout de la pièce et, si je n'obéissais pas... « zap ! » Je devais donc garder la ceinture et la seule façon d'être sûr que je la portais était de me mettre sous surveillance permanente. Le danger – et le coût – de la détention d'un démon est considérable. Vous comprenez pourquoi les rouages de la justice tournent à une vitesse de Formule 1 quand il s'agit de démons ?

Lugh me redonna le contrôle dès que nous fûmes enfermés dans notre cellule, mais je fus aussitôt frappée par les délicieux effets secondaires de la nausée et de la migraine liés aux changements répétés de contrôle. Lugh reprit aussitôt la maîtrise de mon corps.

— *Super idée, Lugh*, me plaignis-je. *J'avais vraiment besoin d'un nouveau changement de contrôle pour me sentir encore mieux.*

— *Il serait difficile d'expliquer pourquoi un démon vomit partout dans sa cellule*, me répondit-il sèchement. *Une fois que j'aurai été exorcisé, tu pourras expliquer tes malaises en disant que tu as probablement la grippe, mais comme les démons ne sont pas malades...*

Je compris où il voulait en venir sans que cela me réjouisse pour autant. D'abord, je n'étais pas certaine que mes défenses mentales soient assez faibles pour le laisser prendre le contrôle pendant des heures. Comme on le sait, je suis une accro du contrôle, et rester assise dans les coulisses de mon propre corps ne figurait pas dans la liste de mes activités favorites. Il allait me falloir faire preuve d'une grande volonté pour résister à l'envie de reprendre la place du conducteur.

Et je ne voulais même pas imaginer à quel point j'allais être malade quand je me trouverais de nouveau aux commandes.

Puisque j'étais à présent officiellement prisonnière du département des Forces spéciales, je ne fus pas surprise de recevoir une visite d'Adam qui venait m'interroger. Il n'était pas au courant du plan, bien entendu, et Lugh ne pouvait le lui exposer directement, puisque notre entrevue était filmée pour la postérité. En fait, pour le juge qui prononcerait son verdict plus tard dans la journée. Condamner des démons était d'une telle importance que même le week-end ne ralentirait pas la procédure. De toute façon, il y avait rarement de doute quant à la nature du verdict dans des affaires comme celles-ci.

Adam avait l'air très inquiet en entrant dans la cellule. Lugh lui sourit.

— Quel super flic démon tu fais !

Lugh parvint à immiscer un soupçon de moquerie dans ma voix, chose que je n'aurais su faire moi-même. Il valait mieux qu'il ait le contrôle, parce qu'il était bien meilleur comédien et menteur que moi.

— Tout ce temps que tu as passé avec moi sans même te rendre compte que Morgane n'était plus là.

Adam gardait ses distances, bien qu'il ait le déclencheur de la ceinture en main et qu'il n'ait pas besoin de prendre de précautions particulières en présence d'un démon hostile. Il n'était pas du genre à se laisser faire. Il plissait les yeux, concentré, en s'efforçant de comprendre ce que Lugh manigançait.

— Et quand cela s'est-il passé exactement ? demanda-t-il.

— Pendant l'exorcisme qui lui a attiré tant d'ennuis, bien sûr, répondit Lugh.

Je devinai qu'il avait emprunté cette idée à Barbie. Adam pencha la tête sur le côté.

— Tu veux dire qu'elle a fait l'erreur de toucher Jordan Maguire peu de temps avant que son démon, donc toi, je suppose, soit exorcisé ?

Lugh applaudit comme si Adam venait de faire la démonstration d'un tour de force particulièrement impressionnant.

— Bravo ! Donnez une étoile à cet homme !

— Alors tu es celui qui a tué Jack Hillerman et David Keller ? demanda Adam.

Même si le changement de son expression était subtil, je sus qu'il avait compris. Lugh haussa les épaules.

— Hillerman rendait ma nouvelle vie… ennuyeuse. Et Keller ne faisait qu'aggraver la situation. Au fait, comment m'as-tu trouvé ?

Je doute qu'Adam aurait répondu à cette question si Lugh avait été un démon criminel ordinaire, mais il savait combien cette question était importante pour Lugh et moi. Je ne voyais que deux personnes ayant pu envoyer les flics sur notre piste : Barbie… et Brian.

Par le passé, j'avais prouvé que j'étais peu psychologue, mais je détestais vraiment l'idée que Barbie, que j'avais commencé à apprécier, ait pu me trahir. Évidemment, j'aimais encore moins l'hypothèse qu'il puisse s'agir de Brian. Malgré sa colère contre moi et son respect de la loi, je ne le voyais pas lâcher les flics sur nous. Mes problèmes de confiance n'étaient pas importants à ce point.

—Nous avons reçu un appel anonyme des *7 Péchés Capitaux* hier soir, expliqua Adam. Ton ami Tommy Brewster est un habitué. Quand il nous a été rapporté qu'on vous avait vus ensemble, la police en est naturellement arrivée à la conclusion que tu pouvais te cacher chez Tommy.

Si j'avais été aux commandes de mon corps, j'aurais émis un profond soupir de soulagement. Je n'avais pas été trahie. On m'avait seulement reconnue. Cela me surprenait un peu puisque je n'avais repéré aucun policier lors de notre petit raid avec Raphael. Et il était très étrange qu'une personne autre qu'un flic non seulement m'ait reconnue, déguisée et dans le noir, mais encore sache que j'étais une criminelle recherchée. La seule personne qui me connaissait et que j'avais vue dans le club était Shae. Il fallait qu'elle soit folle à lier pour risquer la colère de Raphael.

Une autre personne a dû te reconnaître, suggéra Lugh. *Quelqu'un qui s'intéresse particulièrement à ta vie.*

Je jurai ; pas littéralement, bien sûr, puisque ma bouche ne m'obéissait plus pour le moment. Malgré les menaces que nous avions envisagées, nous n'avions pas pensé que mon vieux pote Abraham pouvait traîner aux *7 Péchés Capitaux* dans son nouveau corps. J'espérais à tout prix qu'il avait commis l'erreur de se confier à Shae pendant qu'il se trouvait au club, afin que nous puissions avoir une idée de l'identité de celui qu'il possédait.

Lugh tordit mes lèvres en un sourire déplaisant.

—J'espère que mon cher ami ne s'est pas attiré d'ennuis à cause de ce petit… malentendu.

Adam haussa les épaules.

— Il va être accusé d'avoir hébergé une fugitive, mais il est difficile de prouver qu'il savait que tu en étais une.

Et de toute façon, héberger un fugitif n'était pas considéré comme un crime violent. Il n'y avait donc aucun risque que Raphael soit exécuté. Ce que je supposais être une bonne chose, même si je n'étais pas sûre que j'aurais versé une larme s'il avait finalement eu ce qu'il méritait.

— As-tu quelque chose à dire pour ta défense ? demanda Adam.

Lugh émit un rire amer.

— Est-ce que c'est important ?

La réponse, évidemment, était « non », mais Adam récita consciencieusement sa tirade comme quoi justice était rendue, bla bla bla, bla bla bla. Il sortit peu de temps après, mais il ne fallut pas plus de quatre heures pour que le verdict soit prononcé. Lugh fut déclaré à la fois illégal, pour m'avoir possédée sans mon consentement, et criminel, pour les meurtres de Jack Hillerman et David Keller.

Il fallut attendre pendant quatre heures supplémentaires l'arrivée de l'exorciste nommé par la cour. Ce furent probablement les quatre heures les plus longues de toute ma vie. Malgré le calme de Lugh quand il m'assurait que nous n'étions pas en danger et malgré ma confiance en son jugement et sa logique, il m'était impossible de ne pas avoir peur. Surtout pas quand les conséquences d'un éventuel échec étaient d'être incinérée vivante dans un four crématoire. Si on en arrivait là, je serais anesthésiée et Lugh bloquerait de toute façon la douleur, mais cela n'enlevait rien à ma terreur primale.

Ajoutez à cela la nécessité de laisser Lugh contrôler mon corps et j'étais sûre de devenir folle avant que nous en ayons fini. Lugh fit de son mieux pour me rassurer. Il s'efforça même de me donner l'illusion que c'était moi qui me contrôlais. Quand j'avais envie de me lever, il se levait. Quand j'éprouvais le besoin d'aller et venir pour me soulager les nerfs, il le faisait aussi. Mais ce n'était pas la même chose et nous le savions tous les deux.

Apeurée comme je l'étais, l'arrivée de l'exorciste fut malgré tout un soulagement. Il ne s'agissait pas du bébé exorciste qui m'avait examinée la veille, mais d'Ed Rose, un exorciste compétent sans être épatant. Il était également assez expérimenté pour se dispenser de certaines formalités. Toute l'affaire ne prit donc pas plus de quinze minutes.

Sans doute étaient-ce ces quinze minutes qui furent les plus longues de mon existence, plutôt que les quatre heures précédentes.

Et si Ed ne se laissait pas berner ? Et si nous n'étions pas synchros et que Lugh disparaissait du radar d'Ed avant que ce dernier ait fait le moindre effort pour exorciser le démon ? Et si mon besoin de tout contrôler se réveillait soudain et que j'écartais Lugh avant même que le rituel commence ? Et si Lugh était resté trop longtemps aux commandes et que je ne parvenais pas à refaire surface ?

Si j'avais eu le contrôle de mon estomac, j'aurais vomi toutes mes tripes d'angoisse. Peu importaient les effets secondaires que j'allais endurer. Du moins, que j'espérais endurer, parce qu'une autre option était impensable.

Malgré toutes les horreurs que mon esprit pouvait imaginer, la ruse de Lugh fonctionna presque parfaitement. Je dis « presque », parce que Ed parut légèrement intrigué quand tout fut fini, comme si quelque chose dans son rituel ne s'était pas bien déroulé. Mais quoi que ce soit, il en écarta la pensée d'un haussement d'épaules. Ce qui fut la dernière chose que je vis avant de vomir toutes mes tripes.

Chapitre 26

— Qu'on m'achève, gémis-je alors que la douleur martelait mon cerveau et que la nausée bouillonnait dans mon estomac.

J'étais allongée sur mon lit, enfin autorisée à retourner chez moi à présent que Lugh avait été condamné et supposément puni pour mes crimes. Ça n'était pas d'un grand réconfort, vu l'état dans lequel je me trouvais. Saul, qui jouait le rôle du garde-malade, déposa un sachet de glace sur mon front. Cela ne me soulagea pas vraiment, mais je ne supportais pas de rester allongée à souffrir sans essayer de me débarrasser de cette douleur.

— Ça va bientôt passer, m'assura Saul.

Il avait tort. La dernière fois que j'avais été malade comme ça, cela avait duré trois jours entiers, même si l'intensité de la douleur s'était atténuée au fil des heures.

La sonnette retentit, déclenchant une douleur atroce dans ma tête. Un instant, je crus que j'allais m'évanouir, mais je n'eus pas cette chance.

— Désolé, murmura Saul qui se précipita hors de la pièce.

Je jetai le sac de glace qui ne servait à rien, puis je pris l'oreiller que j'avais sous la tête pour le serrer contre mon visage, espérant que bloquer la lumière contribuerait à chasser la douleur. L'oreiller n'étouffait pas les bruits au point que je n'entende pas Saul saluer Barbie. Quand il l'avait invitée à passer – contre ma volonté, même si j'étais trop malade pour protester –, il avait gentiment averti le concierge en lui demandant de ne pas appeler. Je regrettais qu'il n'ait pas demandé à Barbie de ne pas sonner. D'un autre côté, comment aurait-il su qu'elle était arrivée ?

Mes narines m'informèrent qu'elle avait apporté à dîner, ce qui provoqua aussitôt un sursaut de mon estomac vide. Je ne parvenais même pas à garder deux gorgées d'eau et, si je ne réussissais pas à contrôler mon envie de vomir, j'allais finir à l'hôpital alimentée par perfusion. Ne serait-ce pas fantastique que des médecins se penchent sur mon cas pour déterminer ce qui m'arrivait ? Je serais tâtée, secouée et sondée pendant mon séjour et tout cela pour rien.

— Saul ! hurlai-je aussi fort qu'il m'était possible.

Je ne suis pas certaine que ma voix porta, mais l'effort ne manqua pas de faire vibrer mon crâne.

— Tu as appelé ? demanda Saul quelques instants plus tard.

— Ouais. Tu peux fermer la porte ? L'odeur de nourriture me lève le cœur.

— Oh, désolé, bien sûr.

La porte se ferma et je fus toute seule, à lutter contre la douleur, à espérer pouvoir faire défiler ma vie en avance rapide. À travers la porte close, j'entendais le murmure doux des voix de Saul et de Barbie, ponctué par un rire occasionnel. Ils s'entendaient à merveille. J'essayais de m'en réjouir, même si je pensais qu'il était risqué que l'un d'entre nous traîne avec elle trop longtemps. Elle sentait trop les choses et je craignais qu'elle finisse par mettre le doigt sur les failles de notre histoire. Bon sang, étant donné que Saul pensait plus avec son entrejambe qu'avec son cerveau en ce moment, il était probablement en train de cracher tous nos petits secrets. Si c'était le cas, je n'étais pas en état de l'en empêcher.

Les voix finirent par se taire, mais je savais que Barbie était encore là. Je devinais assez facilement pour quelle raison Saul et Barbie étaient soudain si silencieux. Bientôt, les occasionnels halètements étouffés provenant de la chambre voisine confirmèrent mes suppositions. Au moins, ils étaient assez gentils pour ne pas faire tout un raffut.

Je dus somnoler pendant un moment, même si la douleur résonnait encore dans ma tête alors que je dormais. Quand je fus de nouveau certaine d'être consciente, Barbie prononçait mon nom d'un air hésitant.

— Morgane ? Tu es réveillée ?

J'aurais peut-être dû faire semblant d'être encore endormie, mais je préférais penser à autre chose, à n'importe quoi d'autre que le malaise que j'éprouvais.

— Plus ou moins, répondis-je, même s'il était difficile de me comprendre sous l'oreiller que je tenais toujours plaqué contre mon visage.

Je l'entendis traverser la pièce, puis je sentis le bord de mon lit s'affaisser quand elle s'y assit.

— Je ne vais pas te demander comment tu te sens, dit-elle, mais est-ce que tu veux que j'aille te chercher quelque chose ?

— Un pistolet pour que je puisse mettre fin à tout ça ?

Elle rit doucement.

— Tu devrais vraiment aller à l'hôpital.

Je dégageai l'oreiller de mon visage et entrouvris les paupières. La lumière ne faisait pas empirer ma migraine ; cela aurait dû être le cas, c'était pour ça que je restais sur mes gardes.

— Ne compte pas dessus !

Elle eut un demi-sourire.

— Je n'y comptais pas. Mais je pouvais toujours essayer.

Même si Saul et elle s'étaient adonnés à une séance de gymnastique horizontale dans la chambre voisine, elle paraissait parfaitement mise, comme à son habitude. C'était répugnant d'être aussi jolie et je me rappelai que je n'aimais pas ce genre de filles à la pom-pom girls.

—Tu veux quelque chose ? demandai-je d'un ton bourru.
Elle affichait toujours ce demi-sourire.
—J'espère seulement pouvoir deviner la vérité rien qu'en te regardant.

Je grognai. On aurait pu croire qu'après avoir eu confirmation de tous ses soupçons quant à ma supposée possession par le démon de Jordan Maguire, elle serait satisfaite et cesserait de poser des questions. Eh bien, non, on ne pouvait croire cela, pas à moins d'être un idiot.

—Ne me fais pas ça, suppliai-je. (J'étais trop mal pour faire semblant.) Pas maintenant alors que je suis complètement vulnérable.

Elle secoua la tête.

—Je doute que tu aies jamais été vulnérable, ne serait-ce qu'un jour dans ta vie. Je te dis juste que votre histoire ne tient pas debout. Rappelle-toi, nous avions déjà déterminé que tu n'étais pas assez stupide pour descendre Hillerman alors que tu étais la principale suspecte.

—Je ne le suis pas. Mais le démon l'était.

Elle ricana.

—C'est vrai. Je veux juste que tu saches que je t'aiderai si tu en as besoin. Quoi qu'il t'arrive, c'est un peu plus bizarre que l'explication toute faite qu'on m'a donnée hier.

Fichtre, tout cela ne datait que de la veille ? Étonnant comme le temps ne passait pas vite quand on ne s'amusait pas.

—Mais je ne vais pas t'embêter maintenant, dit-elle. Je voulais juste te dire ce que j'ai dit au démon : si tu veux tout me raconter, appelle-moi.

—Merci, marmonnai-je avant de plaquer de nouveau l'oreiller sur mon visage afin de lui signifier délicatement la fin de notre conversation.

Barbie se retint de poser davantage de questions. Elle soupira calmement avant de sortir.

Je restai assise sur le banc de touche de ma vie pendant les trois jours qui suivirent. Je quittais rarement mon lit, uniquement pour me rendre aux toilettes. À la fin de la première journée, la nausée s'était suffisamment calmée pour que je puisse boire de petites quantités d'eau sans les vomir aussitôt, mais le liquide transparent était la seule chose qui pouvait passer mes lèvres. Ma tête battait impitoyablement et j'étais même plus grognon que d'ordinaire. Rétrospectivement, j'étais un peu désolée pour Saul qui s'efforçait d'être serviable tout en le regrettant.

Dominic passa me voir une fois et me fit savoir qu'il avait apporté du bouillon de poule fait maison pour le moment où l'appétit reviendrait. Cela me motiva, je devais me rétablir rapidement. Barbie passa au moins deux fois, mais surtout pour voir Saul, pas moi. Adam vint s'assurer également deux fois que j'allais bien, mais ne resta que peu de temps. Raphael, qui voulait peut-être jouer les malins ou souhaitait simplement être gentil, me fit livrer des fleurs. Il n'y eut pas de mot de la part de Brian, bien sûr, même si j'avais espéré qu'il m'aimait encore suffisamment pour me faire porter un bouquet ou m'adresser une carte. Andy ne vint pas non plus me rendre visite, ce qui me fit tout aussi mal.

À la fin du troisième jour, je commençais à me sentir un peu mieux et je ne rêvais plus les yeux ouverts de me faire sauter la cervelle. Ce fut alors qu'Andy décida de passer... avec Raphael pratiquement sur ses talons.

Je ne savais que penser de la visite d'Andy accompagné de son ancien démon et je fus encore plus troublée quand Raphael poussa Andy dans la chambre avant de se poster sur le pas de la porte pour lui bloquer la sortie.

Je me redressai en position assise quand Andy approcha, tête baissée, les mains enfoncées dans les poches. À cause de ma migraine, la chambre était encore plongée dans l'obscurité. C'était pour cette raison que je ne vis pas tout de suite les hématomes. Quand je les remarquai, j'en eus le souffle coupé.

— Qu'est-ce qui s'est passé ? demandai-je.

Andy avait un œil au beurre noir et des bleus s'épanouissaient tout autour de son cou, comme si quelqu'un avait tenté de l'étrangler.

Il ouvrit la bouche plusieurs fois en semblant rejeter aussitôt ce qu'il s'apprêtait à dire. Même dans le noir, je vis Raphael rouler des yeux.

— Oh, pour l'amour de Dieu, Andrew ! aboya-t-il. Aie un peu de cran !

Une étincelle éclaira le regard d'Andy, une lueur de colère qui le fit paraître plus vivant qu'il n'avait été depuis un certain temps. Il sortit les mains de ses poches et serra les poings. Je remarquai que les jointures de sa main droite étaient elles aussi contusionnées.

— Tu t'es battu ? demandai-je puisqu'il ne parlait toujours pas.

— Pas exactement, répondit-il, et je sentis qu'il luttait pour trouver les mots.

— Et si je commençais à raconter l'histoire à ta place, dit Raphael en parlant lentement sur un ton condescendant. Je suis passé chez toi pour t'encourager à te remuer les fesses et à aller voir ta sœur…

Je n'en étais pas certaine, mais j'avais l'impression qu'Andy serrait les dents. Ce que je faisais aussi. Je m'apprêtais à leur dire à tous les deux de ficher le camp quand Andy se décida enfin à parler.

— Je suis désolé de ne pas être venu plus tôt. J'ai pensé que ma présence ne ferait qu'empirer ton état.

— Des conneries ! l'interrompit Raphael. Tu étais simplement trop occupé à te morfondre pour faire un effort.

Andy se tourna vers Raphael.

— Tu m'as amené ici pour que je parle ou pour que tu puisses parler ? Parce que si c'est toi qui parles, je n'ai pas besoin d'être ici.

— Oh, si tu veux, parle donc, répondit Raphael avec un grand geste de la main.

Andy se tourna de nouveau vers moi en m'évitant toujours du regard.

— Je voudrais m'excuser pour mon comportement de ces derniers jours. Raphael me dit que je me suis apitoyé sur moi-même et que j'ai besoin de me construire tout seul. Je te promets que je vais essayer.

Ma gorge se serra et je tendis la main pour serrer brièvement celle d'Andy. La situation me laissait perplexe, mais il n'avait jamais autant parlé depuis que Raphael l'avait quitté et ce ne pouvait être qu'un bon signe.

Il me serra la main en retour, se contraignant à un semblant de sourire. J'aurais eu envie de lui dire que je l'aimais, mais nous n'avions jamais été très démonstratifs l'un envers l'autre et je craignais que cela paraisse trop artificiel.

— Je vais te laisser te reposer maintenant, poursuivit-il. Mais je te promets que je vais revenir, et pas uniquement pour les réunions du Conseil.

La boule dans ma gorge me faisait trop mal pour que je puisse parler. Je me contentai d'acquiescer et de lui adresser un sourire des plus encourageants. Quand je me sentis enfin capable de parler sans beugler, Andy avait dépassé Raphael et se trouvait certainement à mi-chemin de la sortie. Raphael leva un doigt dans un geste qui devait signifier « je reviens tout de suite », avant de se précipiter derrière Andy. Finalement, je ne savais toujours pas ce qui s'était réellement passé.

Andy et Raphael eurent un échange de propos hostiles, sans que je parvienne à comprendre la teneur de leur discussion. Puis la porte d'entrée claqua, ce que mon crâne douloureux apprécia beaucoup.

Raphael revint dans ma chambre quelques minutes plus tard en secouant la tête. Il me suffit de hausser les sourcils pour lui faire comprendre que j'avais un tas de questions à poser.

— Tout le monde traite Andrew avec des pincettes, dit-il. Je préfère l'approche au coup de poing américain. Je suis allé chez lui pour le traîner jusqu'ici afin qu'il te voie. Il n'était pas d'accord.

J'étrécis les yeux.

— C'est ce qui explique les bleus ?

Raphael acquiesça et je distinguai l'amorce d'un sourire sauvage sur ses lèvres.

— Je l'ai tellement agacé que cet abruti m'a balancé un coup de poing. Je crois qu'il s'est plus fait mal à la main qu'autre chose.

— Et il s'est pris un œil au beurre noir quand il a essayé de te donner un coup de boule ? grondai-je en jetant un regard furieux à Raphael, détestant l'idée qu'il avait de nouveau fait du mal à mon frère.

Il haussa les épaules.

— Je me suis défendu. Il l'avait bien mérité.

Je ravalai les mots qui voulaient s'échapper de ma bouche parce que, finalement, à quoi cela servait-il avec Raphael ?

— Et qu'en est-il de ces hématomes autour du cou ?

— Je lui ai dit que s'il tenait véritablement à en finir avec la vie, je serais ravi de lui prêter main-forte. C'est amusant comme le fait d'être dans l'incapacité de respirer peut vous amener à comprendre que la vie vaut le coup d'être vécue.

La mâchoire m'en tomba.

— Cela ne va pas l'aider à résoudre son problème, poursuivit Raphael, mais au moins je lui ai démontré qu'il voulait vivre, en effet. (Devant son sourire sauvage, ma migraine s'intensifia.) C'est l'amour vache version démon.

Un de ces jours, je laisserai Lugh prendre le contrôle pour mettre une raclée à Raphael. Peu importent la douleur et la nausée qui suivraient.

— Sors d'ici, dis-je en m'effondrant dans mon lit, espérant fuir dans le sommeil. Je ne veux plus rien avoir à faire avec toi maintenant.

— Je t'en prie, s'esclaffa-t-il en se faufilant par la porte avant que j'aie une chance de lui répondre.

Quand je me réveillai le quatrième jour de mon supplice, je me sentais un peu plus forte. J'eus même le courage de siroter du jus d'orange et de me traîner hors de mon lit pendant un moment. Ma tête battait toujours et j'étais faible, sans doute parce que je n'avais rien mangé depuis plusieurs jours. Comme le jus d'orange accepta de rester dans mon estomac, Saul me prépara un toast grillé. J'avais suffisamment faim pour qu'une simple tartine me paraisse bonne.

À l'heure du déjeuner, j'étais pressée de tenter de manger un vrai repas, mais Saul ne me laissa ingurgiter qu'un bouillon accompagné de crackers. L'avantage, c'était que Dominic avait préparé le bouillon, qui était riche et goûteux.

— Bon, dis-je en m'asseyant à table avec Saul et en prenant une cuillerée de bouillon. Il y a eu pas mal de passage pendant que j'étais en convalescence.

Saul me jeta un regard digne de l'infirmière Ratched de *Vol au-dessus d'un nid de coucou*.

— C'est comme ça que tu vois les choses ?

Je savais être une mauvaise malade et, à la place de Saul, j'aurais été tentée de m'étouffer avec l'oreiller que je n'avais cessé d'agripper. Bien sûr, je ne lui avais jamais demandé de jouer le rôle de l'infirmière.

Je décidai qu'il valait mieux poursuivre sans répondre.

— Est-ce qu'il y a du nouveau ?

—Pas grand-chose. Les charges contre Raphael ont été abandonnées. Surprise, surprise. Il est allé interroger Shae dès sa sortie, mais elle clame qu'elle n'a pas eu de nouvelles de notre ami et Raphael la croit. Et ton avocat a appelé tous les jours en espérant que tu te sentirais mieux pour lui parler.

Je fronçai les sourcils. Il devait parler de l'avocat que Brian avait engagé pour mon procès.

—S'il appelait pour annoncer de bonnes nouvelles – comme, par exemple, que Maguire laisse tomber le procès –, je suppose qu'il aurait laissé un message, pensai-je à voix haute.

Bon sang, même si je n'étais plus accusée de meurtre, tout ce bordel n'était pas fini.

—Ouais, admit Saul. Je n'ai pas eu l'impression qu'il essayait de te joindre pour fêter quoi que ce soit.

—Fabuleux !

J'avais vraiment espéré qu'après la mort de Hillerman, Maguire perdrait tout intérêt dans cette chasse aux sorcières.

—Mais peut-être pas complètement inattendu.

Je haussai un sourcil.

—Oh ?

—Le plan d'Abraham de te faire condamner pour meurtre a échoué de façon spectaculaire. Quand on sait ce dont il a été capable jusque-là, est-ce qu'il te semble être du genre à déclarer forfait ?

—Non, concédai-je. Alors il abandonne son plan d'origine jusqu'à ce qu'il puisse imaginer quelque chose d'encore plus horrible.

—Ce ne serait peut-être pas si terrible, dit Saul. Il est fort peu probable qu'il sache tout ce que nous avons appris sur lui. Il ne prendra donc pas autant de précautions. S'il parvient à faire poursuivre le procès, c'est donc que son hôte est probablement quelqu'un de l'entourage de Jordan Maguire Sr.

— À moins que Maguire vienne juste de décider de poursuivre le procès tout seul sans personne pour le pousser du coude.

Pourtant Laura Maguire avait eu l'air terriblement sûre que Hillerman se cachait derrière ce procès.

— C'est possible. Mais cela vaudrait la peine de savoir d'où vient cette folle envie de procès. Peut-être que si nous le découvrons, nous trouverons Abraham.

— D'accord, admis-je, je vais appeler Laura. Il se peut qu'elle accepte de me dire si quelqu'un d'autre que son père désire ce procès. (Je fronçai les sourcils.) Bien sûr, même s'il s'agit de Maguire, Abraham peut très bien l'avoir choisi comme nouvel hôte.

Saul sembla réfléchir à cette théorie.

— C'est peu probable. Nous avons déjà vu combien il se souciait peu de ses hôtes. S'il possède Maguire, puis qu'il est obligé de l'abandonner pour une raison ou une autre, le dossier sera clos. Je suis sûr qu'il préférera rester dans la périphérie où il peut se permettre de passer facilement d'un hôte à l'autre.

N'était-ce pas une perspective réjouissante ? J'avais vraiment hâte d'expédier ce salopard au Royaume des démons pour une éternité de captivité.

— Bon, fis-je en essayant de paraître désinvolte. Barbie semble passer souvent.

Je jetai un coup d'œil vers Saul en prenant une cuillerée de soupe. Ses lèvres se retroussèrent en un demi-sourire.

— Ouais, dit-il, d'une voix rêveuse.

— Tu l'as avertie que tu étais sous le coup d'une déception sentimentale ?

Le sourire s'assombrit et Saul ne répondit pas.

— Désolée, marmonnai-je avant d'enfourner un cracker dans ma bouche afin qu'elle soit occupée.

— Je l'aime vraiment beaucoup, dit calmement Saul.

— Ça se voit. Mais pour l'avoir appris à mes dépens, je peux te dire qu'il est difficile d'entretenir une relation très longtemps sans être honnête et tu ne peux te permettre de l'être avec elle.

Je n'étais pas certaine de savoir qui, de Barbie ou de Saul, je voulais protéger dans cette affaire. Peut-être les deux. Il me semblait que l'un d'eux était voué à souffrir.

— Peut-être qu'un peu d'honnêteté ne serait pas une mauvaise idée.

Ouais, elle l'avait embobiné, c'était sûr.

— Rappelle-toi, elle a commencé par travailler pour l'autre camp. Ce serait stupide de lui faire confiance.

— Alors je suis stupide.

— Saul…

— Je ne lui ai pas confié nos secrets d'État, m'interrompit-il. Je ne vais pas mettre Lugh en danger pour une femme que je ne connais que depuis quelques jours. Mais mon intuition me dit qu'elle est digne de confiance.

Je haussai les sourcils.

— Tu es certain que c'est ton intuition qui te parle ?

Il m'adressa un regard vicieux.

— Tu as conscience qu'avec la mort de Hillerman, c'est son gagne-pain qui a disparu ? C'est lui qui la réglait directement et elle n'a touché qu'un acompte. Elle parviendra probablement à obtenir le reste, mais pas avant que les dettes de Hillerman soient apurées, ce qui peut prendre des mois.

— Et quel est le rapport ? demandai-je.

— Parce qu'elle passe pratiquement tout son temps à travailler gratuitement pour Adam et toi, elle ne peut pas accepter de clients payants. Selon moi, c'est un signe qu'elle est dédiée à la cause.

Je haussai les épaules.

— Et je dirais que c'est le signe qu'Adam la tient encore sous la menace de la prison si elle ne collabore pas, contestai-je.

Saul émit un grondement de fond de gorge déplaisant. Il sourit d'un air méprisant, chose que je ne l'avais jamais vu faire.

— Tu parles comme Raphael.

Je savais qu'il considérait ça comme une insulte, mais celle-ci tomba à plat.

— Il arrive que je sois d'accord avec ce qu'il dit. C'est le cas à ce sujet. Vis ta petite aventure si tu veux mais ferme-la.

Il se hérissa.

— Je n'ai pas à recevoir d'ordre de toi et je n'ai certainement pas besoin de ta permission pour voir Barbara.

— Mais tu reçois des ordres de Lugh, n'est-ce pas?

Il serrait les poings, le visage assombri par la colère.

— Est-ce que Lugh m'interdit de la voir?

— Qu'est-ce que tu en penses, Lugh? demandai-je.

Saul et moi restâmes silencieux en attendant sa réponse. J'entendis Lugh soupirer dans ma tête.

— *Je pense que cela vaudrait mieux pour tout le monde qu'il évite pour le moment les histoires d'amour compliquées.*

Il semblait regretter d'avoir à émettre cet avis, mais il était ferme.

J'adoptai une expression compatissante pour m'adresser à Saul.

— Désolée, mais il est d'accord avec moi.

Saul repoussa la table.

— Je ne te crois pas. Tu dis ça parce que tu sais que je ne peux vérifier directement auprès de Lugh.

Malheureusement, je n'avais aucun moyen de réfuter sa demande. Je n'osais laisser Lugh reprendre le contrôle, ne serait-ce qu'une minute. À cette pensée, je frissonnai, ce qui ne fit qu'augmenter les vibrations de ma tête endolorie.

— Tu vas suffisamment bien pour t'occuper de toi toute seule maintenant, dit-il. Adam a dit que ma nouvelle identité serait réglée d'ici quelques jours, alors je vais aller essayer de trouver un appartement. À plus tard.

Il était toujours sacrément en colère – même si c'était parce qu'il savait qu'il avait tort –, mais je doutais pouvoir dire quoi que ce soit qui puisse arranger son humeur. Je me mordis donc la langue jusqu'à ce qu'il claque la porte en sortant.

—*Sacré garde du corps que j'ai là*, pensai-je à l'attention de Lugh, mais il ne répondit pas.

Chapitre 27

Après le départ de Saul, je m'assis sur le canapé avec l'idée d'appeler Laura. Comme la tête me tournait un peu, je décidai de m'allonger. Je fermai les yeux avec l'intention de rassembler mes forces pour l'épreuve qui m'attendait.

Quand je me réveillai, je ne sais combien de temps plus tard, je n'étais plus seule dans l'appartement. Saul était revenu avec Adam et Dominic. Ils discutaient tranquillement dans la cuisine, rapprochés les uns des autres. Essayant de ne pas me réveiller, je suppose.

Ma tête allait définitivement mieux. Je tentai de me redresser en position assise. Je ne vomis ni ne tombai dans les pommes. Il m'en fallut de peu pour entamer une petite danse de la joie. Mon estomac gronda bruyamment, ce qui attira l'attention des garçons. Adam et Dominic se précipitèrent dans le salon pour voir ce que je faisais pendant que Saul, qui apparemment boudait toujours, restait en retrait.

— Tu te sens mieux, mon chou ? me demanda Adam. (J'aurais presque cru qu'il se souciait vraiment de mon état s'il n'avait pas poursuivi par :) Tu as la tête d'une morte qui a besoin d'être réchauffée.

Dom lui donna un coup de poing dans le bras.

— Sois gentil.

Adam prit l'expression innocente du « qui, moi ? ». Au lieu d'être agacée, j'éclatai de rire. L'affection facile que Dominic et Adam partageaient me faisait toujours sourire, même si ma gaieté se fana au souvenir de l'état de ma propre vie sentimentale. Je n'étais pas encore près d'abandonner Brian – même si ça n'était pas difficile pour lui –, mais je n'avais pas l'énergie mentale nécessaire pour trouver la solution à ce problème particulier au milieu de tous les autres.

— Saul nous a dit que tu avais mangé du bouillon et des crackers, dit Dom. Tu crois que tu es prête pour de la nourriture plus solide ?

Mon estomac hurla sa réponse.

— Je vais considérer que c'est une réponse affirmative, dit Dom avant de se diriger vers la cuisine. Je vais réchauffer cette soupe que je t'ai apportée.

— Merci, lui criai-je.

Adam s'affala sur la causeuse.

— J'ai parlé à Laura Maguire il y a une heure, dit-il.

— Oh. (Tant pis pour l'espoir que j'avais nourri de me rendre utile.) Est-ce que tu as découvert quelque chose d'intéressant ?

— Peut-être. Elle n'en était pas certaine, mais elle pense que Jessica Miles harcèle Maguire au sujet de ce procès. Comme quoi il ne doit pas laisser tomber pour sa petite-fille.

Je me rappelai que Jordan Jr. et Jessica avaient eu un enfant. Comment avais-je pu l'oublier ?

— Alors tu penses qu'Abraham a pris Jessica comme hôte ?

Adam haussa les épaules.

— Je ne sais pas. Peut-être. Mais d'après son histoire à elle, elle n'est pas vraiment un ange. Elle pourrait le pousser en espérant récupérer de l'argent.

— Bon, c'est la seule hypothèse qu'on a, n'est-ce pas ?

Il soupira.

— Je suppose.

— Quand j'irai mieux, Raphael et moi allons essayer de mettre la main sur Jessica en espérant que cela se passera mieux que lors de notre tentative avec David Keller.

Adam n'avait pas l'air content.

— Et si nous nous trompons ? Et si Jessica est juste une calculatrice et qu'Abraham se cache ailleurs ? Tu ne peux pas exorciser une personne qui n'est pas possédée, et si vous la kidnappez...

Pourquoi rien n'était-il jamais simple ?

— Tu as une meilleure idée ?

— J'ai prévu d'avoir une petite discussion avec elle dans la journée. Peut-être laissera-t-elle échapper quelque chose qui me confirmera qu'Abraham est bien en elle.

Je fronçai les sourcils.

— Tu peux voir les auras, non ? Plus facilement qu'un exorciste, je veux dire.

Il avait déjà examiné mon aura par le passé, quand j'avais découvert que j'étais possédée.

— Ouais, mais j'ai besoin du contact de la peau et peut-être de trente secondes de parfaite concentration. Je doute que Jessica le permette, même si elle n'est pas possédée. Je verrai ce que je peux faire.

— Et tu me tiendras au courant.

— Bien sûr.

La soupe était prête et Dominic me l'apporta sur un plateau venant probablement de chez lui. Je n'avais pas ce genre d'accessoire chez moi. Il remarqua mon regard suspicieux et sourit.

— Considère ça comme un cadeau de convalescence. Tu vas certainement prendre la plupart de tes repas au lit jusqu'à ce que tu aies recouvré toutes tes forces.

C'était étonnamment agréable qu'on s'occupe de moi de cette manière. C'était une situation tout à fait inhabituelle, principalement parce que je repoussais les gens qui essayaient de me dorloter. Bon sang, je repousse les gens, en général. Mais pour une fois, je m'autorisai à m'en délecter. Même la bouderie explicite de Saul et l'air pensif d'Adam ne me gâchèrent pas ce plaisir. Et quand les trois hommes partirent pour me laisser dormir, je me sentis étrangement démunie.

Je somnolai pendant une heure ou deux. Ma tête ne me faisait plus souffrir, même si mon esprit était encore lent et embrumé. Mon estomac semblait s'être complètement remis, grondant pour que j'alimente mon organisme. Je me levai et allai dans la cuisine en traînant les pieds, espérant qu'il restait de la soupe de Dominic dans le réfrigérateur. Et c'est à ce moment que je remarquai l'enveloppe glissée sous ma porte.

De temps à autre, il m'arrive de sentir quand ma vie est sur le point de prendre un mauvais virage. C'était ce que j'éprouvai en cet instant. Malheureusement, mes intuitions sont souvent terriblement justes.

Mon appétit disparut tandis que je gardais les yeux rivés à l'enveloppe. Rien de bon ne semblait sortir des enveloppes mystérieuses. L'univers m'en voudrait-il si je faisais semblant de ne pas la voir?

L'enveloppe ne portait aucune inscription et n'était pas fermée. Elle contenait une feuille de papier blanc avec un mot dactylographié. Ce n'était pas difficile de deviner qui l'avait écrit.

Le mot commençait par une longue liste de noms que je connaissais: Adam; Dominic; Diane Kingsley, ma mère; Raymond et Edna Griffith, les parents de ma mère qui vivaient en Floride; Andy; Tommy Brewster; Saul; Barbara Paget; Blair Paget; Carl, mon très amical concierge. Même mon avocat, Brandon Cook, et Laura Maguire, que je connaissais à peine, y figuraient.

Le reste de la note était bref et clair. Abraham «sollicitait le plaisir de ma présence» le soir même dans un immeuble abandonné près de la rivière Schuylkill, à minuit, pour «s'amuser». Si je ne venais pas – toute seule, évidemment –, une personne de la liste mourrait et l'invitation serait réitérée jusqu'à ce que je l'accepte ou que toutes les personnes de la liste soient mortes.

Mon appétit complètement volatilisé, je m'assis péniblement sur le canapé et je fermai les yeux. Si j'allais me recoucher pour dormir, je découvrirais peut-être à mon réveil que la lettre n'était qu'un rêve. Je soupirai. Si seulement !

Trouver mon ami Abraham n'allait pas poser de problème, finalement. C'était une de ces situations du genre « fais attention au souhait que tu fais ».

— Il faut que j'y aille, dis-je en m'adressant autant à Lugh qu'à moi-même.

Je m'attendais à ce qu'il proteste, qu'il m'ordonne d'appeler la cavalerie. Mais il resta silencieux si longtemps que je crus être parvenue à ressusciter les barrières mentales que j'avais érigées entre lui et moi par le passé. Mais évidemment, ce n'était pas le cas.

— *Je suis d'accord*, dit Lugh, juste quand je décrétai que je n'entendrais pas sa voix.

Je fus même surprise au point de sursauter.

— Tu quoi ? demandai-je, croyant me tromper.

— *Je suis d'accord pour que tu y ailles. Abraham a déjà prouvé qu'il lui importait peu de tuer. Je crois qu'il mettra sa menace à exécution.*

— Moi aussi, mais je ne m'attendais pas pour autant à ce que tu sois d'accord pour que je le rencontre.

Lugh n'était pas un lâche. Il savait cependant très bien à quel point il était crucial pour la race humaine qu'il reste en vie. Si je mourais et que Lugh était renvoyé au Royaume des démons, les partisans de Dougal l'appelleraient dans un hôte qu'ils sacrifieraient aussitôt en le brûlant vif sur le bûcher. Plus de Lugh, plus d'opposition aux plans de Dougal.

— *Même si j'avais l'intention de laisser mourir autant de gens pour me protéger, il demeure que tous les membres de mon Conseil, mon frère et mon neveu inclus, se trouvent sur cette liste. Je serais aussi inutile sur la Plaine des mortels sans alliés, que mort. Nous devons accepter le défi d'Abraham. Nous devons y aller.*

Je n'aurais jamais pensé me faire porteuse de la voix de la modération, mais puisque Lugh ne semblait pas cette fois jouer ce rôle, j'étais l'unique alternative.

— Je ne peux pas me pointer dans un immeuble abandonné à minuit sans renfort, dis-je. Autant m'accrocher un bout de viande au cou et entrer dans la cage des lions au zoo.

— *Abraham croit que tu es une simple humaine. C'est un avantage en notre faveur.*

— Ouais, bonne idée. Tu as passé ces trois derniers jours avec moi ? Tu ressens tout ce que je ressens, n'est-ce pas ? Tu veux vivre trois autres jours comme ceux-là ? Ou pire peut-être ?

— *Bien sûr que non.* (Sa voix devint plus sèche dans ma tête.) *Je n'ai jamais fait l'expérience de la maladie humaine avant que tu deviennes mon hôte. En lire le souvenir dans la mémoire de quelqu'un n'est pas la même chose qu'en faire l'expérience soi-même. Je pourrais m'en passer. Cependant, je pense que dans ce cas précis, nous n'avons pas d'autres choix que de prendre le risque.*

— D'accord, alors nous retournons l'embuscade d'Abraham contre lui. Tu prends le contrôle, tu lui fiches les pétoches en espérant pouvoir le maîtriser sans tuer son hôte. Puis nous l'exorcisons et nous le renvoyons au Royaume des démons, et il sait que je suis possédée. Nous avons essayé d'éviter ça, tu te rappelles ?

— *S'il t'en voulait parce qu'il fait partie de la conspiration de Dougal, alors j'aurais toutes les raisons d'être inquiet. Mais ses motivations ne sont pas politiques. Il veut juste se venger. S'il découvre que tu es possédée, il ne saura pas quel sens donner à la situation. Il pensera sûrement que tu n'as vraiment pas de veine…*

— Et il n'aura pas tort, marmonnai-je.

— *… mais je doute sérieusement que la population des démons ait conscience que Dougal essaie de monter sur le trône. Pour eux, je suis en mission sur la Plaine des mortels et mon frère me remplace pendant mon* *absence. Seuls son Conseil et le mien savent qu'il a la ferme intention que je ne revienne pas. Et fais-moi confiance quand je te dis qu'il n'y a aucune chance qu'Abraham fasse partie du Conseil de Dougal. Un démon aussi instable, avec une telle obsession de vengeance, ne serait d'aucune utilité à mon frère.*

— Tu es en train de me dire que ton peuple ne sait même pas qu'il y a une guerre ?

— *C'est ça. Parce qu'il n'y a pas de guerre, du moins pas encore. Une conspiration, oui. Une tentative de coup d'État, oui. Mais pas une guerre. Le trône des démons passe d'un roi à son successeur, et il n'existe aucun moyen de l'usurper. Dougal ne peut mettre la main sur ce pouvoir à moins que je meure ou que j'abdique. Une guerre ouverte ne servirait à rien.*

» *Même dans le pire des scénarios, si Abraham apprend qu'il existe une tentative de prise de pouvoir, que tu m'as hébergé par le passé et que tu n'es plus supposée être mon hôte, quand il retournera au Royaume des démons, ce sera en tant que criminel et assassin. Imagine ce qui se passerait si un assassin américain reconnu se mettait à parler à tort et travers aux autorités en racontant qu'une conspiration se trame pour renverser le Président et qu'il sait où le chef de cette conspiration se cache. Qui l'écouterait ?*

Je me sentais plus à l'aise avec son plan à présent, sans pour autant l'apprécier.

— D'accord, nous ne dévoilerons donc pas ta couverture si nous réussissons. Mais que va-t-il se passer si je débarque dans l'immeuble abandonné et qu'Abraham me tire dans la tête à distance ? Tu es costaud, mais tu ne peux pas survivre à une blessure par balle à la tête.

— *Il ne va pas te tuer*, dit Lugh avec une certitude qui me surprit.

— Pourquoi dis-tu ça ?

— *Tu crois vraiment qu'il s'est donné autant de peine juste pour te tuer vite fait et te libérer de l'enfer que tu vis ? Les faits nous prouvent qu'il ne s'en satisferait pas.*

Et moi donc !

— Tu sais qu'on connaît une personne capable de survivre à une balle dans la tête. Deux personnes en fait.

J'avais vu l'hôte actuel de Saul résister à deux blessures par balle à la tête quand il hébergeait son précédent démon et l'hôte de Raphael était supposé être doté des mêmes capacités.

— *Et dès qu'Abraham verra Saul ou Raphael, une personne de la liste mourra. S'il découvre qu'il ne peut pas tuer celui qu'on lui aura envoyé, il battra en retraite et se vengera sur quelqu'un d'autre.*

J'étais à court d'arguments, même si la perspective de mettre le pied dans un piège en croisant les doigts pour que Lugh et moi puissions renverser la situation ne m'enthousiasmait pas franchement.

— *Que peut-on faire d'autre ?* demanda Lugh.

— Rassembler les troupes pour une grande assemblée. Peut-être que si nous réfléchissons tous ensemble, nous trouverons un meilleur plan.

— *Morgane, réfléchis une minute. Que va-t-il se passer si on annonce au Conseil qu'on a prévu d'affronter Abraham seuls ? Même s'ils n'ont pas de meilleure alternative ?*

— Ce n'est pas comme s'ils pouvaient t'en empêcher ! Tu es le roi. Ta parole est loi.

Il éclata de rire.

— *Je m'en remets à mon autorité sur mon peuple dans la plupart des situations. Mais pas dans ce cas-là. En tant que conseillers, ils auront toute légitimité à me désobéir s'ils pensent que je mets ma sécurité en péril.*

— Ils nous ont déjà laissé prendre des risques quand tu leur en as donné l'ordre.

— *Pas ce genre de risque.*

Et il avait raison. Les membres humains du Conseil contesteraient certainement ce choix, mais ils ne seraient pas en mesure de l'arrêter. Cependant, si Raphael, Saul et Adam – et c'était la seule fois où je pouvais imaginer ces trois-là être d'accord – se liguaient contre Lugh, il nous serait impossible d'aller où que ce soit.

Nous n'osâmes donc pas demander d'avis extérieur ni même du renfort. L'idée qu'Abraham choisisse une victime parmi mes proches suffisait à me convaincre de suivre le plan de Lugh.

Chapitre 28

Saul ne revint pas à l'appartement, ce qui fut un soulagement. Je me sentais beaucoup mieux, mais j'aurais été obligée de simuler une rechute et d'aller me coucher s'il avait été dans les parages. Parce que même s'il ne me connaissait pas aussi bien que les autres membres du Conseil, il était fort probable qu'il remarque que quelque chose se tramait.

Mon appétit avait été sérieusement malmené par la petite lettre d'amour d'Abraham, mais je me forçai à manger un autre bol de soupe chaude pour le dîner. La migraine et la nausée étaient passées, mais j'étais encore faible. M'affamer n'arrangerait sûrement pas mon état.

Sur le conseil de Lugh, je fis un petit somme en début de soirée pour préserver le peu de force que j'avais pour les festivités de la nuit. Je commençais à avoir l'impression que c'était peut-être la dernière fois que j'allais m'endormir, mais cela ne m'empêcha pas de sombrer à l'instant où je m'allongeai. Probablement grâce à l'influence de Lugh, mais je décidai de ne pas me formaliser.

Je fus prise d'une grosse crise de doute aux alentours de 23 heures et je dus relire la lettre d'Abraham plusieurs fois pour me rappeler pour quelles raisons je devais faire quelque chose d'aussi manifestement stupide, même à mes yeux. Mon Dieu, je n'en pouvais plus d'être prisonnière du dilemme qui semblait être un état permanent ces derniers temps. Malgré mes doutes, je commandai un taxi pour 23 h 30.

À 23 h 25, je ne pouvais retarder davantage mon départ. Broyant du noir, j'attrapai la lettre d'Abraham et écrivis au dos : « Si je ne reviens pas, dites à Brian que je l'aime et que je suis désolée d'avoir été une aussi mauvaise petite amie. » Quelqu'un finirait par trouver ce mot et comprendrait ce qui m'était arrivé.

Si j'y avais réfléchi plus tôt, j'aurais écrit quelque chose de plus éloquent, mais je n'avais plus le temps. Je posai la lettre sur la table de la salle à manger, puis je sortis après avoir pris une profonde inspiration.

Agréable surprise, le taxi était à l'heure. Je donnai au chauffeur une adresse près de l'immeuble où je devais rencontrer Abraham. Le chauffeur me jeta un drôle de regard – ce n'était pas exactement un endroit recommandable de jour pour une femme et encore moins au beau milieu de la nuit –, mais il n'était pas bon samaritain au point de m'en dissuader.

Je parcourus à pied les quelques blocs qui me séparaient de l'immeuble, souhaitant repérer les lieux avant d'arriver. Le bâtiment ressemblait à ce que j'avais imaginé : une énorme monstruosité de brique aux fenêtres condamnées et dont toutes les surfaces plates étaient couvertes de graffitis colorés. Cela avait dû être autrefois une sorte d'entrepôt. La porte avait été forcée et son cadre pendait en claquant. Je ne voyais aucune lumière à l'intérieur, mais j'étais certaine qu'Abraham s'y trouvait. Il m'y attendait certainement avec une mauvaise surprise dont il avait le secret.

Je regardai aux alentours pour m'assurer que je n'étais pas surveillée. Nul besoin de me donner cette peine, la rue était déserte et les voitures que j'entendais fréquemment circulaient sur l'autre rive. Même si je me doutais qu'Abraham n'allait pas me faciliter les choses, j'armai mon Taser et avançai, l'arme brandie devant moi. Ravalant ma peur, je poussai la porte.

À l'intérieur, il faisait noir comme dans un four et je regrettai de ne pas avoir apporté de lampe de poche. Si les fenêtres n'avaient pas été condamnées, j'aurais pu profiter de la lumière de la lune, mais je n'avais pas cette chance. Abraham pouvait me bondir dessus et je ne le verrais pas venir avant qu'il soit trop tard.

Mon pouls s'accéléra d'un coup et l'adrénaline déferla dans mon organisme qui m'intimait de m'enfuir.

— Lâche le Taser ou cela pourrait mal tourner, dit une voix féminine inconnue depuis les profondeurs de l'obscurité.

Qui que ce soit, elle n'avait pu voir le Taser. Il faisait trop sombre là-dedans. Mon cœur se serra. Dans le noir complet, les petits voyants du Taser brillaient comme des balises.

— Ne m'oblige pas à répéter, dit la femme.

J'envisageais de tirer approximativement dans la direction de la voix quand j'entendis un gémissement plaintif. La femme n'était pas seule. Si elle détenait un otage avec elle, je n'allais pas tirer.

— *Tu ferais mieux de lâcher ton Taser*, me conseilla Lugh. *De toute façon, nous voulons qu'Abraham pense que nous sommes vulnérables.*

— *Je préférerais avoir l'air vulnérable que l'être vraiment*, raillai-je, mais il avait raison.

Serrant les dents, je laissai tomber le Taser. À contrecœur.

Une allumette éclaira soudain l'obscurité et cette petite lumière parut si vive qu'un moment je fus aveuglée. Puis, alors que mes yeux s'adaptaient au noir, je découvris le décor qui m'entourait.

J'avais cru que cet immeuble était un ancien entrepôt et je m'étais attendue à de grands espaces ouverts. Au lieu de quoi, j'avais devant moi un long couloir sombre ponctué à intervalles réguliers de portes cadenassées. Au bout du couloir, devant une de ces portes qui était ouverte, se tenait une silhouette.

C'était une femme, sans aucun doute l'hôte actuel d'Abraham, mais je ne la connaissais pas. Environ la trentaine, assez jolie, mis à part l'étincelle sauvage dans ses yeux. Ou peut-être n'était-ce que le reflet de la bougie qu'elle tenait dans la main qui n'était pas armée.

— Bon sang, mais qui êtes-vous ? demandai-je comme si je ne le savais pas déjà.

— Si tu as besoin de me poser la question, alors ma réponse ne t'avancera pas à grand-chose, répondit-elle.

Il y eut un autre geignement et l'hôte mystérieuse d'Abraham jeta un regard dans la pièce sur laquelle donnait la porte ouverte. Elle apprécia apparemment ce qu'elle vit, car elle se tourna vers moi en souriant.

— Viens, dit-elle. Viens voir ce que j'ai prévu pour nous amuser ce soir. Avance lentement. Si tu fais un mouvement brusque, la punition sera sévère. Et reste là où je peux te voir.

Je commençai à m'avancer vers elle avec l'envie de ramasser le Taser. Elle recula à mon approche pour garder une bonne distance entre nous tout en s'assurant que nous ne nous perdions pas de vue. La sueur me dégoulinait dans le bas du dos, bien que je n'aie pas particulièrement chaud.

— *Tu veux prendre le contrôle maintenant, Lugh ?* demandai-je.

— *Pas encore. Je veux te laisser aux commandes aussi longtemps que possible. Peut-être seras-tu moins malade ensuite.*

Cela ne me plaisait pas vraiment, mais comme de toute façon je préférais garder le contrôle, je ne discutai pas.

Abraham reculait tandis que j'avançais lentement jusqu'à ce que je sois enfin en mesure de voir ce qui se trouvait dans la pièce. Je ne sais pas précisément à quoi je m'attendais, mais ça n'était certainement pas ce que je découvris.

Une autre femme inconnue était allongée à l'autre extrémité de la pièce. Des cheveux blonds coupés court encadraient un visage en forme de cœur strié de coulures de mascara. C'était elle qui produisait tous ces petits gémissements, même si elle semblait être à peine consciente. Je ne voyais aucune blessure, ce qui ne signifiait pas qu'elle n'était pas gravement atteinte.

— Qui est-ce ? demandai-je à Abraham.

— C'est Jessica Miles. Tu sais, l'ex de Jordan Maguire ?

J'acquiesçai pour lui indiquer que je reconnaissais le nom.

— Que fait-elle ici ? Et qu'est-ce qu'elle a ?

Je ne fus pas entièrement surprise qu'il ne tienne pas compte de mes questions.

— Dis-moi, est-ce que tu as découvert pourquoi je t'en veux maintenant ? (Il fronça les sourcils d'un air théâtral.) Tu as compris que j'étais un démon, n'est-ce pas ?

— Ouais, dis-je. Cette partie est assez claire. Et tu m'en veux parce que Jordan Maguire n'a pas été brûlé.

Il acquiesça. Ou devrais-je dire « elle » ? C'était assez troublant. Je décidai que puisque les démons adoptent d'ordinaire le nom de leur hôte, je considérerais que mon ennemi était une femme.

— Très bien. Je ne savais pas si tu serais assez intelligente pour remettre toutes les pièces à leur place. Comme c'est agréable de ne pas tout avoir à t'expliquer.

J'essayai de m'approcher avec précaution, mais elle étrécit les yeux et son doigt se raidit sur la détente. Je me figeai et elle sourit.

— Pour faire court, dit-elle, Jessica, ici présente, m'a aidé à faire accuser mon cher ami Jordan Maguire de l'avoir frappée. C'est une très vilaine femme. Une meurtrière. Et une salope au cœur de pierre.

— Rien de tout cela n'explique pourquoi elle est ici.

— Patience, patience. Tu as fait capoter tout ce que j'ai entrepris, alors c'est moi qui décide si je veux prendre mon temps pour t'expliquer de quelle manière toute cette histoire va finir.

Elle me regarda avec l'air d'attendre quelque chose. Si elle pensait que j'allais discuter, elle se gourait. Je savais reconnaître une folle quand j'en voyais une et celle-ci me dévisageait. Il ne sert à rien de discuter avec une folle. Je fis le geste de fermer ma bouche telle une fermeture Éclair et j'attendis.

Elle tordit les lèvres vers le bas ce qui lui donna presque l'air irrité. Jessica choisit ce moment pour émettre un nouveau gémissement. Elle tenta faiblement de se relever, mais elle s'écroula presque aussitôt.

Abraham sourit.

— Pour répondre à ta question s'agissant de ce qui ne va pas avec notre chère amie Jessica, elle est droguée jusqu'à la racine des cheveux. Franchement, je suis surpris qu'elle soit encore consciente. Je croyais que j'allais devoir la réveiller pour le grand final.

Qu'est-ce que ce psychopathe nous réservait maintenant ?

Abraham se rapprocha un peu de Jessica et la lueur de la bougie se refléta sur un objet posé au sol. Un couteau de cuisine. Pas un de ces couteaux de grand chef, mais pas un petit couteau non plus. Je ne suis pas experte en matière de cuisine, mais il devait probablement s'agir d'un couteau tout usage.

Abraham posa la bougie par terre. C'était un modèle large qui ne requérait pas de support. À aucun moment le pistolet ne dévia de sa cible.

— Je l'ai essuyé pour effacer les empreintes, déclara Abraham avant de se lever et de faire glisser le couteau vers moi d'un coup de pied, tout en affichant un sourire encore plus vicieux. Ramasse-le !

Le couteau s'arrêta contre le mur, un peu à ma gauche. Malheureusement, je commençais à voir où tout cela allait nous mener et je n'aimais pas du tout.

Je déglutis sans pour autant faire un mouvement vers le couteau.

—Tu n'as pas réussi à me faire accuser de tes deux derniers meurtres mais cette fois…

Je ne pus finir ma phrase.

Abraham éclata de rire, prenant son pied à la perspective du meurtre et du chaos.

—Cette fois, je ne vais pas te coincer. Cette fois, tu ne pourras pas être plus coupable. Maintenant ramasse ce foutu couteau.

—*Une idée peut-être?* demandai-je à Lugh.

C'était peut-être le fruit de mon imagination, mais sa voix dans ma tête me sembla tendue.

—*Fais ce qu'elle te dit de faire. Tant qu'elle pointe cette arme sur nous, nous ne pouvons pas nous permettre de ne pas lui obéir. Une fois qu'elle pensera que nous faisons ce qu'elle veut, elle relâchera peut-être sa garde et me laissera une occasion.*

Trop de «peut-être»! Mais, comme il l'avait souligné, nous n'avions pas d'autre option qu'obéir tant qu'elle braquait son arme sur ma tête.

Me déplaçant lentement au cas où elle aurait la détente facile, je ramassai le couteau. Il avait l'air assez aiguisé pour tuer.

Quand je me penchai pour le prendre, Abraham s'agenouilla près des pieds de Jessica qu'il attrapa par une cheville. Toujours sans que son arme bronche.

—Quand je te le dirai, dit-elle, tu vas t'approcher très, très lentement. Je veux que tu viennes t'agenouiller près de sa tête. (Elle secoua violemment Jessica par la cheville.) Allez, mon chou, réveille-toi. Tu ne veux pas louper ton horrible meurtre, non?

Jessica sanglota et tenta faiblement de libérer sa cheville de l'emprise d'Abraham. Ce dernier me souriait toujours, se délectant de chaque seconde.

— Ce couteau que je t'ai donné est un peu court pour ce que tu as à faire, poursuivit-elle. Tu devras la planter plusieurs fois avant qu'elle meure. (Elle leva la cheville de Jessica.) Je vais m'assurer qu'elle ne bouge pas, mais elle découvrira certainement qu'il lui reste un peu de force pour se débattre quand tu commenceras à la poignarder. Ce serait dommage qu'on trouve des cellules de ta peau sous ses ongles.

Son rire était dément. Complètement dingue, vraiment. Rien ne peut égaler le fait d'être coincée dans une pièce sombre avec un psychopathe de série B qui pointe un pistolet sur votre tête.

— Approche-toi, me dit Abraham quand il eut cessé de rire. Lentement.

Je déglutis mais ne bronchai pas.

— Et si je refuse ? demandai-je, juste pour m'assurer que je comprenais bien toute la situation.

De nouveau son charabia de psychopathe.

— Alors nous repartirons par des chemins séparés et toutes les personnes que j'ai citées sur la liste que je t'ai donnée mourront.

— Tu ne te contenteras pas de me tirer une balle dans la tête ?

Elle ricana.

— Trop expéditif et trop facile.

— Alors tu n'as pas vraiment besoin de cette arme.

On peut toujours espérer, non ?

— C'est pour te décourager de tenter un geste héroïque, expliqua Abraham.

Ce fut mon tour de ricaner, mais ma réaction dut paraître forcée et fausse.

— Comme si tu étais en danger avec moi !

— J'aime prendre mes précautions. Tu peux très bien avoir un autre Taser sur toi. Et n'aie pas d'idées bizarres comme te sacrifier en m'obligeant à tirer. Si je dois te tuer, tu m'auras encore une fois privé de ma vengeance et je serai obligé de la reporter sur tes êtres chers. Il n'y a que ça qui me tienne en vie, après tout. Maintenant, remue-toi et mets-toi au travail.

Je déglutis et secouai la tête.

— Qu'est-ce que le démon de Maguire t'a fait qui mérite ce chaos ?

— Tu gagnes du temps et je n'ai pas la patience. Dépêche-toi !

Je commençai à m'avancer, mon cerveau fonctionnant à plein régime.

— *Lugh, je ne sais pas quoi faire !*

— *Continue à lui obéir.*

Un frisson remonta, puis dévala ma colonne vertébrale quand un horrible doute me percuta.

— *Dis-moi que nous n'allons pas vraiment la tuer.*

— *Ce serait le seul moyen qu'Abraham se détende assez pour que je le prenne par surprise.*

— *Mais…*

— *Rappelle-toi, Jessica a provoqué l'exécution du démon de Maguire dans un accès de jalousie. Ce n'est pas une punition injustifiée.*

— *Oh, alors maintenant tu vas me sortir l'Ancien Testament, c'est ça ?*

Le désir inconscient de ne pas être malade comme un chien dans un avenir proche devait avoir ressuscité au moins une partie de mes barrières mentales, parce que je sentis exactement quand Lugh essaya de prendre le contrôle. Par réflexe, je résistai.

— Viens ici ! aboya Abraham. Si je dois te le répéter encore une fois, je vais devoir passer au plan B et je sais que tu ne l'apprécies pas.

Me déplacer tout en luttant contre Lugh pour qu'il ne prenne pas le contrôle était presque impossible. Cependant mon état de faiblesse ne me permettait pas de le bloquer. Entre deux pas, il m'arracha ma volonté.

Je compris où Lugh voulait en venir. C'était rationnel et logique, je savais qu'il avait raison et que nous devrions tuer Jessica Miles s'il le fallait. Ce pouvait être notre seule chance d'arrêter Abraham… notre seule chance qu'il baisse son arme ou du moins qu'il écarte la main de manière qu'il ne nous tire pas dans la tête si le coup partait. Lugh pouvait soigner presque toutes les blessures par balle et, avec l'avantage de la surprise, il pourrait probablement maîtriser Abraham, même blessé.

Peu importait la logique de ce plan, je ne supportais pas l'idée de tuer quelqu'un de sang-froid.

— *C'est moi qui le fais, pas toi*, me rappela Lugh sans que cela me soulage.

Lugh continua à obéir aux ordres d'Abraham et s'agenouilla près de la tête de Jessica. Cette dernière lui balança un coup de poing maladroit. Peut-être espérait-elle lui faire lâcher le couteau, mais elle frappa le mauvais bras. Ses ongles parvinrent à s'enfoncer malgré tout sous ma peau, ce qui permettrait de confirmer que j'étais bien sa meurtrière.

— Pour répondre à ta question précédente, dit Abraham, le regard fou, Brennus et moi étions des rivaux sentimentaux – en fait, c'est arrivé plusieurs fois – et je n'ai jamais gagné.

— Vraiment on se demande pourquoi, marmonna Lugh.

— Écrase! gronda Abraham et l'arme vacilla légèrement.

Mais pas assez. Vu la folie de son regard, nous n'aurions pas le temps.

— Je suis désolée, Jessica, dit Lugh en abaissant le bras armé du couteau vers le dos de la jeune femme.

Toute une série de choses se passa ensuite. On entendit le «pop» distinct du Taser provenant du couloir. Le corps d'Abraham fut secoué de spasmes. Lâchant l'arme, il s'affala en tas. Et Lugh, grâce à ses réflexes de démon, réussit à arrêter son geste avant de toucher le dos de Jessica.

Lugh se tourna vers la porte où Barbie éjectait la cartouche usagée du Taser. Elle nous sourit malgré ses yeux écarquillés et ses mains tremblantes.

— Ouf, dit-elle. C'était moins une.

— Qu'est-ce que tu fais là ? demanda Lugh.

— *Laisse-moi reprendre le contrôle*, demandai-je.

— *Et comment vas-tu expliquer à Barbie pourquoi tu te sens bien une minute et que la suivante tu vomis toutes tes tripes ?*

Argh, il avait raison. J'espérais que l'état misérable dans lequel je me retrouvais en reprenant les commandes ne dépendait pas de la durée de sa prise de contrôle.

Barbie haussa les épaules en essayant de prendre l'air désinvolte. Elle y parvint presque.

— C'était gentil de ta part de laisser ce mot avec toutes les informations sur la table de la salle à manger. Ça m'a facilité la tâche pour te retrouver.

Derrière moi, Jessica respirait fort comme si elle venait de courir le marathon, mais Lugh ne semblait pas préoccupé par sa crise de panique ou quoi que ce puisse être. Au lieu de quoi, il répondit exactement ce que je pensais.

— Tu étais dans mon appartement ? Et pourquoi ?

Barbie, l'air suffisant, avança dans la pièce tout en gardant une saine distance entre elle et le démon en incapacité.

— Je suis détective privé, me rappela-t-elle. Environ quatre-vingts pour cent de mon travail consiste à convaincre les gens de me dire des choses qu'ils ne sont pas censés me divulguer. Saul est chez moi ce soir et il avait besoin d'affaires de rechange. Il est encore énervé au sujet de quelque chose que tu lui aurais dit et il ne voulait pas te croiser. Aussi, j'ai accepté de passer chez toi à sa place. Le concierge de ton immeuble a été très compréhensif.

Les respirations rauques de Jessica étaient plus fortes et plus rapides à présent, ponctuées de petits grondements qui tenaient plus de la colère que de la peur ou de la douleur. Barbie se rapprocha.

— Hé, elle va bien ? demanda-t-elle.

Soudain, Jessica balança un coup de pied dans le tibia de Barbie. J'entendis le craquement odieux de l'os quelques secondes avant le cri du détective.

Puis Jessica se rua sur moi en me donnant des coups de poing, de pied et en me griffant. Pendant une seconde, Lugh et moi ne comprîmes pas ce qui se passait. Ce qui suffit à Jessica pour me soulever et me jeter contre le mur.

Lugh bloqua la douleur, mais il en eut quand même le souffle coupé et, quand il se remit d'aplomb, Jessica se ruait de nouveau sur lui. Bien entendu, ce n'était pas Jessica, mais Abraham.

Lugh parvint à éviter le coup de poing qui se dirigeait vers son visage. Ce qui valait mieux parce que cette attaque laissa un trou de bonne taille dans le mur. Lugh entoura Jessica de ses deux bras, essayant de la neutraliser en la traînant sur le sol vers lui. Il faisait au moins l'effort symbolique de ne pas tuer l'hôte actuelle d'Abraham, mais il avait sous-estimé la force du démon.

Abraham brisa la prise de Lugh et je ressentis la surprise de ce dernier quand nous nous envolâmes une deuxième fois vers le mur. Lugh réussit une manœuvre surhumaine en exécutant une torsion complexe et un saut périlleux qui lui permirent d'atterrir sur ses pieds au lieu de percuter la paroi.

Jessica était bouche bée.

— Bon sang ! cria-t-elle, et je vis les feux de la folie et du démon dans ses yeux. Tu as été exorcisée !

Lugh sourit. J'avais l'impression désagréable qu'il s'amusait réellement.

— Surprise ! dit-il avant de se précipiter de nouveau sur Jessica.

Cette fois, Jessica et lui heurtèrent le mur ensemble. Je fus d'ailleurs surprise qu'il ne s'effondre pas sous l'impact violent. Des morceaux de plâtre tombèrent sur nous sans qu'aucun des deux démons y prête attention. Quand ils roulèrent à terre, verrouillés l'un à l'autre dans un combat mortel, Lugh prit le dessus. Il tendit les mains vers la gorge de Jessica, probablement pour essayer de lui casser le cou, mais il fut encore une fois surpris quand, dans une énorme explosion de puissance, elle les retourna tous les deux.

En tant que roi, Lugh était obligatoirement un des démons les plus puissants d'entre tous, mais Abraham se débrouillait bien aussi.

Même si mon esprit résidait toujours dans mon corps, les deux étaient bel et bien séparés et je ne contrôlais rien. Je ne le souhaitais pas non plus. Dans une telle situation, je serais morte en cinq secondes si je n'avais pas eu la force de Lugh.

Justement parce que je n'étais pas aux commandes, j'étais plus attentive que Lugh à ce qui se passait autour de nous. Il devait apercevoir Barbie du coin de l'œil, mais son regard ne se tournait pas franchement dans sa direction, toute sa concentration se portait sur Jessica/Abraham. Quant à moi, je vis Barbie, le dos appuyé au mur, le visage tordu par la douleur, recharger le Taser avec une nouvelle cartouche.

Abraham imita la dernière tentative de Lugh en essayant de le prendre à la gorge. Au lieu d'inverser de nouveau la situation, Lugh se saisit des poignets d'Abraham pour le tenir à distance. Ce qui signifiait sans doute qu'il savait ce que Barbie était en train de faire : en maintenant Abraham au-dessus de lui, il s'assurait que ce dernier reste une cible facile.

Le Taser émit un nouveau « pop » et les sondes s'accrochèrent à Jessica en lui balançant cinquante mille volts dans l'organisme. Aussi puissant pouvait-il être, Abraham réagit au Taser comme n'importe quel démon : il perdit le contrôle du corps de son hôte et devint complètement mou.

Chapitre 29

Lugh repoussa le corps de Jessica et s'assit pendant que je m'efforçais de comprendre ce qui s'était passé. La femme inconnue, l'hôte d'Abraham, avait lâché la cheville de Jessica avant que Barbie tire au Taser. Quand elle s'était effondrée, j'étais certaine qu'elle n'avait pas touché Jessica. Alors comment Abraham avait-il pu passer dans Jessica ?

— *Il a toujours été dans Jessica*, dit Lugh.

Il avait raison. Jessica avait paru un peu… bizarre. Particulièrement quand elle avait tenté de faire lâcher le couteau que tenait Lugh. D'accord, elle était censée être droguée, mais elle était quand même parvenue à me griffer pour faire sa récolte de preuves. Ce n'était pas une coïncidence.

Mais si Abraham avait été dans Jessica tout ce temps, qui était la femme avec le pistolet ? Quelle que soit son identité, elle reposait encore en tas sur le sol, le corps secoué de sanglots.

— Maintenant que j'ai sauvé ta peau et ton âme, déclara Barbie, tu penses que tu es prête à tout me raconter ?

Lugh se tourna vers elle, même si nous gardions toujours un œil sur les deux victimes du Taser, juste au cas où. La lumière de la bougie suffisait pour que je distingue la pellicule de sueur couvrant le visage de Barbie. Elle plissait les yeux de douleur et ses pommettes ressortaient avec dureté.

Je me repassais mentalement tout ce que Barbie avait vu ou entendu. Ça n'était pas bon. Elle serait probablement capable d'expliquer l'inexplicable rapidité avec laquelle je m'étais retenue de poignarder Jessica, mais pas la force qu'il m'avait fallu pour projeter le démon à l'autre bout de la pièce, encore moins les acrobaties aériennes qui m'avaient évité de percuter le mur quand Jessica m'avait à son tour projetée.

— *Nous sommes foutus*, dis-je à Lugh.

— Je suis à toi dans une minute, dit Lugh à Barbie.

Il prit mon téléphone portable et appela vite Adam.

— Quoi ? fit Adam en décrochant, l'air endormi et grognon.

— J'ai besoin de ton aide, maintenant, dit-il avant de débiter l'adresse à toute allure. Viens tout de suite.

Adam se réveilla d'un coup.

— Qu'est-ce qui se passe ?

— C'est trop long à expliquer. Amène-toi. Et viens avec Raphael. Nous pourrions avoir besoin de son talent pour inventer des histoires.

Adam devait avoir compris qu'il parlait à Lugh, et pas à moi. Si je lui avais aboyé des ordres, il aurait rechigné. Là, il raccrocha en promettant d'arriver au plus vite.

— Quoi, pas d'ambulance ? demanda Barbie.

— Pas encore. Nous avons besoin qu'Adam soit un peu créatif concernant ce qui s'est passé ici. C'est pour cela qu'il faut qu'il arrive avant tout le monde.

Elle lui adressa un regard perspicace.

— Parce que tu as besoin de cacher que tu es encore possédée.

— Entre autres choses.

— Ne t'inquiète pas, dit-elle. Je ne le dirai à personne.

Le regard de Lugh passa d'une femme à l'autre au sol.

— Oh ! fit Barbie.

Il traversa la pièce, s'accroupit près du détective et s'adressa à elle dans le plus doux des murmures.

— Morgane t'expliquera tout plus tard, dit-il.

— *Je lui expliquerai ?*

— Pour l'instant, tu peux juste savoir qu'elle et moi n'avons pas une relation ordinaire de démon à hôte.

— *Tu es sûr de ça ?* demandai-je.

— *Oui*, me répondit-il succinctement.

— Quand Adam arrivera et que nous n'aurons plus besoin de ma force, poursuivit Lugh, je redonnerai le contrôle à Morgane. Elle sera sans doute très malade, mais on ne peut rien faire contre ça. Je t'en prie, maîtrise ta curiosité pour l'instant et tiens-t'en à l'histoire qu'Adam ou Raphael – c'est le démon de Tommy Brewster – inventera. (Il lui tendit la main.) Marché conclu?

Elle réussit à sourire malgré la douleur qui marquait son visage.

— Je ferai tout mon possible pour découvrir ce qui se cache derrière tout ça. Je crève de curiosité. (Elle prit la main de Lugh, sa paume était moite.) Si cela ne te dérange pas, je crois que je vais tomber dans les pommes.

Aussitôt après cet avertissement, ses paupières papillonnèrent et elle s'effondra sur le côté. Lugh la déposa doucement sur le sol.

Puis il prit le Taser et assena une nouvelle décharge à Abraham, juste pour s'assurer qu'il avait son compte. Je suggérai qu'on taserise également l'autre femme, en dépit du fait qu'elle pleurait, recroquevillée en position fœtale.

— *Elle n'aurait pas eu assez de contrôle pour se recroqueviller et pleurer si elle avait été un démon*, me rappela Lugh.

Comme d'habitude, il avait raison.

Adam arriva en moins d'un quart d'heure. Lugh le prit aussitôt à l'écart pour lui raconter toute l'histoire. Raphael débarqua quelques minutes plus tard et, pendant qu'Adam partageait les informations avec lui, Lugh conduisit mon corps dans un coin, où il s'assit.

— *Tu es prête ?* demanda-t-il.

Mon Dieu, non. La pensée d'affronter encore trois jours de malaise cauchemardesque suffisait à me donner envie de laisser à Lugh le contrôle de mon corps pour le restant de ma vie. Bon, non, pas vraiment, mais vous voyez ce que je veux dire.

Puis Lugh me redonna les commandes, et je fus si violemment malade que je n'eus aucune idée de qui disait quoi à qui ni exactement de ce qui se passa ensuite.

Je n'ai qu'un souvenir très vague des quelques jours qui suivirent. Je me rappelle que j'étais à l'hôpital, au Cercle de guérison. Appréciez l'ironie. Et je sais qu'un exorciste est venu examiner mon aura. Mais je ne me rendis bien heureusement pas compte des analyses qu'on me fit subir pour essayer de comprendre pour quelle raison j'étais si malade. Toutes choses bien considérées, j'étais certainement mieux à l'hôpital que chez moi. Après tout, ils avaient des drogues plus efficaces.

Je recevais des visites tous les jours, même si j'étais rarement assez lucide pour distinguer les rêves de la réalité. La première fois que je me réveillai en étant vraiment cohérente, Adam était assis à mon chevet. J'aurais dû me sentir touchée qu'il se soucie de moi, mais il n'était réellement là que pour me tenir au courant de la version officielle de la rencontre musclée de l'entrepôt afin que je ne déclare rien qui puisse la contredire.

Apparemment, tout s'était passé approximativement tel que je me le rappelais, sauf que c'était Tommy Brewster qui s'était battu avec la Jessica possédée. Il m'avait accompagnée pour rencontrer Abraham parce que j'étais malade et il m'avait défendue quand j'avais été attaquée, ce qui avait décuplé mon mal déclenché par le stress. Jessica avait, bien entendu, contesté cette histoire, mais puisque tous les autres témoins – même la femme mystère – l'avaient corroborée, et puisque l'examen de l'exorciste avait prouvé que je n'étais pas possédée, son témoignage avait été réfuté.

Après avoir écouté la version d'Adam, je décrétai que même avec mes maigres compétences de menteuse, je pouvais y parvenir. C'était assez proche de la vérité pour que je ne me sente pas trop mal à l'aise. Mais ce que je désirais vraiment savoir, c'était qui était la femme armée. Heureusement, Adam était d'humeur expansive et fut heureux de tout me raconter.

— Elle s'appelle Susan Harvey, dit-il. C'est une actrice. Une assez bonne actrice qui espère réussir à Broadway. C'est aussi une mère célibataire et Abraham a kidnappé son fils. Il lui a ordonné de jouer le rôle de sa vie. Si elle n'avait pas réussi à te convaincre, elle n'aurait plus jamais revu son fils.

Mme Harvey s'en voulait tellement qu'il n'a pas fallu beaucoup la persuader pour qu'elle se rappelle ce que nous voulions.

Je me souvenais de son regard presque hystérique quand Lugh avait été sur le point de poignarder Jessica. À ce moment-là, je l'avais interprété comme exprimant l'excitation d'Abraham à mettre sa vengeance à exécution, mais il s'agissait bien de pure terreur. Même si elle avait pointé une arme sur ma tête, j'étais désolée pour elle.

— Est-ce que son fils va bien ? demandai-je, la voix faible et rocailleuse de ne pas avoir servi.

Adam serra les lèvres de mécontentement.

— En gros. Jessica l'avait ligoté dans sa cave. Elle n'avait pas été vraiment gentille avec lui et elle n'avait pas pris la peine de le nourrir ni de lui donner à boire pendant qu'elle le retenait, mais les médecins disent qu'il s'en remettra.

Je frissonnai en pensant qu'étant donné le mépris d'Abraham pour la vie humaine, le garçon avait de la chance d'être en vie. Il n'aurait certainement pas survécu une fois que sa mère aurait accompli sa mission. Ni cette dernière d'ailleurs. Je me rappelai de quelle manière Susan avait tenu la cheville de Jessica, supposément pour l'empêcher de s'enfuir. J'aurais dû comprendre combien c'était étrange, alors que Jessica faisait semblant d'être tellement partie qu'elle pouvait à peine bouger, encore moins s'enfuir. Si Lugh était allé jusqu'au bout et avait poignardé Jessica, Abraham aurait utilisé ce contact physique pour se transférer dans Susan.

— Jessica a aussi un enfant! haletai-je en m'en souvenant d'un coup.

Adam acquiesça.

— Heureusement sa fille se trouvait chez ses grands-parents pour la semaine, Jessica n'avait pas à s'occuper d'elle.

Parce que nous savions exactement tous les deux de quelle manière Jessica se serait occupée de ce désagrément.

Et maintenant la question la plus importante :

— Je suppose que Jessica a été exorcisée quand j'étais inconsciente ?

Je n'aurais pas dû me soucier de ce qui lui était arrivé. Après tout, c'était une meurtrière, ou du moins elle pensait l'être. Mais peu importe comment était l'hôte humain, je ne pouvais m'empêcher de compatir avec quelqu'un dont Abraham avait saccagé la tête.

— Est-ce qu'elle fait partie des chanceux?

Le visage d'Adam était dur, son expression de pierre.

— Trois exorcistes différents ont essayé de chasser Abraham, mais il était trop fort pour eux.

L'horreur me poignarda.

— Oh non.

Les lèvres d'Adam dessinèrent un sourire, mais son visage restait dur.

— C'était une sorte de justice poétique, Morgane. La seule exorciste dans le pays – peut-être même au monde – qui aurait pu le chasser était suspendue par la Commission américaine d'exorcisme à cause du procès qu'Abraham en personne avait déclenché.

— Tu as bien dit «c'était»?

Il acquiesça.

—Oui. Abraham a été exécuté ce matin aux environs de 8 heures quand le troisième exorciste n'est pas parvenu à le chasser.

—Et Jessica a été exécutée elle aussi, murmurai-je, envahie par le froid.

Adam haussa les épaules.

—Ça ne me touche pas plus que ça, dit-il. Ce n'était pas un témoin innocent.

Bien que je comprenne son point de vue, même si elle l'avait bien cherché façon Ancien Testament, «œil pour œil, dent pour dent», je regrettais de ne pas avoir pu pratiquer l'exorcisme moi-même. Je déteste l'idée qu'on doive incinérer quelqu'un pour tuer un démon.

Je fermai les yeux en prenant conscience que j'avais épuisé mes maigres forces.

—Je vais dormir encore.

Peut-être qu'à mon réveil, la vie semblerait plus belle.

J'eus le vague sentiment qu'Adam resta à mon chevet jusqu'à ce que je m'endorme, mais c'était probablement mon imagination qui me jouait des tours.

Je réussis à sortir de l'hôpital le jour suivant, contre tout avis médical. Même si je me sentais beaucoup mieux, mon médecin souhaitait que je reste en observation, parce qu'elle n'avait aucune idée de ce qui clochait chez moi. Elle ne le saurait jamais.

Dominic vint me chercher à l'hôpital pour me ramener chez moi. Comme c'était l'heure du déjeuner et que j'étais de nouveau capable de manger, il me conduisit chez Adam et lui afin qu'il puisse me requinquer à l'aide de quelques plats italiens nourrissants. Adam n'était pas là.

—Ce ne sont que des restes, dit Dominic en s'excusant quand il m'installa à la table de la cuisine.

—Tu as été assez gentil pour venir me chercher à l'hôpital et pour me nourrir. Je ne vais pas me plaindre de n'avoir que des restes. Et surtout pas si c'est toi qui as fait la cuisine.

Comme d'habitude, le compliment le fit rougir. Je me répandis davantage en éloges quand il me servit les coquillages farcis les plus savoureux que j'aie jamais mangés. Je faillis pleurer de reconnaissance quand il m'en mit de côté pour les emporter chez moi.

Quand je dis que je faillis pleurer, ce n'est pas une image. À présent que la crise était passée, les émotions que j'avais gardées à distance érodaient toutes mes barrières. J'avais la sensation d'avoir un trou douloureux dans ma poitrine, là où avait été la place de Brian. Même quand j'essayai d'éveiller la colère en moi pour soutenir mes défenses, ce fut sans succès. Je ne pouvais lui en vouloir de m'avoir finalement laissé tomber. Je regrettais juste de tout mon être qu'il l'ait fait. J'aurais aimé pouvoir remonter le temps et me contraindre à m'ouvrir à lui, à lui dire la vérité. Lui faire confiance, parce qu'il avait raison, j'avais souvent retenu ma confiance, même quand j'avais su au fond de mon cœur qu'il la méritait.

—Tu te rends compte que cela fait dix minutes que tu regardes dans le vide? demanda Dominic en m'arrachant de ma rêverie.

Je clignai des yeux, puis consultai ma montre. Cependant, comme je ne savais pas quelle heure il était quand j'avais décroché de la réalité, cela ne me servit pas à grand-chose.

—Tu te fiches de moi?

Il sourit en secouant la tête.

—Du tout. Tu veux me dire ce qui ne va pas?

Je ne peux compter combien de fois au cours de ma vie j'avais répondu à cette question par « rien », même quand le ciel me tombait sur la tête. Je faillis faire de même par réflexe, mais les mots moururent dans ma gorge.

—J'ai besoin d'aide pour récupérer Brian, lâchai-je sans savoir qui de nous deux fut le plus surpris, Dominic ou moi.

Il cligna des yeux, me regardant comme si j'étais un imposteur.

—Quel genre de médicaments t'ont-ils donné à l'hôpital ?

J'essayai de rire mais, mon effort fut pathétique.

—Si le désespoir est une drogue, alors je suis en pleine overdose. (Je ravalai la boule dans ma gorge.) Je l'aime trop pour accepter que ce soit fini entre nous, mais je ne sais pas quoi faire.

Dom me dévisagea longtemps. Je ne pouvais définir l'expression de son visage, habituellement si lisible.

—Je suis sûr de savoir ce qui ne va pas entre vous, dit-il, mais est-ce que tu serais capable de le verbaliser ?

Ça ne me ressemblait tellement pas de parler de mes sentiments que je me demandais presque si on ne m'avait pas lavé le cerveau ou hypnotisée. Mais je continuai quand même à parler.

—Mon problème, c'est que j'ai beaucoup de mal à faire confiance, et j'ai donné à Brian toutes les raisons de croire que je ne lui fais pas assez confiance quand il est question de me protéger, qu'il se protège, ou qu'il prenne les bonnes décisions…

Mes yeux se brouillèrent de larmes. Quel gâchis j'avais provoqué !

—Alors pour avoir un espoir de le récupérer, tu vas devoir prouver que tu lui fais confiance malgré tout cela.

—Comme ça ? Comment puis-je lui prouver ? J'ai essayé de lui promettre que je…

Dominic m'interrompit en me pétrifiant de son regard intense.

—Demande-toi pourquoi tu me consultes moi pour savoir de quelle manière tu peux récupérer Brian ?

—Parce que tu es le seul que je connais qui ne va pas se moquer de moi, ou me traiter avec condescendance, ou me dire que je ne fais que récolter ce que j'ai semé.

Il secoua la tête.

—Ce n'est pas pour ça, Morgane, me réprimanda-t-il d'une voix douce.

—Qu'est-ce que tu veux dire ? Bien sûr que c'est pour ça !

—Je ne vais pas faire tout le travail à ta place. Si tu ne peux pas déterrer de ton inconscient la véritable raison, alors je ne peux pas t'aider.

Je ravalai le prochain déni qui voulait bondir de mes lèvres. J'avais la drôle d'impression qu'une partie de moi savait exactement de quoi parlait Dom. Une partie de moi qui n'était pas toujours d'accord avec ma conscience. Une partie de moi que je n'étais même pas sûre de vouloir, ni même d'être capable d'accepter. Une partie de moi qui avait une petite idée du genre de geste que je pourrais faire pour prouver ma confiance.

Malgré la panique soudaine qui rugit en moi, je commençai à rassembler le puzzle de mes pensées. Brian m'avait plaquée parce que je ne lui faisais pas confiance. La seule manière qui pouvait me faire espérer le récupérer était de lui prouver que je lui faisais confiance. Et la personne à qui je demandais conseil était la partie M d'une relation SM, un homme pour qui c'était une habitude de se rendre complètement vulnérable devant son amant, et qui aimait ça.

—Oh merde, murmurai-je quand les crochets de la serrure s'alignèrent et que le coffre-fort s'ouvrit.

Dominic sourit.

—Je crois que tu commences à comprendre.

En guise de réponse, j'émis un bruit de gorge apeuré. Brian et moi avions dansé à la lisière d'une sexualité assez perverse – grâce aux conseils que Lugh avait prodigués à Brian –, mais ce à quoi je pensais à présent n'avait plus rien à voir avec le fait de danser à la lisière de quoi que ce soit.

—Quand tu te soumets à quelqu'un, tu fais totalement confiance, dit doucement Dom, en souriant toujours. Tu t'ouvres encore plus que tu peux l'imaginer. Chaque partie de toi devient vulnérable. Ce n'est pas seulement un acte du corps. Tu ouvres tes émotions, l'essence même de ton être. (Le sourire se fit plus penaud.) Bien sûr, je parle plus particulièrement de moi. Tout le monde n'en a pas la même expérience.

Je pris une profonde et lente inspiration et m'efforçai de contenir ma panique quand enfin je la libérai.

—Mais si je dois trouver une manière métaphorique pour symboliser ma confiance…

—Seulement si tu penses que Brian est ouvert à cela, se défendit Dom. Il est possible qu'il soit trop excité pour prendre conscience que tu lui fais passer un message, et encore moins le comprendre.

Mais mon intuition me disait qu'il ne serait pas trop excité. Il n'avait montré aucun signe de malaise quand les choses avaient été un peu perverses entre nous – bon sang, il avait été beaucoup plus à l'aise que moi – et il avait de toute évidence apprécié.

—Il comprendra le message, dis-je.

En partant du principe que j'avais envie de faire passer ce message et qu'il avait envie de le recevoir. Dom acquiesça.

—Je ne peux pas te garantir que cela suffira, me rappela-t-il. Mais cela sera certainement beaucoup plus parlant que tous les mots que tu pourrais prononcer.

Je devais bien admettre qu'il avait raison. Je m'éclaircis la voix.

—Alors qu'est-ce que je dois faire ?

Une étincelle maligne illumina le regard de Dominic.

—Une des raisons pour lesquelles tomber amoureux fait peur, c'est que tu donnes ton cœur à l'autre en même temps que toutes les armes dont il a besoin pour le détruire. Tu lui donnes les moyens de te faire terriblement mal et tu dois lui faire confiance sans avoir aucune garantie. Alors essaie de trouver de quelle manière tu peux le symboliser pour Brian.

Je me tortillai.

—Je n'ai aucune expérience dans le SM.

Mon visage me brûlait. Si vous m'aviez demandé quelques semaines plus tôt si j'avais une chance d'avoir ce genre de discussion, je vous aurais ri au nez. Dom secoua la tête.

—Ça n'a pas vraiment à voir avec le SM. Le SM, c'est donner et recevoir du plaisir, uniquement de manières non conventionnelles. Tu peux résoudre pas mal de problèmes de confiance dans des jeux SM, mais il n'empêche qu'il n'est question que de plaisir pour les personnes impliquées. Je crois que tu n'es pas encore prête à le faire pour le plaisir.

Je me hérissai.

—Comment ça «pas encore»?

Son sourire était à la fois tranquille et étrangement entendu.

—Tu sais que certains des homophobes les plus véhéments se révèlent parfois être des homos qui ont refusé de s'accepter tels qu'ils sont?

Mes joues étaient si brûlantes que je craignais de prendre feu spontanément. Plus je m'en empêchais, plus je me retrouvais à songer aux fantasmes que Lugh avait créés pour moi… et à quelques-unes de mes expériences les plus aventureuses avec Brian. Je décidai qu'il était plus sage de faire comme si je n'avais pas entendu ce que Dom venait de dire.

—Cette demande de conseil d'expert ne m'a pas l'air de bien fonctionner, marmonnai-je.

—Si tu veux mon avis sur la manière de tremper l'orteil dans la piscine SM, je veux bien t'aider. Mais si tu essaies juste de faire un geste symbolique, alors je crois que les idées doivent venir de toi ou bien le geste perdra toute sa puissance. Ce qui ne veut pas dire que je ne peux pas t'aider… cela signifie juste que je ne peux pas te dire ce que tu dois faire.

Les paroles de Dom résonnèrent en moi. Il avait raison. C'était à moi de faire ce geste. L'idée devait venir de moi.

Mon cœur s'emballa dangereusement dans ma poitrine alors qu'une idée se formait en moi. Dom avait décrit l'acte de tomber amoureux comme le fait de donner à l'autre les moyens de nous faire du mal tout en étant sûr qu'il ne le ferait pas. Et c'était exactement ce que j'allais faire.

Rassemblant tout mon courage, j'affrontai le regard de Dom.

— J'aimerais que tu me prépares un autre sac à emporter, si cela ne t'ennuie pas. Je ne veux pas savoir ce qu'il y aura dedans, mais je ne veux pas que ce soient des accessoires de mauviette. (Je ne suis d'ailleurs pas sûre qu'il existe des accessoires SM pour mauviettes.) Je vais emporter ça chez Brian et s'il ne me claque pas la porte au nez, je lui donnerai carte blanche pour qu'il utilise ce qui se trouvera dans le paquet.

Pour la première fois, Dom eut l'air dubitatif.

— Je ne suis pas sûr…

— Brian ne me ferait pas de mal. Même si tu mets quelque chose d'atroce dans le sac, il ne l'utilisera pas. En fait, tu dois même y mettre quelque chose d'atroce.

Dom se mordit la lèvre.

— Tu es sûre que tu ne veux pas…

Je secouai la tête.

— Non. Je ne veux pas savoir. (Je me forçai à un sourire grave et nerveux.) C'est une démonstration de confiance aveugle.

Il resta silencieux si longtemps que je crus qu'il allait refuser.

— Je peux toujours aller acheter tout ça moi-même, mais tu sais que je n'en ai pas les moyens. Je le ferai si j'y suis obligée, mais…

— D'accord, d'accord. Au moins, si je choisis les accessoires, je sais que c'est de bonne qualité.

Je soupirai, soulagée.

—Merci, Dom.

Il grimaça.

—J'espère que tu me remercieras encore après.

Il s'écarta de la table.

—Ne te dégonfle pas à ma place, d'accord ?

Il rencontra calmement mon regard.

—Je ne le ferai pas, promit-il, et je sus qu'il disait la vérité.

Chapitre 30

J'ai affronté des lyncheurs qui voulaient me brûler vive sur un bûcher ; un démon sociopathe qui avait l'intention de me torturer et de me tuer ; et un démon psychopathe qui voulait transformer ma vie en cauchemar. Et pourtant, je jure que j'étais plus effrayée à présent que je me tenais devant la porte de chez Brian avec la valise préparée par Dominic à mes pieds, que je l'avais été en face d'un véritable danger physique.

Il m'avait fallu plus de trois heures pour me préparer puisque j'avais envisagé, puis rejeté, environ trente tenues différentes, et au moins une heure de plus pour trouver le cran de sortir de mon appartement. Non pas qu'on aurait pu savoir à quel point ma tenue était embarrassante, puisque j'avais couvert toute la partie sexy d'une banale robe-chemise kaki. Non, le seul indice d'une panoplie extraordinaire résidait dans la paire d'escarpins de salope qui me faisaient légèrement vaciller à chaque pas.

Tout ce que je portais était neuf, acheté spécialement pour l'occasion. M'habiller m'avait pris une éternité, parce que chaque fois que j'essayais une tenue, je m'étais dégonflée. Bon sang, j'allais passer à l'acte et j'avais décidé de le faire bien. Même si cela impliquait d'ajouter une pincée d'humiliation à l'expérience.

Les gens de l'immeuble de Brian me connaissaient de vue et ne semblaient pas être au courant que nous avions rompu. Quand je demandai au concierge de ne pas appeler pour prévenir de mon arrivée, il me sourit en m'adressant un clin d'œil complice. Cela suffit presque à me faire fuir de terreur mais, une fois encore, je m'assenai un coup de pied aux fesses en pensée.

Maintenant, il ne me restait plus qu'une chose à faire. J'inspirai profondément, essuyai mes paumes moites sur ma robe et sonnai.

Il était possible que je me mette dans tous mes états pour rien. Brian ouvrirait peut-être la porte, me verrait devant lui et la fermerait sans dire un mot. Ou bien quand je lui aurais exposé ce que j'avais en tête, il me rirait au nez. En toute honnêteté, je ne m'attendais pas que cela se passe ainsi.

Mon cœur tambourinait à environ mille battements minute. Quand Brian ouvrit la porte, mon cœur passa à mille et un battements.

Il ne referma pas la porte et je fus à la fois soulagée et terrorisée. La tête penchée sur le côté, il examina ma tenue de haut en bas. Il arqua les sourcils quand il remarqua les escarpins et il eut l'air encore plus surpris quand il vit la mallette contenant les « jouets », comme les avait appelés Dom.

— Je peux entrer ? demandai-je en un chuchotement éraillé.

J'aurais aimé avoir l'air sexy pour Brian, mais tout ce à quoi je parvenais à ressembler, c'était à une biche pétrifiée dans la lumière des phares. Il était impossible qu'il ne voie pas à quel point j'étais nerveuse.

— Ce devrait être intéressant, murmura-t-il, un sourire narquois sur les lèvres en ouvrant suffisamment la porte pour que j'entre.

J'avais la gorge serrée. J'avais passé la première étape : il ne m'avait pas claqué la porte au nez. Il ne me regardait même pas comme si j'étais la dernière personne sur Terre qu'il souhaitait voir. J'hésitai un instant avant de ramasser ma petite valise et d'entrer. Le souffle coupé, je m'immobilisai dans le couloir en me demandant comment j'allais commencer.

Brian vint se positionner devant moi, les bras croisés sur le torse.

— Je dois admettre que je suis follement curieux de savoir pour quelle raison tu es ici et ce qui se trouve dans cette valise, me dit-il en finissant par : Jolies chaussures.

Je me redressai autant que possible pour affronter son regard.

— Je suis venue te supplier de me reprendre, dis-je.

Il écarquilla les yeux. Je n'étais pas du genre à supplier et il le savait. Mais passé ce moment de surprise, je pus le sentir se refermer en même temps que son cœur. Je m'empressai de poursuivre avant qu'il arrive au terme de ce processus.

— Tu m'as larguée parce que je t'ai donné toutes les raisons de croire que je ne te fais pas totalement confiance. En vérité, ce n'est pas en toi que je n'ai pas confiance, c'est en moi. Je ne peux pas m'empêcher de penser que tu es trop bien pour moi, et j'ai passé une grande partie de notre relation à redouter et à me préparer au moment où tu découvrirais combien je suis un mauvais parti. (J'inspirai profondément pour me calmer, mais ça n'aida pas beaucoup.) Je suis venue ce soir pour te prouver que j'ai confiance en toi, de tout mon cœur.

L'air sérieux, Brian humecta ses lèvres de la langue. Au moins, il ne se fermait plus à moi. Son regard s'attarda sur la valise avant de revenir sur moi.

— Je t'écoute, dit-il avec précaution, signifiant clairement par son ton qu'il ne me promettait rien.

Je commençai à déboutonner ma robe en désignant la valise d'un mouvement du menton.

— Dominic appelle ça un « paquet surprise ». Je ne sais pas exactement ce qu'il contient, mais je sais que ce sont ce qu'Adam et Dominic considèrent être des « jouets », si tu vois ce que je veux dire.

J'avais déboutonné la robe jusqu'à la taille, offrant à Brian des aperçus alléchants sur mon soutien-gorge noir à balconnet et sur ma chaîne de taille en or. Je marquai une pause mais, comme il ne semblait pas pressé de m'interrompre, je persévérai.

— Tu sais combien je suis une accro du contrôle, dis-je avant de déglutir. Mais pour ce soir, et ce soir seulement, tu as tout pouvoir. Tout ce qui se trouve dans cette mallette, tu pourras l'utiliser sur moi et je n'émettrai aucune objection. Tout. Je sais que tu ne me feras jamais de mal, même si tu m'en veux atrocement. Je sais donc que je suis en sécurité si je ne maîtrise pas tout pendant un moment.

Cette seule pensée me donna des sueurs froides.

Je laissai tomber la robe par terre. Mes joues étaient enflammées et ma bouche sèche comme du parchemin. Brian m'avait vue nue des centaines de fois, mais je ne m'étais jamais sentie aussi vulnérable maintenant. Presque plus nue que lorsque je ne portais rien du tout.

En plus du soutien-gorge à balconnet, de la chaîne de taille et des escarpins de salope, je portais également un léger string en dentelle noire, un porte-jarretelles et des bas noirs. Je ne savais pas si c'était la tenue adéquate d'une vraie femme soumise, mais c'était sacrément sexy. Ou bien totalement ridicule, selon le point de vue.

D'après le visage de Brian, ce devait être « sacrément sexy ». Ses yeux s'étaient assombris et ses joues étaient plus rouges. Et oui, il avait l'air un peu à l'étroit dans son pantalon. Peu importait à quel point il était en colère ou dégoûté, je l'excitais encore.

Brian arracha son regard de mon corps pour river ses yeux aux miens.

— Est-ce que l'offre tient toujours si je te dis qu'il n'y a aucune chance que je te reprenne ?

Je tressaillis. Je ne pus m'en empêcher. Je faillis presque perdre tout mon courage, mais je parvins à le déterrer de je ne sais où et j'affrontai de nouveau son regard. Brian ne me ferait jamais subir une telle épreuve s'il n'envisageait pas de me reprendre. J'aurais aimé qu'il me le dise clairement, mais je suppose que cela aurait perverti l'esprit de la scène que nous jouions.

—Oui, dis-je.

Je pus voir l'effet que ce seul mot eut sur lui. Sa pomme d'Adam fit l'ascenseur quand il déglutit. Puis il sourit avec une expression vorace que je ne lui avais jamais vue.

—Alors voyons ce qu'il y a dans ce paquet surprise.

Brian ramassa la valise et se dirigea vers la chambre. J'eus de la chance de ne pas m'étaler en le suivant, tant mes genoux tremblaient sur mes talons follement hauts. Il laissa tomber la valise sur le lit, puis diminua l'intensité des lumières pour changer l'atmosphère.

Avec nervosité, je restai près de lui pendant qu'il ouvrait la valise. Je retins même mon souffle quand il en souleva le couvercle. Mais il n'y avait rien à voir – pas encore – à part du velours noir entourant le contenu et une enveloppe sur laquelle était écrit le nom de Brian ainsi que la mention soulignée, « à lire seul ».

—Pourquoi ai-je le sentiment que je vais avoir envie de tuer Dominic quand tout cela sera fini ? marmonnai-je pour moi-même.

Brian s'esclaffa en prenant l'enveloppe.

—Va te mettre de l'autre côté du lit, m'ordonna-t-il. Je ne veux pas que tu lises par-dessus mon épaule.

Je m'exécutai en chancelant, me tenant à la colonne de lit pour compenser mon équilibre incertain. Il me sembla qu'il fallut trois heures à Brian pour lire ce que Dominic lui avait écrit, et les expressions de son visage pendant qu'il lisait suscitaient autant de curiosité que de terreur en moi.

Brian souriait avec malveillance quand il leva enfin les yeux sur moi.

—Il m'explique en gros ce que sont ces accessoires et comment m'en servir. Il pensait sûrement que certains d'entre eux seraient un mystère pour moi.

Je haussai un sourcil.

—Et c'est le cas ?

Il éclata de rire.

—Ouais, j'ai peur d'être un novice en la matière.

—Alors on est deux.

—Je n'arrive pas à croire que tu aies parlé de ça avec Dominic. J'aurais aimé être une petite souris pour écouter votre conversation.

Mes joues s'empourprèrent de plus belle.

—Encore une preuve que je suis sérieuse.

Brian ôta le morceau de velours noir mais, dans la lumière faible et depuis l'endroit où je me trouvais, je ne voyais pas suffisamment pour distinguer autre chose qu'un tas d'objets. Afin que la situation soit claire pour moi, Brian sortit les accessoires l'un après l'autre de la valise et les déposa sur le dessus-de-lit pour que je puisse les examiner. J'étais vraiment très, très heureuse de me tenir à la colonne de lit, parce que Dominic m'avait pris au mot… et plus encore.

Au début, les accessoires que Brian disposaient sur le lit étaient assez faciles à identifier et pas plus impressionnants que je ne l'avais imaginé. Des liens en velours noir ; des cordes soyeuses ; des menottes bordées de fourrure ; un bandeau ; un bâillon – gloups – boule.

Puis vinrent des objets plus effrayants que ce à quoi je m'étais préparée. Un battoir allongé et planté de terribles clous ; quelque chose qui ressemblait à un fouet court doté de plusieurs lanières ; une cravache ; des godemichés de tailles et de formes variées.

Après cela, j'eus du mal à imaginer l'usage des objets que Brian continuait à déposer sur le lit. Beaucoup de petits clips, et des pinces, et des barres, et des ficelles, et des ressorts. Un truc qui ressemblait à un coupe-pizza miniature avec des dents. Un gant de cuir noir dont les doigts étaient munis de barbillons métalliques. Et une longue plume duveteuse !

Je croyais que la valise était à présent complètement vide quand Brian leva les yeux vers moi. Son regard ressemblait à un avertissement et il soutint le contact visuel quand il plongea la main dans la valise pour en sortir le dernier accessoire. Un accessoire que je ne connaissais que trop bien : le fouet diabolique qu'Adam avait utilisé pour me lacérer le dos.

J'oscillai et, pendant une demi-seconde, je crus que j'allais vraiment m'évanouir. Agrippée à la colonne du lit de toute la force de mon corps, je mordis l'intérieur de ma bouche jusqu'à sentir le goût du sang. Brian me lançait un défi du regard et je savais qu'il attendait que je lui demande de ranger cet accessoire dans la valise. Je savais aussi qu'il n'y avait aucune chance qu'il s'en serve sur moi. Ce fouet se trouvait là afin de tester ma volonté et mon engagement. Un test que j'étais déterminée à passer.

Comme je ne me dérobais ni n'objectais, je décelai ce que je crus être de l'approbation dans les yeux de Brian. Puis il se frotta les mains comme un méchant personnage de dessin animé. J'aurais ri si je n'avais eu à ce point la trouille. Je retins mon souffle pendant qu'il parcourait lentement des yeux tous les objets posés sur le lit, avant de tendre la main vers le bandeau.

Je peux le faire, me dis-je pendant que Brian contournait le lit pour me rejoindre. Mon instinct m'intimait de fuir, mais je ne bronchai pas.

— Tu vas frôler la catastrophe si tu espères que je me déplace sur mes talons avec ce bandeau sur les yeux, dis-je avec un rire nerveux. Peut-être vaut-il mieux que je m'allonge d'abord.

Il ne répondit pas, passant derrière moi pour me glisser le bandeau sur les yeux. L'accessoire était épais et doublé de manière à épouser la forme de mon visage afin qu'aucune lumière ne filtre. Brian ajusta l'élastique derrière ma tête, puis fit glisser lentement une main le long de mon dos. La chair de poule me couvrit aussitôt la peau et je frissonnai. J'essayai de me persuader que je n'avais pas vraiment les yeux bandés, que je me trouvais juste dans une pièce très sombre. Je n'étais pas convaincue.

Je pensais que Brian me ferait allonger sur le lit ; je m'imaginais attachée, bras et jambes en croix, aux quatre colonnes. Mais il passa un bras autour de mes épaules et me guida derrière le lit. Je me tenais toujours à la colonne car, malgré son bras autour de moi, je me sentais faible et désorientée, et je ne voulais pas tomber et me casser une jambe. Il me tourna de façon que je sois face au mur, puis il me lâcha.

Il devait s'efforcer de se déplacer en silence, parce que je n'entendais rien et je n'avais aucune idée de l'endroit où il se trouvait. Pour autant que je sache, il n'était plus dans la chambre et je me tenais là, comme une imbécile, attendant que le couperet tombe. Non, j'étais sûre qu'il était en train de sélectionner le prochain accessoire. Je m'obligeai à ne pas imaginer ce qu'il pourrait choisir ni même pour quelle raison il m'avait positionnée dos tout entier à la pièce.

Je bondis en émettant un cri étranglé quand sa main se posa de nouveau sur mon épaule. Il s'était approché sans le moindre bruit. Il se moqua de moi et j'eus un petit sursaut d'indignation.

— Échangeons les rôles et on verra si tu n'es pas un peu nerveux dans cette position, marmonnai-je.

— Je suis le seul à avoir le droit de parler, m'informa-t-il, ses lèvres à quelques centimètres de mon oreille.

Je sentais la chaleur de son corps contre mon dos.

Je m'apprêtais à lui lancer une réplique cinglante mais, avant que je puisse dire un mot, Brian me fourra quelque chose dans la bouche. Je compris aussitôt qu'il s'agissait de la balle du bâillon et mes veines débordèrent soudain d'une vague d'adrénaline capable de tracter un semi-remorque. Je lâchai la colonne du lit, agitant les bras dans une crise de panique.

Passant son bras autour de ma taille, Brian me remit d'aplomb, puisque ma réaction soudaine m'avait presque fait basculer. Il ne fit aucun effort pour me maîtriser les bras et, quand le plus gros de la panique fut passé, je pris conscience qu'il m'aurait suffi de cracher cette fichue balle et d'arracher le bandeau si je voulais déclarer forfait. Frémissant, je me collai à la chaleur du corps de Brian pour essayer de me calmer peu à peu. Les lanières qui étaient censées maintenir le bâillon derrière ma tête pendaient, les extrémités cliquetant contre mes clavicules.

— J'aime l'idée que tu ne puisses pas répondre, me murmura Brian à l'oreille. Mais si tu veux lever le drapeau blanc, tu peux me le faire savoir en crachant la balle.

Oui, j'étais nerveuse, mal à l'aise et même effrayée. Mais j'étais toujours moi et je me hérissai quand il prononça le mot « si ». Je laissai parler mes doigts. Enfin, un seul, en fait. Brian émit un petit sifflement réprobateur et je me raidis, craignant qu'il se comporte comme dans un jeu SM, qu'il me donne la fessée ou qu'il me pince. Mais cela n'arriva pas.

Il s'éloigna de nouveau mais, mes sens s'étant un peu accoutumés à l'obscurité, j'entendis le léger murmure de ses pieds sur la moquette quand il revint. Ce qui ne m'empêcha pas de sursauter quand sa main encercla mon poignet, gauche. Puis ce ne fut plus sa main autour de mon poignet mais quelque chose d'indécemment doux ; j'en déduisis qu'il s'agissait des menottes doublées de fourrure. Je ne les avais pas examinées avec attention mais, d'après ce que je sentais, elles se fermaient à l'aide de boucles. Il me passa la première menotte, puis la seconde, sans qu'elles semblent rattachées à quoi que ce soit. Pourtant.

— Elles sont confortables ? demanda-t-il. Acquiesce si ça va, secoue la tête si elles sont trop serrées.

Je pliai les mains et agitai les doigts. Les menottes me donnaient l'impression de doux bracelets de fourrure, bien ajustés, mais pas serrés. J'inspirai profondément par le nez et acquiesçai.

Il y eut ensuite un chuchotement étrange que je ne pus identifier, puis Brian souleva mon bras gauche vers la colonne de lit. Quand il me lâcha et que je fus incapable de baisser mon bras, je compris que le bruit que j'avais perçu provenait probablement de cette corde soyeuse que Brian avait attachée à la menotte, puis à la colonne. Mon cœur s'emballa et je déglutis avec difficulté à cause du bâillon.

Quand Brian me souleva le bras droit, je fus victime d'un nouvel accès de panique. On y était. Une fois qu'il aurait attaché ce bras, je serais sans défense et sans aucune assurance de pouvoir ôter le bandeau moi-même. Je dépendrais complètement de Brian pour me libérer et il me serait impossible de l'empêcher de faire ce qu'il désirait. Aujourd'hui encore, je suis étonnée d'avoir trouvé la volonté et la force de le laisser faire.

Il fit courir sa joue le long de mon cou, sa barbe récente enflammant la peau sensible à cet endroit.

— Rappelle-toi que tu peux toujours cracher la balle et tout s'arrêtera.

Il testait ma confiance et ma détermination. Si je crachais la balle, j'échouais. Point. Je mordis la balle entre mes dents. Je n'avais aucune intention d'échouer.

Une fois encore, le murmure des pieds de Brian sur la moquette. Malgré le bâillon sur ma bouche, je parvins à émettre un petit grognement de mécontentement quand il alluma son lecteur CD. Il mit une musique classique douce qui suffit à masquer le bruit de ses pas comme ce devait être son intention.

Le temps se détraqua ; mes sens étaient complètement déglingués. Je n'avais aucune idée du temps que je passai ainsi, le corps suffisamment tendu pour que mes muscles en tremblent, attendant ce que Brian ferait ensuite et *quand* il le ferait. Cette attente fut une véritable agonie. Je *savais* qu'il ne me ferait pas mal, du moins pas autrement que de façon superficielle. Son âme était trop douce pour qu'il soit vraiment brutal avec moi, peu importait combien il désirait que son test soit énergique. Mais, attachée, bâillonnée, les yeux bandés et vulnérable, je ne pouvais m'empêcher de me laisser entraîner par mon imagination.

J'étais tellement tendue d'avoir attendu je ne sais combien de temps la suite des événements que je sursautai et criai au contact de la plume me caressant les fesses. Le bâillon étouffa le cri, mais Brian l'entendit certainement. Son rire me fit comprendre que ma détresse l'amusait.

Le bout de la plume me chatouilla tout d'abord une fesse, puis l'autre, avant de suivre la ligne de mon string vers le bas. Je me tortillais, ma peau se contractant sous la taquinerie qui était à la fois sensuelle et agaçante. Il valait certainement mieux pour Brian que je sois bâillonnée, parce que je ne pense pas qu'il aurait aimé entendre ce que je pensais de lui à ce moment.

Quand la plume commença à effleurer l'intérieur de mes cuisses, je me contorsionnai davantage. Brian gloussa doucement. Cela briserait-il l'esprit de la scène si je lui assenais un coup de pied arrière ? Après tout, il ne m'avait pas attaché les jambes. Je parvins à refréner cette envie alors même que la caresse de la plume me rendait folle.

Je n'étais pas exactement détendue pendant que Brian me titillait à mort avec cette fichue plume, mais je ne me préparais plus à la douleur comme cela avait été le cas au cours de l'attente insoutenable qui avait précédé. Ce qui rendit encore plus surprenante la soudaine gifle qui s'abattit sur mon cul. Il ne me frappa pas fort, cela tenait plus de la claque espiègle qu'on donne à son amoureux quand il vous taquine. Mais vu le contexte, ce fut un choc pour mon organisme et j'en eus le souffle coupé comme si son geste avait été brutal.

Il poursuivit avec de nouvelles caresses de la plume pour apaiser la légère brûlure. Il répéta ce geste plusieurs fois, attendant que le chatouillement de la plume me rende folle au point que j'en oublie de me préparer à la gifle. Je sursautais et poussais un cri aigu chaque fois, prenant conscience après coup qu'il ne m'avait pas vraiment fait mal.

À un moment donné, je reconnus les similitudes qui existaient entre cette situation et le rêve érotique que Lugh avait créé pour moi, mais j'étais bien trop tendue pour être d'humeur érotique. Et il ne s'agissait pas non plus d'un rêve.

Quand la torture de la plume cessa enfin, je fus momentanément soulagée, même si je serrais encore les fesses par anticipation. Le soulagement se transforma en angoisse quand rien ne se produisit, et je pris conscience qu'une fois encore, je ne savais pas où se trouvait Brian. Était-il parti chercher un autre « jouet » ? Se tenait-il dans la pièce à me regarder me tortiller, appréciant chaque seconde du spectacle ? Bon sang, pour autant, il regardait un match à la télévision ! Si vous tenez à le savoir, ça craint vraiment d'avoir les yeux bandés !

Ma notion du temps fut de nouveau sérieusement distordue alors que j'attendais, nerveuse, ce qui allait se passer ensuite. Les muscles de ma mâchoire se fatiguaient autour de la balle : j'avais l'impression d'être assise chez le dentiste depuis une heure, la bouche grande ouverte. Et j'étais plus que prête à me débarrasser de mes escarpins de salope qui m'obligeaient à porter tout le poids de mon corps sur le bout de mes pieds… et qui, pour l'instant du moins, ne m'avaient pas aidée à me faire baiser.

J'essayais subrepticement de faire tourner mes chevilles afin que le sang circule dans mes orteils, quand un nouveau contact me fit sursauter pour la énième fois. Est-il possible d'être à court d'adrénaline ? Parce qu'il me semblait que cela aurait déjà dû m'arriver depuis un certain temps.

Au début, je ne sus pas ce qui provoquait ces chatouilles. Il s'agissait d'un accessoire plus gros et plus diffus que la plume et Brian faisait courir l'objet le long de mon corps. Je dus réprimer un rire, parce que je suis très chatouilleuse. Puis je commençai à visionner dans ma tête les accessoires que Dominic avait mis dans la valise, et je compris aussitôt en frissonnant. C'était le fouet à lanières multiples.

Non, définitivement, je n'étais pas à court d'adrénaline. Ma respiration se fit plus forte, et j'oubliai tout du bâillon et des chaussures. Je ne voulais pas que Brian me frappe avec cette chose ! Il faisait courir le fouet sur mon dos à présent ; les longues lanières de daim paradoxalement douces sur ma peau. Je laissai échapper un petit gémissement.

— Rappelle-toi, dit Brian, tu peux toujours cracher la balle.

Par réflexe, je serrai les mâchoires. Je n'allais pas me dégonfler maintenant. J'avais survécu à l'enfer qu'Adam m'avait fait vivre. Si j'en avais été capable, c'était presque stupide de craindre quoi que ce soit de la part de Brian.

Il me taquina davantage avec le fouet, le balançant légèrement afin que les lanières frôlent mon cul, comme s'il souhaitait que je réfléchisse à ce que cela pourrait faire s'il retirait sa main et me frappait avec. Évidemment, il n'en fit rien.

Brian laissa échapper un soupir théâtral.

— Étant donné la merde que tu as fichue ces derniers mois, l'idée de te tanner le cul avec ce fouet est sacrément tentante. Cependant, Dominic m'a écrit qu'il fallait de l'entraînement avant de l'utiliser. Je n'ai vraiment pas de veine.

J'étais désolée pour lui. Vraiment.

— Bien sûr, poursuivit-il, je pourrais tout simplement utiliser ma main. Je devrais pouvoir y arriver sans aucune pratique.

Suivit une longue pause lourde de sens. Il devait observer la balle avec attention, s'attendant à ce que je la crache. Je ne tenais certainement pas qu'il me donne la fessée, mais s'il le fallait pour le convaincre de me donner une nouvelle chance, alors j'étais prête à en recevoir une de mon plein gré. Ce qui ne veut pas dire que je ne fus pas sacrément soulagée quand il émit un petit soupir plein de regret qui sous-entendait qu'il n'allait pas passer à l'acte.

— Malheureusement, je n'ai pas la patience maintenant, dit-il sans que je comprenne tout de suite ce qu'il entendait par là.

J'émis un grognement soulagé dès qu'il m'ôta le bâillon. Les muscles de ma mâchoire protestèrent vivement quand je refermai la bouche, mais j'étais vraiment heureuse de pouvoir déglutir de nouveau normalement.

Brian détacha tout d'abord ma main droite, puis la gauche des colonnes du lit. Ce ne fut qu'alors que je pris conscience combien mes épaules étaient fatiguées d'avoir été étirées de la sorte.

Je supposais qu'il allait ensuite me débarrasser du bandeau, mais il ne le fit pas. Au lieu de quoi, il prit mes mains et les passa dans mon dos. Apparemment, ces menottes doublées de fourrure pouvaient être attachées l'une à l'autre. La séance n'était pas encore finie.

Il me fit pivoter face à lui et je manquai de plonger inélégamment vers le sol, mais il me retint.

— Peut-être vaudrait-il mieux que tu ne restes pas debout ou bien l'un de nous deux va finir aux urgences, dit-il.

Même s'il ne riait pas, je distinguai le sourire dans sa voix.

Par « ne pas rester debout », il voulait dire « à genoux », ce que je fus en mesure de deviner sans qu'il m'en dise davantage. Il garda les mains sur moi tout le temps que je m'agenouillai, pour s'assurer que je n'allais pas basculer. Je perçus le bruit métallique de la boucle de sa ceinture, puis le grincement de la fermeture Éclair. J'aspirai mes joues vers l'intérieur tout en faisant jouer mes mâchoires. J'espérais être capable de lui prodiguer une bonne fellation après avoir passé tout ce temps avec cette balle dans ma bouche.

— Ouvre grand la bouche, ordonna Brian, toujours ce sourire dans la voix.

J'étais plutôt contente d'avoir les yeux bandés, parce que je ne souhaitais pas voir à quel point il prenait son pied... même si je devinais que j'allais bientôt en avoir une preuve bien concrète dans la bouche.

J'aime sucer Brian. Le plaisir qu'il prenait était contagieux. Mais après tout ce qui s'était passé entre nous ces derniers temps, je ne pouvais pas me contenter de l'engloutir sans une parole d'affection, particulièrement maintenant que j'étais agenouillée devant lui, les yeux bandés et les mains attachées dans le dos.

— Je t'aime, murmurai-je.

À ma grande surprise, les larmes me montèrent aux yeux derrière le bandeau.

Brian me caressa les cheveux avant de poser doucement les mains sur mes joues. La tendresse de ce contact fit croître le flux de larmes.

— Moi aussi, je t'aime, dit-il avant de soulever le bandeau de mes yeux.

J'eus un bref aperçu de son désir luxuriant avant qu'il tombe à genoux devant moi et qu'il s'empare de ma bouche dans un baiser brutal et passionné. Je m'ouvris toute grande à lui, ma bouche, mon cœur, mon âme. Tout en m'embrassant, il parvint à défaire à tâtons les menottes qui entravaient mes mains.

Rien de ce qu'il m'avait fait subir pendant que j'étais attachée ne m'avait excitée le moins du monde. Pourtant, à présent, quelques instants après avoir été libérée, je crevais d'avoir Brian en moi. Il semblait heureusement éprouver le même désir.

A-t-on besoin d'un lit quand on a un sol parfait à portée de corps ? Avant que j'aie le temps de m'en rendre compte, Brian m'avait fait rouler sous lui, loin du lit. Mon string était assez léger pour qu'il puisse le déchirer d'un geste sec. Puis il me fit l'amour, à puissants coups de reins. C'était magistral, parfait. Je l'entourai de mes bras et de mes jambes, sans tenir compte des larmes qui dévalaient de mes yeux tandis que je m'accrochais à tout ce que j'avais.

Ensuite, Brian bascula sur le côté en me serrant toujours contre lui. Il était encore en moi et je me collai contre lui autant qu'il était humainement possible.

— Ne me quitte plus jamais, dis-je en pressant mes lèvres contre son torse pour goûter le sel de sa sueur. De toutes les horribles choses qui me sont arrivées, notre rupture a été la pire.

Il me serra encore plus fort, si fort que je ne pouvais presque plus respirer.

— Je n'ai pas trop aimé non plus. Il semble que, quoi que l'un de nous deux fasse, nous finissons toujours par être ensemble. Peut-être que l'univers essaie de nous faire passer un message.

— Peut-être, admis-je en levant la tête pour affronter son regard.

Peut-être que, juste cette fois, j'allais vraiment écouter le message que l'univers m'adressait.

Plus tard, quand nous fûmes assez reposés pour nous lever et que nous nous sentions tous les deux un peu gênés et intimidés, Brian me montra les instructions que Dominic lui avait écrites :

« Si tu es allé assez loin dans le plan de Morgane pour lire cette lettre, alors je présume que tu as prévu de passer à l'acte. Laisse-moi te donner quelques conseils d'ami au sujet des jouets qui se trouvent dans cette valise. Premièrement, si tu ne sais pas ce qu'est un de ces accessoires, ne l'utilise pas. Deuxièmement, si tu ne sais pas comment l'utiliser correctement, n'envisage même pas de t'en servir. (Pour information : tu ne sais pas te servir de la cravache, du martinet ou du battoir, même si tu penses le contraire.) Troisièmement, assure-toi que Morgane a toujours la possibilité de te signaler qu'elle veut arrêter et respecte ce signal si elle le donne. Enfin et surtout, si tu ne tiens pas compte de mes conseils, je viendrai te voir en personne pour te botter les fesses ! Et ne crois pas que, parce que je suis homo, je n'en suis pas capable. Respecte et chéris le pouvoir qu'elle met entre tes mains et n'en abuse pas. »

Mes yeux s'embuèrent de larmes. Dans mon dos, Brian passa ses bras autour de moi et me rapprocha de sa chaleur.
— Dominic est un chic type, dit-il doucement à mon oreille.

J'acquiesçai en reniflant, puis je me retournai dans les bras de Brian afin de poser ma tête contre son épaule en le serrant fort.
— Et toi aussi, murmurai-je avant de lever la tête pour plonger mes yeux dans les siens.

Mon Dieu, comme je l'aimais! J'étais certaine que notre rencontre de ce soir était à peine plus qu'un pansement sur notre relation blessée, mais un pansement, c'était déjà un pas dans la bonne direction. Je me fis le serment de faire tout ce qui était en mon pouvoir pour recoller tous les morceaux de notre couple.

Brian baissa la tête et ses lèvres caressèrent doucement les miennes. Je lui rendis son baiser, les yeux fermés, en laissant la lettre de Dominic voleter vers le sol.

Épilogue

Une semaine après ma sortie d'hôpital, mon avocat finit par convaincre Jordan Maguire Sr. d'abandonner le procès. Sans influences extérieures pour le mettre dans tous ses états, Maguire n'avait tout simplement plus la volonté de me persécuter. Je soupçonnais qu'au fond de lui, il savait que je n'étais pas vraiment responsable, mais ce n'était pas une théorie que je serais un jour à même de vérifier.

Saul avait à présent une identité officielle. Il était, par magie, devenu Saul Davidson, un homme de vingt-huit ans originaire de Californie du Sud, et un hôte légal et répertorié depuis cinq ans. Il possédait même tous les papiers pour le prouver. Je me demandais si, quelque part dans un tribunal de Californie, il existait une fausse vidéo de la procédure d'enregistrement de Saul. Finalement, je ne voulais pas savoir.

Et puis, il y avait Barbie.

Je l'avais évitée autant que possible, n'étant pas pressée de tenir la promesse que Lugh avait faite. Honnêtement, pourtant, je savais que je devrais m'y résoudre. Barbie avait vu et entendu bien trop de choses et, avec son esprit inquisiteur, elle serait à même de rassembler suffisamment de faits pour en arriver à quelques conclusions déplaisantes, même si ces conclusions étaient toutes fausses. Raphael prétendait qu'il valait mieux la tuer et dissimuler le corps, mais je pense qu'il disait juste ça pour irriter Saul.

Pour être sûre que tout le monde soit au courant des souhaits de Lugh, je convoquai le Conseil avant d'inviter Barbie chez moi pour l'explication tant attendue. Elle était évidemment affublée de béquilles, car elle avait eu la jambe cassée en deux endroits après le coup de pied brutal d'Abraham. Par une grande coïncidence, qui n'en était pas une, elle se retrouva assise à côté de Saul quand je commençai la réunion.

Je racontai à Barbie toute la longue et complexe histoire du bannissement de Lugh sur la Plaine des mortels et du danger que Dougal représentait pour la race humaine. Les autres firent chorus de temps à autre ajoutant détails et éclaircissements. Barbie devait être surprise par ce qu'elle apprenait, mais elle parvint en grande partie à le cacher. Seuls ses yeux écarquillés trahirent par moments son étonnement.

Elle ne fut pas vraiment *invitée* à rejoindre le Conseil de Lugh – devenir membre n'était pas vraiment optionnel –, mais je l'exprimai de la manière la plus subtile qui soit.

— Je suis consciente que le fait de faire partie du Conseil interférera parfois avec ton travail, dis-je. (Cela interférait sans aucun doute avec le mien, même quand je n'étais pas suspendue. La Commission américaine d'exorcisme agissait avec la lenteur de toute bureaucratie moyenne, ce qui voulait dire qu'ils n'avaient pas encore levé ma suspension, même si le procès était tombé à l'eau.) Mais nous ferons tout notre possible pour nous assurer qu'on s'occupe de Blair.

Barbie, les yeux écarquillés, en eut le souffle coupé.

— Oh, alors c'est vous qui avez mis au point ce fidéicommis.

— Hein? fis-je en regardant les autres membres du Conseil et en constatant les expressions toutes aussi vides que la mienne.

Barbie fronça les sourcils.

— Le fidéicommis anonyme? Celui qui est sorti de nulle part pour financer le séjour de Blair au Cercle de guérison?

Toujours aucun signe de compréhension de qui que ce soit alors que nous échangions des regards en haussant les épaules ou en secouant la tête.

— Mais ce doit être vous, insista Barbie. Je n'avais pas la moindre hypothèse avant que vous me racontiez toute l'histoire. Qui d'autre pourrait se soucier du bien-être de Blair ? Personne ne l'a fait jusqu'à présent.

Nous parlâmes tous chacun notre tour pour étayer le « ce n'est pas moi », coupant le sifflet à Barbie et la frustrant même un peu.

La conversation se développait autour de moi, pleine de théories et de suppositions, mais je préférai rester en dehors. Il n'y avait que deux personnes dans ce cercle qui avaient les moyens de financer le séjour de Blair : Adam et Raphael. Le reste d'entre nous était fauché. Si Adam avait mis ce fidéicommis en place, il n'avait aucune raison de le nier. Comme il n'y avait pas non plus de raison pour que Raphael s'en défende. Bien entendu, cela ne ressemblait pas à Raphael. Ce n'était sûrement pas un philanthrope ! Cependant, comme Barbie, j'avais du mal à croire que l'argent puisse venir de quelqu'un d'autre qu'un membre de ce Conseil.

Je croisai le regard de Raphael. Son expression était méticuleusement neutre, mais il détourna vite les yeux et ma conviction se renforça. Quand les membres du Conseil commencèrent à s'en aller l'un après l'autre – ou deux par deux dans les cas d'Adam et Dom, et de Saul et Barbie –, j'attrapai Raphael par le bras pour le retenir. Brian haussa les sourcils et je lui fis comprendre que je le verrai plus tard. Il accepta sans faire de commentaire.

— Alors tu me racontes ? demandai-je à Raphael quand nous fûmes seuls.

— Que je te raconte quoi ? demanda-t-il, l'air véritablement déconcerté, mais c'était un sacré bon menteur.

— Le fidéicommis ?

Il éclata de rire.

— D'habitude, tu m'accuses des actes les plus atroces que tu peux imaginer. Pourquoi donc me soupçonnerais-tu d'une bonne action ?

Il grimaça en prononçant ces derniers mots comme s'ils le dégoûtaient.

— L'intuition.

— Ce n'est pas moi.

— Pourquoi ne veux-tu pas que cela se sache ?

Un autre déni sembla se profiler sur ses lèvres, mais Raphael se retint et soupira.

— Considérons une minute que ce soit moi. Que penseraient aussitôt tous les membres du Conseil si j'avouais en être responsable ?

J'acquiesçai, j'avais compris.

— Je me demande quel est ton intérêt ?

Il serra les lèvres de mécontentement, mais il devait savoir qu'il méritait sa réputation.

— D'accord. (Il soupira de nouveau, les muscles de son visage se relâchant légèrement.) Il n'y a rien que je puisse faire pour que vous ayez une meilleure opinion de moi. Mais j'aimerais croire que je ne suis pas le mal incarné que vous pensez que je suis. Alors si je devais faire un geste comme celui de mettre en place un fidéicommis pour le séjour de Blair sans m'attribuer cette bonne action, ce serait pour me prouver à moi-même que je suis capable de me racheter. Mais si je m'attribuais le mérite de ce geste, ce ne serait qu'un moyen supplémentaire pour donner une meilleure image de moi aux yeux des autres membres et on me considérerait de nouveau comme un salopard irrémédiablement égoïste. Alors ce n'est pas moi. Fin de l'histoire.

Il m'était malgré tout presque impossible de ne pas douter des intentions de Raphael. Il avait probablement compris que j'avais deviné qu'il s'agissait de lui et que j'allais lui en parler. Cela lui permettrait de récupérer le mérite de cette action charitable en faisant semblant que ce n'était pas lui. Son esprit tordu et retors rendait complexe l'interprétation d'un tel geste.

—*Je crois que, pour une fois, il a de bonnes intentions*, me dit Lugh.

J'étais certaine que mes barrières inconscientes avaient bel et bien disparu, parce que je n'étais pas spécialement stressée en cet instant, mais je pouvais toujours l'entendre.

Je croyais que Raphael allait finir par prendre congé, mais je n'eus pas cette chance.

— J'allais aborder le sujet pendant notre réunion, dit-il, mais j'ai pensé que je devais en parler à Lugh au préalable. Notre position n'a jamais été aussi forte depuis qu'il a été appelé sur la Plaine des mortels. Dougal et ses partisans n'ont pas été capables de le trouver. Il a formé une cour composée de membres en qui il a confiance. Et en ce moment, personne n'essaie de te tuer, ni de comploter contre toi, ni de te persécuter.

— D'après ce que nous en savons, marmonnai-je.

Raphael ne tint pas compte de mon intervention.

— Jusqu'ici, nous n'avons pas eu d'autre choix que de nous défendre en permanence. Mais finalement, il va falloir que nous passions à l'offensive. Dougal peut se permettre de patienter, mais nous ne pouvons rester assis là à nous tourner les pouces.

Il aurait pu exprimer cela avec plus de tact, même s'il avait raison. Le problème, c'était que je n'avais aucune idée de la manière de passer à l'offensive.

— Qu'est-ce que tu proposes ? demandai-je. On ne peut pas pourchasser Dougal au Royaume des démons, même si toi ou Lugh pouviez le tuer là-bas, ce qui je suppose est impossible. Et nous avons déjà établi qu'il ne va pas pointer son nez dans la Plaine des mortels, où nous pourrions le tuer.

— Pas pour l'instant. Ce serait un risque inutile et Dougal ne prend pas de risques inutiles. Alors nous devons faire en sorte que ce soit un risque nécessaire.

— Et tu as une idée de la façon d'y parvenir ?

Raphael fronça les sourcils.

— Pas encore. Mais j'y réfléchis et Lugh et toi devriez également y penser.

— *Il ment*, me murmura Lugh. *Il a déjà une idée. C'est juste qu'il ne l'aime pas et il espère que nous en trouverions une autre qui lui conviendrait mieux.*

Quand on accuse Raphael de mentir, on a raison la moitié du temps. Je croyais Lugh. Le problème, c'était que Raphael s'accrocherait à ses mensonges comme de la Super-glue, jusqu'à ce qu'on le confronte à des preuves irréfutables.

— Tu es sûr de ne pas avoir d'idée ? demandai-je, mais ce n'était au mieux qu'une tentative sans conviction.

Je serais morte sur le champ si Raphael avait soudain admis le contraire.

— Évidemment que je suis sûr, répondit-il avec sa sincérité coutumière.

Quiconque ne le connaissant pas suffisamment aurait été convaincu qu'il était l'honnêteté incarnée.

— Pourquoi ne te la proposerais-je pas si j'en avais une ?

— Bonne question.

Raphael m'adressa un regard de dégoût pur.

— Je suis sûr que tu penserais que je mens si je disais que l'eau est mouillée ! Je me demande pourquoi je me donne la peine de discuter avec toi.

Il tourna les talons et se dirigea vers la porte. Était-il vraiment vexé ? Ou était-ce un moyen d'esquiver la question ?

— Raphael ! l'appelai-je dans l'espoir qu'il soit vraiment en colère et ne mérite pas mes soupçons.

— Quoi ? demanda-t-il en se tournant vers moi en montrant les dents.

— Tu as vraiment fait quelque chose de bien en prenant en charge le séjour de Blair. Merci.

Sa pomme d'Adam fit l'ascenseur quand il déglutit et je fus bien incapable de reconnaître l'expression de son visage. Il tourna le dos sans un mot et claqua la porte derrière lui.

— Tu crois qu'il nous dira ce qu'il a en tête ? demandai-je à Lugh.

— *Il se peut qu'il n'ait pas besoin de le faire. Je crains que la fréquentation prolongée de sa personne et de ses comportements machiavéliques ait eu un effet peu recommandable sur moi.*

Je ne pouvais ressentir les émotions de Lugh comme il ressentait les miennes, mais je discernai tout un monde de tension dans sa voix désincarnée.

— Et qu'est-ce que cela veut dire ?

Lugh ne répondit pas, ce qui valait peut-être mieux. Si la conclusion à laquelle ces deux Frères Grimm étaient parvenus les mettait tous les deux mal à l'aise, je ne voulais pas la connaître. Peut-être que si je me comportais en bonne petite exorciste et hôte de démon, je n'aurais jamais à le savoir. Heureux sont les ignorants.

Curieusement, je n'avais pas le sentiment que mon avenir me réserverait beaucoup de moments de bonheur.

EN AVANT-PREMIÈRE

Découvrez un extrait de la suite des aventures
de MORGAN KINGSLEY

(version non corrigée)

Traduit de l'anglais (États-Unis) par Aurélie Tronchet

Chapitre premier

Personne n'aurait considéré que ma vie était banale, même avant que je devienne l'hôte humain de Lugh, le roi des démons, qui était mêlé à une guerre larvée pour le trône. J'avais donc des raisons de m'inquiéter désormais, car je commençais à penser que ma vie l'était devenue. Il est vrai qu'au cours des deux derniers mois, personne n'avait essayé de me tuer, de me torturer, ou de me faire coincer pour meurtre. Ces derniers temps, tout semblait donc on ne peut plus normal.

En vérité, je m'étais installée dans une sorte de routine et je commençais à m'y sentir vraiment très bien. N'étant plus suspendue par la Commission américaine d'exorcisme, j'étais presque tous les jours à mon bureau. Je pratiquais un ou deux exorcismes par mois et la paperasse et la gestion administrative suffisaient à m'occuper quelques heures par jour. Ces tâches ne me prenaient pas vraiment toute la journée mais le travail était assez routinier pour que je me laisse bercer par un certain état de contentement. Avant d'être l'hôte de Lugh, je pratiquais habituellement un ou deux exorcismes par semaine, mais je devais me déplacer dans tout le pays – ce que dorénavant je ne pouvais plus me permettre. Lugh et les membres de son Conseil royal sur la Plaine des mortels s'accordaient tous – et c'était probablement une première – sur le fait qu'il ne serait peut-être pas sage de ma part de m'aventurer loin de la maison alors qu'une crise pouvait éclater à tout moment.

Après l'exorcisme désastreux de Jordan Maguire Jr. qui m'avait presque coûté ma carrière et ma liberté, j'avais bénéficié d'une période de chance. Davantage d'hôtes étaient sortis avec l'esprit indemne de mes exorcismes. Pourtant cette période bénie venait juste de prendre fin. J'avais pratiqué un exorcisme tôt le matin même – un adolescent au physique si ingrat que seule sa mère pouvait l'aimer. Quand j'avais chassé le démon qui le possédait, le garçon était tombé en état de catatonie. Il n'y avait aucun moyen de savoir s'il en sortirait un jour. J'entendais toujours les sanglots de sa mère quand les autorités lui avaient appris la nouvelle.

Naturellement, j'étais un peu déprimée. De retour à mon bureau, j'essayai de me noyer dans la paperasse sans être réellement productive. Aussi, quand on frappa à la porte, je fus ravie d'être interrompue. Jusqu'à ce que la personne ouvre la porte quand je l'eus invitée à le faire.

Je n'avais pas vu Shae, la propriétaire des *7 Péchés capitaux* – un sex club pour démons à la mention duquel mon estomac se tordait – depuis deux mois et je m'en contentais très bien. J'aurais été heureuse de ne plus avoir à la croiser de nouveau de toute ma vie. Shae était une mercenaire et une prédatrice. C'était également un démon illégal – qui possédait un hôte contre son consentement – et elle informait les Forces spéciales, l'unité chargée des crimes des démons au sein de la police de Philadelphie. J'aurais pris un malin plaisir à l'exorciser si elle n'avait été protégée par son statut d'informatrice.

Je n'ai pas l'habitude de m'habiller de manière classique – j'aime les jeans taille basse et les hauts décolletés – mais je ne pourrais jamais faire concurrence à Shae en termes d'extravagance pure. Si la taille de son pantalon moulant blanc avait été plus basse, il aurait fallu qu'elle s'épile le pubis pour le porter et son haut très fin en dentelle rouge ne faisait rien pour cacher son soutien-gorge noir. Sur la plupart des femmes, cette tenue aurait, au mieux, paru stupide et, au pire, vulgaire. Sur Shae, elle faisait penser au plumage d'un oiseau tropical, exubérant et exotique.

Ma première impulsion fut de lui demander de déguerpir de mon bureau, mais je faisais des progrès dans la maîtrise de mes pulsions. Aucune chance que Shae soit venue me rendre une visite de courtoisie et j'avais probablement besoin de savoir ce qu'elle avait à me dire, que je le veuille ou non. Je lui adressai ma meilleure imitation d'un sourire de bienvenue.

— Eh bien, voilà qui devrait être intéressant. Assieds-toi, dis-je en lui désignant un des fauteuils face à mon bureau avant de froncer les sourcils de façon exagérée. Enfin, si tu es capable de t'asseoir avec un pantalon pareil, Je ne voudrais pas que tu montres ton cul aux passants.

Peu importait que Shae et moi soyons seules dans mon bureau, la porte fermée.

Le sourire de Shae me faisait toujours penser à un requin. Ou au Grand méchant loup. Je ne pense pas que ses dents soient plus pointues que celles d'une personne normale mais, à mes yeux, elles en ont l'air. De plus, elles étaient d'un blanc hollywoodien, contrastant avec sa peau noire. Elle fit tout un numéro pour s'asseoir avec précaution sur le bord du fauteuil avant de se tordre le cou pour s'assurer qu'on ne voyait pas ses fesses.

Je roulais les yeux en me retenant de faire un commentaire.

— Bon, qu'est-ce qui t'amène par ici ?

Le sourire de Shae se fit rusé et calculateur.

— J'ai des informations qui pourraient t'intéresser.

— Bien, je t'écoute.

Mais je savais que ce ne serait pas aussi simple. Shae ne faisait rien par bonté de cœur. Si elle me proposait des informations, je devrais payer.

— Combien tu m'en donnerais ? demanda-t-elle à propos.

J'éclatai de rire.

— Comment veux-tu que je sache ? Tu ne m'as pas encore dit de quoi il s'agit.

Elle fit la moue et une étincelle d'agacement illumina son regard.

— Je te fais une faveur en venant te voir. Je peux très bien repartir tout de suite.

Si elle pensait que cette perspective m'horrifiait, elle se trompait lourdement.

— Tu ne peux pas appeler ça une faveur puisque tu m'en demandes un prix.

— Très bien.

Elle se leva et se dirigea vers la porte. J'attendis qu'elle atteigne le seuil pour céder.

— D'accord, j'arrête de faire la maligne, dis-je. Viens t'asseoir.

Elle resta mais ne vint pas s'asseoir. Elle se contenta de me regarder, la tête inclinée sur le côté. Difficile de ne pas me sentir mal à l'aise sous ce regard intense. N'étant pas à mon avantage quand je suis embarrassée, j'eus recours à mon arme habituelle en pareille situation : je donnai un coup.

— Je me demande quelle serait la réaction de Raphael si je lui racontais que tu as essayé de me vendre des informations, dis-je d'un ton pensif.

Avec grand plaisir, je constatai qu'elle fut brièvement déstabilisée.

Raphael, le plus jeune frère de Lugh et membre du Conseil royal, traînait derrière lui une réputation de cruauté sans précédent. Le fait que je la savais justifiée ne rendait pas notre alliance très aisée. Mais il remplissait à merveille son office de croque-mitaine quand il s'agissait de menacer Shae. Cette dernière était la seule personne en dehors du Conseil à savoir qui était l'hôte de Raphael sur la Plaine de mortels et elle était assez effrayée pour garder le secret.

Malheureusement, Shae retrouva son légendaire sang-froid en me laissant à peine le temps de déceler l'éclair de terreur dans ses yeux. Le dos raide, elle dévoila ses dents en un rictus qui ne ressemblait en rien à un sourire.

— J'en sais plus que quiconque sur les démons de cette ville, légaux et illégaux. Je peux être un sacré atout. Si tu me mets Raphael sur le dos, je te jure que je ne te proposerai plus jamais de te livrer des informations, quelle qu'en soit l'importance.

Je réfléchis pendant un moment à ce qu'elle venait de dire mais elle poursuivit avant que je parvienne à une quelconque conclusion.

— Raphael ne peut pas me soutirer d'informations s'il ne sait pas que je les détiens. Je te serai beaucoup plus utile à long terme si je suis une partenaire consentante.

Sa logique était implacable, même si je ne l'appréciais guère. Bien sûr, Raphael pouvait très bien l'amadouer pour lui faire cracher ce qu'elle pouvait savoir maintenant, mais j'avais également conscience que la menace de Shae n'était pas vaine. C'est vrai que je ne tenais pas à l'avoir comme amie, mais je souhaitais encore moins qu'elle soit mon ennemie.

— D'accord, très bien. Je vais laisser Raphael en dehors de tout ça. Mais à moins que tu me mettes sur la piste de ce que tu as à m'apprendre, je ne peux me faire une idée sur la valeur de ces informations.

La dernière fois que j'avais dû négocier avec Shae, nous avions compris, sans qu'il y ait l'ombre d'un doute, que je n'avais pas les moyens de me payer ses… services. Bon sang, j'étais même quasiment fauchée ! La compagnie d'assurance avait finalement versé l'argent qu'elle me devait pour l'incendie de ma maison, mais puisque mes deux exorcismes par mois ne me permettaient pas exactement de brasser les billets, je savais que j'allais devoir faire durer cet argent. Même si mon petit cottage pittoresque en banlieue me manquait, je n'avais pas les moyens de le faire reconstruire et j'habitais toujours un appartement de la taille d'un biscuit dans le centre-ville.

— Et si je te disais que l'information que je détiens concerne les ambitions de Dougal d'accéder au trône ?

Je détestais vraiment que Shae soit au courant de mon implication dans la lutte qui opposait Lugh et Dougal, mais puisque l'information était sa monnaie préférée quand il n'y avait aucune possibilité de soutirer de l'argent et puisque j'avais déjà été obligée de négocier avec elle par le passé, elle en savait déjà trop à mon goût pour que je me sente à mon aise. À la seconde où ses paroles s'étaient échappées de ses lèvres, mon visage avait dû se figer en une sorte d'expression stupide trahissant à la fois mon intérêt et ma crainte. J'accepte désormais le fait que je ne parviendrais jamais à être capable d'afficher une expression impassible.

— D'accord, je suis toute ouïe, dis-je, ce qu'elle pouvait déjà constater par elle-même.

— Heureuse de l'apprendre. Maintenant parlons rétribution.

Je suis une mauvaise négociatrice et je n'étais pas d'humeur à défier Shae.

— Pourquoi ne me dirais-tu pas tout simplement ce que tu veux ?

Shae cligna des yeux, comme si l'idée que je ne veuille pas passer une demi-heure à jouer au chat et à la souris avec elle était une surprise totale. Peut-être que son pantalon moulant lui rentrait à l'excès « où je pense » ou peut-être que mon franc-parler la mettait mal à l'aise, mais je vous jure qu'elle se tortilla vraiment sur son fauteuil.

Puis elle rassembla ses esprits avant de me balancer ce qu'elle devinait être une requête proprement scandaleuse.

— Je veux savoir exactement quelle est ton implication avec Lugh et ses… problèmes de famille.

Je ricanai.

— Impossible. J'ai été ravie de faire affaire avec toi. Au revoir.

Les bras croisés sur ma poitrine, j'attendis son offre suivante.

Shae fit claquer sa langue.

— Je ne suis pas sûre que tu aies compris les règles du jeu. Je te fais une proposition, puis tu me fais une contre-proposition, et nous nous renvoyons la balle jusqu'à ce que nous trouvions enfin un terrain d'entente qui nous convienne à tous les deux.

— Est-ce que j'ai l'air de quelqu'un qui respecte les règles ? demandai-je, un sourcil arqué.

Assise à mon bureau, vêtue d'un jean taille basse et d'un haut brassière, arborant sept piercings au total aux oreilles et un tatouage au bas du dos qui serait complètement exposé si je me levais, j'étais bien loin de ressembler à l'exorciste standard en tenue d'affaires. Non pas qu'il existe un code vestimentaire officiel pour les membres de ma profession, mais la plupart des exorcistes s'habillent de couleurs sombres, par respect pour la gravité de leur tâche. Comprenez-moi bien : je suis aussi sérieuse dans mon travail que n'importe qui, mais je ne ressens tout simplement pas le besoin de me déguiser en clone tout droit sorti d'une école de commerce pour exercer.

De toute évidence, le refus de négocier s'avérait une technique de négociation assez efficace, du moins en ce qui me concernait. Shae tapotait d'un ongle rouge sang contre l'accoudoir de son fauteuil, un geste sans doute inconscient, tout en m'observant, les yeux plissés.

— Tu traînes avec Adam, un des lieutenants en chef de Lugh, et avec Raphael, un de ses frères. Et pourtant tu es une exorciste humaine.

Je pense qu'en dépit de son sang-froid de mercenaire, Shae crevait littéralement de curiosité, bien au-delà du bénéfice qu'elle pouvait tirer du fait de connaître la teneur de ma relation avec Lugh.

— Ton implication n'a aucun sens. Explique-moi exactement quel est ton rôle et je te dirai ce que je sais.

Puisque mon rôle était celui d'hôte du roi des démons et puisque Dougal me brûlerait vive sur un bûcher – tuant ainsi son frère afin que le trône lui revienne – s'il l'apprenait, c'était une information que je ne pouvais divulguer. Je secouai la tête.

— J'aurais juré avoir déjà rejeté cette requête, dis-je avec un sourire factice. On ne dit jamais deux sans trois.

Shae cessa de tapoter et j'en déduisis qu'elle avait pris une décision.

— J'ai des informations importantes pour quiconque soutient Lugh et certains de ses plans de changements plus radicaux. Je n'ai pas prévu de partager ces informations avec toi à moins que tu m'expliques ton implication auprès de Lugh. C'est mon prix. À prendre ou à laisser.

Au temps pour les négociations à prendre ou à laisser. Je serrai les dents en me carrant dans mon fauteuil. Qu'allais-je faire ? D'un côté, l'appât que Shae m'agitait sous le nez était assez tentant. De l'autre, le prix qu'elle en demandait était sacrément raide. Trop raide. Shae savait déjà que Tommy Brewster était l'hôte de Raphael, ce qui était un risque terrible quand on savait que ce dernier avait trahi Dougal et se trouvait dorénavant sur sa liste des personnes à abattre. Raphael était certain que sa redoutable réputation découragerait Shae de raconter qui était son hôte mais je ne me voyais pas agir de même concernant Lugh.

— *Une idée, Lugh ?*

Autrefois je n'avais été capable de communiquer avec Lugh qu'au travers mes rêves, mais les barrières entre son esprit et le mien s'étaient considérablement amincies et je pouvais à désormais avoir des discussions silencieuses avec lui pendant que j'étais éveillée.

— *Tu peux lui dire la vérité sans lui dire* toute *la vérité*, suggéra-t-il. *Tous les hommes de main de Dougal savent que tu as été mon hôte, mais ce sera nouveau pour Shae.*

C'était vrai. Pendant un temps, Raphael avait joué le rôle d'agent double en faisant croire à Dougal qu'il le soutenait dans sa tentative de coup d'état tout en restant loyal vis-à-vis de Lugh. Raphael avait alors assuré à Dougal que j'avais été contrainte d'invoquer Lugh mais que ce dernier avait pris un nouvel hôte pour essayer d'échapper aux assassins que Dougal avait lancés à sa poursuite.

Je ne sais vraiment pas mentir, mais j'espérais que Shae mettrait les maladresses de ma confidence sur le compte du malaise que j'éprouvais à révéler des informations sensibles. Rassemblant mes forces comme avant la bataille, je me redressai et rivai mon regard dans les yeux de Shae.

— J'ai été l'hôte de Lugh à son arrivée sur la Plaine des mortels.

À ces mots, les yeux de Shae se dilatèrent d'une excitation presque sexuelle.

— Eh bien, fit-elle en passant la langue sur ses lèvres, voilà qui explique beaucoup de choses. Fascinant.

Je me retins d'ajouter que Dougal était déjà au courant. Plus elle pensait que cette information était secrète, plus je serais en mesure d'en obtenir de sa part.

— Bon, j'ai répondu à ta question. Maintenant, c'est ton tour. Quelle est cette mystérieuse information qui est si importante pour la cause de Lugh ?

Ayant l'intuition que Shae envisageait sérieusement de me soutirer davantage, j'affichai mon expression la plus implacable, juste pour lui faire comprendre qu'elle ne devait pas y compter. Le coin de sa bouche tressaillit et je n'aurais su dire s'il s'agissait de l'amorce d'un sourire ou d'une grimace de déception.

— Je serais plus tentée de parler si j'avais la certitude que mon information parvienne jusqu'à Lugh.

La curiosité retint le refus immédiat qui m'était monté aux lèvres.

— Qu'est-ce que ça peut te faire que Lugh le sache ?

— Parce que s'il remonte sur le trône, il rendra illégale la possession d'un hôte non consentant au Royaume des démons, ce qui n'est pas le cas actuellement.

Intéressant que Shae laisse échapper ce type de commentaire. Les démons ne clament généralement pas sur les toits que leur loi ne leur interdit pas de prendre l'hôte qu'ils veulent, même si la loi humaine considère le fait de posséder un hôte contre son gré comme un crime capital. J'en avais appris pas mal sur les démons depuis que j'étais l'hôte de Lugh, entre autres choses, toute cette merde qu'ils gardaient secrète pour une très bonne raison.

— S'il condamne la possession d'hôtes non consentants, poursuivit Shae, je veux être sûre qu'il m'accorde l'immunité. Même si je suis sur la Plaine des mortels depuis plus de quatre-vingts ans maintenant, j'aimerais un jour retourner au Royaume des démons, et je ne veux pas revenir pour aller en prison. Si Lugh sait que je l'ai soutenu…

Elle haussa les épaules. Ayant déjà eu la preuve par le passé que Shae n'avait aucun scrupule à jouer sur les deux tableaux, je ne fus donc pas surprise de constater que sa proposition de renseignements servait plus d'une cause.

— Je ne peux te garantir que Lugh entendra tout de suite parler de ta coopération, dis-je en espérant que le mensonge ne se lisait pas sur mon visage. Mais je peux te promettre que je ferai de mon mieux pour lui transmettre le message, ce qui ne sera certainement pas difficile s'il remonte sur le trône.

Maintenant que je t'ai déjà donné l'information que tu avais demandée, il est temps que tu passes à table.

Je décelais toujours une lueur calculatrice dans son regard, mais heureusement elle n'insista pas.

— Au cours des dernières semaines, j'ai constaté une augmentation sensible du nombre de membres démons dans mon club, dit-elle. En quinze ans d'activité, je n'ai jamais vu un pic de fréquentation pareil.

Ne sachant que faire de cette information dans l'immédiat, je décidai d'injecter une petite dose de mon habituel esprit caustique.

— Je pensais qu'il fallait attendre des mois pour devenir membre.

Il allait sans dire que la liste d'attente était applicable uniquement aux humains.

Malgré son regard mauvais, Shae ne mordit pas à l'hameçon.

— La plupart de ces démons sont clairement illégaux et, quand ils ont débarqué pour la première fois dans mon club, ils étaient dans un piteux état. Pas mal de marques de piqûres, trop maigres, tannés. Ça s'arrange assez rapidement quand le démon réside sur la Plaine depuis un moment, mais tout de même… Il n'est pas difficile de deviner que leurs hôtes font partie de ces gens qui peuvent disparaître de la surface de la Terre sans que quiconque le remarque ou s'en préoccupe.

— Ils ne disparaissent pas vraiment de la surface de la Terre, murmurai-je, mais je comprenais ce qu'elle entendait par là.

C'étaient des personnes qui n'avaient ni amis ni famille susceptibles de faire un esclandre au cas où leur proche serait possédé illégalement.

— Pourquoi me racontes-tu ça à moi ? demandai-je. Ce n'est pas plutôt le rayon d'Adam ?

Shae m'adressa un regard froid et dur. Je suppose que je connaissais déjà la réponse à ma question. Elle travaillait avec Adam comme informatrice mais il était évident qu'elle n'appréciait pas du tout cela. Et lui non plus, elle ne l'appréciait pas.

— Oublie ce que je viens de dire, ajoutai-je. Sais-tu comment ces démons arrivent sur la Plaine de mortels ?

Une fois qu'un démon était sur la Plaine de mortels, il pouvait passer d'un hôte à l'autre par simple contact de la peau. Cependant, il ne pouvait débarquer du Royaume des démons sans avoir été invité par un hôte consentant.

— Je n'en sais rien, répondit Shae. Je n'ai pas l'impression qu'il me manque des habitués, alors il ne peut s'agir de démons légaux qui se transféreraient dans de nouveaux hôtes. Ces démons-là sont définitivement de nouveaux venus.

Les implications me firent frissonner. Même si un hôte devait inviter volontairement un démon sur la Plaine des mortels, il existait pas mal de façons de contraindre une personne à se « porter volontaire ». J'en étais un exemple vivant puisque Raphael m'avait droguée et manipulée afin que j'appelle Lugh sur la Plaine des mortels et dans mon corps, même si à l'époque le fait d'être possédée était le pire de mes cauchemars. Par chance, mon héritage génétique très spécial me permettait de garder le contrôle de mon corps, à l'exception de rares occasions où Lugh prenait les commandes – habituellement avec mon accord et de temps à autre de force. Mais qui que soient ces infortunés « volontaires », leur situation était pire que la mort. Leur esprit était peut-être complètement intact mais il était prisonnier à l'intérieur d'un corps qu'il ne pouvait contrôler.

— Je ne sais pas de quelle manière ces démons accèdent à la Plaine des mortels, déclara Shae, mais je ne pense pas qu'il s'agisse d'une coïncidence s'il y a un tel afflux alors que Dougal garde la place de Lugh au chaud.

J'étais d'accord avec elle. Parce que Lugh était encore roi malgré son absence, Dougal n'était que le régent et ses pouvoirs étaient limités. Mais puisque Lugh n'avait pas encore officiellement déclaré que la possession d'hôtes non consentants était illégale et puisqu'il y avait bien plus de démons désireux de venir sur la Plaine des mortels que d'hôtes volontaires, il n'y avait qu'un pas pour imaginer que Dougal s'était arrangé afin de rendre disponibles davantage d'hôtes.

— J'ai besoin de savoir exactement comment ils arrivent ici, marmonnai-je, plus à moi-même qu'à Shae.

— J'aimerais pouvoir te le dire, dit Shae. Contre rétribution. (J'ouvris la bouche pour proférer une réplique indignée, mais elle me coupa la parole.) J'aimerais mais je ne peux pas. On m'a fait très clairement comprendre que je ne devais pas poser de questions concernant ces nouveaux membres.

— Qui t'a dit ça ? demandai-je avec intérêt.

Shae secoua la tête sans répondre.

— Tu n'es pas du genre à laisser quelqu'un te dicter ce que tu dois faire dans ton club, dis-je.

Bien sûr, Raphael avait été capable de l'intimider afin qu'elle se taise au sujet de son identité, mais je doutais qu'il existe une autre personne capable d'inspirer pareille terreur.

— En effet, répondit-elle avec une légère étincelle de méchanceté dans le regard.

Et soudain je compris. J'eus envie de me taper le front.

— C'est pour ça que tu es venue ici. Pour me raconter tout ça. Pas vraiment parce que tu voulais négocier des informations, mais parce que tu es en colère contre celui qui t'a ordonné de te taire et que tu veux lancer les partisans de Lugh à ses trousses.

Ses lèvres se courbèrent en un léger sourire, malgré la lueur toujours présente dans son regard qui transformait son expression en un rictus résolument malsain.

— Je ne t'ai rien confié de ce qu'il m'a été interdit de raconter. Techniquement, je n'ai rompu aucun accord. Ce que tu décides de faire de l'information que je t'ai transmise, ça te regarde, pas moi.

Elle se leva dans un mouvement étrangement sinueux.

— Comme toujours, ce fut un plaisir de faire affaire avec toi, dit-elle avant de se tourner vers la porte sans attendre de réponse.

Ce qui tombait bien car je n'avais pas la moindre idée de ce que je pouvais ajouter.

Achevé d'imprimer en juillet 2010
Par CPI Brodard & Taupin - La Flèche (France)
N° d'impression : 57819
Dépôt légal : juillet 2010
Imprimé en France
81120377-1